Nienaturalna selekcja

Eksperyment trwa. Cena człowieczeństwa rośnie.

Caryssa Cole

Shenanigans Press

Spis treści

ROZDZIAŁ PIERWSZY

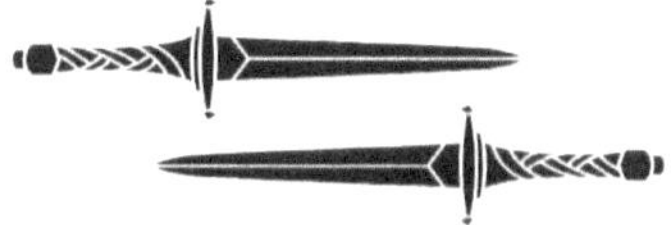

Ten obskurny pokój motelu atakuje moje zmysły — stęchła woń papierosów przenika wytarte zasłony, mieszając się ze mdlącym aromatem cytrynowego odświeżacza powietrza w sposób, od którego przewraca mi się w żołądku. Ostrożnie testuję wyboisty materac i krzywię się, gdy pradawne sprężyny skrzypią i jęczą pod moim ciężarem.

Za brudną szybą migocząca czerwona poświata zużytego neonu motelu rzuca upiorne cienie na popękany asfalt parkingu, przypominając mi świeże rozbryzgi krwi. Odsuwam to niepokojące skojarzenie, nerwy wciąż mam postrzępione po naszym o włos udanym ratunku.

Declan stoi na warcie w progu, jego wysportowana sylwetka napięta jak sprężyna, a piwne oczy nieustannie lustrują nasze klaustrofobiczne otoczenie w poszukiwaniu choćby cienia zagrożenia. Resztki adrenaliny po desperackiej ucieczce tutaj trzymają nas oboje w stanie najwyższej gotowości.

— Rozwinęli przed nami czerwony dywan, co? — zauważa sarkastycznie Declan, kiwając głową na odłażącą, kwiecistą tapetę i tajemnicze plamy na wykładzinie.

— Wybacz brak luksusowych kwater — odbijam ostro, przeczesując dłonią moje potargane srebrne włosy. — Gdyby ci umknęło, jesteśmy uciekinierami. Ritz był zajęty do ostatniego miejsca.

Declan wzdycha, bezwiednie przesuwając palcem po wypukłej bliźnie na przedramieniu. — Masz rację, ten nędzny motel jest lepszy niż nic. Lepsze to niż spać pod wiaduktem czy cokolwiek innego, co nam zostało.

Natychmiast żałuję, że na niego naskoczyłam. Jesteśmy teraz napięci jak struny po tym, jak zmuszono nas do ucieczki z jedynego bezpiecznego schronienia, jakie znaliśmy. Moje postrzępione nerwy biorą górę.

Palce niemal odruchowo wędrują, by musnąć bladą bliznę przecinającą mój policzek — stałą pamiątkę po bitwach stoczonych na długo przed tą. Uparcie unikam dotykania nowszych ran, które jakoś nigdy się nie zabliźniły. Tych, które już wcale nie bolą.

Laptop na podrapanym stoliku nocnym dźwięczy ostro, wyrywając mnie z ponurych rozmyślań. Szybko otwieram zaszyfrowaną aplikację do wiadomości; puls przyspiesza, gdy na ziarnistym ekranie wideo pojawia się zatroskana twarz Athiny.

— Artemis, dzięki Bogu — wydycha, a jej ciepłe brązowe oczy zalewa ulga na mój widok, całą i zdrową. — Nawiązałam kontakt z resztkami Obsidian Circle. Rozproszyli się i przegrupowali po przewrocie Diany.

Z wilgotnymi z niepokoju ustami pytam: — Czy bezpiecznie wrócić do miasta? Ustaliłaś punkt zborny?

Athina stanowczo kiwa głową. — Mam lokalizację bezpiecznego domu. Wysyłam ci teraz współrzędne.

Szybko zapisuję informacje, a nadzieja i strach ścierają się we mnie. Powrót wydaje się wejściem prosto do jaskini lwa, ale połączenie sił z Circle to teraz nasza jedyna opcja. — Będziemy tam, jak tylko damy radę — obiecuję.

Gdy kończę rozmowę, Declan odrywa się od ściany, piwne oczy się zwężają. — Już wracamy? Po tym, jak ledwo uszliśmy z życiem? — W jego głosie pobrzmiewa sceptycyzm.

— Na to wygląda — potwierdzam ponuro, wciągając mój charakterystyczny czerwony skórzany kurtki. Znajomy ciężar odrobinę koi nerwy. — Athina mówi, że namierzyła Circle. Musimy się z nimi spotkać.

Declan krzywi się, wciągając postrzępione dżinsy i znoszoną wojskową kurtkę. — Super, znowu ci anarchiści. Jakbyśmy mieli wielki wybór, prawda? — Ton jasno zdradza, co myśli o poleganiu na innych.

— Nigdy nie mamy — wzdycham z przekąsem. Dla świętego spokoju sprawdzam jeszcze raz ukrytą broń, po czym kiwam Declanowi w stronę drzwi. — Ruszajmy. Im prędzej wrócimy, tym szybciej zaplanujemy następny ruch.

Palce lekko mi drżą, gdy zaciskam dłonie na kierownicy odpalonego motocykla, którego pomruk przypomina warczenie czyhającej bestii. Lęk i ponura determinacja walczą we mnie o przewagę. Wiem, że pędzimy z własnej woli prosto w niebezpieczeństwo, ale wizja raz na zawsze rozbicia Biura sprawia, że warto zaryzykować.

Declan odpala maszynę obok mnie kopniakiem. — Gotowa na kolejną rundę chaosu? — krzyczy ponad rykiem silników, usta zaciśnięte w twardą linię.

Parskam pustym śmiechem. — Zawsze. — I razem wystrzelamy z parkingu pod karmazynową łuną migającego neonu z napisem vacancy, pędząc na pełnym gazie ku niepewnej przyszłości.

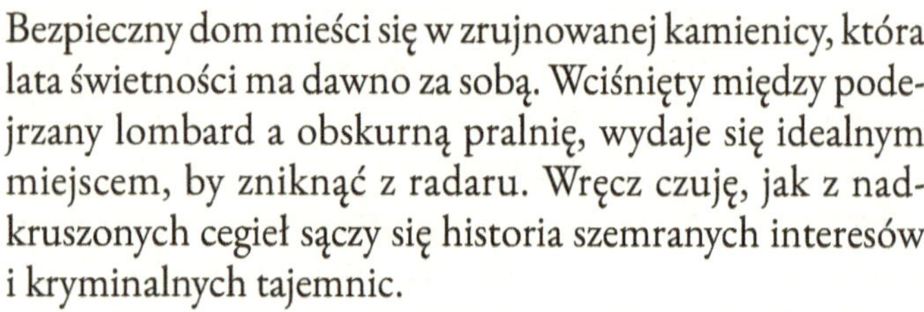

Bezpieczny dom mieści się w zrujnowanej kamienicy, która lata świetności ma dawno za sobą. Wciśnięty między podejrzany lombard a obskurną pralnię, wydaje się idealnym miejscem, by zniknąć z radaru. Wręcz czuję, jak z nadkruszonych cegieł sączy się historia szemranych interesów i kryminalnych tajemnic.

— W sam raz nasze kochane ognisko domowe dla takich jak my — zauważa sarkastycznie Declan, gdy parkujemy motocykle, przesycając ton udawaną arystokratyczną pogardą.

— Tak, doprawdy urocze — odpłacam przesadnie dystyngowanym akcentem, przewracając oczami na jego teatralne popisy. Nasze przekomarzanki odciągają uwagę od kotłującego się we mnie niepokoju. Zgodnie z zaszyfrowanymi instrukcjami Athiny, miejscem zbiórki jest mieszkanie 3C na trzecim piętrze.

Wchodzimy ostrożnie do obskurnego holu, zmysły wyostrzone. Winda nie działa — cóż za niespodzianka — więc ruszamy brudną klatką schodową, stopień po skrzypiącym stopniu. Stukanie naszych kroków niesie się złowieszczo w ciasnocie.

— Bądź czujny — szepczę do Declana, gdy docieramy na trzecie piętro. On odpowiada krótkim skinieniem, piwne oczy bezustannie skanują otoczenie.

Podchodzimy do spłowiałych zielonych drzwi z numerem 3C. Zostawiono je lekko uchylone, jak było umówione. Mimo to ostrożność spowalnia każdy mój ruch, gdy popycham je i zaglądam do mrocznego wnętrza.

Athina siedzi na rozchwianym drewnianym krześle pośrodku jednopokojowego mieszkania, kaskada srebrnych włosów spływa jej po ramionach. Ogarnia mnie ogromna ulga na widok jej żywej i w miarę całej. Lecz gdy wchodzimy, zauważam lewą rękę w prowizorycznym temblaku, brud i krew plamiące podarte ubranie.

— Jezu, Athina, nic ci nie jest? — wyrzucam z siebie, natychmiast do niej podchodząc. — Co się, do cholery, stało?

Odpędza moją troskę zdrową dłonią. — Ledwo umknęłam przed pojmaniem przez ludzi Diany. Skurwiele zdążyli mi sprzedać parę porządnych ciosów, zanim się wymknęłam. — Mówi lekko, ale w oczach błyska ból.

— Dobrze cię widzieć w jednym kawałku, mniej więcej — rzuca Declan, choć w jego głosie słychać napięcie. Łapie szmatkę, by pomóc oczyścić widoczne rany, a delikatność gestów przeczy jego szorstkim słowom.

— Przeżywałam gorsze opresje — mówi Athina z bladym uśmiechem. Ale jej zwykła iskra jakby przygasła. Krzywi się, poprawiając temblak.

— Słuchajcie uważnie — ciągnie poważnie. — Odkryłam podczas ich „gościny" coś niepokojącego, o czym musimy porozmawiać. Dr Malcolm Kastler nie jest tym, za kogo się podaje.

Sztywnieję, serce przyspiesza. Kastler — naukowiec, którego uwiodłam pod fałszywym pretekstem, by zdobyć informacje. — Co masz na myśli? Kim on naprawdę jest?

Wyraz twarzy Athiny twardnieje. — Malcolm to Mr. Smith. A jego kryptonim to Diamond. Jest przywódcą ruchu oporu Obsidian Circle.

— Czyli facet, którego uwiodłam dla informacji, jest też przywódcą oporu? — unoszę brew. — To jest... i cholernie niezręczne, i rozczarowujące.

— Mi nie mów — mruczy Declan, a ja zerkam na niego z ukosa. Declan nigdy nie był za tym, żebym uwiodła Kastlera dla potrzebnych nam danych. Wtedy myślałam, że po prostu zachowuje się jak nadopiekuńczy dupek.

Teraz, gdy Declan wyznał, co do mnie czuje, widzę, że był po prostu zazdrosnym, nadopiekuńczym dupkiem.

— A więc nasz nowy sojusznik kłamał nam od samego początku — mówię z goryczą. — Wybacz, jeśli to nieszczególnie budzi zaufanie.

— Wiem, że to brzmi niewiarygodnie, ale jego intencje naprawdę są dobre — nalega szczerze Athina. — Malcolm tak samo jak my chce powstrzymać wypaczone ambicje Diany. Poszedł na własną rękę i sfingował swoją śmierć, by pracować nad lekarstwem na to, co Biuro zrobiło paranormalnym takim jak ty.

Szorstko przeczesuję dłonią splątane włosy, gdy wewnątrz walczą ze sobą sprzeczne emocje. — Mam nadzieję, że masz rację, że możemy mu uwierzyć. Bo niebezpiecznie kończą nam się opcje i sojusznicy.

Athina chwyta mnie za dłoń, jej oczy błagają. — Musimy spróbować, Artemis. Zbyt wiele waży na szali, by pozwolić, żeby stare rany nas podzieliły.

Biorę głęboki oddech i powoli kiwam głową. Ma rację — nie mamy już ani wyboru, ani czasu. — To opatrzmy cię, żebyśmy mogli dokończyć tę walkę.

Razem z Declanem jak najdelikatniej oczyszczamy i opatrujemy rany Athiny. Ale niepokój nie znika, jakbyśmy dali się wciągnąć coraz głębiej w pajęczynę kłamstw i zdrad. W naszym świecie zaufanie jest kruche jak szkło. Jeśli Kastler pomoże nam powstrzymać Dianę, będziemy musieli odsunąć na bok wątpliwości i wykonać skok wiary. Od tego zależy przyszłość.

◆

Athina wdrapuje się na siedzenie za mną, ostrożnie oplatając ramionami mój pas, a ja staram się nie szarpać jej zranionego barku. Prowadzi mnie przez labirynt ulic do kolejnego zrujnowanego magazynu, który Obsidian Circle zagarnęło na swoją kwaterę główną. Wygląda na to, że opuszczone budynki to jedyny zasób, którego w tym chylącym się ku upadkowi mieście nie brakuje.

Zbieramy się wokół rozklekotanego stołu w zatęchłym wnętrzu, a jedyna migocząca żarówka nad głową rzeźbi na naszych twarzach ostre plamy światła i cienia. Naprzeciwko mnie siedzi Malcolm Kastler, a jego niepokojące, fiołkowe spojrzenie w półmroku przeszywa mnie na wylot, gdy bada moje rysy. Powstrzymuję odruch, by niespokojnie wiercić się pod tym przenikliwym wzrokiem.

Czuję obok solidną, uspokajającą obecność Declana, która podtrzymuje moje nadszarpnięte morale. A jednak w brzuchu wciąż mi się kotłuje, tak blisko człowieka, którego uwiodłam i zdradziłam zaledwie kilka nocy temu, pod przykrywką Annabelle.

— Pozwoli Pan, że się upewnię, czy dobrze rozumiem tę niepokojącą sytuację — zaczynam nisko, ociekając ledwie powstrzymywanym sarkazmem. — Zatrudnił mnie Pan, żebym wyśledziła i schwytała nadnaturalne hybrydy, żeby mógł Pan... co? Pobawić się w szalonego naukowca? Spróbować, jak to Pan nazywa, naprawić ich?

Kastler powoli odchyla się na skrzypiącym krześle, składając palce w daszek na podrapanym blacie. — Ująłbym to mniej dosadnie, ale w gruncie rzeczy — tak — przyznaje spokojnie. Zbyt spokojnie, jak na mój gust. — Cel był dwojaki: zebrać informacje o tajnych operacjach Biura i znaleźć sposób, by bezpiecznie odwrócić potworne szkody, które im wyrządzono.

Zawiesza głos, nie odrywając ode mnie wzroku. — By dać tym biednym duszom z powrotem życie i człowieczeństwo, jeśli to w ogóle możliwe.

Powstrzymuję się, by nie zetrzeć mu z twarzy tej rozumnej, szczerej miny. Przy ziemi trzyma mnie tylko nacisk nogi Declana stykającej się z moją pod stołem.

— Agentka Diana Foxberry najwyraźniej miała zupełnie inne plany — wtrąca ostro Athina. Twarz ma bladą, ale stwardniałą od determinacji. — Wniknęła do tej organizacji pod fałszywym pretekstem, udając, że podziela nasze cele: pomoc ofiarom i zatrzymanie Biura.

Na jej obliczu maluje się wstręt. — W rzeczywistości zamierza przejąć kontrolę nad programem hybryd i kontynuować wypaczone eksperymenty ojca dla własnych korzyści.

Malcolm kiwa głową, cień przelatuje mu po twarzy. — Istotnie. Profesor Terrence Foxberry, jej ojciec, zapoczątkował te haniebne badania i pomógł Biuru zamienić je w broń. Gdy okazali się zbyt moralni, by przełknąć jego prawdziwą wizję, poszedł na własną rękę. Diana jest przebiegłym mózgiem ich duetu.

Powietrze gęstnieje, gorzkie od smaku zdrady. Przełykam kotłujące się emocje, by zachować skupienie. Potrzebujemy odpowiedzi o wrogach, nie kolejnych tajemnic.

— Diana sugerowała, że jej ojciec wykorzystał swoje badania, by opracować tak zwany lek, który uratował ją przed rakiem w dzieciństwie — kontruję, starając się mówić neutralnie. — Trudno mi uwierzyć, że jest prosta linia między terapią onkologiczną a produkcją nadnaturalnych potworności.

Oblicze Malcolma tężeje, jego niezwykłe fiołkowe oczy mrużą się. — Jak mówiłem, władza deprawuje. Gdy Biuro dostrzegło niszczycielski potencjał pracy Foxberry'ego, zachęcili go do przekraczania granic, których nie wolno było przekraczać. — Usta wykrzywiają mu się z niesmakiem. — Kiedy nawet to okazało się dla Terrence'a Foxberry'ego niewystarczająco nieetyczne, poszedł na własną rękę, bez żadnych hamulców.

Tłumię dreszcz na tę myśl. Jak głęboka jest ta zepsuta krółicza nora?

— Więc — wymuszam spokój w głosie. — Jaki jest nasz następny ruch, skoro Diana przez cały czas nami kręciła?

Malcolm przez dłuższą chwilę patrzy na mnie przenikliwie. — Musimy szybko zdobyć twarde dowody na knowania Diany i jej sojuszników oraz ujawnić je, zanim zdoła wyrządzić dalsze szkody. Czas gwałtownie się kurczy.

— Genialny plan — mówię suchym tonem, nie potrafiąc stłumić sarkazmu. — Istna prostota.

Kącik ust Malcolma drga lekko. — Najcenniejsze cele rzadko takie są. Ale wierzę w nasze wspólne możliwości.

Powstrzymuję odruch przewrócenia oczami. Jego niewzruszona pewność siebie niemal tak mnie drażni jak dotychczasowe półprawdy. Ale teraz rzucanie mu wyzwań nic nie da.

— No dobrze wobec tego — odpowiadam swobodnie, strzelając kostkami. — Spalmy tę popieprzoną operację tej suki raz na zawsze.

Gdy szykujemy się do wyjścia, zwątpienie podgryza mi umysł. Czy znów pchamy się po omacku w kolejną pułapkę? A może, co gorsza, sprzymierzamy się z kolejnym potworem kryjącym się za ładną fasadą? Ale gdy na szali leży życie, nie mamy wielkiego wyboru — trzeba iść naprzód.

Na zewnątrz Declan odciąga mnie na bok, piwne oczy mętne od troski. — Na pewno chcesz zaufać Kastlerowi? — pyta bez ogródek. — Każdy instynkt wrzeszczy, że wciąż coś ukrywa.

Kręcę z rezygnacją głową. — Jasne, że nie. Ale nie mamy już wyjścia.

Szczęka Declana się napina, ale kiwa głową. Nie pozostaje nam nic, jak tańczyć z demonami i liczyć, że diabli nas nie wezmą. — Po prostu... uważaj — mruczy.

Udaję kruchy uśmiech. — Zawsze.

A jednak, gdy mknęliśmy w noc, dręczy mnie zwątpienie. Może, próbując ominąć jedno gniazdo żmij, po prostu wpadliśmy w następne. Jedyne, co mogę, to modlić się, by ten niepewny sojusz nie stał się naszą zgubą.

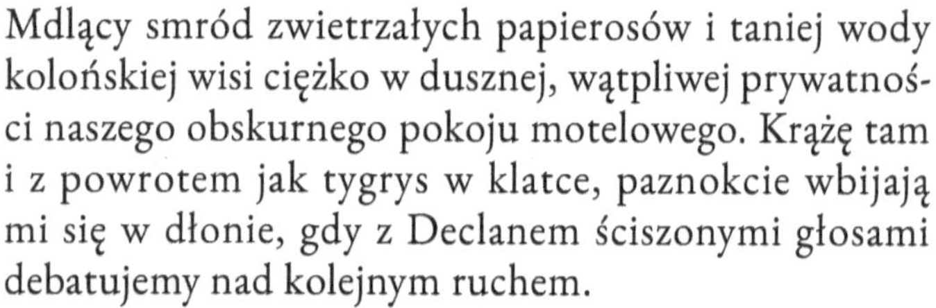

Mdlący smród zwietrzałych papierosów i taniej wody kolońskiej wisi ciężko w dusznej, wątpliwej prywatności naszego obskurnego pokoju motelowego. Krążę tam i z powrotem jak tygrys w klatce, paznokcie wbijają mi się w dłonie, gdy z Declanem ściszonymi głosami debatujemy nad kolejnym ruchem.

— Powinniśmy im powiedzieć? — pyta Declan, a jego piwne oczy mętnieją od troski. — Athinie i reszcie, znaczy. O zastrzyku, który wstrzyknęła nam Diana, i o... zmianach, których doświadczamy od tamtej pory?

Zawieszam głos, wewnątrz kotłują się sprzeczne emocje. Część mnie chce wyznać Athinie wszystko. Była niezachwianą mentorką i najbliższą namiastką rodziny, jaka mi została. Ale rozum krzyczy: ostrożnie.

— Wygląda na to, że Athina na razie idzie za Malcolmem — odpowiadam powoli. — A ja wciąż nie wiem, czy możemy mu naprawdę zaufać, ani reszcie Obsidian Circle. — Przełykam ślinę. — Jeśli ujawnimy słabości nie tym ludziom...

Urywam, ale Declan kiwa głową ze zrozumieniem. W naszym świecie wiedza to najpotężniejsza i najbardziej śmiercionośna broń. Odsłoń swoje słabości, a wpychasz wrogowi nabity pistolet do ręki.

— Masz rację — mówi w końcu, a ramiona mu opadają. — Dopóki nie wiemy, komu naprawdę ufać, bezpieczniej trzymać to w wąskim gronie.

Wypuszczam drżący oddech, wdzięczna za jego zgodę. — Na razie zostaje między nami. Jeśli jednak zrobi się gorąco, nie obowiązują już żadne zasady.

Declan ściska mnie za ramię, wzrok wwierca mi się w oczy. — Jesteśmy w tym razem, Artemis. Zawsze będę cię osłaniał, nieważne, co się wydarzy.

To bezwarunkowe zapewnienie rozluźnia część paraliżującego napięcia w moich mięśniach. Cokolwiek nadejdzie, przynajmniej nie stawię temu czoła sama. — Wzajemnie — przyrzekam, kładąc dłoń na jego dłoni.

Stoimy tak chwilę w gęstej ciszy, czerpiąc z siebie siłę na próby, które nadchodzą. Za naszymi lichymi drzwiami motelowymi czai się niebezpieczny nadnaturalny świat, pełen wrogów i zdrad. Ale w tych czterech ścianach mamy siebie. I na razie musi nam to wystarczyć.

Przełykam gorzki smak zwodzenia, przypominając sobie, że to konieczne zło, by przetrwać. Gdyby Malcolm i reszta wiedzieli, jak niestabilne są paranormalne zdolności, które uwolniło we mnie i w Declanie serum Diany, bez wątpienia uznaliby nas za balast, nie atut.

Jakby czytając w moich myślach, Declan ściska moje ramię pokrzepiająco. — Nasze zdolności są jeszcze nowe, nieprzewidywalne. Gdy lepiej nauczymy się je kontrolować, wtedy zdecydujemy, kogo dopuścić do tajemnicy.

Powoli kiwam głową, a w piersi błyska iskierka nadziei. Ma rację — potrzebujemy czasu, by okiełznać te lotne moce i lepiej zrozumieć ich możliwości. Wiedza to potęga, w końcu.

— Dobrze — zgadzam się, prostując plecy z nową determinacją. Patrzę prosto w oczy Declana. — Pracujemy razem nad kontrolą i trzymamy to w ukryciu.

Declan obdarza mnie tym swoim zuchwałym uśmiechem, który zawsze dodaje mi animuszu. — Cokolwiek będzie dalej, damy radę. Pachołki Diany lepiej niech pilnują dup.

Odwzajemniam jego zawzięty uśmiech, a nasz bezsłowny pakt zostaje przypieczętowany. Co by się nie wydarzyło, stawimy czoła niebezpiecznej drodze ramię w ramię, czerpiąc siłę z więzi, której już nic nie złamie. Razem, wiem, przetrwamy każdą burzę.

ROZDZIAŁ DRUGI

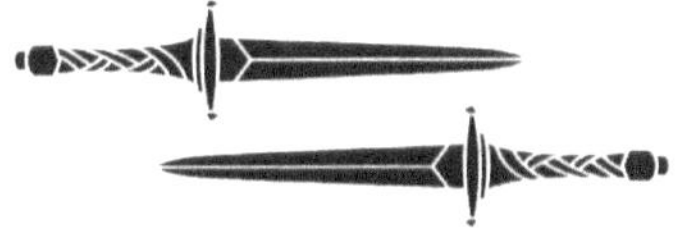

— NIGDY BYM NIE pomyślała, że znów zobaczę to miejsce — mruczę, gdy idziemy w dół słabo oświetlonego podziemnego korytarza. Powietrze jest wilgotne i ciężkie, jakby oddychało się spleśniałą gąbką. Cienie jakby się do nas przyklejały, kiedy podążamy za doktorem Malcolmem Kastlerem wąskim, podziemnym korytarzem. Przełykam twardą gulę w gardle, próbując zignorować niepokój kłębiący się we mnie.

Przed nami jedyna migocząca lampa sufitowa rozświetla jego biały kitel, który łopoce za nim niczym niedopasowana peleryna. Zerka na nas przez ramię, a jego oczy błyszczą w półmroku.

— Witajcie w moim małym zakątku podziemia — oznajmia z wymuszonym rozbawieniem, gdy podchodzimy do grubych stalowych drzwi. Te skrzypią niechętnie pod jego pchnięciem, a zawiasy głośno protestują w ciasnocie korytarza.

Zaciskam pięści, dławiąc sarkastyczną ripostę na końcu języka, kiedy wchodzimy za nim do środka. Chaotyczne otoczenie pracowni nie napawa zaufaniem — wygląda bardziej jak leże złoczyńcy z filmu klasy B niż szanujący się ośrodek badawczy. Mój wzrok biega po pomieszczeniu, rejestrując bałagan sprzętu — bulgoczące kolby wydzielające gryzące opary, niebezpiecznie piętrzące się stosy pogniecionych papierów i książek oraz cały szereg złowieszczo wyglądających maszyn przypominających pokręcone rekwizyty ze starego horroru.

— Rozgośćcie się — mówi z rozmachem, kopiąc kilka pustych pojemników po jedzeniu pod blat zawalony papierami i kolbami.

— Przytulnie tu u ciebie, doktorze — zauważa Declan, unosząc sceptycznie brew, kiedy rozgląda się po obskurnym laboratorium. Choć jego ton jest lekki, wyczuwam pod spodem buzujące napięcie. Podchodzi do mnie odrobinę bliżej i nie jestem pewna, czy to nieświadomy odruch ochronny, czy jego własny niepokój na powrót do laboratoryjnej scenerii. Tak czy inaczej, wdzięczna jestem za subtelne zapewnienie, jakie daje sama jego bliskość.

— Każdy genialny naukowiec potrzebuje swojej kryjówki — oznajmia dramatycznie, rozkładając szeroko ramiona. Ale jego próba brawury gaśnie pod migoczącymi jarzeniówkami, lądując gdzieś między dziwacznością a niepokojem. Zajmuje się uprzątaniem stosów książek z chwiejącego się stołka, starannie unikając naszego wzroku.

Gryzę się w język, powstrzymując chęć, by odpalić mu sarkazmem. Robienie sobie wrogów nic nam teraz nie da. Biorę powolny, głęboki oddech i przypominam sobie, czemu jesteśmy tu z Declanem — bo mimo wątpliwych okoliczności on może mieć klucz do odwrócenia pokracznych eksperymentów, jakim poddano nas i niezliczone inne ofiary. Jeśli na razie muszę z nim zagrać grzecznie, niech i tak będzie.

— Wspominałeś w mieście, że twoim celem jest opracowanie procesu bezpiecznego odwracania wymuszonych przemian hybrydowych? — podchwytuję, pilnując, by mój głos brzmiał równo i bez oskarżeń.

Ożywia się na to pytanie, a w jego inaczej zmęczonej twarzy przebłyskuje entuzjastyczny blask. — Tak, dokładnie! Chodzi o sposób, by cofnąć wyrządzone szkody, nie raniąc przy tym bardziej biednych dusz uwięzionych w roli obiektów testowych.

Rozgrzewa się przy temacie, na moment zapominając o niepewności związanej z naszą obecnością. — Chcę znaleźć metodę, by przywrócić im pierwotne, ludzkie ja, albo dać im kontrolę nad nowymi zdolnościami, jeśli odwrócenie okaże się niemożliwe. Tak czy inaczej — uwolnić ich od roli pionków czy więźniów wykorzystywanych przez takich jak Bureau.

— A jak idą postępy na tym froncie, doktorze? — pyta Declan, nonszalancko opierając biodro o jeden z zagraconych blatów. Choć jego ton pozostaje lekki, słyszę w nim ostrze brzytwy. Wiem, że on też boi się fałszywych obietnic i ładnych słówek po tym wszystkim, co przeszliśmy.

Jego entuzjastyczny uśmiech nieco gaśnie. — Przyznaję, jak dotąd postępy są raczej powolne. Moje wstępne próby terapii odwracającej przyniosły jak na razie tylko częściowe sukcesy — wyznaje z grymasem, unikając naszego wzroku.

Nerwowo splata dłonie, zanim ciągnie dalej: — Muszę przyznać, że brak solidnych danych z różnorodnego spektrum badanych zahamował dopracowanie formuł odwracających.

Żołądek ściska mi się z obrzydzeniem, kiedy czytam między klinicznymi wierszami jego wyznania. Brakuje mu jeszcze dość niechętnych „ochotników". Powstrzymuję odruch wymiotny, gdy żółć podchodzi mi do gardła na myśl o biednych duszach takich jak my z Declanem, których poddano podobnym sadystycznym eksperymentom wbrew ich woli.

— No cóż, może ta gwałtowna mała rewolucja Diany przeciw kierownictwu Bureau strząśnie z nich kilku uciskanych, których będziesz mógł uratować — rzucam jadowicie, nie umiejąc powstrzymać obrzydzenia.

Jego twarz chmurzy się na wzmiankę o Dianie. — Mogła zwrócić się przeciw Bureau, ale nie miej złudzeń — jej cele zapewne wciąż są równie spaczone, jak były — mówi poważnie, a na czole rysuje mu się troska. — Dianie Foxberry ufać nie wolno.

Muszę powstrzymać przewrócenie oczami. Jakby Malcolm z jego tajnym podziemnym labem był choć odrobinę bardziej godny zaufania. Tłumię jednak gorzki śmiech, który podchodzi mi do gardła. Robienie zadry nie przybliży mnie do uwolnienia niewinnych, uwięzionych między dwiema stronami tego daremnego konfliktu.

— Skupmy się na tym, żeby naprawdę pomagać ludziom, a nie bawić się w gierki — warczę, czując, jak moja kipiąca złość i frustracja zaczyna się wylewać. Sama myśl, że ktoś jeszcze ma cierpieć z rąk Bureau albo jego odłamów, rozpala we mnie gniew. — Jesteśmy tu dla ofiar, nie dla polityki.

Może wyczuwając, że grunt robi się grząski, Declan kładzie mi na ramieniu delikatną, uspokajającą dłoń. — Ma rację, doktorze. Naszym priorytetem jest uwolnienie tych ludzi, nie rozgrywki o władzę — potwierdza, choć jego oczy pozostają czujne, omiatając wzrokiem laboratorium w poszukiwaniu ukrytych zagrożeń.

Malcolm przegarnia roztrzepane czarne włosy rozdrażnionym gestem, nerwowo spoglądając to na mnie, to na Declana. — Tak, oczywiście. Przepraszam, nie chciałem tracić z oczu sedna — mówi prędko. — Może najlepiej będzie przejść dalej, a pokażę wam moją jak dotąd najbardziej obiecującą, dopracowaną formułę. Z pewnością mamy sporo do omówienia, jak ruszyć stąd dalej.

Skinam krótko, sucho głową. Choć mogę nie znosić wątpliwych metod Malcolma, na razie nie mamy lepszych opcji, jeśli chcemy dostępu do zaplecza laboratoryjnego i choć cienia nadziei na przeciwdziałanie chorym eksperymentom Bureau. A więc na ten czas musi wystarczyć krucha, niewygodna współpraca.

— Tędy — kieruje nas Malcolm, przywołując nas gestem w głąb rozległego laboratorium. Zatrzymuje się z nabożnym niemal szacunkiem przed dużą przeszkloną gablotą, w której rzędy fiolek o nienaturalnych barwach żarzą się mdłym blaskiem. Gdy patrzy na próbki formuł, jego dziwne, fiołkowe oczy nabierają niemal czcicielskiego blasku.

— To — oznajmia z dumą — moje najbardziej dopracowane i skoncentrowane serum. Destylowane i oczyszczone na podstawie wnikliwych badań DNA pobieranego przez lata od byłych obiektów testowych Bureau.

Na jego beznamiętne sformułowania przebiega przeze mnie fala obrzydzenia. — Niech zgadnę: pozyskane z krwi i kości biednych dusz torturowanych przez Bureau wbrew ich woli? — wypluwam gorzko.

Malcolm ma na tyle przyzwoitości, by wyglądać na zawstydzonego. — Geneza jest, przyznaję... moralnie wątpliwa — stwierdza z bolesnym grymasem. — Jednak analizując wyjątkowe cechy i mutacje genetyczne badanych, byłem w stanie wyodrębnić konkretne czynniki umożliwiające paranormalne przemiany i zdolności.

Stuka niemal czule w szybę gabloty. — To serum to ukoronowanie tamtych nieustannych badań. Wierzę, że kryje klucz do stabilizacji i odwracania wymuszonych mutacji.

— No pięknie, czyli destylat z wyzysku — syczę zjadliwie, a we mnie aż się gotuje z obrzydzenia. — Co dalej, niechciane testy na ludziach? Czemu nie domknąć tego horroru?

— Nie, nigdy! — wykrzykuje Malcolm, unosząc w obronnym geście dłonie. — Przysięgam wam, nigdy nawet nie rozważałbym testowania na więźniach czy kontynuowania haniebnych praktyk Bureau.

A jednak, kiedy wypowiada te słowa, dostrzegam w jego oczach ledwie dostrzegalny cień wahania, chwilę zawieszenia, która przeczy jego zapewnieniom. Zimny niepokój pełznie mi po kręgosłupie.

Declan zbliża się do mnie, krąży przy mnie ochronnie, a jego przenikliwy wzrok nie spuszcza Malcolma. — Będziemy bardzo uważnie patrzeć ci na ręce, doktorze — mówi, a pod pozorną swadą tli się niewypowiedziane ostrzeżenie. — Ta sytuacja wymaga kontroli.

— Oczywiście, niczego innego bym się nie spodziewał w tych okolicznościach — przytakuje pospiesznie Malcolm, próbując wygładzić nagle lotną atmosferę. — Nie miałem zamiaru sugerować powtarzania niemoralnych działań Bureau. Moim jedynym celem jest pomóc ofiarom odzyskać kontrolę nad własnym losem.

Ale w głębi duszy boję się, że już tkwimy w tym po uszy, stąpając ciemnymi ścieżkami i opierając się na wątpliwej nauce i moralności. W końcu dobrymi chęciami piekło wybrukowane. A jeśli nie będziemy ekstremalnie ostrożni, Malcolm może wciągnąć nas na samo dno razem ze sobą — niezależnie od szczytnych intencji.

◆◇◆

Chłodne powietrze w laboratorium wywołuje dreszcze, gdy Malcolm prowadzi nas głębiej w swoje podziemne sanktuarium. Metaliczny zapach chemikaliów wdziera się do nozdrzy i nie mogę otrząsnąć się z wrażenia, że coś tu jest nie tak. Declan zdaje się podzielać mój niepokój;

jego piwne oczy śmigają po pomieszczeniu, chłonąc każdy szczegół.

— Artemis — szepcze, pochylając się, by Malcolm nas nie usłyszał. — Jesteś pewna, że możemy mu ufać? Coś ukrywa. Wiem to.

— Uwierz mi, nie jestem jego największą fanką — odpowiadam pod nosem, nie spuszczając czujnego wzroku z Malcolma. — Ale teraz nie mamy wielkiego wyboru.

Declan niechętnie kiwa głową, lecz pozostaje spięty, z zaciśniętą szczęką. Idziemy za Malcolmem w milczeniu, a napięcie między nami rośnie z każdym krokiem.

— Ach, jesteśmy — oznajmia Malcolm, zatrzymując się przy stole zagraconym papierami i fiolkami. — A teraz porozmawiajmy o Dianie.

— No tak, bo ta zdradziecka żmija to na pewno ktoś, kogo trzeba mieć na oku — burczę.

— Istotnie — zgadza się Malcolm, niewzruszony moim sarkazmem. — Z informacji, które zebrałem, wynika, że Diana planuje kontynuować program hybryd po wyeliminowaniu kierownictwa Bureau. Chce wykorzystać ich badania do własnych celów.

— Świetnie, czyli jest tak samo pokręcona jak oni — mruczę, przeczesując włosy i nerwowo za nie szarpiąc.

— Niestety tak — potwierdza Malcolm, a jego spojrzenie ciemnieje. — Musimy ją powstrzymać, zanim wyrządzi jeszcze więcej szkód.

— Dobra — wzdycham, doskonale wiedząc, że jesteśmy między młotem a kowadłem. — Popracujemy z tobą na razie, ale jeśli się dowiem, że nas okłamałeś...

— Zrozumiałem — ucina Malcolm, unosząc dłoń, by mnie uciszyć. — Zapewniam was, że moje intencje są czyste.

— Oby — wtrąca sceptycznie Declan.

— Chwila — mówię ostrożnie, trybiki w mojej głowie zaczynają się kręcić. — A jeśli Diana opracowała bardziej zaawansowane hybrydy? Takie, które potrafią doskonale naśladować ludzi i służyć jako infiltratorzy?

Oczy Malcolma mrużą się. — To możliwość, której nie możemy zignorować. Jednak zapewniam, że moje badania służą odwracaniu nieetycznych eksperymentów Bureau, a nie tworzeniu nowych potworów.

— No pewnie — prycha Declan z sarkazmem. — Tylko skąd w ogóle bierzesz obiekty do badań? O jakich ludziach mówimy?

— Ochotnicy — odpowiada Malcolm, zerkając na rzędy fiolek na blacie. — Ci, którzy ucierpieli z rąk Bureau i szukają szansy na normalność.

— Serio? — parskam, krzyżując ręce na piersi. — I tak po prostu ustawiają się pod twoimi drzwiami w kolejce, gotowi, żebyś ich kłuł i macał jak laboratoryjne szczury?

— Artemis — mówi twardo Malcolm. — Nigdy nie testowałbym swoich terapii na niechętnych. Ludzie, którzy do mnie trafiają, przeszli przez horrory, których nawet nie potrafisz sobie wyobrazić. Zasługują na szansę na lepsze życie i jestem zdeterminowany, by im ją dać.

— Wybacz, jeśli nie jestem całkiem przekonana — odcinam, dźwigając na barkach ciężar podejrzeń, choć razem z nim wzbiera ostrożna nadzieja. Czy Malcolm zdoła cofnąć... cokolwiek, co Diana zrobiła mnie i Declanowi? Czy odważymy się zaufać mu na tyle, by powiedzieć mu prawdę? Spałam z tym mężczyzną, a wcale go nie znam — zaufanie nigdy nie przychodziło mi łatwo.

— Artemis, rozumiem twoje obawy — mówi Malcolm, patrząc mi prosto w oczy. — Ale wiedz jedno - nigdy nie pozwolę, by moje badania stały się bronią w rękach ludzi o złych zamiarach. Moja praca ma leczyć, nie ranić.

— Dobrze — ustępuję, choć w tyle głowy wciąż kołacze się zwątpienie. — Ale jeśli mamy zdjąć Dianę ze sceny, musimy wiedzieć o jej planach wszystko, co się da. Koniec z sekretami i półprawdami.

— Zgoda — kiwa poważnie Malcolm.

— No to w porządku — wtrąca Declan, którego piwne oczy spotykają się z moimi. — Popracujemy z tobą na razie. Ale jeśli się okaże, że nie jesteś z nami do końca szczery, będzie piekło.

— Zrozumiano — mówi Malcolm z lekkim uśmiechem. — Do pracy.

Wychodząc z laboratorium, biorę głęboki oddech — chłodne powietrze to przyjemna odmiana po sterylnej klaustrofobii podziemnej nory Malcolma. Declan idzie obok mnie, z rękami wciśniętymi w kieszenie wojskowej kurtki, na czole marszczy mu się zamyślona bruzda.

— Dobra, Artemis — mówi, spotykając mój wzrok. — Pracujemy z nim, ale trzymamy gardę. I nasze sekrety.

— Zgoda — odpowiadam, myśląc o serum krążącym w naszych żyłach, o nieznanych mocach, które mogą w nas kiełkować. Ostatnie, czego nam trzeba, to żeby Malcolm się dowiedział i potraktował nas jak swoje okazy doświadczalne.

— Jego wiedza o Dianie jest niepokojąca — dodaje Declan, zaciskając szczękę. — To znaczy, że jest groźniejsza, niż sądziliśmy.

— A jakże — mruczę, palce świerzbią mnie, by zacisnąć je na znajomym chwycie pistoletu. — Zawsze była żmiją w trawie. Ale skoro wiemy, do czego jest zdolna, nie możemy pozwolić sobie na choćby moment nieuwagi.

— Racja — przytakuje Declan, napinając się na samą myśl o zdradzie Diany. — Ale musimy pamiętać, że Malcolm też może nie być tak niewinny, jak twierdzi.

— Uwierz, nie zapomniałam — mówię, a wspomnienie, jak go uwodziłam dla informacji, jest wciąż świeże. — Nie ufam mu ani na jotę.

— Dobrze — uśmiecha się krzywo Declan, a w kącikach oczu pojawiają mu się zmarszczki. — To już nas dwoje.

— Skupmy się na powstrzymaniu Diany — proponuję. Sama myśl, że mogłaby infiltrować Bureau za pomocą zaawansowanych hybryd, mrozi mi krew w żyłach. — Za wszelką cenę.

— Zgoda — odpowiada Declan, determinacja wyryta w każdym rysie jego twarzy. — Bo jeśli my jej nie zatrzymamy, nikt tego nie zrobi.

— A jak — mówię, a moje zielone oczy błyskają zdecydowaniem. — Mamy wojnę do wygrania.

Gdy oddalamy się od laboratorium, a ciężar misji przygniata nas coraz mocniej, nie potrafię przestać myśleć, że idziemy po linie rozwieszonej między dwojgiem niebezpiecznych wrogów — Dianą i doktorem Kastlerem. Ale bez względu na to, jak zdradliwa będzie ścieżka przed nami, z Declanem jesteśmy zdeterminowani, by wymierzyć sprawiedliwość tym, których skrzywdziły spaczone eksperymenty Bureau.

A jeśli oznacza to grę w niebezpieczną dezinformację, niech tak będzie. Po prostu będziemy oglądać się za siebie na każdym kroku.

ROZDZIAŁ TRZECI

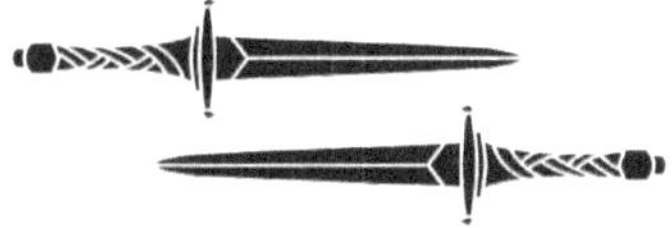

Blady blask ekranu laptopa rzuca upiorne cienie na twarz Malcolma, gdy ten zagłębia się w swoje badania. Przez chwilę go obserwuję, rejestrując bruzdy skupienia wyryte na jego czole, jego fiołkowe oczy biegające tam i z powrotem z intensywnością, która mnie niepokoi. Stawka jest zbyt wysoka, a czas się kończy.

— Dobra — mówi w końcu, podnosząc na nas wzrok. — Chyba to rozgryzłem. Diana planuje uderzyć dziś w nocy w siedzibę Biura.

— Oczywiście, że tak — mruczy Declan z pogardą w głosie. — Zna to miejsce lepiej niż ktokolwiek. Założę się, że ma w zanadrzu jakiś sekretny tunel albo dwa.

— Dlatego musimy uderzyć pierwsi — stwierdza Malcolm, stukając w kilka klawiszy i wywołując zdjęcie satelitarne warowni Biura — kompleksu, który, nawiasem mówiąc, nie figuruje na żadnej oficjalnej liście nieruchomości Biura. — Przechwycimy jej oddział uderzeniowy, zanim dotrze do obiektu, wyeliminujemy ich i wejdziemy do środka, podszywając się pod nich.

— Brzmi ryzykownie — mówię, a serce wali na myśl o infiltracji samego serca wrogiej operacji. — Ale chyba nie ma zbyt wielu innych opcji, co?

— Żadnych, które dałyby nam element zaskoczenia — przytakuje Malcolm. — Jeśli nam się uda, wykorzystamy chaos na naszą korzyść. Wślizgniemy się do środka i zamkniemy ich całą pokręconą operację, zanim w ogóle zorientują się, co ich trafiło.

— Wchodzę w to — warczy Declan, zaciskając szczękę. — Najwyższa pora uderzyć tych sukinsynów tam, gdzie boli.

— Zgoda — wtrąca Athina, w jej ciemnych oczach tli się determinacja. — Tylko uważajmy, żeby nie wpaść w krzyżowy ogień, dobra? Gramy w niebezpieczną grę.

— To zagrajmy lepiej niż Diana — mówię, starając się brzmieć pewniej, niż się czuję. — Więc jak dorwiemy jej oddział uderzeniowy?

— Zostawcie to mnie — mówi Malcolm z mrocznym błyskiem w oczach. — Mam kilka pomysłów. Upewnijcie się tylko, że będziecie gotowi, kiedy przyjdzie pora.

— Zawsze jestem — odpowiadam z krzywym uśmiechem, choć supły strachu w żołądku mówią co innego.

Gdy pokój wypełnia się pomrukiem szeptanych planów i pospiesznych przygotowań, nie mogę oprzeć się wrażeniu, że już porywamy się z motyką na słońce. Ale nie ma odwrotu. Kości zostały rzucone i pozostaje nam tylko odegrać swoje role oraz liczyć na najlepsze.

— Jedziemy z tym — mówi Declan, głosem pełnym ponurej determinacji.

— Cholera jasna, dokładnie — przytakuję, hartując się na nadciągającą walkę. — Dla odmiany przenieśmy walkę na ich teren.

Wiatr gryzie mnie w policzki, gdy patrzę, jak Declan znika w mroku, wtapiając się w cienie. Poszedł zinfiltrować obiekt Biura i zebrać informacje do naszej nadchodzącej maskarady. Czuję w żołądku supeł niepokoju, ale odganiam go. Mamy teraz większe problemy.

— Artemis — głos Athiny rozcina moje myśli i odwracam się do niej. Jej niegdyś blond włosy w świetle księżyca połyskują srebrem, a w ciepłych, brązowych oczach pobrzmiewa troska. — Pamiętaj, co ci mówiłam: zaufaj instynktom, kiedy przyjdzie pora.

Kiwnę głową, przełykając ślinę. Łatwo powiedzieć, trudniej zrobić, zwłaszcza gdy te instynkty są skażone nadnaturalnym serum i poczuciem zdrady.

— Dzięki, Athino — mamroczę, próbując brzmieć pewniej, niż się czuję. Klepie mnie lekko po ramieniu i wraca do swoich przygotowań, zostawiając mnie sam na sam z myślami.

Zerkam na Malcolma, który pogrążony w skupieniu dopracowuje naszą strategię. Część mnie ma ochotę wyrzucić z siebie prawdę, pal licho konsekwencje. Ale nie, jeszcze nie. Na razie posłucham rady Athiny i zatrzymam dla siebie sekret, który mógłby nas wszystkich pogrążyć.

Telefon wibruje w kieszeni, wyrywając mnie z zamyślenia. Wiadomość od Declana – seria zdjęć zrobionych w środku obiektu Biura. Surowe oświetlenie rzuca upiorne cienie na sterylnie białe ściany, potęgując niepokojącą atmosferę. Dreszcz przebiega mi po plecach, gdy przewijam zdjęcia, czując chłód, który nie ma nic wspólnego z nocnym powietrzem.

— Masz coś przydatnego? — pyta Malcolm, nagle zjawiając się obok mnie. Jego fiołkowe oczy przelatują po ekranie, chwytając każdy detal z drapieżnym skupieniem.

— Declan zdołał zdobyć dla nas trochę informacji — odpowiadam, starając się, by głos brzmiał równo. — Powinny pomóc z naszymi przebierankami.

— Dobrze — mówi krótko, kiwając głową. — Potrzebujemy każdej przewagi, jaką da się wycisnąć.

Gdy znów studiuję zdjęcia, nie mogę powstrzymać dumy z Declana. Mimo ryzyka, mimo potwora czającego się w nim, wciąż walczy o to, co słuszne. To słodko-gorzki przypływ pamięci o tym, dlaczego w ogóle się w nim zakochałam.

— Do roboty — mówię, hartując się na nadciągającą walkę. Mamy misję do wykonania i skorumpowaną organizację do obalenia. A jeśli będzie trzeba ryzykować życiem, a nawet zdrowym rozsądkiem — niech tak będzie.

Z konsekwencjami rozprawię się, kiedy opadnie kurz.

Gdy ruszamy, by dołączyć do reszty, Athina chwyta mnie za ramię i przygląda mi się badawczo. — Jesteś niespokojna, Artemis — mówi cicho. — Bijesz tym od siebie jak falami gorąca.

W gardle mi zasycha i przez moment rozważam, czy nie wyznać wszystkiego. Ale nie, jeszcze nie. Zmuszam się do bladego uśmiechu. — Po prostu nerwy, Athino. Nic, z czym bym sobie nie poradziła.

— Dobrze — mówi, ale widzę, że troska wciąż czai się w jej ciepłych, brązowych oczach. Zbyt długo się znamy, żebym mogła ją oszukać, gdy coś jest nie tak.

Zbieramy się wokół Malcolma, który na prowizorycznej mapie szkicuje ostatnie szczegóły. Jego fiołkowe oczy zerkają na nas — chłodne, kalkulujące. — Pamiętajcie, musimy przechwycić oddział Diany, żeby wejść niezauważeni. Trzymamy się planu, a obnażymy korupcję Biura raz na zawsze.

— To do dzieła — oświadczam, tłumiąc gryzące zwątpienie, że popełniamy ogromny błąd taktyczny. Ale odwrotu nie ma. Mamy życia do uratowania i świat do zmiany, niech diabli wezmą nadnaturalne przemiany.

A na razie tylko to się liczy.

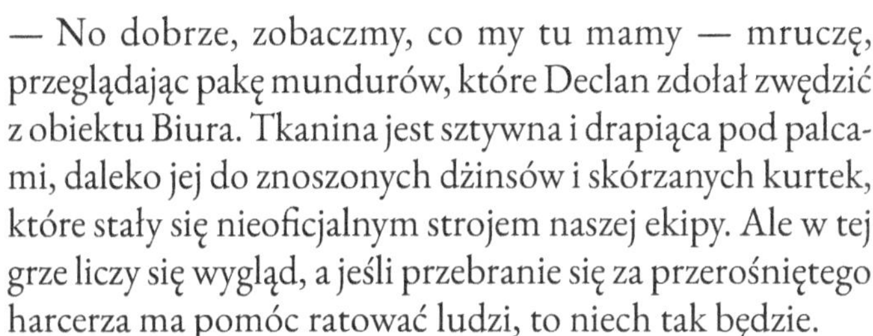

— No dobrze, zobaczmy, co my tu mamy — mruczę, przeglądając pakę mundurów, które Declan zdołał zwędzić z obiektu Biura. Tkanina jest sztywna i drapiąca pod palcami, daleko jej do znoszonych dżinsów i skórzanych kurtek, które stały się nieoficjalnym strojem naszej ekipy. Ale w tej grze liczy się wygląd, a jeśli przebranie się za przerośniętego harcerza ma pomóc ratować ludzi, to niech tak będzie.

— To moje? — pyta Malcolm, unosząc mundur niemal komicznie za duży na jego szczupłą sylwetkę. Jego fiołkowe oczy błyszczą figlarnie, na moment rozwiewając ciężką atmosferę, jaka osiadła nad naszą prowizoryczną bazą.

— Spróbuj tego — podsuwa Athina, rzucając mu mniejszy rozmiar. Jej głos jest łagodny, ale wyraz twarzy pozostaje poważny — cichy przypominek o stawce, o którą gramy.

— Dzięki — mówi Malcolm, bez trudu łapiąc mundur. Ogląda go przez chwilę, po czym zerkając na mnie dodaje: — Myślę, że mogę w tym nieźle wyglądać. Kolor podkreśla mi oczy. Co ty na to?

Śmieję się, zaskoczona mimo napięcia gryzącego mnie od środka. Potrzebujemy tego przekomarzania, tych krótkich momentów lekkości, żeby nie odlecieć w obliczu zagrożenia. Może Malcolm wcale nie jest taki zły.

— Artemis, patrz na to. — Z cieni wyłania się Declan z torbą przewieszoną przez ramię. Rzuca mi komplet kluczy dostępowych i brelok z kluczem elektronicznym, oba z logiem Biura. — Użyjemy tego, żeby przejść przez pierwsze punkty kontroli.

— Dobra robota — mówię, tłumiąc dreszcz, który przebiega mi po kręgosłupie na myśl o infiltracji organizacji, która zadała nam tyle bólu. — Teraz potrzebujemy już tylko pojazdu Biura, żeby wjechać przez bramy, nie wzbudzając podejrzeń.

— Już nad tym pracuję — odzywa się Athina, jej palce tańczą po ekranie tabletu. — Diana odwaliła robotę za nas. Cała flota ciężarówek Biura, kto wie, skąd je wzięła, ale to bez znaczenia. Jak zatrzymamy jej ekipę, bierzemy ciężarówki i używamy ich sami.

— Idealnie. — Kiwnęłam głową, serce przyspiesza, gdy nasz plan zaczyna nabierać kształtów. — Zbierzmy wszystko, czego potrzebujemy, i ruszajmy. Im szybciej przechwycimy tę ekipę, tym lepiej.

— Zgoda. — Malcolm wciąga mundur, krzywiąc się, gdy materiał obciera skórę. — Zróbmy to — dla uwięzionych w środku, dla niewinnych, którzy cierpieli z rąk Biura.

— A jakże — dorzuca Declan, w oczach płonie determinacja. Przez moment mi się przygląda, jakby szukał śladu wahania czy zwątpienia. Ale nie znajdzie, nie tej nocy.

— Dobra, drużyno — mówię, wciągając własny mundur i prostując ramiona. — Chodźmy ratować ludzi.

Gdy szykujemy się do wyjścia, wracają mi w głowie słowa Athiny o zaufaniu do instynktu. Prawda o naszej przemianie wisi nad nami jak czarna chmura, gotowa w każdej chwili nas pochłonąć. Ale na razie zachowam ten sekret przy sobie i skupię się na misji.

Bo w tym świecie pełnym niebezpieczeństw i oszustw zaufanie to wszystko, co nam zostało. I nie zamierzam się tego jeszcze wyrzekać.

Migocząca latarnia nad głową rzuca upiorny blask na mokry asfalt i niemal czuję w powietrzu zapach napięcia. Idealna noc na zasadzkę, jeśli mogę coś powiedzieć od siebie.

— Declan, masz ich na oku? — szepczę do słuchawki w uchu.

— Potwierdzam — odpowiada, jego głos ledwie przebija się przez trzaski. — Schodzą teraz tą ulicą.

Wychylam się za róg i obserwuję, jak oddział Diany zbliża się do naszej pozycji. Mała flota opancerzonych ciężarówek, ich czarne karoserie stapiają się z cieniami, toczy się obok nas złowieszczo. Każdą prowadzą żołnierze w maskach, które skrywają ich podłe mordy. Sama myśl o potwornościach, których się dopuścili, sprawia, że krew mi się gotuje.

— Dobra, ekipo, szybko i czysto — mówię, ociekając sarkazmem. — Nie chcielibyśmy przecież zranić ich uczuć, prawda?

— Przyjęto — pada odpowiedź z kilku gardeł, w każdym pobrzmiewa determinacja i odrobina czarnego humoru.

Gdy ostatnia ciężarówka mija mój punkt, biorę głęboki oddech i po cichu liczę do trzech.

— TERAZ! — wrzeszczę do łączności; betonowóz prowadzony przez członka Obsidian Circle, zwanego Garnet, wjeżdża na tor konwoju, piski hamulców rozdzierają noc, gdy ciężarówki są zmuszone stanąć.

— RUSZAĆ! — ryczy w uchu głos Declana i zgrywamy się na unieruchomione ciężarówki jak wataha wilków.

W kilka sekund jesteśmy przy nich. Kierowca pierwszej ciężarówki zastyga, gdy celuję mu z pistoletu prosto w twarz. Powietrze wypełnia trzask tłuczonego szkła, gdy rozbijamy szyby, bezlitośnie wyciągamy zamaskowanych żołnierzy i wbijamy igły z szybko działającymi środkami usypiającymi wszędzie tam, gdzie tylko znajdziemy kawałek odsłoniętej skóry. Nie mają nawet czasu krzyknąć, nim padają nieprzytomni na zimny asfalt.

— Dobra robota, wszyscy — mówię, ogarniając wzrokiem pobojowisko.

— Wiedziałem, że tworzymy dobrą drużynę. — Declan szczerzy do mnie zęby.

— Przebieramy się, ludzie — rozkazuję, gdy ściągamy mundury z nieprzytomnych. Czarny rynsztunek wciąż jest ciepły od ich ciał i nie mogę powstrzymać dreszczu odrazy, gdy wślizguję się w ubrania należące do tych, którzy uczestniczyli w niewypowiedzianych czynach.

— Uch, te maski pachną strachem i złymi decyzjami — mamroczę, dopasowując niewygodny materiał wokół oczu. — W sumie pasuje.

— Skup się, Artemis — upomina mnie Declan, a jego piwne oczy błyszczą determinacją spod maski. Ma rację, oczywiście. To nie czas na żarty. Stawką są ludzkie życia.

— Dobra, ekipo, ruszamy, zanim ktoś zauważy, że przejęliśmy ten konwój — mówię szeptem. Wskakujemy do ciężarówek, silniki mruczą cicho, gdy kierujemy się w stronę siedziby Biura.

ROZDZIAŁ CZWARTY

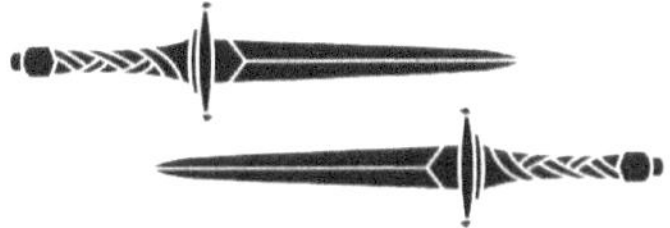

WYCIE SYREN ALARMOWYCH I migające światła awaryjne atakują nasze zmysły, gdy zbliżamy się do oblężonego kompleksu Biura. Zwykle nieskazitelna fasada wygląda teraz jak rozkopane mrowisko, a personel uwija się w ledwie kontrolowanym chaosie. Wymieniam niespokojne spojrzenia z Athiną, a żołądek ściska mi się ze stresu.

— Co tu się, do diabła, wydarzyło, kiedy nas nie było? — zastanawiam się na głos. Ten poziom pandemonium wydaje się przesadny nawet jak na zuchwały atak Diany.

Twarz Athiny twardnieje od determinacji. — Nieważne teraz. Musimy dostać się do środka i ocenić sytuację na własne oczy. Diana mogła uderzyć na dwa fronty, a my zatrzymaliśmy tylko jedną falę.

Wskazuje ostro na wejście do kompleksu. — Nie było jej w tym konwoju, na który urządziliśmy zasadzkę, a znając ją, nie siedziała z założonymi rękami. Musimy wyprzedzić to, co planuje dalej, i zabezpieczyć kluczowe dane, póki możemy.

Waham się, każdy instynkt krzyczy, że powinniśmy przerwać ten brawurowy plan. Ale Athina zaciska palce na moim barku, a jej fiołkowe oczy wiercą mi dziurę w duszy. — Zaszłyśmy już za daleko. Jesteś ze mną czy nie?

Przełykając obawy, przytakuję krótko. Athina szczerzy zęby w drapieżnym uśmiechu. — To robimy.

Wślizgujemy się niezauważenie w pędzący tłum, a niepokój gryzie mnie od środka. Morze obcych twarzy i czysty chaos sprawiają, że czuję się obnażona i bezbronna. Muszę się powstrzymać, by nie czmychnąć z powrotem na zewnątrz, do względnego bezpieczeństwa.

— Trzymajcie się blisko i miejcie oczy otwarte — przypominam pozostałym, starając się brzmieć pewniej, niż się czuję. Wobec wirującego wokół nas pandemonium moje słowa wydają się żałośnie nieadekwatne.

Declan zbliża się, orzechowe oczy czujne. — Damy radę — mruczy. Ale wyczuwam nutę niepokoju za jego zapewnieniem.

Po ostatnim głębokim wdechu zanurzamy się w spanikowany tłum, wszystkie zmysły napięte, czy nie wyłapią śladów śmiercionośnych sił Diany czających się w środku. Wyjące syreny i strobujące światła szarpią mi nerwy, gdy przebijamy się przez rwący ludzki nurt.

— Wy tam, stać! — nagle ryczy chropowaty głos. Zastygam, puls tłucze jak oszalały. Tęgi strażnik kroczy w naszą stronę, jedną rękę trzymając na kaburze. — Co tu robicie?

— Wykonujemy rozkazy, proszę pana — odpowiada gładko Declan, choć jego uśmiech wygląda na wymuszony. Po plecach spływa mi strużka grozy na widok ostrożności w jego oczach. Coś jest z nim nie tak.

Strażnik marszczy brwi i podchodzi bliżej. — Rozkazy? Czyje rozkazy?

W mgnieniu oka Declan chwyta go za kamizelkę taktyczną i ciska nim o ścianę. Oczy strażnika wybałuszają się ze zdumienia, nogi zwisają bezradnie.

— Declan, przestań! — krzyczę, ale nie reaguje. Z twarzą wykrzywioną wściekłością zaciska dłoń na szyi strażnika, odcinając jego zdławione błagania.

Serce podskakuje mi do gardła; rzucam się naprzód akurat, gdy mężczyzna sięga po radio. — Intruzi... sektor czwarty... — rzęzi, zanim wyrywam mu je z ręki.

— Do diabła, Declan, opanuj się! — syczę przez zaciśnięte zęby. Z pomocą Athiny odciągamy go od już nieprzytomnego strażnika. Wycie syren nasila się, piłując mi nerwy.

Declan miga powiekami, jakby wybudzał się z transu. — Co... co się stało? — jąka się, wpatrując się z przerażeniem w drżące dłonie.

— Nie ma czasu na wyjaśnienia — parskam, myśli pędzą. Upychamy strażnika w schowku gospodarczym. — Musimy się ruszać, już!

Krzyki zaalarmowanych oddziałów odbijają się echem po korytarzach, gdy pędzimy w głąb skompromitowanego obiektu. Serce wali mi o żebra, a oddech rwie się w panikowanych spazmach.

Tylko przeżyć, mówię sobie. *O wybuch Declana martw się później.* Wpadamy w poślizg na zakręcie i przylepiamy się plecami do ściany, kiedy dudniące kroki przetaczają się obok.

Po agonizującym oczekiwaniu przeciskamy się do opuszczonego korytarza i schodzimy na niższe poziomy laboratoriów. Agresywna sterylność otoczenia wcale nie koi nerwów. Jeśli już, to tylko bardziej szczerzy do mnie zęby.

— Tam — syczy Athina, wskazując na nieoznaczone drzwi. Wraz ze zbliżaniem się osiada we mnie ciężkie złe przeczucie. Cokolwiek czeka po drugiej stronie, odwrotu już nie ma.

Spotykam spojrzenie Declana i widzę w jego oczach odbicie własnego strachu. — Gotowy na to? — pytam niepewnie. Kiwa głową bez słowa, szczęka zaciśnięta.

Drżącymi palcami chwytam za klamkę i otwieram drzwi. Cienie jakby na nas zionęły, pożerając próg i wyzywając nas, byśmy wkroczyli w nieznane.

Biorę głęboki oddech i rzucam się w ciemność, wszystkie zmysły wyją. I gdy schodzimy głębiej do tego domu grozy, wiem, że nic już nie będzie takie samo.

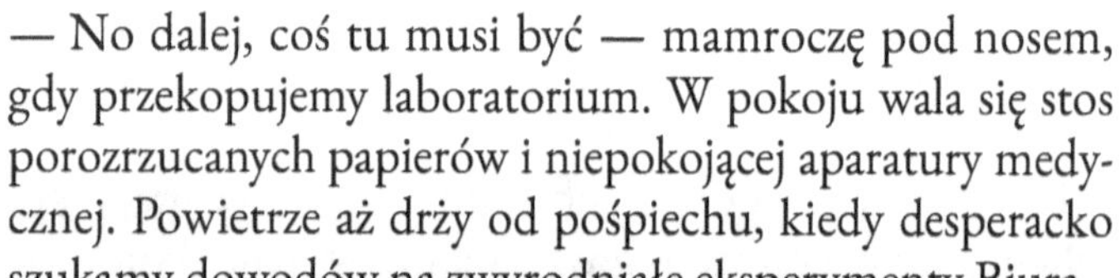

— No dalej, coś tu musi być — mamroczę pod nosem, gdy przekopujemy laboratorium. W pokoju wala się stos porozrzucanych papierów i niepokojącej aparatury medycznej. Powietrze aż drży od pośpiechu, kiedy desperacko szukamy dowodów na zwyrodniałe eksperymenty Biura.

— Artemis, patrz na to — wyrzuca z siebie Declan napiętym głosem. Unosi teczkę drżącymi rękami. Kłykcie bieleją mu, gdy zaciska chwyt, a ja słyszę znajome trzeszczenie papieru, który zaraz pęknie. — Czy tego szukamy?

— Uważaj z tym uściskiem, Declan — ostrzegam, odbierając mu teczkę, zanim zmieni się w konfetti. Przerzucam zawartość: zdjęcia zniekształconych obiektów testowych i makabryczne opisy ich hybrydowych zdolności. Bingo.

— Dokładnie to, czego potrzebujemy — mówię, wtykając teczkę pod ramię. — Ale skup się, dobra? Nie potrzebujemy powtórki z rozrywki.

— Jasne. Przepraszam — odpowiada Declan, wlepiając wzrok w podłogę. Wyraźnie walczy ze sobą i zaczyna pękać. To tykająca bomba z opóźnionym zapłonem — a nam kończy się czas. Co to serum z nim robi?

W co się zmieniamy i jak długo minie, zanim ja też stracę nad sobą kontrolę?

— Trzymaj się w ryzach, Declan — mówię, starając się brzmieć pokrzepiająco. Ale sama nie wiem, czy w to wierzę. — Ustalimy to, kiedy się stąd wydostaniemy.

— Miejmy nadzieję — mruczy niemal bezgłośnie.

Gdy dalej przeczesujemy laboratorium, nie mogę pozbyć się uczucia, jakby ktoś biegł mi po kręgosłupie lodowatymi palcami. Jasne, wszystko jak dotąd idzie gładko, ale wiem, że nie wolno mi opuszczać gardy. W tej robocie ostrożności nigdy za wiele.

— Artemis, mam kolejny — mówi Declan, podając mi następną teczkę. Wciąż ściska ją za mocno, krawędzie pognioty się pod palcami.

— Dzięki — odpowiadam, maskując niepokój. — Tylko uważaj na swoją siłę, nie chcemy niczego uszkodzić.

— Jasne... przepraszam — mamrocze, wyraźnie sfrustrowany, że nie panuje nad swoimi zdolnościami. Wiem, że się stara, ale trudno się nie martwić, gdy współpracuje się z wybuchową hybrydą na krawędzi.

— Skup się, Declan — upominam, mając nadzieję, że mój głos brzmi choć trochę pewnie. — Kończymy już.

— Jasne — odpowiada z determinacją w oczach. Nabiera głęboko powietrza i zaciska pięści, widocznie walcząc o samokontrolę.

Gdy zbieramy ostatnie kawałki dowodów, ciężar misji osiada mi na barkach. Zas zaszliśmy tak daleko, a wciąż tyle może pójść nie tak. A skoro Declan ledwo trzyma swoje nowe moce w ryzach, ogarnia mnie przemożne poczucie grozy.

Ale przynajmniej na razie zrobiliśmy to, po co tu przyszliśmy. Wyzwaniem będzie wynieść się stąd żywymi — i zachować zimną krew, gdy będziemy brnąć dalej tą zdradliwą ścieżką.

Truchtem wracamy tą samą drogą i znajdujemy Athinę oraz Malcolma przy terminalu; Malcolm pochyla się nad klawiaturą, a Athina stoi na czatach. Patrzę, jak palce Malcolma śmigają po klawiszach, a jego fiołkowe oczy przywierają do ekranu. Skubaniec to geniusz i wbrew sobie nie mogę go nie podziwiać. Jak na faceta, który nie ma czasu przyciąć ani choćby przeczesać włosów, włamania do zabezpieczonych serwerów idą mu jak dziecinna igraszka.

— Jak idzie? — pytam, starając się utrzymać głos w ryzach mimo adrenaliny szalejącej we krwi.

— Prawie gotowe. Te zaszyfrowane pliki są podstępne, ale prawie je rozgryzłem — odpowiada, nawet nie zerkając w górę.

— Dobrze — mówię, nerwowo lustrując otoczenie. Czas nam się kończy, a napięcie rośnie z każdą sekundą.

Wreszcie Malcolm wypuszcza z ulgą powietrze. — Jest.

— Świetnie, teraz ściągnij wszystko, czego potrzebujemy, żeby zdemaskować tych drani — polecam, nasłuchując zbliżających się kroków.

— Już się robi — mówi, wystukując komendy, gdy dane zaczynają się kopiować.

— Malcolm — naciskam — a co z obiektami testowymi? Tymi, których torturowali i na których eksperymentowali?

Zawiesza ręce, wzdycha. — Kiedy kierownictwo Biura padnie, będziemy mogli ich uwolnić.

Mnie to nie wystarcza. — Oni wciąż żyją? Możemy im pomóc?

— Artemis, skup się — warczy, mrużąc oczy. — Mamy robotę do zrobienia. Po kolei.

— Dobra — mamroczę, krzyżując ręce na piersi. Wiem, że ma rację, ale nie potrafię przestać myśleć o tych biednych duszach uwięzionych w tym piekle.

Kiedy dane się pobierają, zaczynam krążyć tam i z powrotem, a moje skradzione, służbowe buty Biura piszczą przy każdym kroku. Serce mi wali i nie mogę przestać myśleć o tym, co może pójść źle. Jeśli Declan znów straci panowanie, albo jeśli alarm rozlegnie się, zanim będziemy gotowi...

— Artemis — mówi Malcolm. — Gotowe. Mamy, czego trzeba.

— Dobrze — odpowiadam, odpychając lęki i skupiając się na zadaniu. — Wynosimy się stąd.

— Tuż za tobą — rzuca.

Przeciskamy się przez laboratorium tak szybko i ostrożnie, jak tylko się da. Stawka jest jeszcze wyższa — nie możemy sobie pozwolić na żaden błąd. Musimy wynieść te informacje.

— Bądź czujny — szepczę do Malcolma, aż mnie świerzbią palce, by sięgnąć po broń, której jeszcze nie odważę się wyciągnąć, żeby nie wzbudzić podejrzeń strażników wciąż kręcących się wokół jak szerszenie. Zerkają na nas, ale idziemy zwartą grupą, wzrok wbity przed siebie, jakbyśmy tu należeli, jakbyśmy dokładnie wiedzieli, dokąd idziemy i co mamy robić.

Serce tłucze mi jak młot pneumatyczny, gdy posuwamy się przez słabo oświetlone korytarze, a każdy krok odbija mi się w uszach. Napięcie jest tak gęste, że można by je kroić jednym z moich noży.

— Artemis — szepcze niepewnie Declan zza moich pleców, głos napięty. — Ja... przepraszam. Za to wcześniej.

— Daruj sobie — ucinam, nawet na niego nie patrząc. Ale czuję jego wzrok wypalający mi dziurę w potylicy, szukający czegoś — może przebaczenia? Marne szanse, przynajmniej teraz.

— Słuchaj — ciągnie, nie zrażony moją lodowatą odpowiedzią. — Nie wiem, co mnie wtedy naszło, ale przysięgam, to się już nie powtórzy.

— I lepiej, żeby się nie powtórzyło — mamroczę pod nosem, próbując zdusić strach gryzący mnie od środka.

Jeśli dzika strona Declana znów zechce wyjść się pobawić, wszyscy mamy przechlapane.

— Słuchaj — mówi, dosuwając się do mnie, gdy skręcamy za róg. — Obiecuję, że zrobię wszystko, by trzymać się w ryzach. Dla ciebie i dla reszty.

— Lepiej dotrzymaj — cedzę, zerkając na niego z ukosa. — Nie stać nas na kolejne niespodzianki.

— Zgoda — mruczy, znów dostosowując krok za mną. Jego bojowe buty szurają po zimnej, sterylnej podłodze, przypominając mi, jak blisko niebezpieczeństwa jesteśmy na każdym zakręcie.

— Skup się, Declan — myślę, próbując mu to wbić do głowy siłą woli. — Potrzebujemy cię w najwyższej formie, jeśli mamy to przeprowadzić.

— Jasne — szepcze, jakby czytał mi w myślach. — Koniec z wpadkami.

— Dobrze — mówię tak cicho, że sama ledwo się słyszę. — Zróbmy to i wynośmy się stąd do diabła.

Ale gdy dalej przedzieramy się przez legowisko Biura, nie mogę się pozbyć wrażenia, że coś zaraz pójdzie bardzo, bardzo źle — i niech bogowie mają nas w opiece, gdy to nastąpi.

Rozdział Piąty

Zapach potu i żelaza wypełnia powietrze, gdy z Declanem stajemy naprzeciw siebie w słabo oświetlonej sali treningowej. To, jak o włos minęliśmy się z tragedią podczas naszej ostatniej misji, wstrząsnęło nami obojgiem, a ja wciąż nie mogę wyrzucić z głowy obrazu, jak o mało nie zabił tamtego ochroniarza, kiedy próbowaliśmy tylko przegadać się obok niego. Bureau for Paranormal Affairs może i jest zgrają sadystycznych drani, ale to nie znaczy, że mamy zabijać ludzi, którzy tylko wykonują swoją pracę, nawet jeśli celem jest rozwalenie samego Biura. Więc jesteśmy tu, próbując okiełznać bestię w środku.

— Dobra, spróbujmy jeszcze raz — mówię, wracając do postawy bojowej. — Skup się na kontrolowaniu swojej siły, nie tylko na jej uwalnianiu.

Declan kiwa głową, jego piwne oczy zwężają się w koncentracji. Mięśnie napinają mu się pod podartymi dżinsami i wojskową kurtką — wyraźny znak wysiłku, jaki wkłada w powstrzymywanie się. To jak oglądanie dzikiego zwierzęcia w klatce, walczącego z własnymi instynktami.

— Łatwo ci mówić — burczy, stawiając krok w moją stronę.

— Hej, jesteśmy w tym razem — przypominam mu, starając się brzmieć lekko mimo napięcia buzującego między nami. — No dalej, rusz na mnie.

Robi to — jego pięść z alarmującą prędkością śmiga w stronę mojej twarzy. Ledwo udaje mi się uskoczyć, czuję podmuchem powietrza, jak przelatuje obok mojego policzka. Serce mi wali, adrenalina pompuje w żyłach, gdy kontruję szybkim kopnięciem w jego bok.

— Dobrze — chwalę go, w duchu z ulgą, że okazuje więcej powściągliwości niż wcześniej. — Teraz—

Urwało mi, gdy nagła fala mocy rozrywa mnie od środka, a moje tatuaże rozbłyskują upiorną zielenią pod skórą. Cholera, co to jest?

— Artemis? — pyta Declan, troska wyryta na jego przystojnej twarzy. — Co się dzieje?

— Nic — warczę, a gniew kipi we mnie jak płynna lawa. — Po prostu skup się na swoim, do cholery, treningu.

— Ewidentnie coś jest nie tak — upiera się, a w jego głosie słychać frustrację. — Pozwól mi ci pomóc.

— Pomóc mi? — parskam. — To nie żadna bajka, Declanie. Nie pocałujesz potwora we mnie i nie sprawisz, że nagle wszystko będzie dobrze.

— Artemis—

— Zostaw mnie w spokoju! — warczę, trzaskając za sobą drzwiami, gdy wypadam z sali, zostawiając Declana w osłupieniu. Gniew pędzący we mnie jest jak pożar, który grozi pochłonięciem wszystkiego na swojej drodze. W piersi mnie ściska, oddech mam poszarpany — muszę się uspokoić, zanim całkiem stracę kontrolę i stanie się coś, czego nie chcę.

Wpadam do pustego pomieszczenia i związuję włosy w niedbały kok, żeby nie wpadały mi w twarz. W uszach pobrzmiewają nauki Athiny: *Odnajdź swój środek, Artemis. Skup się na oddechu; pozwól, by emocje płynęły jak woda.*

Próbując zastosować jej rady, biorę głęboki wdech i zamykam oczy, zmuszając się do powolnego wydechu.

— No dalej, Artemis — mruczę do siebie, usiłując przypomnieć sobie kojące ćwiczenia, których uczyła mnie Athina. — Wdech... wydech...

Ale to na nic. Gniew narasta jak przypływ, zalewając resztki spokoju. Czuję, jak tatuaże dziwnie palą mnie pod skórą, i kosztuje mnie to wszystko, żeby nie wyładować się i nie przebić pięścią ściany.

— Jasna cholera! — wrzeszczę, a w kącikach oczu szczypią mnie łzy frustracji. Co się ze mną dzieje? Czemu nie potrafię tego ogarnąć?

Myśli uciekają do Declana — do jego zatroskanych piwnych oczu i zmarszczonego czoła, do tego, jak próbował mi pomóc, nawet gdy go odepchnęłam. Nie zasługuje na to; nie zasługuje, by ofukiwała go ktoś, kto nie umie zapanować nad własnymi emocjami.

— Artemis? — rozlega się miękki głos zza drzwi. To nie Declan — to Athina. Jej matczyna obecność zwykle mnie uspokaja, ale teraz tylko przypomina, jak daleko odeszłam od jej nauk.

— Idź sobie! — krzyczę, dławiąc się szlochem. — Nie chcę rozmawiać!

Athina zamiast odejść otwiera drzwi i wchodzi do środka, a jej ciepłe, brązowe oczy wypełnia współczucie.

— Dziecko, nie musisz przez to przechodzić sama — mówi łagodnie, zamykając za sobą drzwi. Widzę, że chce wyciągnąć rękę i dotknąć mnie, ale wie, że lepiej nie naruszać mojej przestrzeni, kiedy jestem w takim stanie.

— Artemis — ciągnie, głosem miękkim, lecz stanowczym. — Musisz puścić to, co wywołuje ten gniew, i znów odnaleźć swój środek. Nie możesz tak dalej.

— Nie mogę? — syczę, ociekając sarkazmem. — Może powinnam po prostu przyjąć potwora w środku i mieć to z głowy. Byłoby diabelnie łatwiej niż walczyć z nim co sekundę każdego dnia.

— Tego naprawdę chcesz? — pyta Athina, nie odrywając ode mnie wzroku.

Nie wie, z czym się mierzę. Nie wie, że staję się potworem. Zaciskam zęby i milczę. Jest za blisko Malcolma—za bardzo w niego wierzy. Nie mogę powiedzieć jej prawdy.

— Odnajdź swój środek, Artemis — prosi łagodnie Athina. — Pamiętaj, kim jesteś, i oprzyj się na tym.

Jej słowa wybrzmiewają w mojej głowie, gdy znów zostawia mnie samą. Biorę drżący oddech, próbując skupić się na czymkolwiek innym niż wściekłość, która grozi, że mnie pochłonie. Ale nieważne, jak mocno się staram, nie umiem znaleźć spokoju, którego tak desperacko pragnę–i ta myśl mnie przeraża.

Wściekłość we mnie zwija się jak wąż, gotowy ukąsić w każdej chwili. Zaciskam pięści, próbując utrzymać ostatnie strzępy kontroli. Oddycham płytko i szybko, każdy wydech tworzy małe obłoczki w powietrzu.

— Cholera — mamroczę pod nosem, nie potrafiąc już dłużej dusić w sobie buzującego gniewu.

Na nic to–nie dam rady dłużej tego tłumić. Energia wzbiera we mnie, elektryzując zmysły i zalewając myśli. Z gardłowym krzykiem wypuszczam skumulowane ciśnienie, a ze mnie wybucha dziwne, błękitne światło. Przedmioty wokół mnie rozsypują się w odłamki. Szkło z roztrzaskanych okien sypie się jak zabójcza konfetti, a drewniane skrzynie pękają z ogłuszającym trzaskiem.

— Artemis! — głos Declana przebija się przez chaos, troska ryje mu rysy, kiedy pędzi w moją stronę.

— Trzymaj się z daleka! — warczę, a strach i obrzydzenie do samej siebie mieszają się w moich żyłach z lotną energią mentalną. — Nie potrzebuję twojej pomocy!

Zawiesza się na ułamek sekundy, po czym z niechęcią się cofa, jego piwne oczy pełne niepokoju. Nie mogę na niego patrzeć, boję się, że moja niestabilność może zagrozić wszystkiemu, co razem zbudowaliśmy–i naszemu związkowi, i walce z Bureau for Paranormal Affairs.

— Dobrze — mruczy, a w jego głosie brzmi zranienie. — Ale wiesz, gdzie mnie znaleźć, jeśli zmienisz zdanie.

Gdy się wycofuje, dostrzegam swoje odbicie w kawałku rozbitego szkła. Dziewczyna, która na mnie patrzy, jest obca, zielone oczy ma rozszalałe i nawiedzone. W piersi osiada ciężki niepokój, gdy uświadamiam sobie, jak blisko jestem całkowitej utraty kontroli.

— Ogarnij się, Artemis — szepczę do siebie, próbując wepchnąć emocje z powrotem do środka. Ale one nie chcą już być dłużej więzione, drapią po krawędziach świadomości i domagają się głosu.

— Skup się — rozkazuję, zaciskając zęby, gdy próbuję poskładać myśli. Ale to jak próba utrzymania wody w dłoniach–im mocniej ściskam, tym szybciej przecieka między palcami.

— No dalej, Artemis — mamroczę przez zaciśnięte zęby. — Jesteś silniejsza niż to.

Ale gdy kolejna fala emocji rozbija się o mnie, zaczynam się zastanawiać, czy to wciąż prawda. Może ciemność we mnie wreszcie wygrała i nie pozostaje mi nic innego, jak zupełnie się jej poddać.

— Artemis — głos przecina moje myśli, miękki i kojący jak balsam na poszarpane nerwy. — Nie musisz robić tego sama.

Odwracam głowę i widzę Declana stojącego kilka kroków dalej, z oczami pełnymi determinacji i niewzruszonego wsparcia. Mimo burzy szalejącej we mnie, nie mogę powstrzymać iskierki nadziei–może, tylko może, zdołamy przez to przejść razem.

Opieram się o drzewo w gęstym lesie otaczającym naszą obecną kryjówkę, próbując uspokoić oddech i odzyskać kontrolę nad emocjami. Szorstka kora wbija mi się w plecy, przywracając do rzeczywistości, kiedy skupiam się na tym odczuciu. Nie mogę w nieskończoność unikać Declana, ale nie pozwolę mu zobaczyć mnie w takim stanie–w kłębowisku strachu, gniewu i frustracji.

— Artemis — głos Athiny rozcina ciszę, troska jest wyczuwalna, zanim jeszcze wychodzi spomiędzy drzew. — Ostatnio jesteś nieobecna. Co się dzieje?

— Nic — mruczę, wpatrując się w ziemię i kopiąc czubkiem buta mały kamyk. — Po prostu... stres.

— O Dianę? — pyta łagodnie, robiąc krok bliżej. Zbyt dobrze mnie zna, ale muszę próbować ukryć prawdę.

— Oczywiście — syczę zbyt głośno. — Minęły tygodnie. Wcale nie jesteśmy bliżej jej znalezienia niż na początku, a każdy dzień więcej daje jej kolejną szansę, żeby wymknęła nam się z rąk.

— Artemis. — Athina kładzie mi dłoń na ramieniu, a ja drżę, zaskoczona dotykiem. — Wejście do walki bez skupienia może skończyć się katastrofą. Najpierw musisz się uziemić.

— Uziemić? — prychnę, strącając jej rękę. — Nie potrzebuję niańczenia, Athino. Dam sobie radę.

— Na pewno? — rzuca wyzwanie, wbijając we mnie brązowe oczy. — Bo z mojej perspektywy zaraz się rozsypiesz.

— Dobrze! — rzucam zrezygnowana, piorunując ją wzrokiem. — Chcesz, żebym się otworzyła? Proszę bardzo!

Jestem wściekła non stop, Athino. Każda pierdoła mnie odpala i nie wiem, jak to zatrzymać. Teraz lepiej?

— Gniew jest naturalną reakcją na stres — mówi miękko, ton ma łagodny i wyrozumiały. — Ale musisz znaleźć sposób, by go okiełznać, Artemis. Nie możesz pozwolić, żeby tobą rządził.

— Dzięki za radę — mruczę sarkastycznie, przewracając oczami. — Bardzo odkrywcze.

— Artemis. — Głos Athiny twardnieje i wiem, że sarkazmem jej nie zbyję. — Twoje emocje są potężne, ale ty jesteś silniejsza. Nie zapominaj o tym.

Gdy odchodzi, zostawiając mnie samą z moją frustracją, mimo wszystko czuję błysk wdzięczności. Athina bywa nieznośnie przenikliwa, ale przynajmniej we mnie wierzy–nawet kiedy ja sama nie jestem pewna, czy wierzę w siebie.

— Okiełznać to — szepczę do siebie, zaciskając pięści, kiedy z trudem wpycham z powrotem gniew, który znów chce wykipieć. — Dasz radę.

I może, tylko może, ja też zacznę w to wierzyć.

Wilgotne powietrze klei mi się do skóry, zapach pleśni i rdzy wdziera się do nozdrzy, gdy z Declanem po cichu przemykamy przez przygaszone korytarze ośrodka danych Biura. Ściany, obrośnięte brudnymi rurami, zdają się na mnie napierać, podsycając gniew tlący się tuż pod powierzchnią. Każdy nasz krok jest jak brodzenie w kałuży frustracji, ale nie możemy pozwolić sobie na potknięcie.

— Trzymaj się blisko — szepcze Declan, jego oddech jest ciepły przy moim uchu. — Nie chcemy zaalarmować strażników.

— Bez jaj — mamroczę, przewracając oczami. Ma rację, jasne, ale nie powstrzymuje to mojej irytacji, która rozpaczliwie szuka ujścia. Serce mi wali, dudni w piersi jak zwierzę w klatce, gotowe się wyrwać.

— Artemis, musisz być cierpliwa — ostrzega, a jego piwne oczy, wbijając się we mnie, błyszczą troską. — Trzymaj się planu.

— Cierpliwość nigdy nie była moją mocną stroną — syczę nisko i ostro. Słowa więzną mi w gardle, jadowite i złośliwe, i nienawidzę się za to. Ale nic nie poradzę; tonę w tym morzu wściekłości i ledwo utrzymuję głowę nad wodą.

— Skup się, Artemis — mówi Declan, nie odrywając ode mnie wzroku. Jego dłoń muska moje ramię, zostawiając po sobie smugę ciepła. Przełykam z trudem, dławiąc gorzki smak urazy, która chce mnie zadławić.

— Dobra — wycedzam, odrywając od niego wzrok i koncentrując się na zadaniu. Zbliżamy się do celu, a pomruk maszyn narasta, im bardziej podchodzimy. Biorę głęboki wdech, usiłując się wycentrować, jak uczyła Athina, ale w głowie mam wichurę, której nie potrafię okiełznać.

— Artemis — ostrzega szeptem Declan, kiedy skręcamy za róg. — Strażnicy przed nami.

— Jasne — syczę, tak zaciskając zęby, że aż bolą. Palce drżą mi z pokusą, by sięgnąć po nóż, poczuć znajomy ciężar rękojeści w dłoni. Ale wiem, że to nie pomoże–nie teraz, gdy każda komórka mojego ciała krzyczy o ulgę.

— Podążaj za mną — mruczy Declan, spinając się, gotowy do ruchu. Kiwnięciem głowy daję znać, że rozumiem, szczęka wciąż zablokowana, i patrzę, jak wypływa do przodu, zgrabnie unikając spojrzeń strażników.

— Trzymaj się, Artemis — myślę, w głowie mam pole bitwy między gniewem a determinacją. — Dasz radę.

Ośrodek majaczy przed nami, labirynt tajemnic i kłamstw skrytych za imponującymi murami. I gdzieś tam czekają odpowiedzi, których potrzebujemy–jeśli tylko utrzymam emocje na wodzy na tyle długo, by je znaleźć.

Serce wciąż dudni, gdy w końcu wymykamy się z ośrodka danych, a adrenalina szaleje w żyłach. Nocne powietrze otula nas jak zimny koc, ale nie gasi ognia we mnie.

— Artemis — mówi Declan, a jego głos jest naznaczony troską, kiedy patrzy, jak przemierzam tam i z powrotem. — Musimy pogadać o tym, co się tam stało.

— Dobra — syczę, nie potrafiąc spojrzeć mu w oczy. — Straciłam kontrolę, okej? Ta pieprzona przemiana–miesza mi w emocjach i nie wiem, jak sobie z tym radzić.

— Hej — odpowiada miękko, podchodząc bliżej. — Ogarnijmy to razem. Nie jesteś w tym sama. Ja też się zmagam, wiesz.

— Naprawdę? — pytam sceptycznie, unosząc brwi.

— No — przyznaje, drapiąc się w kark. — Trudno mi panować nad siłą, a ta dzika strona... coraz trudniej ją tłumić.

— Świetnie, oboje jesteśmy pokręceni — mruczę cierpko, bardziej do siebie niż do niego.

— Może — zgadza się Declan, a w jego piwnych oczach połyskuje determinacja. — Ale możemy sobie pomagać, prawda? Nauczyć się panować nad mocami i ukrywać je przed innymi.

— Połączeni naszą wzajemną odmiennością — mówię przekornie, próbując rozładować nastrój.

— Coś w tym jest — parska śmiechem, delikatnie dotykając mojego ramienia. Ciepło jego dłoni przebiega mi po kręgosłupie dreszczem i na moment zapominam o burzy we mnie.

— Declan... — szepczę, a oddech więźnie mi w gardle, gdy pochyla się bliżej. Nasze usta stykają się najpierw niepewnie, potem z narastającą natarczywością, podsycaną niewypowiedzianymi pragnieniami i wspólnymi lękami.

Gdy się od siebie odrywamy, dysząc ciężko, opieram czoło o jego czoło. — Nie możemy pozwolić, żeby nas to pochłonęło — mamroczę ledwie słyszalnie. — Musimy trzymać się misji.

— Zgoda — odpowiada Declan, jego oddech jest ciepły na mojej skórze. — Ale też potrzebujemy siebie nawzajem, teraz bardziej niż kiedykolwiek.

— Prawda — przyznaję, obejmując go, gdy stoimy razem w cieniu.

Napięcie między nami powoli opada, zastępowane kruchym poczuciem bezpieczeństwa. Oboje jesteśmy zbyt rozdygotani na coś bardziej intymnego tej nocy, ale to wystarczy–być przytulonym i zrozumianym.

W końcu dopada nas zmęczenie i osuwamy się na zimną ziemię, splątani jak pnącza. Gdy zasypiam, ukojenie znajduję w miarowym unoszeniu się i opadaniu klatki piersiowej Declana — przypomnieniu, że w tym świecie chaosu i niebezpieczeństw jedna rzecz pozostaje stała: mamy siebie. I na razie to wystarcza.

◄◆►

Sen, kiedy wreszcie przychodzi, jest stanowczo zbyt krótki. Nie wiem, jak długo byłam nieprzytomna — godzinę, może dwie — ale nagle otwieram oczy i gapię się w ciemność naszej prowizorycznej kryjówki, z sercem podchodzącym do gardła.

— Coś jest nie tak — szepczę do siebie, wyplątując się z ramion Declana. Powietrze jest naładowane, splamione czymś znajomym, a jednocześnie skrajnie niepożądanym.

— Artemis? — mamrocze zaspany Declan. — Co się dzieje?

— Ciii — syczę, przykładając mu palec do ust. — Zostań tutaj. Sprawdzę.

— Nie ma mowy — burczy, ale czuję, jak jego uścisk słabnie, gdy zmęczenie znów go przyciąga. Niechętnie zostawiam go za sobą i skradam się ku źródłu niepokoju.

Nie zajmuje mi długo wypatrzenie doktora Malcolma Kastlera — samego naukowca renegata — czającego się tuż poza wejściem do naszej kryjówki. Jest tak pochłonięty tym, co robi, że nie zauważa mnie, aż prawie na niego wpadam.

— Jezu, Malcolm! — warczę, a on podskakuje. — Co ty, do diabła, tu robisz?

— Ja... ja cię szukałem — jąka się, a jego fioletowe oczy nerwowo biegają dookoła. — Miałem pytanie o dane, które odzyskaliśmy, ale... Widzę, że jesteś zajęta.

— Zajęta? — powtarzam, po chwili dociera do mnie, jak to może wyglądać: Artemis Blackwell, znana uwodzicielka, wtulona w ramiona partnera. — To nie jest to, o czym myślisz.

— No jasne — odpowiada tonem ociekającym sarkazmem. — Po prostu... ucinaliście sobie drzemkę.

— A jakże — odcinam, ignorując żar bijący mi na policzki. — To teraz zadaj to swoje cholerne pytanie albo zmykaj.

— Właściwie może poczekać — mówi pospiesznie, cofając się o krok. — Nie chcę przerywać niczego ważnego.

— Ważnego? — powtarzam, a gniew zgrzyta mi w głosie na jego insynuację. — Myślisz, że to jakaś gierka, Malcolm? Ryzykujemy tu życiem, próbując obalić tę samą skorumpowaną organizację, której częścią kiedyś byłeś!

— Wiem — mruczy, opuszczając wzrok. — Dlatego teraz wam pomagam — bo wierzę w to, co robicie. Ale jeśli nie jesteście skupieni, jeśli pozwolisz, by emocje wzięły górę...

— Daruj sobie kazania — ucinam. — Nie potrzebuję twoich rad ani twoich ocen.

— Dobra — mruczy, unosząc ręce w geście poddania. — Zostawię was. Tylko... bądź ostrożna, okej?

— Zawsze uważam — odpowiadam, choć jego słowa przebiegają mnie dreszczem. Bo prawda jest taka, że nie wiem, jak długo jeszcze utrzymam tę maskę — ukrywanie niestabilnych mocy i udawanie, że wszystko gra, kiedy wcale tak nie jest.

— Artemis? — woła z kryjówki Declan, a w jego głosie słychać niepokój. — Wszystko w porządku?

— W porządku — powtarzam, zmuszając się do uśmiechu dla niego. — Po prostu małe... nieporozumienie.

— Jasne — mówi, wyraźnie nieprzekonany. — No to wracaj do łóżka. Czeka nas długi dzień.

— Sen — wzdycham, wtulając się z powrotem w jego ramiona. — Jedyna rzecz, która wiecznie mi się wymyka.

— Może tej nocy będzie inaczej — mruczy, muskając czoło delikatnym pocałunkiem. — Z demonami już się mierzyliśmy. Co jeszcze mogłyby nam zrobić?

— Obyśmy się nigdy nie przekonali — odpowiadam, ale kiedy sen znów mnie ogarnia, nie mogę przestać się zastanawiać, czy nasze szczęście właśnie się nie kończy.

Rozdział szósty

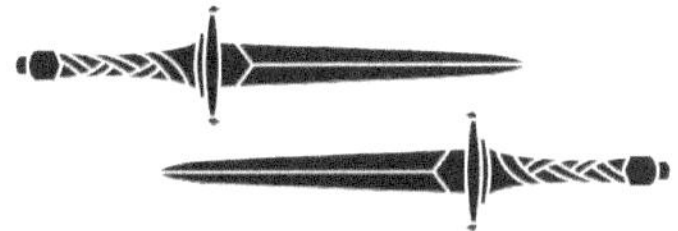

Gnijący smród rozkładu wdziera mi się do nozdrzy, gdy wchodzę do opuszczonego obiektu, a moje buty chrzęszczą na potłuczonym szkle. Wywiad sprowadził nas tutaj, ale coś mi tu nie gra. Ciemność przykleja się do każdego kąta jak całun i aż mnie od tego skręca.

— Artemis, jesteś pewna tego miejsca? — szepcze Athina, a jej głos lekko drży. Próbuje brzmieć odważnie, ale słyszę w jej słowach wahanie.

— Wywiad twierdził, że to ich kolejny cel — mamroczę, zaciskając mocniej dłoń na pistolecie. — Nie mamy wyboru, musimy to sprawdzić.

— To może być pułapka — wtrąca Declan, lustrując mrok wzrokiem. Jego sceptycyzm to nic nowego — zawsze nie ufał naszym tak zwanym sojusznikom.

— Dzięki za optymizm, Declan — warczę, przewracając oczami. — Ruszamy.

Zespół podąża za mną przez zaciemnione korytarze, a każdy krok złowrogo niesie się echem. Jest aż za cicho, jak cisza przed burzą. Włosy na karku stają mi dęba, a po kręgosłupie przebiegają dreszcze.

— Też macie wrażenie, że ktoś nas obserwuje? — pytam już bez krycia. Do diabła z subtelnością; jeśli ktoś czai się w cieniu, i tak wie, że tu jesteśmy.

— Czuję się, jakbyśmy wchodzili prosto do nawiedzonego domu — mruczy Athina, coraz wyraźniej niespokojna z każdym krokiem.

— Świetnie. Tego nam brakowało — duchów na dokładkę do całej reszty — prychnę, choć po cichu mam nadzieję, że się myli. Z istotami paranormalnymi jeszcze jakoś sobie radzę, ale nigdy nie byłam fanką nadnaturalnych klimatów. Dajcie mi coś, w co można przyłożyć pięścią, każdego dnia.

Nagle po budynku rozlega się łomot, a zaraz po nim zgrzyt metalu o metal. Serce mi podskakuje, a uścisk na broni się zacieśnia.

— Coś tu jest — szepczę, zamierając w pół kroku. — Gotowi.

— Pułapka? — syczy Declan, unosząc broń. Napięcie w powietrzu da się kroić, jakbyśmy wszyscy stali na ostrzu noża.

— Wygląda na to — przyznaję, przełykając dumę. Nigdy niełatwo przyznać, że Declan ma rację, ale nie da się zignorować tego dołującego uczucia w brzuchu. Wpadliśmy prosto w ręce Diany.

— To naróbmy rabanu — warczy Athina, a strach na moich oczach zmienia jej się w stalową determinację.

— Zgoda — mówię, biorąc głęboki oddech. — Weszłyśmy w tę pułapkę, ale to nie znaczy, że się z niej nie wydostaniemy. Trzymamy się razem i pilnujemy sobie nawzajem pleców.

Ciemność napiera na nas jak żywe stworzenie, cienie wiją się i pełzną z wrogą intencją. Wiem, że to tylko wyobraźnia, ale nic nie poradzę na dreszcz, który przebiega mi po kręgosłupie. Athina jednak porusza się z pewnością kogoś, kto robi to od dekad; jej białe włosy błyszczą jak księżycowy blask, gdy lustruje otoczenie.

— Nie opuszczajcie gardy — ostrzega niskim tonem, jej ciepłe brązowe oczy są czujne. — Coś tu nie gra.

— Eufemizm stulecia — burczy Malcolm, a jego fioletowe oczy przeskakują między wybitymi oknami a kruszącymi się ścianami. Wygląda, jakby wolał być gdziekolwiek indziej; podryguje na każdy dźwięk.

— Może trzeba było zostać w bazie, doktorku — podpuszczam go z uśmiechem, nie mogąc sobie odmówić drobnej złośliwości. — Wyglądasz, jakbyś zaraz miał wyskoczyć ze skóry.

— Artemis, skup się — upomina mnie Athina, choć w głosie pobrzmiewa cień rozbawienia. — Musimy być gotowi na wszystko.

Słowo przygotowani to eufemizm w chwili, gdy rozlega się pierwszy strzał, odbijający się w zbutwiałych korytarzach jak huk tysiąca petard. Agenci Biura wyskakują z ukrytych stanowisk, zaskakując nas.

— Do osłony! — krzyczy Athina, popychając mnie za stertę gruzu, gdy kule świszczą nad głową. To czysty chaos: powietrze wypełnia ogłuszający łomot wystrzałów, dym i odór strachu.

— Malcolm, padnij! — wrzeszczy Athina, dostrzegając naukowca, który wciąż stoi skamieniały z szoku. Rzuca się w jego stronę, próbując osłonić go przed gradem kul, ale jest za późno.

— Aaargh! — wyje Malcolm, gdy kula wbija mu się w bok, a krew rozkwita na jego boku jak makabryczny kwiat. Osuwa się na ziemię, z bólem wyrytym na twarzy, a mnie ściska w żołądku fala winy za wcześniejsze docinki.

— Malcolm! — woła Athina, wciągając go za kruszącą się ścianę. — Wytrzymaj!

— Przepraszam — dyszy, zaciskając zęby z bólu. — Nie przewidziałem tego.

— Cholera — mamroczę pod nosem, wiedząc, że musimy to odwrócić — i to szybko. Ale kiedy ostrzał nas przygwoździł, a jeden z naszych jest ciężko ranny, szanse nie są po naszej stronie.

— Zostań z nim — mówię do Athiny napiętym głosem, skanując pole walki w poszukiwaniu sposobności. — Coś wymyślę.

— Uważaj na siebie — ostrzega, a jej oczy błagają, żebym wyszła z tego cało.

— Uciskaj ranę — rozkazuję, a myśli pędzą mi jak szalone. Przymykam na ułamek sekundy oczy, sięgając głęboko w siebie, by dosięgnąć nowych, nieokiełznanych zdolności. Nie wiem, co znowu zrobi to niebieskie światło, ani czy w ogóle zdołam je przywołać na zawołanie. Ale teraz nie mamy innego wyjścia.

— Przygotuj się do biegu — ostrzegam, czując, jak energia przepływa mi przez ciało. Zamykam oczy, gdy niebieskie światło wybucha wokół mnie, i nagle agenci Biura przestają nas atakować. Ich wrzaski mieszają się z trzaskiem tłuczonego szkła i walących się resztek, gdy ciskają nimi o ściany opuszczonego obiektu.

— Ruch! — ryczę, adrenalina zalewa mi żyły. — Kryję was!

— Co ty zrobiłaś? — wydycha Athina, ale już podnosi się z trudem, dźwigając ciężar Malcolma. Nie spuszczam oka z oszołomionych agentów Biura, wiedząc, że długo nie poleżą.

— Ruszać się! — poganiam resztę zespołu, nakazując im podążać za Athiną i Malcolmem w stronę drogi ucieczki. Serce wali mi jak młot pneumatyczny, a każdy jego rytm pcha mnie naprzód, gdy osłaniam odwrót.

— No dalej, Artemis! — woła Athina z wysiłkiem, dźwigając bezwładne ciało Malcolma. — Już prawie!

— Tuż za tobą — zaciskam zęby, rzucając ostatnie spojrzenie naszym pościgowcom. Zaczynają się zbierać, ale zajmie im chwilę dojście do siebie po fali, którą uwolniłam. Oby to kupiło nam dość czasu, by zniknąć w cieniach miasta.

— Wreszcie — wydycham, gdy docieramy do naszej prowizorycznej bazy w opuszczonym magazynie. Athina kładzie Malcolma na pryczy; twarz ma bladą i wyczerpaną upływem krwi. Na czole perli się pot, a on syczy przy każdym płytkim oddechu. Jego asystentka laboratoryjna, Zara, podbiega; dłonie jej drżą, gdy klęka przy nim, by obejrzeć ranę. Przynajmniej mamy kogoś poza samym Malcolmem z porządnym medycznym przeszkoleniem.

— Zostań z nami, Malcolm — prosi Athina, ściskając mocno jego dłoń. — Jesteś silny. Dasz radę z tym walczyć.

— Do diabła — syczę, a pierś ściska mi gniew i bezsilność. Miałyśmy mieć kontrolę, ale podstęp Diany zaprowadził nas prosto w pułapkę. A teraz jeden z nas płaci za to cenę.

— Zajmijcie się nim — rozkazuję twardo, odwracając wzrok od tego widoku. Choć serce mi pęka na widok Malcolma, nie możemy pozwolić, by emocje dyktowały nam ruchy. Musimy zachować fokus, znaleźć tego, kto sprzedał nas Biuru, i zakończyć tę wypaczoną grę.

Przemierzam w tę i z powrotem naszą kryjówkę w magazynie, a echo moich kroków odbija się od ścian, gdy próbuję poskromić frustrację. Ręce mnie świerzbią, żeby coś robić, ale żadne czyszczenie broni ani ostrzenie noża nie odciąga mnie od gryzącego w trzewiach niepokoju. Ostatnie godziny spędziłyśmy na łataninę Malcolma i czekaniu, aż odzyska przytomność. Czas pełznie jak ślimak w melasie.

— Artemis — odzywa się Declan, ściągając na siebie mój wzrok. Siedzi przygarbiony nad laptopem, otoczony stertami papierów i zebranym gratem sprzętu. — Powinnaś na to spojrzeć.

— Powiedz, że to coś użytecznego — wzdycham, podchodząc do niego szybkim krokiem. — Czasem przysięgam, że Diana rozgrywa nas jak chce.

— Może — mówi, marszcząc brwi i wystukując sekwencję klawiszy. — Ale to może być nasza szansa, żeby odwrócić sytuację.

— Mów — ponaglam, zniecierpliwienie bierze górę.

— Zrzut danych Malcolma — wyjaśnia Declan, wskazując ekran. — Znalazłem zaszyfrowaną korespondencję z nieznanym źródłem. Sposób, w jaki to napisano... wygląda na to, że Malcolm ma wewnętrznego informatora, który karmi go danymi o działaniach Diany.

— Świetnie, tego nam trzeba — podwójnego agenta. — Słowa ociekają sarkazmem, gdy pocieram skronie, próbując to poskładać. — A może... — Myśl uderza mnie jak towarowy pociąg i z trudem utrzymuję równy głos. — Co jeśli samą Dianę jest jego tajnym źródłem?

— Zaraz, co? — Declan podnosi na mnie wzrok, jego piwne oczy rozszerzają się z szoku. — Myślisz, że próbuje nim manipulować? Ale po co? Co by zyskała?

— Kontrolę. — Opieram się o stół, krzyżując ramiona. — Jeśli będzie nas trzymać w niepewności, goniących własne ogony, zyskuje przestrzeń do manewru. Pole do realizacji planów bez przeszkód.

— Jezu — mamrocze Declan, przeczesując dłonią rozczochrane włosy. — Od czego w ogóle zacząć rozplątywanie tego bajzlu?

— Najpierw pozwolimy Malcolmowi dojść do siebie — mówię, zerkając na jego nieprzytomną sylwetkę. — Potem skonfrontujemy go z tymi zakodowanymi wiadomościami. Może ma wgląd, którego nam brakuje.

— Racja — przytakuje ponuro Declan. — A w między-czasie pogrzebiemy głębiej w tym wywiadzie. Poszukamy tropów do końcowej rozgrywki Diany.

— Brzmi jak plan — mówię, klepiąc go po ramieniu, po czym wracam do nerwowego dreptania.

Gdy pracujemy w napiętej ciszy, nie mogę pozbyć się wrażenia, że coś wielkiego nadchodzi. A z kretem w naszych szeregach jesteśmy bardziej odsłonięci niż kiedykolwiek. Czas przykręcić śrubę, znaleźć kret Diany i raz na zawsze zakończyć tę niebezpieczną grę. Nie ufam nikomu poza Declanem i Athiną, więc dochodzenie trzy-mamy tylko w naszej trójce. Prawie czuję paranoję na języku; kwaśna jak zsiadłe mleko.

Plan — rzecz jasna — wymyśla Athina, kiedy wciągamy ją z Declanem w potajemną naradę we troje.

Jej białe włosy są zebrane w praktyczny kok, a ciepłe brą-zowe oczy twardnieją od determinacji. — Mamy szczura w szeregach i wykurzymy go.

— Podzielisz się swoim genialnym planem? — pytam, krzyżując ramiona i unosząc brew.

— Proste — odpowiada Athina z kpiącym uśmieszkiem. — Podrzucimy mu fałszywe informacje. Niech myślą, że planujemy ataki na różne cele. Które miejsce dostanie wciry od zbirów Diany, to znaczy, że tam poszła przeciekana przez naszego kreta wieść.

— Przebiegłe — przyznaję z aprobatą. — Podoba mi się.

— Wiedziałam — mruga do mnie Athina.

Przez następne dni gramy swoje role z oscarową precyzją. Przemycamy w rozmowach subtelne wskazówki o fałszy-wych celach — akurat tyle, by zarzucić przynętę na zdrajcę.

Kiedy zaczynam myśleć, że plan spalił na panewce, dociera do nas wieść, że jeden z naszych fikcyjnych punk-tów — opuszczony magazyn za miastem — został za-atakowany. W brzuchu ściska mnie ponura satysfakcja.

— Mam cię — mamroczę pod nosem.

— Artemis, zbierz wszystkich — rozkazuje Athina, jej głos jest napięty, ale tryumfujący. — Czas skonfrontować naszego kreta.

Gromadzimy się w sali odpraw, spięci i niespokojni. Athina staje przed nami, z założonymi rękami i błyskiem zwycięstwa w oczach.

— Zidentyfikowaliśmy źródło wycieku — oznajmia, wodząc po nas spojrzeniem. Wstrzymuję oddech, czekając na odsłonę.

— Zara — wyrzuca z siebie Athina, mrużąc oczy na widok młodej kobiety stojącej z tyłu sali. — Pracujesz dla Diany.

Pokój wybucha kakofonią zaskoczonych westchnień i gniewnych pomruków. Twarz Zary blednie jak u ducha, a jej długi czarny kucyk kołysze się, gdy kręci przecząco głową.

— Nie, nie rozumiecie... — zaczyna, ale głos drży jej i załamuje się pod ciężarem oskarżeń.

— Daruj sobie — ucinam. — Mamy cię na widelcu. Lepiej mów szybko, bo inaczej zrobi się nieprzyjemnie.

— Artemis, pozwól jej mówić — wtrąca Athina stanowczo, choć bez okrucieństwa. — Może jest w tym coś, czego nie dostrzegamy.

— Dobrze — warczę, posyłając Zarze mordercze spojrzenie. — Mów.

Zara przełyka ślinę, a strach zbiera się w jej oczach jak ciemny atrament. Otwiera usta, by się wytłumaczyć, ale w głębi wiem, że cokolwiek powie, nie zmieni faktu, iż nas zdradziła. Zaufanie to towar deficytowy, a ona swoje roztrwoniła bez chwili wahania.

— Dobrze, zwerbowała mnie Diana — wypala Zara. — Ale przysięgam, chcę przejść na waszą stronę. Za odpowiednią cenę.

— Cenę? — prychnę, a gniew mi się gotuje. — Myślisz, że zapłacimy ci za wbicie nam noża w plecy?

— Artemis — ostrzega Declan ostrym tonem.

Ale nie potrafię się powstrzymać. Ta dziewczyna karmiła naszych wrogów informacjami z uśmiechem na twarzy, a teraz chce, żebyśmy jej odpuścili?

— Słuchaj, nie masz pojęcia, jak to jest pracować dla Diany — błaga Zara. — Nie miałam wyboru. Groziła mojej rodzinie—

— Każdy ma jakąś łzawą historyjkę, kochanieńka — przerywam. — Nie zmienia to faktu, że nas rozegrałaś.

— Dość — ucina Athina. — O tym, co z nią zrobić, zdecydujemy później. Na razie trzymamy ją pod kluczem.

— Zgoda — mówi Declan, a jego piwne oczy twardnieją. — Zamknijcie ją.

Kiedy dwójka naszych ludzi odciąga Zarę, patrzę, jak się szarpie, już bez pozorów niewinności. Powietrze gęstnieje od zdrady i zastanawiam się, ile jeszcze niespodzianek trzyma dla nas Diana.

— Declan, musimy ustalić, jak wielkie szkody mogły wyrządzić informacje, które przekazywała — mówię, próbując z powrotem skupić działania.

— Przesłuchanie — odpowiada bez wahania. — Bez taryfy ulgowej. Potrzebujemy odpowiedzi, Artemis, i to szybko.

— Czy to nie jest trochę... przesada? — pytam, a żołądek ściska mi się na myśl o wyciskaniu informacji z Zary siłą.

— Skrajne czasy wymagają skrajnych środków — odcina się Declan twardym jak stal głosem. — Sama mówiłaś: jesteśmy na wojnie. A na wojnie czasem trzeba ubrudzić sobie ręce.

— Declan ma rację — dorzuca Athina, a jej zwykle łagodne oczy mętnieją od troski. — Nie mamy luksusu grania fair.

— Dobrze — ustępuję, a słowo smakuje jak popiół. — Tylko nie zatracajmy się przy tym. Jesteśmy lepsi... prawda?

— Oczywiście — odpowiada Declan nieco łagodniej. — Ale musimy zrobić wszystko, co trzeba, żeby ochronić swoich. Nie stać nas na kolejne potknięcia.

— Zgoda — wzdycham, wpatrując się w miejsce, gdzie przed chwilą stała Zara. Ściska mnie poczucie winy, gdy myślę, czy ceną zwycięstwa nie okaże się nasze człowieczeństwo. Ale stawka jest zbyt wysoka i nie możemy już grać według zasad.

— Do pracy — mówię, hartując się na to, co przed nami. — I niech bogowie nam dopomogą.

ROZDZIAŁ SIÓDMY

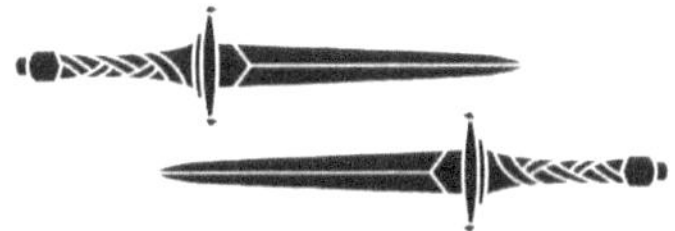

MOJE KOŚCI BOLĄ I wzrok mi się rozmywa, gdy zataczam się do laboratorium Malcolma po kolejnej nieudanej misji, ledwie trzymając się na nogach. W powietrzu czuć zapach rozczarowania i środka dezynfekującego. Declan krąży tuż za mną, a na jego twarzy odmalowuje się troska.

— Artemis, usiądź — rozkazuje, prowadząc mnie do krzesła. — Ledwo się trzymasz na nogach.

— Dzięki, kapitanie Oczywistości — mamroczę, zapadając się w siedzisko z bolesnym jękiem. Palce drżą mi, gdy próbuję rozpiąć paski kurtki, ale nie chcą współpracować.

— Daj — mówi Declan, jego ciepłe dłonie zastępują moje, gdy zabiera się za sprzączki. Spogląda na mnie, a jego piwne oczy szukają odpowiedzi. — Co się dzieje, Art? Ostatnio nie jesteś sobą.

— O, zauważyłeś? — parskam, po czym natychmiast tego żałuję. Nie zasłużył na moją gorycz. — Przepraszam, po prostu... nie wiem, jak długo jeszcze dam radę tak ciągnąć.

— Co ciągnąć?

— Udawanie człowieka. — Wzdycham, przegarniając dłonią srebrne włosy i krzywiąc się na ich szorstki, brudny dotyk. — Chyba czas wtajemniczyć Malcolma w nasz mały sekret.

— Na pewno? — waha się Declan szeptem. — Jak mu powiemy, nie będzie odwrotu.

— Uwierz mi, wiem. — Przełykam ślinę, spotykając spojrzenie Declana. — Ale jeśli nie dostanę pomocy, długo już nie pociągnę.

Declan kiwa głową, ściska mnie za ramię, po czym odchodzi, by sprowadzić Malcolma. Naukowiec-renegat wchodzi po chwili, a jego fioletowe oczy z zaciekawieniem biegną między nami.

— Artemis, Declanie, w czym mogę Państwu pomóc? — pyta Malcolm, brzmiąc szczerze zatroskany.

— Malcolm, musimy Panu coś powiedzieć — mówię z wysiłkiem. Declan wspierająco ściska moje ramię, gdy wyduszam z siebie słowa.

— Kiedy infiltrowaliśmy siedzibę Biura, Diana urządziła nam zasadzkę. Ona... wstrzyknęła nam jakiś eksperymentalny serum.

Oczy Malcolma rozszerzają się i cofa się o krok. — Co? Co to z wami zrobiło?

Spoglądam na Declana. Zaciśnięta szczęka, całe ciało spięte. — Na początku nic — ciągnę. — Ale w ostatnich tygodniach zaczęło się zmieniać. Rozwinęły się u nas... zdolności.

— Jakie zdolności? — pyta ostrożnie Malcolm.

Demonstruję, pozwalając, by z moich dłoni wypłynęły smużki błękitnej, psychicznej energii. Malcolm wpatruje się, z rozdziawionymi ustami.

— Potrafię manipulować energią — wyjaśniam. — Ale mam nad tym marną kontrolę.

Potem wysuwa się Declan, bez wysiłku miażdżąc gołymi rękami metalowy cylinder. — Wzmocniona siła. Ale też bardziej zwierzęce skłonności. Coraz trudniej pozostać... człowiekiem.

Malcolm milczy przez kilka długich sekund, przetwarzając wszystko. W końcu mówi: — Diana musiała użyć na was eksperymentalnego serum Biura. To tłumaczy niestabilność waszych mocy.

Zaczyna chodzić tam i z powrotem, wyraźnie wzburzony. — Dlaczego nie powiedzieliście mi wcześniej?

— Nie byliśmy pewni, czy możemy Panu zaufać — przyznaję.

Malcolm przestaje krążyć i patrzy na nas uważnie. — Oczywiście. Biorąc pod uwagę moje dawne powiązania z Biurem, zaufanie nie przychodzi łatwo. Ale wiedzcie jedno — moja lojalność jest teraz przy was. Zrobię wszystko, co w mojej mocy, by ustabilizować wasz stan.

— Czyli może Pan nam pomóc? — pyta z nadzieją Declan.

— Być może. — Wyraz twarzy Malcolma twardnieje. — Ale odwrócenie skutków nieznanego serum będzie trudne. Mimo to zacznę prowadzić diagnostykę i zobaczę, co uda się odkryć.

Wypuszczam wreszcie powietrze, które trzymałam. — Dziękuję. Potrzebujemy odpowiedzi, zanim te moce całkiem nas pożrą.

Kładzie mi uspokajająco dłoń na ramieniu. — Rozwikłamy tę zagadkę. Daję słowo.

Gdy Malcolm zaczyna przygotowywać sprzęt laboratoryjny, wymieniam z Declanem niepewne, ale pełne nadziei spojrzenie. Może z pomocą Malcolma odzyskamy kontrolę i człowieczeństwo. Ale tylko czas pokaże, czy szkody są trwałe, czy Biuro na zawsze zmieniło nas w potwory. Na razie składamy naszą kruchą ufność w nauce Malcolma, choć mrok wewnątrz nas gęstnieje.

Świetlówki w laboratorium Malcolma migoczą nad głową, rzucając upiorne cienie na zimne, sterylne powierzchnie. Nie mogę się pozbyć wrażenia, że jestem eksponatem, gdy Malcolm przypina mnie pasami do stołu do badań. Skórzane pasy obcierają mi nadgarstki i kostki, zostawiając wściekle czerwone ślady na bladej skórze.

— To naprawdę konieczne? — warczę, szarpiąc się z mankietami.

— Niestety tak — odpowiada Malcolm, a jego fioletowe oczy są wlepione w ekran przed nim. — Podczas testów wasze zdolności mogą być nieprzewidywalne.

— Świetnie — mamroczę pod nosem, czując się bardziej jak szczur doświadczalny niż człowiek. Zerkam na Declana, który już jest przypięty do drugiego stołu po drugiej stronie sali. Jego piwne oczy spotykają się z moimi — pełne troski i determinacji.

— Jedźmy z tym — mówię, wbijając spojrzenie w Malcolma. — Od czego zaczynamy?

— Od rezonansu magnetycznego, żeby ocenić zakres waszych hybrydowych przemian — wyjaśnia, podciągając ku mnie wielkie urządzenie. Szum maszyny, gdy ożywa, przyprawia mnie o dreszcze.

— Proszę spróbować pozostać nieruchomo — instruuje Malcolm, korygując ustawienia na monitorze.

— Jasne, doktorze — cedzę przez zęby. Zamykam oczy, próbując uspokoić galopujące serce, kiedy maszyna wyje wokół mnie. Skupiam się na własnym oddechu, usiłując zagłuszyć hałas i strach, który grozi, że mnie pochłonie.

— Gotowe — oznajmia nagle Malcolm, wyrywając mnie z zamyślenia. Wpatruje się w obrazy na ekranie, z brwiami ściągniętymi w koncentracji. Ciężka cisza wypełnia pomieszczenie, gdy czekamy na jego werdykt.

— No i? — domaga się Declan, niecierpliwy, spięty. — Co znalazłeś?

— Degeneracja komórkowa — stwierdza ponuro Malcolm, głosem pozbawionym emocji. — Wygląda na to, że żadne z was długofalowo nie przeżyje tych mutacji.

— Fantastycznie — mówię sarkastycznie, a serce mi tonie. — Więc jaki plan, doktorze? Jak to naprawiamy?

— Najpierw muszę przeprowadzić więcej badań, by lepiej zrozumieć wasz stan — objaśnia Malcolm, już zbierając sprzęt. — Potem opracujemy terapie stabilizujące.

— Jeszcze więcej testów? — warczy Declan, frustracja wyziera mu z głosu.

— Chyba że masz lepszy pomysł — odpiera Malcolm, spotykając jego spojrzenie.

— Dobra — wcinam się, zanim zdążą znów skoczyć sobie do gardeł. — Rób, co trzeba, ale się pospiesz. Nie mamy czasu.

— Zrozumiano — kiwa głową Malcolm, ustawiając wokół nas różne maszyny i urządzenia. Gdy przeprowadza test za testem, staram się odwracać myśli od bólu i dyskomfortu, skupiając się na naszej misji, by zniszczyć Dianę i jej spaczoną hybrydową armię.

Z każdą chwilą stawka rośnie i nie mogę pozbyć się wrażenia, że ciężar zbliżającej się zagłady osuwa się na nas coraz niżej. Ale teraz pozostaje nam tylko zaufać Malcolmowi i mieć nadzieję, że zdoła nas ocalić przed nami samymi.

W pokoju jest chłodniej niż zwykle, gdy Malcolm śledzi wyniki z ostatniej serii testów. Marszczy brwi, pogrążony w myślach, po czym odwraca się do nas.

— Na podstawie moich ustaleń — zaczyna spokojnie i rzeczowo — wygląda na to, że Diana uczyniła z niestabilnych serum broń, nie tylko do tworzenia swojej armii hybryd, ale też do osłabiania wrogów od środka.

— Świetnie — mamroczę, zaciskając pięści. — Czyli my też jesteśmy chodzącymi bombami?

— W gruncie rzeczy tak — potwierdza, z ponurym błyskiem w fioletowych oczach. — Zwłaszcza gdy używacie swoich mocy.

— Idealnie. Po prostu idealnie. — Sarkazm aż gęstnieje od gniewu i strachu.

Declan stoi obok mnie z zaciśniętą szczęką, a ja czuję, jak bije od niego ledwie poskramiana wściekłość, niczym żar od ognia. Widziałam już to spojrzenie — to zła wróżba dla tego, kto stanie mu na drodze.

— Da się coś zrobić? — pytam, rozpaczliwie szukając w twarzy Malcolma choć iskry nadziei.

— Pracuję nad tym — mówi, nie odrywając wzroku od ekranu. — Ale na razie sugeruję, byście oboje powstrzymywali się od używania mocy, o ile nie będzie to absolutnie konieczne.

— Dobra — syczę, gdy frustracja się przelewa. — To po prostu posiedzimy tu z założonymi rękami, a Diana i jej parada dziwolągów będą szaleć. Brzmi jak świetny plan.

— Artemis — ostrzega Declan, kładąc mi dłoń na ramieniu, próbując mnie uspokoić.

— Przepraszam — wzdycham ciężko, pocierając skronie. — Po prostu... kończy nam się czas, a każda sekunda zmarnowana tutaj to wieczność.

— Wierz mi, rozumiem — odzywa się cicho Malcolm, palce śmigają mu po klawiaturze, gdy wpisuje kolejne dane. — Ale musimy stąpać ostrożnie. Jeśli ruszymy na Dianę, nie rozwiązawszy najpierw tego problemu, możemy tylko przyspieszyć własny koniec.

— Malcolm ma rację — zgadza się Declan, niskim, równym głosem. — Musimy zaufać, że znajdzie rozwiązanie.

— Zaufanie — prychnę, kręcąc głową. — To dziś zabawne słowo, prawda?

— Artemis... — wzdycha, a w jego oczach jest niemal błaganie.

— Dobrze — ustępuję szeptem. — Spróbuję.

Gdy czekamy, aż Malcolm odprawi swoje naukowe czary, czuję, że toczę wojnę na dwa fronty — jedną z Dianą i jej pokręconymi tworami, a drugą z tykającą bombą we mnie, z każdym uderzeniem serca przybliżającą mnie do niepewnego losu.

— Proszę się pospieszyć, doktorze — mamroczę pod nosem, modląc się, by tym razem nie opuściło nas szczęście.

Delikatny pisk wyrywa mnie z odrętwienia i mrugam, odpędzając mgłę zmęczenia. Malcolm podnosi wzrok znad monitora, jego niezwykłe fioletowe oczy przeglądają najnowsze wyniki. — Wygląda na to, że terapie działają — mówi ostrożnie. — Tempo degeneracji komórkowej spadło, ale nie mam pewności, czy to wystarczy.

— No jasne, że nie — warczę, zaciskając pięści na kolanach. — Bo nic nie może być proste, prawda?

— Artemis — upomina mnie łagodnie Declan, ale nie chce mi się przejmować.

— Słuchajcie — ciągnie Malcolm, wyraźnie skrępowany moją wrogością — potrzebuję więcej danych. Konkretnie — więcej obiektów badawczych. Jeśli ustalę, co powoduje pogorszenie waszego stanu, być może zdołam dopracować terapię.

— Obiektów? — unoszę brew. — Masz na myśli ludzi takich jak my? Ludzi, których ta wariatka Diana zamieniła w tykające bomby?

— Niestety tak — przyznaje Malcolm, a jego spojrzenie ucieka od mojego. — To nie jest idealne, ale to najlepsza opcja, jaką mamy.

— Najlepsza opcja? — mój głos drży ze złości, a wspomnienia chorych eksperymentów Biura zalewają mi umysł.

— Zaczynasz brzmieć jak ci chorzy dranie z Biura, doktorze.

— Artemis, to nie fair — wtrąca się Declan, próbując łagodzić spór. — Malcolm próbuje nam pomóc. Nie jest taki jak oni. Odszedł od nich.

— Naprawdę? — odcinam się, a gniew buchta. — Chce eksperymentować na ludziach, Declan. Tak jak oni.

— Tylko za ich zgodą — dodaje szybko Malcolm, niemal szeptem. — Nigdy nie zrobiłbym nic bez pełnej świadomości i zgody uczestnika.

— No tak — prychnę, nie potrafiąc powstrzymać goryczy. — Od razu lepiej.

— Artemis, dość! — parska Declan, w końcu tracąc cierpliwość. Drżę na brzmienie ostrości w jego głosie, ale milknę.

— Posłuchaj — mówi łagodnie Malcolm, a jego palce tańczą po klawiaturze, wywołując na ekranie nowe dane. — Wiem, że to dalekie od ideału i rozumiem twoje obawy. Ale próbuję ocalić wam życie, was oboje. Gdyby była inna droga, uwierz mi, poszedłbym nią.

— Dobra — warczę, odwracając od niego wzrok. — Rób, co musisz. Ale nie oczekuj, że mi się to spodoba.

— Zrozumiano — mruczy, na moment zatrzymując na mnie wzrok, po czym wraca do ekranu.

Gdy godziny się wleką, obserwuję pracującego Malcolma, a we mnie narasta niepokój, który zżera od środka. Porusza się po laboratorium niemal z czułością — sprawdza moje parametry, koryguje kroplówkę w moim ramieniu, a nawet odgarnia mi sprzed twarzy zabłąkany srebrny kosmyk. To co najmniej niepokojące.

— Doktorze — chrypię, odchylając głowę od jego dotyku. — Co Pan robi?

— Przepraszam — jąka się, a policzki różowieją mu ze wstydu. — Chciałem tylko upewnić się, że jest Pani wygodnie.

— Wygodnie? — prychnę, nie kryjąc niedowierzania.
— Jeśli Pan nie zauważył, to właśnie jestem tak daleko od komfortu, jak tylko się da.

— Daj mu spokój, Artemis — wtrąca się Declan, napiętym głosem. — On tylko próbuje pomóc.

— Pomóc? — szydzę, piorunując go wzrokiem. — A może po prostu zbyt skory do dotyku jak na rzekomego profesjonalistę.

— Hej — warczy Declan, a jego oczy ciemnieją z zazdrości. — Uważaj.

— A jak nie? — prowokuję, serce wali mi w piersi. — Będziesz bronił jego honoru?

— Dość! — ryczy Declan, waląc pięścią w blat. — Marnujemy czas na kłótnie, zamiast wymyślić, jak powstrzymać Dianę przed wypuszczeniem jej hybrydowej armii!

Ma rację, ale wcale nie czyni to sytuacji mniej frustrującą. Wszystko jest jednym wielkim bałaganem i mam wrażenie, że balansujemy na krawędzi katastrofy.

Później, gdy Malcolm zostawia nas samych, żeby załatwić parę spraw, siedzimy z Declanem w napiętej ciszy. Ciężar naszego położenia wisi między nami, grożąc, że nas zmiażdży.

— Declan — szepczę, a głos mi się łamie. — A jeśli... jeśli nie damy rady tego naprawić? Jeśli poświęciliśmy wszystko — nasze zdrowie, nasze człowieczeństwo — na nic?

— Artemis... — w jego piwnych oczach czai się niewypowiedziany ból i wiem, że myśli o tym samym.

— Może byliśmy zbyt lekkomyślni — ciągnę ledwie słyszalnie. — Może trzeba było odpuścić, zamiast rzucać się na główkę w tę walkę.

— Hej — mówi łagodnie Declan, sięgając, by dotknąć mojego ramienia. — Zrobiliśmy to, co uważaliśmy za słuszne. I będziemy walczyć do końca, czymkolwiek on będzie.

Jego dotyk jest kojącym ciepłem pośród sterylnego chłodu labu, ale w głębi duszy nie mogę przestać się zastanawiać, czy nasza walka była tego warta. Czy, w końcu, dożyjemy, by zobaczyć konsekwencje naszych czynów.

— Obiecasz mi coś? — pytam, nie odrywając od niego oczu.

— Cokolwiek — odpowiada bez wahania.

— Obiecaj mi... jeśli któreś z nas zacznie tracić siebie przez te mutacje, zrobimy wszystko, co trzeba, by to powstrzymać. By ocalić się nawzajem przed staniem się potworami.

— Artemis... — zawahał się, a ciężar tej obietnicy spadł mu na ramiona.

— Proszę — szepczę, głos drży mi od mieszaniny strachu i determinacji. — Muszę wiedzieć, że będziemy walczyć o siebie nawzajem, nawet jeśli to oznacza...

— Dobrze. — Declan przerywa, zanim dokończę, i przyciąga mnie do mocnego uścisku. — Obiecuję, Artemis. Nie pozwolimy, by któreś z nas stało się potworem. Niezależnie od wszystkiego.

— Dziękuję — szepczę w jego pierś, czerpiąc siłę ze stałego rytmu jego serca.

Gdy stoimy tak, wtuleni w siebie, ciężar naszej sytuacji na chwilę ustępuje wobec miłości i zaufania, które nas splatają.

———◆◇◆———

Wpatruję się w popękane lustro, a z niego patrzy na mnie chorobliwie blade odbicie kogoś, kim kiedyś byłam. Ciemne kręgi pod oczami odcinają się jak siniaki, a każdy oddech pali płuca ogniem. Ale to nic w porównaniu z potworem, który we mnie rośnie — tykającą bombą, czekającą, by wybuchnąć.

— Artemis? — głos Declana przebija się przez moje myśli, a jego oczy szukają w moich śladu strachu, który drapie mnie od środka.

— Hej — mówię, zmuszając się do uśmiechu. — Co ty tu robisz?

— Pewnie to samo, co ty — odpowiada, opierając się o zimne łazienkowe płytki. — Udawać, że się nie rozsypujemy.

— Mów za siebie — odbąkuję, a ostrze w głosie zdradza moją desperacką próbę żartu.

— Posłuchaj, Artemis — głos Declana mięknie, a jego spojrzenie nie schodzi z moich oczu. — Cokolwiek się stanie, nie możemy pozwolić sobie stać się potworami. Musimy pozostać ludźmi, bez względu na cenę.

— Nawet jeśli nas to zabije?

— Nawet wtedy. — Wyciąga dłoń i kładzie mi ją na ramieniu, a ciepło jego dotyku kotwiczy mnie jak kotwica na wzburzonym morzu. — Obiecaj mi, Artemis. Jeśli kiedykolwiek stracę kontrolę... jeśli zacznę stawać się jednym z tych czegoś... powstrzymasz mnie. Nie pozwolisz mi nikomu zrobić krzywdy.

— Tylko jeśli obiecasz zrobić to samo dla mnie — odpowiadam, a ciężar naszych słów przyciska mi pierś.

— Umowa — mówi, a coś w jego oczach mówi mi, że mówi śmiertelnie poważnie.

ROZDZIAŁ ÓSMY

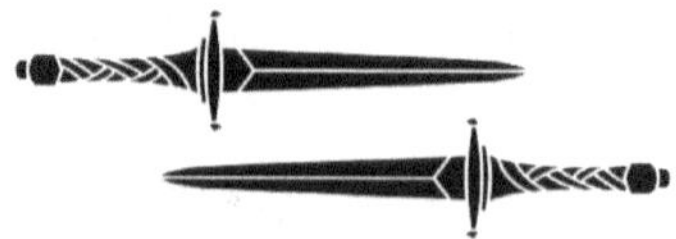

I LEŻĘ NA ZIMNYM stole, kończyny mam sztywne i ciężkie po ostatnim zabiegu. Metaliczny zapach środka odkażającego wypełnia mi nozdrza, gdy odwracam głowę w stronę Malcolma. Pochylony nad notatkami bazgrze jak szalony naukowiec. Cóż, poniekąd nim jest, więc pasuje.

— Malcolm — chrypię, gardło mam zdarte. — Musimy porozmawiać o tych hybrydowych obiektach doświadczalnych.

Patrzy na mnie, fioletowe oczy zwężone z podejrzliwością. — A co z nimi? —

— Wykorzystywanie ich przeciwko Dianie... Czy naprawdę będziemy od niej lepsi, jeśli zniżymy się do takiego poziomu? — pytam szeptem ledwo ponad tchnienie.

— Skrajne sytuacje wymagają skrajnych środków, Artemis — odpowiada Malcolm, wracając do notatek z tą samą chłodną obojętnością, która sprawia, że mam ochotę mu przyłożyć.

— Ale jest granica, której nie powinniśmy przekraczać, Malcolm. Musimy zachować zasady i empatię, kiedy walczymy z potworami, bo inaczej ryzykujemy, że sami się nimi staniemy. — Podpieram się drżącymi ramionami, zdeterminowana, by przemówić mu do rozsądku.

— Artemis, jesteś naiwna. — Wzdycha, rzucając długopis. — Wiesz, do czego zdolna jest Diana, co zrobiło Biuro. Nie stać nas na grę według zasad, których oni nie przestrzegają.

— I to usprawiedliwia wykorzystywanie niewinnych ludzi, których siłą przerobiono na hybrydy? Oni nie prosili o takie życie, Malcolm. Nie wolno nam robić z nich pionków w naszej wojnie z Dianą.

— Słuszne czy nie, to konieczne — warknie, uderzając dłonią w stół obok mnie. — Myślisz, że sprawia mi to przyjemność? Próbuję ratować życie, Artemis, także twoje.

— Poświęcając innych? To nie ratowanie życia, tylko zabawa nim!

— Czasem trzeba składać ofiary dla wyższego dobra — mówi Malcolm lodowatym tonem. — Nie mamy luksusu bycia idealistami.

— Dobrze — pluję, a słowo smakuje jak żółć. — Ale pamiętaj, Malcolm: gdy wpatrujesz się w otchłań, otchłań zaczyna wpatrywać się w ciebie. A ty niebezpiecznie zbliżasz się do krawędzi.

Przez moment wytrzymuje moje spojrzenie, coś mignie mu w oczach, zanim odwróci wzrok. Ale już za późno; zdążyłam to zobaczyć. Ciemność w nim, pożerającą go z każdą nieetyczną decyzją, którą podejmuje.

I mogę tylko mieć nadzieję, że nie pożre nas wszystkich.

Zimne powietrze gryzie mnie w skórę, gdy idę za Malcolmem słabo oświetlonym korytarzem, którego ściany zdobią ciężkie stalowe drzwi. Od naszej sprzeczki milczy jak zaklęty, a ja nie mogę się pozbyć natrętnego wrażenia, że coś przede mną ukrywa.

— Dokąd idziemy? — pytam, a mój głos odbija się echem od betonowej posadzki.

— Żeby pokazać ci, jak twoje zasady wyglądają w praktyce — odpowiada zagadkowo, nawet nie zerkając na mnie przez ramię. Żołądek zaciska mi się w supeł, już przewidując jakąś nadciągającą grozę.

Gwałtownie zatrzymuje się przy jednych drzwiach i szarpie pękiem kluczy, po czym otwiera zamek i odchyla skrzydło. Najpierw uderza mnie zapach — ostry koktajl strachu i rozpaczy, owinięty w nieomylną woń krwi. Wchodzę do środka, oczy walczą o przyzwyczajenie się do mroku, ale i bez tego wiem, czym jest to miejsce: celą.

— Poznaj Nadię — mówi Malcolm bez cienia emocji. — To potężna hybryda, którą pojmaliśmy w ośrodku Biura.

Gdy wzrok mi się wyostrza, widzę ją siedzącą na podłodze w kącie, oczy ma matowe i pozbawione ciekawości, wpatrzone w nas. Chyba ją nafaszerowano lekami, może po to, by była potulna. Nie wygląda na niebezpiecznego potwora. Wygląda jak kobieta w średnim wieku, która powinna siedzieć na ławce podczas treningu dzieci albo pomagać w banku żywności.

— Wypuść ją — żądam, głos drży mi z gniewu.

— Nie ma mowy — odpowiada Malcolm płasko. — Jest zbyt niebezpieczna. Potrzebujemy jej jako karty przetargowej przeciwko Dianie.

Starannie trzymam głos na wodzy. — Nie masz prawa trzymać jej tu wbrew jej woli!

— Jej woli? Myślisz, że miała coś do powiedzenia w sprawie tego, czym się stała? — prycha Malcolm, a jego fioletowe oczy błyskają irytacją. — Zmuszono ją, zrobiono z niej broń przez Biuro i ich chore eksperymenty. Uwolnienie jej naraziłoby niezliczone istnienia.

— To jej pomóż, do diabła! — ryczę, zaciskając pięści. — Nie zamykaj jej jak jakiegoś szczura laboratoryjnego!

— Pomóc jej? — szydzi. — Robię to, co konieczne, żeby chronić wszystkich, w tym ciebie.

— Torturując ją? — wypluwam, a wściekłość rośnie we mnie jak nawałnica.

— Badania — poprawia chłodno, jakby to wszystko załatwiało. — Na żywych obiektach, tak. Ale wszystko dla wyższego dobra.

— Wyższe dobro? — warczę, złość we mnie kipi. — Nie jesteś lepszy od Diany ani od Biura!

— Artemis, nie rozumiesz... — zaczyna, ale mu przerywam.

— Czego niby nie rozumiem? Tego, że sam stałeś się potworem?

Coś we mnie pęka i czuję, jak przez moje żyły przepływa surowa energia. Powietrze wokół nas trzaska elektrycznością, gdy uwalniam moce psychiczne, rozbijając żarówki nad nami i pogrążając pomieszczenie w ciemnościach.

Malcolm wpatruje się we mnie w szoku, oczy ma szeroko otwarte z niedowierzania. — Co... jak...?

— Niezbyt miło być po tej drugiej stronie, co? — syczę, całe ciało drży mi z wściekłości. — Może teraz dwa razy się zastanowisz, zanim zabawisz się w Boga cudzym życiem.

Kiedy zaczyna do mnie docierać to, co zrobiłam — i co ujawniłam — odwracam się na pięcie i wypadam z pokoju, zostawiając Malcolma i jego spaczone eksperymenty za sobą.

Nie mogę oddychać. Klatka piersiowa jest jak zaciśnięta obręczą, serce wali mi o żebra, gdy na oślep błądzę po słabo oświetlonych korytarzach laboratorium Malcolma. Ciężar tego, co właśnie się stało, przygniata mnie tak, że trudno zebrać myśli.

— Artemis! — rozlega się za mną głos, ale nie przystaję. Zmuszam nogi, by niosły mnie szybciej, byle uciec i przed własnymi myślami, i przed ludźmi, którzy zobaczyli, kim się stałam. Jestem potworem. Takim samym, z jakimi walczymy.

— Artemis, zaczekaj! — Głos jest bliżej i rozpoznaję Athinę, moją mentorkę i przybraną matkę. Poczucie winy gryzie mnie, że sprawiam jej kłopot, ale nie mogę się z nią zmierzyć — nie teraz.

— Zostaw mnie w spokoju! — krzyczę przez ramię, licząc, że zrozumie aluzję i da mi przestrzeń. Zamiast tego jej kroki tylko przyspieszają, gdy dogania mnie biegiem.

— Artemis, proszę cię — błaga, wreszcie zrównując się ze mną, gdy docieram do ciężkich metalowych drzwi prowadzących na zewnątrz. — Musisz o tym porozmawiać.

— Porozmawiać? — parskam gorzko, a w kącikach oczu szczypią łzy. — O czym niby? Właśnie straciłam panowanie!

— To mówi więcej o metodach Malcolma niż o tobie — przerywa łagodnie Athina, kładąc mi dłoń na ramieniu. — On popycha ludzi do granic wytrzymałości, Artemis. Czasem to prowadzi do nieoczekiwanych rezultatów.

— Nieoczekiwanych? Rozwalanie miejsca mocami psychicznymi nazywasz nieoczekiwanym? — syczę, z trudem panując nad gniewem i strachem.

— Artemis, posłuchaj mnie — prosi Athina, a jej ciepłe, brązowe oczy aż kipią troską. — Malcolm nie jest doskonały, ty też nie. Wszyscy mamy swoje demony, ale definiuje nas to, jak wybieramy z nimi się mierzyć.

— Stając się jednym z nich? — prychnę, wyrywając ramię z jej uścisku i odwracając się do drzwi.

— Okazując współczucie i zrozumienie, nawet kiedy to trudne — głos Athiny ledwie przekracza szept, a słowa ważą jak ołów. — Zwłaszcza kiedy to trudne.

Nie odpowiadam, tępo wpatrując się w zimne metalowe drzwi przede mną. Wiem, że ma rację, ale to za dużo na

tę chwilę. Myśli pędzą, rozdarte między potrzebą stanię-
cia twarzą w twarz z Malcolmem a pragnieniem pobycia
samej.

— Daj sobie trochę czasu — mówi miękko Athina,
wyczuwając mój mętlik. — Ale nie pozwól, by cię to
pożarło, Artemis. Jesteś silniejsza.

Kiwnę głową bezwiednie, czując, jak ciężar jej słów osiada mi na piersi. — Dziękuję, Athino — mruczę, popycham
drzwi i wychodzę w noc.

Gdy chłód mnie otacza, uświadamiam sobie, że to nie
koniec podróży — to dopiero początek nowej bitwy. Tej,
którą będę musiała stoczyć w środku.

Chłodne nocne powietrze przeszywa mnie na wylot, aż
po kości, gdy krążę przed budynkiem, próbując uspokoić
zszargane nerwy. Ciemność otula mnie jak koc, ale daleko
jej do ukojenia. Dusi.

— Artemis — odzywa się Declan, głosem łagodnym, a
jednak stanowczym. Wyłania się z cienia, a jego piwne oczy
błyszczą z niepokoju.

— Idź stąd — syczę, odwracając się do niego plecami.
Ostatnie, czego mi trzeba, to kolejna osoba mówiąca, co
powinnam lub nie powinnam.

— Hej, no weź — mówi, podchodząc bliżej. — Nie
przyszedłem cię pouczać.

— To po co tu jesteś? — pytam, krzyżując ramiona na
piersi jak tarczę.

— Bo mi na tobie zależy — mówi po prostu. — I nie
chcę patrzeć, jak się zadręczasz.

— Z powodu czego? — odwracam się gwałtownie, stając z nim twarzą w twarz. — Tego, że staję się potworem?

— Artemis, nie jesteś potworem — zapewnia Declan, nie odrywając ode mnie wzroku. — Nadal jesteś
człowiekiem. Po prostu... teraz jesteś inna.

— I to ma mi poprawić humor? — prychnę, cofając się
o krok. — Niespodzianka, Declan: wcale nie.

— Wiem — przyznaje, przeczesując dłonią rozczochrane, brązowe włosy. — Ale nie możesz ciągle obwiniać się za to, co stało się z Malcolmem. Byłaś pod presją.

— Bycie pod presją nie usprawiedliwia... — urywam, nie umiejąc ubrać w słowa winy i wstydu, które przygniatają mi serce.

— Posłuchaj mnie — mówi, delikatnie chwytając mnie za ramiona i zmuszając, bym na niego spojrzała. — Nie jesteś doskonała, Artemis. Nikt z nas nie jest. Ale nie jesteś też potworem. I nie możesz pozwolić, żeby cię to pożarło.

— Łatwo ci mówić — mruczę, odwracając wzrok. Trudno znieść szczerość w jego oczach, kiedy tonę w zwątpieniu.

— Artemis, musisz odpocząć — nalega Declan, a uścisk jego dłoni nieco mięknie. — Jesteś wyczerpana fizycznie i psychicznie. Zmierzysz się z Malcolmem, kiedy odzyskasz równowagę.

— Dobrze — ustępuję z westchnieniem, wiedząc, że ma rację. — Muszę i tak przewietrzyć głowę.

— Dobrze — kiwa z aprobatą. — Będę tu, jeśli będziesz mnie potrzebować.

— Dzięki, Declan — mamroczę, wysilając się na słaby uśmiech, po czym wracam do środka.

Kiedy znowu wchodzę w półmrok korytarza, uświadamiam sobie, że słowa Declana, choć boleśnie szczere, dały mi mały przebłysk nadziei pośród mroku. Może nie przepadłam całkiem. Może wciąż mam szansę odzyskać kontrolę nad chaosem we mnie.

Najpierw jednak muszę odpocząć. A potem zmierzę się z Malcolmem — na moich warunkach.

Leżę na cienkim materacu w boksyku, który ledwie daje prywatność, i wpatruję się w sufit, gdy szelest przy zasłonie robiącej za drzwi sprawia, że podpieram się łokciami.

— Kto tam?! — warknę, zanim dociera do mnie, że doskonale wiem, kto to, nawet w ciemności. Zmysły mam wyostrzone, odkąd Diana wstrzyknęła nam to nigdy dość przeklęte serum, i czuję go, ten ciepły, nieuchwytnie declanowy miks dymu, skóry i przypraw.

— Tylko ja. — Stoi z dłońmi w kieszeniach wojskowej kurtki, ramiona ma nieco przygarbione. — Ja... zastanawiałem się, czy może miałabyś ochotę na towarzystwo.

Biorę głęboki oddech, czując, jak serce przyspiesza na sam jego widok. Nie chodzi o to, że nie chcę go przy sobie — wręcz przeciwnie. Tylko nie wiem, czy dam radę być tak blisko kogoś właśnie teraz. Nie po tym wszystkim.

— Jasne — mówię, starając się utrzymać głos w ryzach, gdy podnoszę się do siadu. — Wejdź.

Declan kiwa głową, wsuwa się do małego boksu i zaciąga za sobą zasłonę. Powietrze między nami iskrzy od napięcia, czuję jego spojrzenie na sobie, gdy siada na skraju łóżka.

— Wszystko w porządku? — pyta, głosem niskim i łagodnym.

Wzruszam ramionami, usiłując grać twardą. — Tak, nic mi nie jest. Po prostu potrzebowałam odpoczynku.

Declan nie wygląda na przekonanego, ale nie naciska. Zamiast tego sięga do kieszeni i wyciąga małą piersiówkę,

podając mi ją z krzywym uśmiechem. — Proszę, pomyślałem, że może ci się przyda.

Biorę piersiówkę, odkręcam korek i biorę łyk ognistego trunku. Pali w gardle, ale to mile widziane oderwanie od kłębiącego się w głowie chaosu.

— Dzięki — mówię, oddając mu piersiówkę.

Siedzimy chwilę w ciszy, każde zatopione w swoich myślach. Czuję spojrzenie Declana, choć ledwie go widzę, i to mnie niepokoi. Chcę coś powiedzieć, cokolwiek, by przebić tę napiętą bańkę między nami, ale nie wiem, co.

Wreszcie on się odzywa. — Wiesz, w porządku jest czuć się źle.

Unoszę brew, zaskoczona jego słowami. — Co masz na myśli?

— Mam na myśli — mówi spokojnie, równym tonem — że to normalne się bać. Mieć wrażenie, że tracisz kontrolę. To cię nie czyni słabą, Artemis.

— Niezłe słowa jak na ciebie, twardzielu — prychnę, ale bez przekonania, i oboje wiemy dlaczego. Wyrywam mu piersiówkę z ręki i biorę kolejny łyk, a nagle nie mam już ochoty gadać.

— Rozbierz się — rozkazuję, i nawet w ciemności widzę jego uśmiech.

— Myślałem, że nigdy nie poprosisz.

Dłonie Declana wędrują do brzegu koszulki; jednym ruchem zdziera ją przez głowę i odrzuca na bok. Patrzę zahipnotyzowana, gdy odsłaniają się wyrzeźbione mięśnie i tatuaże. Jest na co patrzeć i zastanawiam się, jakim cudem wcześniej potrafiłam mu się oprzeć.

Gdy zaczyna rozpinać dżinsy, wstaję i zrzucam z siebie ubranie. Powietrze chłodno muska nagą skórę, ale nic mnie to nie obchodzi. Myślę tylko o tym, jak jego oddech się rwie, kiedy patrzy na moje ciało.

Bez słowa przyciąga mnie do siebie i całuje głęboko. Nasze języki splatają się, a ja jęczę w jego usta, kiedy jego dłonie wędrują po moich krągłościach.

Przerywa pocałunek, sunąc wargami w dół mojej szyi i zostawiając na skórze rozżarzone ślady. Jestem w jego rękach jak wosk i oboje o tym wiemy. Ale nic mnie to nie obchodzi.

— Boże, jak mi ciebie brakowało — mamrocze, po czym bierze moją sutkę do ust.

— Cały czas tu byłam — szepczę, ale oboje wiemy, że to nieprawda. Byłam tu ciałem, owszem, wykonywałam ruchy, ale w żadnym razie nie byłam zdolna do bliskości.

Nadal nie jestem. I pewnie on też nie... ale czy kiedykolwiek będziemy? Czemu odmawiamy sobie tego, co może być ostatnim łykiem błogości, zanim zmienimy się w potwory nie do poznania?

Ta myśl jeszcze się tli, ale dłonie Declana suną w dół mojego ciała, a wszelka racjonalność ucieka. Jestem już na niego gotowa, a czuję, jak i jego pożądanie napiera na mnie. Skubię go w szyję, wywołując niski pomruk, po czym pcham go na plecy i dosiadam.

Dłonie Declana suną po moich udach, aż dech zatrzymuje mi się w gardle. — Myślisz, że teraz ty tu rządzisz, co? — pyta, kładąc dłonie na moich biodrach.

Kręcę głową, pochylam się, by go pocałować, i ocieram się o niego biodrami. — Nie rządzę. Ty rządzisz.

Jego uśmiech to czysty grzech. — Tak uważasz?

Jego dłonie unoszą się, by objąć moje piersi, a ja jęczę, gdy ściska mi sutki. Teraz on się uśmiecha szerzej, kontynuując swój atak, a ja pozwalam mu przejąć prowadzenie.

Niedługo potem przestaję myśleć zupełnie, tylko czuję — czuję jego, czuję żar między nami, czuję przyjemność tej chwili i wiem, że to może być moja ostatnia szansa, by ją skosztować.

A potem koniec. Szczytujemy oboje, jęcząc w swoje usta, na moment stapiając się w jedną istotę czystej rozkoszy.

Kiedy wszystko opada, leżymy obok siebie, wyczerpani, milcząc.

Wreszcie Declan przerywa ciszę. — Myślisz, że to coś zmienia?

Wiem, o co pyta, i, wyjątkowo, mam odpowiedź. Po raz pierwszy nie boję się być z nim szczera. — Tak. Zmienia wszystko.

— Mnie też — mówi, a ja się uśmiecham. Oboje nie wypowiadamy tych słów, ale nie trzeba. Doskonale wiemy, co nadchodzi.

Kilka minut później Declan śpi obok mnie. Patrzę na niego jeszcze chwilę, zadowolona, że po prostu jesteśmy razem. Twarz ma rozluźnioną w śnie i na moment prawie zapominam, w co się zmienia.

W co zmieniamy się oboje.

W potwory, na które polowaliśmy całe życie i które tępiliśmy.

ROZDZIAŁ DZIEWIĄTY

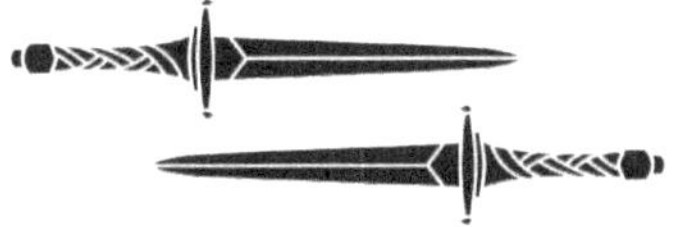

O OPIERAM SIĘ o chłodną ceglaną ścianę, patrząc, jak mój zespół szykuje się do szturmu na kolejną bazę Bureau. Ich determinacja i skupienie budzą podziw, ale nie mogę się pozbyć natrętnego uczucia w trzewiach. Malcolm ostatnio zachowuje się podejrzanie i nie potrafię nie chcieć wiedzieć, dlaczego.

— Artemis? — woła Declan, wyrywając mnie z zamyślenia. — Gotowa?

— Jasne — odpowiadam z kpiącym uśmieszkiem, choć myślami jestem gdzie indziej. Malcolm znika za rogiem, a ja podejmuję decyzję. — Muszę tylko na szybko wziąć coś z motocykla.

— Dobra, tylko się sprężaj. — Głos Declana cichnie, gdy wymykam się, podążając śladem Malcolma. Czas na odpowiedzi.

Podążam za Malcolmem, pilnując, by nie wydać z siebie najmniejszego dźwięku. Latami szlifowałam te umiejętności skradania — szkoda byłoby nie wykorzystać ich właśnie teraz.

Kiedy przeciskam się przez ciężkie metalowe drzwi za nim, moje oczy potrzebują chwili, by przywyknąć do mroku. Powietrze jest stęchłe, gęste od woni chemikaliów i strachu. Wzdłuż ścian ciągną się szeregi szklanych komór, w każdej spoczywa nieruchoma postać. Wstrzymuję oddech i podchodzę bliżej.

Hybrydowe obiekty badań. Głęboko uspane; nawet w odurzeniu na ich twarzach wyryty jest ból i niedola. Ludzkie i paranormalne cechy zlane w nienaturalny sposób, co przyprawia mnie o dreszcze. Jedną rozpoznaję — kobietę w średnim wieku, Nadię, o której Malcolm mówił, że jest niebezpieczna. Wygląda na jeszcze bardziej przygnębioną we śnie wywołanym lekami, niż wyglądała skulona w kącie celi.

— Malcolm, ty chory sukinsynie — mruczę pod nosem, a tuż pod skórą buzuje wściekłość. Ci ludzie, te mimowolne króliki doświadczalne — nie zasłużyli na to.

— Twoja ciekawość będzie twoją zgubą, Artemis — syczy głos z cienia.

— Ktoś naczytał się za dużo oklepanych kwestii złoczyńców — odcinam się, mrużąc oczy na widok sylwetki wychodzącej z mroku. To Malcolm, jego fiołkowe oczy zimne i wyrachowane. — Co to, do diabła, za miejsce?

— Czy to nie oczywiste? — Rozkłada szeroko ramiona, z wykrzywionym uśmiechem. — To przyszłość.

— Raczej koszmar — warczę, zaciskając pięści. — Okłamałeś nas. Mnie.

— Tak? — unosi brew Malcolm. — A może po prostu nie zadawałaś właściwych pytań?

— Malcolm, ty sukinsynie! — wrzeszczę, a wściekłość przelewa mi się przez brzegi. Powietrze wokół mnie trzaska energią, temperatura rośnie, gdy moje moce psychiczne wymykają się spod kontroli.

Malcolm najwyraźniej przewidział, co nadchodzi, bo kiedy stoję tam, walcząc, by nie rozerwać się od środka, zanim zdążę go zniszczyć, on daje nogę, umyka przez ciężkie stalowe drzwi i trzaska nimi za sobą. Tchórz.

Obraz mi się rozmazuje, zastępuje go mgła rozpalonej do czerwoności furii. Nie potrafię myśleć trzeźwo, nie umiem skupić się na niczym poza wściekłością i zdradą wypełniającą mnie po brzegi. Malcolmowskie oszustwo to za wiele i mury, którymi krępowałam swoje moce, pękają jak szkło, wypuszczając inferno psychicznego ognia.

Eksplozja wstrząsa laboratorium, a odłamki metalu i szkła śmigają w każdą stronę. Płomienie liżą ściany i sufit; żar jest tak intensywny, że czuję, jakby skóra topiła mi się z kości. Przez moment tonę w chaosie, niezdolna odróżnić góry od dołu ani przyjaciela od wroga.

— Ogarnij się, Artemis — cedzę do siebie przez zęby, ignorując palący ból. — Musisz to naprawić.

Sięgam po resztki dyscypliny, jakie kiedykolwiek miałam, zmuszam umysł do skupienia i kieruję moce na tłumienie pożaru. To herkulesowy wysiłek, ale z czasem płomienie gasną, pozostawiając zwęgloną, wypatroszoną skorupę pomieszczenia.

W następstwie zniszczenia więźniowie — hybrydy, już bez środków usypiających i w pełni przytomni — chwytają szansę na ucieczkę. Chwiejnym krokiem przemykają przez zgliszcza, zdezorientowani i przerażeni, znikając w labiryntowych korytarzach tajnego laboratorium, zanim zdążę zareagować.

— Cholera — klnę, przeklinając i swój brak kontroli, i zdradę Malcolma. — To niedobrze.

Zmusiwszy znużone ciało do ruchu, zagryzam zęby i rzucam się w pościg za zbiegłymi obiektami. Instynkt wrzeszczy, by ich schwytać, przyprowadzić z powrotem do jakiejś wypaczonej sprawiedliwości, która na nich czeka.

Ale kiedy przemierzam dymiące korytarze, nie mogę nie zapytać w duchu: czy to na pewno oni są tu potworami? A może Malcolm — ze swoimi okrutnymi eksperymentami i kłamstwami?

— Skup się, Artemis — warczę do siebie, zaciskając pięści. — O tym pomyślisz później. Teraz musisz znaleźć te hybrydy.

I tak, z ciężkim sercem i głową pełną pytań bez odpowiedzi, kontynuuję polowanie w zrujnowanym laboratorium, zdeterminowana, by naprawić wyrządzone krzywdy — bez względu na cenę.

Syreny wyją w całej bazie, ich pisk tnie powietrze jak nóż. Zaciskam zęby i przyspieszam, moje buty dudnią po zimnej, metalowej podłodze. Hybrydy nie mogły zajść daleko — muszę je znaleźć, zanim ktoś inny to zrobi.

— Gdzie, do cholery, jesteście? — mamroczę pod nosem, lustrując słabo oświetlone korytarze w poszukiwaniu najmniejszego ruchu.

— Szukasz nas? — szepcze głos z cienia. Odwracam się gwałtownie, a dłoń odruchowo sięga do pistoletu przy biodrze.

— Kto tam? Pokaż się! — żądam, mrużąc oczy, wpatrzona w ciemność.

— Spokojnie — odzywa się głos, a w nikłym świetle staje sylwetka. To jedna z hybryd — młoda kobieta o nawiedzonym spojrzeniu i migotliwym, upiornym ogonie, który znika i pojawia się w mgnieniu oka.

— Słuchaj, nie chcę cię skrzywdzić — mówię, powoli opuszczając broń. — Ale nie ma mowy, żebym pozwoliła Malcolmowi kontynuować swoje pokręcone eksperymenty na tobie.

— A kto powiedział, że chcemy wracać? — odpowiada, nie spuszczając ze mnie wzroku. — Chcemy po prostu być wolni.

— Rozumiem — przyznaję, czując, jak ciężar winy przygniata mnie coraz mocniej. — I może będę w stanie wam pomóc. Ale najpierw muszę wiedzieć, że nikomu nie zrobicie krzywdy.

— Nikt z nas nie chce nikogo skrzywdzić — odzywa się inny głos i nagle z cienia wyłania się więcej postaci — kolejne hybrydy, wszystkie naznaczone bliznami niewoli. Tym razem to mówi Nadia, jej nawiedzone oczy wbijają się we mnie. — A ty też nie chcesz skrzywdzić nas, prawda? Widziałam cię wcześniej. Złościłaś się *za* nas. Nie *na* nas.

— Dobrze — mówię, dławiąc resztki wątpliwości. — To wynoście się stąd, a ja zajmę się konsekwencjami swoich działań. Obiecajcie tylko, że przycupniecie, dopóki ten cały bajzel się nie uspokoi.

— Umowa — zgadza się Nadia, obdarzając mnie małym, wdzięcznym uśmiechem. — Dziękuję.

— Ruszajcie — ponaglam, patrząc, jak odwracają się i znikają w ciemności. — I powodzenia.

Gdy hybrydy są już w drodze do bezpiecznego miejsca, z powrotem skupiam się na zadaniu: ogarnąć burzę, którą właśnie rozpętałam. Wciąż wyją syreny, a ja wymykam się niepostrzeżenie, z sercem ciężkim jak ołów.

— Głupie, brawurowe, idiotyczne — beszczę się, znikając za rogiem, by uniknąć kilku członków Obsidian Circle, którzy przemykają w popłochu. — Co ty sobie, do cholery, myślałaś, Artemis?

Mimo wszechobecnego chaosu jedna myśl pozostaje krystalicznie jasna: nie pozwolę, by Malcolm uszedł ze swoim oszustwem. Nawet jeśli miałoby to oznaczać rozbicie wszystkiego, co myślałam, że o nim wiem — i o sobie.

— Boże, to będzie niezłe bagno do ogarnięcia — mamroczę, szykując się na nadchodzące konfrontacje. Ale bez względu na to, jak bardzo zaboli, wiem, że muszę stawić czoła konsekwencjom swoich czynów.

W końcu — czy nie tym właśnie zajmują się bohaterowie?

Ogłuszające syreny grają ścieżkę dźwiękową godną migreny, gdy wślizguję się do pustej sali konferencyjnej, a serce wali mi jak młot pneumatyczny. Declan już tam jest, krąży po pokoju jak lew w klatce. Jego piwne oczy są rozszalałe i wygląda na równie wściekłego, jak ja się czuję.

— Artemis — warknie, ledwo dając mi czas na zamknięcie drzwi. — Co się tam, do diabła, stało?

— Malcolm kłamał, ot co — wypluwam, zerkając spode łba na papiery porozrzucane po stole. — Prowadził eksperymenty na hybrydach, Declan — więził je i torturował.

— Sukinsyn — warczy, uderzając pięścią w ścianę. Zostaje niewielkie wgniecenie i nie mogę się nie zastanawiać, czy to jego coraz bardziej dzika strona daje o sobie znać.

— Słuchaj, wiem, że musimy coś z Malcolmem zrobić — mówię, a poczucie winy wije się we mnie jak jadowity wąż i głos mi drży. — Ale ja po prostu... straciłam panowanie, Declan. Mogłam wszystkich w tym laboratorium zabić.

— Hej — mówi miękko, podchodząc bliżej i kładąc uspokajającą dłoń na moim ramieniu. — Damy radę to ogarnąć, dobra? Razem.

— Może powinniśmy dać mu szansę się wytłumaczyć, zanim go potępimy — sugeruje Athina z progu, jej ciepłe, brązowe oczy pełne troski. Nawet nie usłyszałam, jak weszła. Cholera, dobra jest.

— Tłumaczyć się? — syczy Declan, a jego ciało się spina. — Nie ma żadnego usprawiedliwienia dla tego, co zrobił!

— Każdemu należy się szansa — odpowiada Athina łagodnie, lecz stanowczo. — Ale ostatecznie to od was dwojga zależy. To wy będziecie żyć z konsekwencjami swoich decyzji.

— Artemis? — Declan patrzy na mnie, czekając na mój werdykt. Czuję się rozdarta między pragnieniem sprawiedliwości a lękiem przed konsekwencjami zbyt daleko idących kroków.

— Dobrze — ustępuję, zaciskając pięści przy bokach. — Damy mu szansę na wyjaśnienia. Ale jeśli nie będzie potrafił ich obronić, bierzemy sprawy w swoje ręce.

— Zgoda — kiwa głową Declan, zdeterminowany aż do kości.

— To chodźmy się z nim skonfrontować — mówię, przełykając gulę w gardle.

Kiedy znajdujemy Malcolma, jest w swoim laboratorium, gorączkowo próbując ocalić resztki swoich pokręconych eksperymentów. Jego fiołkowe oczy rozszerzają się ze zdziwienia na widok naszych wściekłych min.

— Artemis, Declan, potrafię to wyjaśnić — jąka się, unosząc dłonie w obronnym geście.

— Naprawdę? — syczę, zbliżając się do niego. — Lepiej, żebyś miał cholernie dobre wyjaśnienie, Malcolm. Bo z mojego punktu widzenia niczym nie różnisz się od Bureau, a może i od Diany.

— Wiem, że to wygląda źle, ale ja tylko próbowałem im pomóc — upiera się, a do każdego słowa przykleja się desperacja. — Ich moce są niestabilne; stanowią zagrożenie dla siebie i dla innych. Myślałem, że jeśli zrozumiem, jak działają, może znajdę sposób, by pomóc im nad nimi zapanować.

— Zamykając je i torturując? — warczy Declan z pogardą w głosie. — Wygodna wymówka, jak dla mnie.

— Declan ma rację — mówię, wbijając w Malcolma twarde spojrzenie. — Nie miałeś prawa bawić się w Boga ich życiem, Malcolm. Bez względu na twoje intencje.

— Proszę, tylko... daj mi szansę to naprawić — błaga, szukając w moich oczach choć cienia przebaczenia.

— Nie spieszmy się z wyrokami — mówię, tym razem próbując trzymać nerwy na wodzy. — Uważam, że zanim cokolwiek postanowimy, musimy poznać pełny zakres tego, co się stało.

Declan prycha, a jego piwne oczy błyskają gniewem. — Z wyrokami? Serio, Artemis? On eksperymentował na niewinnych ludziach, a ty chcesz to puścić płazem?

— Oczywiście, że nie! — odszczekuję, czując, jak znów we mnie kipie. — Ale jeśli jest choć cień szansy, że pomoże naprawić wyrządzone szkody, nie powinniśmy chociaż tego rozważyć?

— Naprawić szkody? — kręci z niedowierzaniem głową Declan. — Tego się nie naprawi, Artemis. Te biedne hybrydy już nigdy nie będą takie same przez niego.

— Dość! — przerywa Athina, a jej przenikliwe spojrzenie pada na nas oboje. — Kłótnia nic nie da. Musimy zdecydować, co zrobić z Malcolmem.

— Dobrze — zgadzam się, z frustracją przeczesując palcami srebrne włosy. — Poddajmy to pod głosowanie. Zbierzcie resztę kierownictwa Obsidian Circle, opowiemy im dokładnie, co tu znaleźliśmy, i pozwolimy im zdecydować.

Malcolm dosłownie wiotczeje, na moich oczach. Wie, że to, co zrobił, jest nie do obrony.

Nie trzeba długo, by zebrać resztę przywództwa Kręgu w zdemolowanym laboratorium. Garnet, Topaz i Sapphire wyglądają na wstrząśniętych, gdy przedstawiam im sytuację, a na jego korzyść działa tylko to, że Malcolm nie próbuje zaprzeczać ani usprawiedliwiać niczego, co mówię. Nagle zaczynam mieć wątpliwości co do ścieżki, którą obrałam.

W końcu nie jestem naukowcem. Co ja właściwie wiem o eksperymentach Bureau? Malcolm jest jedynym, który naprawdę rozumie, z czym mieliśmy do czynienia. I jedynym, który może pomóc mnie i Declanowi — choć jak dotąd bez powodzenia.

Athina przejmuje głos, bo ja utknęłam, podważając własne decyzje. — Kto jest za natychmiastowym odwołaniem Malcolma ze stanowiska, ręka w górę.

Ku mojemu przerażeniu ręce podnosi niemal każdy, włącznie z Declanem. Przełykam z trudem ślinę, usiłując pogodzić się z tym, że jestem tu w mniejszości.

— W porządku — wydycham, zaciskając usta w wąską linię. — Malcolm, zostajesz odwołany ze stanowiska szefa działu naukowego. Ze skutkiem natychmiastowym.

— Artemis, proszę... — zaczyna Malcolm, ale uciszam go spojrzeniem.

— Daruj sobie, Malcolm. Wyrządziłeś dość szkód. Teraz reszta z nas spróbuje posprzątać bałagan, który narobiłeś.

Wygląda na kompletnie zdruzgotanego i mimo złości na niego nie mogę powstrzymać ukłucia winy. Odsuwam je jednak na bok, przypominając sobie, że tu chodzi o coś więcej niż nasze osobiste uczucia. Chodzi o sprawiedliwość dla hybryd, które skrzywdził.

— Wszyscy, zbierzmy się i zdecydujmy o następnych krokach — mówię, próbując znów przejąć kontrolę nad sytuacją. — Musimy skupić się na naprawie szkód i dopilnować, żeby nic podobnego już nigdy się nie wydarzyło.

Kiedy wychodzimy z pomieszczenia, zerkam przez ramię na Malcolma. Stoi, gapiąc się w podłogę, z ramionami opuszczonymi w geście porażki. Odwracam wzrok, rozdarta między gniewem a współczuciem, gdy zostawiamy go za sobą.

Rozdział dziesiąty

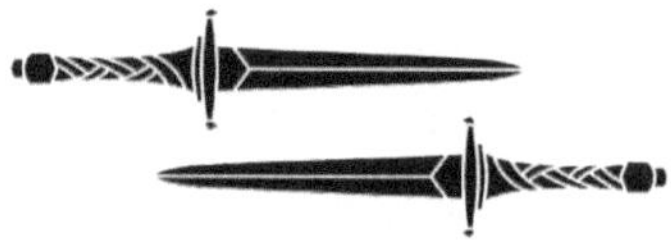

— Malcolm zasłużył na to, co go spotkało — wypluwam, krążąc wściekle po słabo oświetlonym pokoju. Zaciskam i rozluźniam dłonie wzdłuż boków, a skrzypienie moich czarnych skórzanych spodni odbija się echem w napiętej ciszy.

— Artemis, musisz się uspokoić — błaga Declan, a jego piwne oczy rozszerzają się z troski, gdy na mnie patrzy. — Tracisz nad sobą kontrolę.

— Tak? — prychnę pogardliwie, czując, jak żar gniewu wzbiera we mnie, gotów w każdej chwili buchnąć infernem. Zażarta kłótnia o usunięcie Malcolma z przywództwa Obsidian Circle zostawiła mnie kompletnie przygnębioną i roztrzęsioną, bardziej, niż kiedykolwiek odważyłabym się przyznać na głos.

— Artemis! — krzyczy w desperacji Declan, zaciskając dłoń na moim ramieniu, próbując mnie powstrzymać. Ale ten niechciany kontakt tylko bardziej mnie rozwścieca, rozdmuchując płomienie kipiącego gniewu.

— Puść mnie! — wybucham, a moim słowom towarzyszy potężna fala energii psychicznej, która spowija Declana palącym, błękitnym płomieniem. Wydaje z siebie przeszywający krzyk, osuwa się na podłogę i rozpaczliwie chwyta się za poparzoną skórę.

Patrzę na niego z narastającym przerażeniem, a do moich zmysłów wdziera się gryzący zapach zwęglonego ciała. — Declan... O Boże, Declan! — dyszę, gdy przygniata mnie fala winy i odrazy do samej siebie. Nie miałam zamiaru dotkliwie go zranić w nieprzemyślanej furii. Błyskawicznie tracę resztki kontroli nad jadowitymi emocjami kłębiącymi się we mnie. W jakie plugastwo ja się zamieniłam?

— Artemis, zaczekaj! — woła rozpaczliwie Declan, gdy odwracam się na pięcie i uciekam z miejsca mojego haniebnego wybuchu przemocy. Słyszę, jak jego udręczone błagania odbijają się echem za mną, kiedy na oślep pędzę w dół ciemnego korytarza, ale nie mam siły stawić mu czoła. Nie po tym, co zrobiłam w niewybaczalnym braku opanowania.

— Proszę, wróć! — Ból w jego głosie tnie mnie jak nóż, ale ja wciąż biegnę, a łzy udręki spływają mi po twarzy.

— Trzymaj się ode mnie z daleka, Declan! — wrzeszczę przez zaciśnięte zęby, zachrypniętym z męki głosem. — Jestem potworem!

Zatrzaskuję za sobą ciężkie drzwi złowieszczym, dudniącym hukiem, który zdaje się wstrząsać samymi fundamentami budynku. Zamknęłam się w celi, w której kiedyś siedziała Nadia — przeznaczonej do trzymania najniebezpieczniejszych hybryd. I nawet tutaj, w tym ciasnym, zimnym mroku, nie potrafię uciec od echa krzyków Declana ani wymazać z pamięci własnej ohydnej przemocy.

Moje ciało trzęsie się niekontrolowanie, kiedy zwijam się w kłębek w najdalszym kącie tego chłodnego, odosobnionego pomieszczenia, jakbym chciała złożyć się do środka i całkiem zniknąć. Oddycham nierówno, chrapliwymi haustami, które odbijają się głośno w grobowej ciszy. Myśli pędzą gorączkowo, pełne przerażających wizji przyszłości. Co, jeśli nigdy nie odzyskam kontroli nad tymi niebezpiecznymi zdolnościami psychicznymi? Co, jeśli w kolejnym napadzie nieopanowanej furii kogoś okaleczę albo zabiję? Ręce trzęsą mi się gwałtownie na wspomnienie surowego, przeszytego bólem krzyku Declana — dźwięku, który bez końca dudni mi w czaszce.

— Artemis? — Nieoczekiwane, delikatne pukanie do drzwi na chwilę wytrąca mnie z bezlitosnej spirali samoudręczenia.

— Wszystko w porządku? — woła Malcolm przez ciężkie drewno, spokojnym, równym tonem, na przekór chaosowi, który wywołałam.

— Odejdź! — warknę jadowicie, z furią wycierając gorące łzy, które wciąż bez opamiętania spływają mi po policzkach. — Po prostu zostaw mnie w spokoju!

— Artemis, to Malcolm — tłumaczy bez potrzeby, nadal zachowując łagodny ton. — Chcę tylko pomóc.

— Pomóc? — wypuszczam z siebie chrapliwy, niedowierzający śmiech, którego dźwięk aż mnie razi. — Już próbowałeś pomóc i, jak widać, spektakularnie ci nie wyszło! Myślę, że twoje tak zwane terapie tylko przyspieszyły moją przemianę w to... to coś!

— Artemis, proszę, posłuchaj — nalega łagodnie Malcolm. — Nie jesteś bezdusznym potworem. Declan pozwolił mi zająć się jego oparzeniami przy użyciu moich zaawansowanych technik leczenia. Jego wyjątkowe zdolności regeneracyjne sprawią, że w pełni dojdzie do siebie w kilka dni.

— Świetnie! — warczę, nie chcąc oglądać Malcolma ani mierzyć się z dławiącą winą, która nieustannie mnie przeżera. — Pomogłeś Declanowi, brawo. Ale trzymaj się ode mnie z daleka, rozumiesz?

— Rozumiem — mruczy Malcolm po ciężkiej pauzie i słyszę, jak cichnące odgłosy jego kroków niechętnie znikają w korytarzu.

W następnych dniach jeszcze bardziej się izoluję, ledwo opuszczając swoje mroczne kwatery. Pożera mnie przerażająca myśl, jakie nowe okrucieństwo mogłabym wyrządzić, gdyby znowu wymknęły mi się spod kontroli wybuchowe emocje i chwiejne moce psychiczne. Cztery ściany ciasnego pokoju stają się zarazem nieprzeniknioną fortecą i więzieniem mojego własnego pomysłu, trzymając świat na dystans, podczas gdy ja bez końca szarpię się z wewnętrznymi demonami.

— Artemis? — Kolejne niechciane pukanie przerywa kołowrotek moich niespokojnych myśli, a po nim przez ciężkie drzwi przesącza się zatroskany głos Declana. Mimo odrażającego czynu wobec niego wciąż słyszę, ile w tym głosie troski, i serce mi od tego boli. — Możemy porozmawiać?

— Porozmawiać? — syczę obronnie, bo jego prośba na nowo rozpala mój tlący się gniew. — O czym niby mielibyśmy rozmawiać? Omal cię nie zabiłam, Declan! Stałam się zbyt niebezpieczna, by ze mną przebywać!

— Artemis, oboje wiemy, że nie chciałaś zrobić mi ciężkiej krzywdy — upiera się łagodnie Declan, a jego głos mięknie, jakby łagodził osaczone dzikie zwierzę. — Intensywne zabiegi Malcolma zdołały wyleczyć najgorsze z moich oparzeń. On też bardzo się o ciebie martwi, wiesz?

— Malcolm może iść prosto do diabła, jeśli o mnie chodzi — wypluwam zajadle, a dłonie mimowolnie zaciskają mi się w pięści; gniew i wstyd krążą w moich żyłach w niekończącej się pętli.

— Artemis, błagam cię, posłuchaj — prosi żałośnie Declan. — Nie jesteś nieludzkim potworem pozbawionym sumienia i moralności. To coś w rodzaju choroby, a z odpowiednią pomocą i wsparciem możesz przezwyciężyć cień, który na ciebie opadł.

— Zachowaj sobie tę nic niewartą litość — warczę, a serce łamie mi się na nowo z każdym jadowitym słowem, które ciskam w niego jak broń. — Nie chcę jej.

— Skoro... skoro tak chcesz — w końcu ustępuje złamanym tonem Declan, a głos mu się łamie od tłumionych emocji i bólu. — Ale chcę, żebyś wiedziała, że ani na moment w ciebie nie zwątpiłem. Będę tu niezachwianie, kiedy tylko będziesz gotowa pozwolić mi sobie pomóc.

— No to powodzenia w bezowocnym czekaniu — mamroczę z goryczą, już obawiając się nieuchronnego następnego pukania do drzwi, zapowiadającego kolejną niechcianą ingerencję. To duszące mnie przerażenie przed utratą kontroli nad niebezpiecznymi zdolnościami psychicznymi stało się samospełniającą się przepowiednią klęski i nie widzę żadnej drogi ucieczki z głębokiej, ciemnej studni rozpaczy, którą wykopałam sobie własną ohydną przemocą.

⸻◦⸻

Dni zamieniają się w tygodnie, a ja wciąż tkwię zabarykadowana w dobrowolnym więzieniu, sama ze swoimi myślami i lękami. Straciłam rachubę czasu, więc zaskakuje mnie, gdy słyszę pukanie do drzwi, które nie należy ani do Declana, ani do Malcolma.

— Artemis? — odzywa się kobiecy głos, niepewny i nieśmiały. — To Athina. Mogę wejść?

Nie odpowiadam od razu, niepewna, czy jestem gotowa na wizytę.

— Dobrze — odpowiadam w końcu, głosem ochrypłym od milczenia. — Wejdź.

Drzwi skrzypią, a ja widzę Athinę stojącą w progu, z białymi włosami okalającymi twarz. Trzyma tacę z jedzeniem i nagle uświadamiam sobie, że od dni nic nie jadłam. Declan i Malcolm też przynosili jedzenie, ale paczki leżą nietknięte w kącie mojej celi.

— Przyniosłam ci trochę zupy — mówi, stawiając tacę na małym stoliku. — I herbatę. Pomyślałam, że coś ciepłego dobrze ci zrobi.

— Dziękuję — mamroczę, czując, jak ogarnia mnie fala wdzięczności.

Athina siada obok mnie i lustruje wzrokiem moją twarz. — Jak się trzymasz? — pyta miękko.

— Nie wiem — przyznaję.

— To do ciebie niepodobne, żeby się pogrążać — mówi, pozwalając mi jeszcze chwilę podusić się we własnym milczeniu. Odchyla się i zakłada nogę na nogę, patrząc na mnie zamyślona. — Zawsze byłaś bardziej od działania niż od rozmyślań, choć, niech to wszyscy bogowie, próbowałam cię nauczyć, żebyś najpierw spojrzała, zanim skoczysz.

Na mojej twarzy pęka mały uśmiech, gdy zalewają mnie wspomnienia. Ileż krwi musiałam jej napsuć, nawet tej niemal nieskończonej cierpliwości.

— Przepraszam — mówię i nie wiem, kto jest bardziej zszokowany, ona czy ja.

— Chyba pierwszy raz słyszę, jak to mówisz — stwierdza, a my nagle obie wybuchamy śmiechem i napięcie spływa ze mnie jak woda do odpływu.

Obecność Athiny działa na moją duszę jak balsam i czuję, jak z ramion schodzi mi ciężar. Po raz pierwszy od tygodni mam wrażenie, że znowu mogę oddychać. Rozmawiamy godzinami, wspominając stare czasy i nasze wspólne przygody.

Gdy na zewnątrz zaczyna zachodzić słońce, uświadamiam sobie, że nie jestem tak sama, jak myślałam. Wizyta Athiny dała mi nadzieję, że może, być może, zdołam pokonać tę ciemność we mnie.

Gdy godzinę później Declan puka do moich drzwi, wpuszczam go.

— Przepraszam. — Mówię to także jemu, a on wygląda na jeszcze bardziej oszołomionego niż Athina. — Zapomniałam, że ty też przez to przechodzisz. Że jesteśmy w tym razem.

— Zawsze. — Jego dłoń jest ciepła na mojej, a ja instynktownie wtulam się w niego. Obejmuje mnie silnym ramieniem i tak bardzo kusi, by oprzeć się na jego sile, ale wiem, że jego brzemię i tak jest dość ciężkie, bym miała mu dokładać własne.

— Powiedz mi, co u ciebie — mówię. — Czy zabiegi Malcolma w ogóle pomagają?

Wzdycha, spoglądając na neonową poświatę miejskiej panoramy za małym, brudnym oknem. — Nie wiem. Może? Nie jestem już tak wściekły, lepiej trzymam nerwy na wodzy, ale wciąż czuję się jak nie we własnej skórze. Jakby coś miało się ze mnie za chwilę wyrwać. Czy tak to u ciebie wygląda?

Uświadamiam sobie, że tak naprawdę nigdy nie rozmawialiśmy o tym, jak konkretnie zadziałało na nas serum hybrydowe, i czuję nagły przypływ świeżego zainteresowania.

— Nie — przyznaję. — Nigdy tak nie czułam. Ten niebieski ogień, który wydobywa się z moich dłoni, to jak narastające ciśnienie. Jak dmuchanie w balon, aż pęknie.

Piwne oczy Declana są utkwione w mojej twarzy, gdy słucha, i marszczy się zamyślony. — Zastanawiam się — mówi powoli — czy Diana podała nam to samo serum.

— A może dwie różne rzeczy? — Nigdy mi to nie przyszło do głowy. — Sugerowała, że to to samo, ale jeśli tak, to dlaczego nie zmieniamy się tak samo?

Wzrusza ramionami. — To pytanie do Malcolma. A tak swoją drogą... — Przechyla głowę. — Widziałaś kiedyś dwie hybrydy, które byłyby dokładnie takie same? Albo choćby dokładnie takie jak którykolwiek z typowych paranormalnych, na których trafialiśmy przez te wszystkie lata?

Usta mam otwarte, gdy wpatruję się w Declana, i powoli kręcę głową, wracając pamięcią. — Nie. Nie, oni—my—wszyscy jesteśmy wyjątkowi.

— Właśnie — mówi Declan, a w jego głos wkrada się podekscytowanie. — Może nasze moce przejawiają się inaczej, bo jesteśmy różnymi ludźmi z różnymi doświadczeniami i emocjami. Może to nie samo serum wywołuje zmiany — nie w pełni — tylko to, jak reagują na nie nasze ciała i umysły.

Czuję, jak serce zaczyna mi bić szybciej, gdy głowa zalewa się możliwościami. — Jeśli to prawda, to może da się to kontrolować. Zrozumieć.

Declan kiwa gorliwie głową, a jego oczy rozbłyskują nadzieją. — A jeśli to zrozumiemy, będziemy mogli pomagać innym takim jak my. Zadbamy, by nikt więcej nie musiał przechodzić przez to, co my.

Czuję, jak w środku zapala się iskra determinacji i po raz pierwszy od tygodni mam poczucie celu. — Zróbmy to — mówię z uśmiechem. — Rozgryźmy to.

Pierwsze promienie świtu sączą się przez brudne okno, gdy siedzimy z Declanem naprzeciw siebie na moim łóżku.

— Koniec z utratą kontroli — mówię, spotykając jego spokojne spojrzenie. — Cokolwiek się stanie, stawimy temu czoła razem. Właściwie.

Declan przytakuje, z determinacją wyrytą na twarzy. — Zgoda. Koniec z wybuchami i poddawaniem się ciemności.

Biorę głęboki oddech, czując, jak jego niezachwiane wsparcie kotwiczy mnie w miejscu. Z Declanem u boku wiem, że pokonam wszystko.

Kilka godzin później kierujemy kroki do laboratorium Malcolma. Unosi wzrok, gdy wchodzimy.

— Artemis, Declan. Czym zawdzięczam tę przyjemność? — pyta ostrożnie Malcolm.

Wymieniam spojrzenie z Declanem, po czym mówię: — Mamy teorię dotyczącą serum, które podała nam Diana. Uważamy, że działa na każdego inaczej, w zależności od umysłu i doświadczeń.

Oczy Malcolma rozszerzają się. — Fascynujące. To by tłumaczyło różnorodne zdolności, które obserwowałem. — Widzę, jak budzi się w nim naukowa ciekawość.

— Chcemy, żebyś przeprowadził na nas kontrolowane badania — ciągnę. — Za naszą pełną zgodą. Ale na nikim innym nie będziesz eksperymentował.

Malcolm otwiera usta, by zaprotestować, ale ucinam to: — Mówię serio. Od teraz tylko ochotnicy. — Mój ton nie pozostawia miejsca na dyskusję.

Wzdycha. — Dobrze. Na razie skupię badania na was dwojgu.

Kiwam z zadowoleniem głową. Kiedy Malcolm przygotowuje sprzęt, Declan wspierająco ściska moją dłoń.

— Damy radę — zapewnia mnie. — Razem.

Uśmiecham się, czując nowy sens i cel. Zachowamy człowieczeństwo bez względu na cenę. A z niezłomną lojalnością Declana i moją determinacją, by czynić dobro, wiem, że przebrniemy przez wszystko, co przed nami.

ROZDZIAŁ JEDENASTY

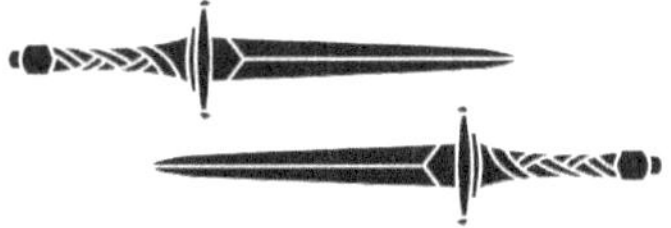

Dźwięk ostrego szczęku metalu o metal rozbrzmiewa po sali treningowej, gdy Declan i ja ćwiczymy nasze umiejętności posługiwania się nożem. Nasze ostrza błyszczą w ostrym świetle jarzeniówek, pot lśni nam na skórze. Ćwiczymy już od godzin, popychając się nawzajem do coraz większego wysiłku i tempa.

— No dalej, Artemis — drażni się Declan, na jego ustach pojawia się kpiący uśmieszek. — Stać cię na więcej.

— Zamknij się, Reed — warczę, czując, jak we mnie buzuje irytacja. Moje zdolności psychiczne pobrzmiewają pod skórą jak uwięziona bestia, niespokojna i rwąca się na wolność. Im bardziej się nakręcam, tym trudniej je utrzymać w ryzach.

— Ktoś tu jest drażliwy — mówi, podchodząc bliżej z niebezpiecznym błyskiem w piwnych oczach. — Może potrzebujesz przerwy, księżniczko.

— Księżniczko? Serio? — warczę i rzucam się do przodu z ostrzem. Bez trudu zbija mój atak, ale nie zamierzam odpuścić. Nie tym razem. Wściekłość, która mnie zalewa, jest zbyt silna, by ją stłumić, a ja czuję, jak moce zaczynają drżeć na krawędziach mojej kontroli.

— Art, posłuchaj mnie — ostrzega Declan, jego ton jest poważny, gdy się cofa. — Musisz się uspokoić, zanim stracisz panowanie.

— Za późno — mamroczę pod nosem. Nagła fala energii przelatuje przeze mnie i krzyczę, gdy moje zdolności psychiczne eksplodują na zewnątrz falą zniszczenia. Szkło pęka, sprzęt się gnie, a same ściany zdają się jęczeć, jakby w bólu. Pośród chaosu słyszę bolesny jęk Declana. Spoglądam na niego i serce podskakuje mi do gardła, gdy widzę kawał skręconego metalu wbity w jego ramię, z rany sączy się ciemna krew.

— Declan! — wyduszam, z przerażeniem wypisanym na twarzy. Spustoszenie dookoła dobitnie przypomina mi, jak niebezpieczna potrafię być, kiedy moje moce wymykają się spod kontroli.

— Artemis, wynoś się stąd — wyciska przez zaciśnięte zęby. — Idź — czuję, jak próbuje się wyrwać — wynoś się!

Nie waham się, choć wiem, że to moja wina. Rzucam mu ostatnie spojrzenie i pędem wybiegam z sali, chcąc jak najszybciej uciec od rzezi, którą właśnie wywołałam. W biegu gorące łzy zamazują mi obraz, a ja duszę w sobie szloch, który grozi, że się wyrwie. Dźwięk, który mnie goni, nie jest ludzki, to pierwotny, zwierzęcy ryk, i nagle ogarnia mnie strach na myśl o tym, co mogłam właśnie obudzić w Declanie.

Sama w opuszczonym korytarzu osuwam się na ścianę, zsuwając się, aż siadam na zimnym betonie. Ręce mi drżą, gdy dociskam je do czoła, rozpaczliwie próbując uciszyć burzę szalejącą we mnie.

— Weź się w garść, Artemis — szepczę do siebie, zmuszając się do głębokich wdechów i wydechów. — Już więcej nie stracisz kontroli. Nie skrzywdzisz nikogo.

Pozostaje mi tylko mieć nadzieję, że to samo dotyczy Declana. Coś w nim próbuje się wydostać. Coś bardziej zwierzęcego niż moce we mnie, coś, co nawet ja rozpoznaję jako niebezpieczne.

Zimny beton pod plecami jest jak niechciany uścisk, ale to niewiele pomaga odwrócić myśli od winy i wstydu. Oddech mi się uspokaja, lecz burza we mnie wciąż huczy. Nie mogę nikomu się pokazać — jeszcze nie. Nie dopóki nie będę wiedzieć, czy z Declanem wszystko w porządku.

— Artemis? — głos Athiny rozcina ciszę i nagle jest przy mnie, kładzie dłoń na moim ramieniu. W jej oczach miesza się troska i strach, co tylko potęguje mój własny niepokój. — Wszystko w porządku?

— Lepiej być nie może — mruczę sarkastycznie, próbując ją odepchnąć. — Właśnie o mało nie zabiłam Declana, zdemolowałam pół sali treningowej i straciłam kontrolę nad pieprzonymi mocami. Ale jasne, jest super.

— Artemis, nie bądź dla siebie taka surowa — mówi łagodnie Athina, ignorując moje próby strząśnięcia jej ręki. — Każdemu zdarzają się chwile, kiedy traci kontrolę. Jesteś tylko człowiekiem.

— Czy aby na pewno? — parskam, piorunując ją wzrokiem. — A może jestem po prostu jakimś wybrykiem natury, zbyt niebezpiecznym, by być przy kimkolwiek? Może powinnam się zamknąć i nie wychodzić, dopóki nie nauczę się panować nad tym... czymkolwiek, co we mnie siedzi.

— Izolowanie się niczego nie rozwiąże — upiera się Athina, mocniej zaciskając palce na moim ramieniu. — Potrzebujesz naszej pomocy, Artemis. A my potrzebujemy ciebie.

— Declan też mnie potrzebował i widziałaś, jak to się skończyło — mówię gorzko, a nowe łzy znów naciekają do oczu. — Nie mogę ryzykować, że znowu kogoś skrzywdzę, Athina. Już nie.

Twarz Athiny łagodnieje; klęka przede mną, wciąż trzymając dłoń na moim ramieniu. — Rozumiem, że się boisz,

Artemis. Ale nie możesz się poddać. Zaszłaś już tak daleko i masz ludzi, którym na tobie zależy. Declanowi na tobie zależy.

Prychnę i kręcę głową. — Nawet nie wiem, czy on teraz żyje.

Oczy Athiny rozszerzają się, i widzę troskę wyrytą na jej twarzy. — Co masz na myśli?

Biorę głęboki oddech, próbując się uspokoić. — Kiedy straciłam kontrolę, coś się z nim stało. Był ranny i czuła m... nie wiem, coś jeszcze. Coś mroczniejszego. Jakby moje moce coś w nim uruchomiły.

Wyraz twarzy Athiny poważnieje. — Musimy go znaleźć. I to szybko.

— Pozwól, że pójdę pierwsza — ostrzegam, wciąż mając w uszach tamten pierwotny ryk, i prowadząc wracam do sali treningowej.

W środku panuje tylko cisza. Ostrożnie popycham drzwi i zerkam do środka, krzywiąc się na widok zniszczeń, które niechcący spowodowałam.

Declan leży na środku podłogi, niepokojąco nieruchomy. Jego ubranie jest dziwnie porozrywane, jakby coś rzeczywiście próbowało przebić się na zewnątrz przez jego skórę, tak jak mówił.

— Dec. — Klękam przy nim, sięgam, by ostrożnie dotknąć jego wytatuowanego przedramienia. — Reed! Obudź się!

Mruga ospale, a ja wypuszczam z ulgą powietrze. Przynajmniej żyje.

— Co się stało? — pyta, a ja kręcę głową, oglądając go uważnie. Na jego przedramieniu nie ma absolutnie żadnego śladu rany, choć ledwie pół godziny temu ostry kawał metalu brutalnie się w nie wbił.

To dopiero zdolność regeneracji.

— Miałam nadzieję, że to ty mi powiesz. — Próbuję się uśmiechnąć i musi dostrzec kryjącą się za nim troskę, bo szybko podnosi się do siadu, choć widzę, ile go to kosztuje po grymasie bólu, którego nie całkiem udaje mu się ukryć.

— Nic nie pamiętam. — Wzrusza boleśnie ramionami, patrząc na swoje dłonie, jakby go zastanawiały. Jakby nie były tym, czego spodziewał się zobaczyć.

Nie wiem, jak mu pomóc — tak samo jak nie wiem, jak pomóc sobie — ale wsuwam ramię pod jego i wyprowadzam go ze zniszczonej sali treningowej.

Gdy wracamy do naszych kwater, kroki Declana słabną, a na jego twarzy maluje się konsternacja. — Co się ze mną dzieje, Artemis? — pyta półgłosem, chwytając się za pierś, jakby w bólu.

— Nie wiem — przyznaję cicho, serce mi się dla niego ściska. — Przejdziemy przez to razem.

Kiedy docieramy do naszego pokoju, Athina wita nas w drzwiach z troską wyrytą na twarzy. — Jak on się czuje? — pyta, jej spojrzenie przeskakuje między nami.

— Nie wiem — przyznaję, pomagając Declanowi położyć się na cienkim materacu. — Nic nie pamięta.

Athina kiwa głową, jej wyraz twarzy jest poważny. — Musimy ustalić, co się z nim dzieje, Artemis. To może być niebezpieczne.

— Wiem — mówię ledwie słyszalnie, patrząc, jak Declan zwija się na materacu. — Może nawet bardziej niebezpieczne ode mnie.

Później, kiedy krążę jak zwierzę w klatce — przed naszym pokojem, żeby nie obudzić Declana, który śpi jak zabity — Malcolm pojawia się i staje przede mną, a jego fiołkowe oczy płoną niepokojącą intensywnością.

— Artemis — mówi bez wstępów — chyba znalazłem coś, co może ci pomóc.

— Pomóc mi? — unoszę sceptycznie brew. — W sensie: pomóc mi nie pozabijać wszystkich wokół?

— Potencjalnie — odpowiada niewzruszony moim sarkazmem. — W części zastrzeżonych plików, które ukradliśmy z placówek Bureau podczas naszych rajdów, trafiłem na ciekawe badania dotyczące zdolności psychicznych i ich stabilizacji. Może istnieje sposób, by uśpić twoje moce, tak abyś odzyskała nad nimi kontrolę.

— Uśpić? — to słowo ma gorzki smak na języku. — Brzmi... drastycznie.

— Drastyczne czy nie, to może być klucz do pomocy tobie, Artemis — nalega Malcolm. — Ale ostatecznie wybór należy do ciebie.

— Nie teraz — wykręcam się. Wspomnienie martwych oczu Nadii, tej ulgi, kiedy ją i inne hybrydy wypuściłam, jest wciąż zbyt świeże. Nie ufam Malcolmowi, że nie zrobi ze mnie dokładnie tego, czym ją uczynił.

Nie ufam mu wcale.

⸺◆⸺

Zbieramy się wokół stołu, studiując informacje, które zebraliśmy o następnym transporcie broni Diany. Athina przekłada papiery, z marsową zmarszczką na czole.

— Dobra — zaczyna napiętym głosem. — Konwój jest mocno ochraniany, więc musimy wszystko dokładnie zaplanować. Pomysły, jak go sabotować i nie dać się złapać?

— Materiały wybuchowe? — proponuje Garnet, ale spotyka się to z naszą dezaprobatą.

— Zbyt ryzykowne — sprzeciwia się Declan. — Potrzebujemy czegoś mniej oczywistego.

— Może podmienimy im paliwo — podsuwa z namysłem Sapphire. — Spowolnimy ich, nie wysadzając wszystkiego w diabły.

— Ciekawy pomysł — mruczy Athina, stukając palcami w blat. — Może nam kupić dość czasu, by przechwycić ładunek.

— Albo po prostu przechwyćmy cały cholerny transport — wtrącam, gdy w głowie kipi mi od możliwości. — Przejmijmy pojazdy i wjedźmy prosto pod drzwi Diany.

— Artemis — ostrzega Declan, jego głos niski i napięty. — To może nas wszystkich zabić.

— Lepsze to niż siedzieć i czekać, aż oni przyjdą po nas — odcinam się, a moja złość po raz kolejny bucha płomieniem.

— Dość! — wybucha Athina, a jej oczy błyskają frustracją. — Musimy współpracować, zamiast się żreć. Skupmy się na znalezieniu rozwiązania, które nie wyśle nas wszystkich na tamten świat.

Zapada cisza, gdy rozważamy opcje. Stawka jest wyższa niż kiedykolwiek, a jeden fałszywy ruch może oznaczać nasz koniec. Ale pośród napięcia i strachu jedno pozostaje pewne — jesteśmy w tym razem, bez względu na wszystko.

Szmer przewracanych kartek wypełnia powietrze, gdy pochylamy się nad informacjami rozrzuconymi na stole. Palcami śledzę linie na mapie, zaznaczając trasę, którą ma jechać transport Diany.

— Dobrze — odzywa się Athina, przerywając ciszę, która nad nami zapadła. — Potrzebujemy planu, który unieszkodliwi ten transport bez ofiar.

— Zgoda — mówię stanowczo. — Najlepszą opcją jest rozwiązanie nieśmiercionośne.

— Serio? — prycha Declan, jego piwne oczy zwężają się. — Mówię, żeby zniszczyć wszystko. Ładunek i żołnierzy.

— Declan, chyba nie mówisz poważnie — syczę, czując, jak znów zapala się we mnie lont. — Tu chodzi o ludzkie życie!

— Lepiej ich niż nas — odpiera, krzyżując ramiona na piersi. — Nie stać nas na okazywanie litości. Nie wtedy, gdy w grę wchodzi nasze przetrwanie.

— Dość! — wtrąca Athina, jej głos jest stanowczy i surowy. — To nie czas na sprzeczki. Musimy razem znaleźć sposób, by zatrzymać ten transport bez przelewu krwi.

Zaciskam szczękę, walcząc, by utrzymać złość na wodzy. Upór Declana może przekreślić wszystko, na co pracowaliśmy. Ale kłótnia nic nie da, więc zmuszam się, by skupić się na zadaniu, ignorując narastające między nami napięcie.

— Dobra — mamroczę, skanując mapę w poszukiwaniu słabych punktów na trasie. — Jeśli przechwycimy ich na tym moście, możemy użyć ukierunkowanego impulsu EMP, żeby unieruchomić pojazdy, nie robiąc krzywdy ludziom. Zdobyliśmy kilka podczas ostatniego rajdu na Bureau i jeszcze ich nie wykorzystaliśmy.

— EMP? — pyta sceptycznie Declan. — To ryzykowne, Artemis. Jeśli przegapimy okno, zdążą zniknąć, zanim ich dogonimy.

— Bardziej ryzykowne niż wyrżnąć niewinnych? — ripostuję, mój głos ocieka sarkazmem. — Mamy być lepsi od nich, Declan.

— Dość! — znów podnosi głos Athina, jej frustracja jest oczywista. — Oboje odłóżcie dumę na bok i skupcie się na zadaniu. Zrobimy po myśli Artemis. To nasza najlepsza szansa, by zatrzymać transport bez niepotrzebnej przemocy.

Szczęka Declana się napina, ale nie oponuje dalej. Wiem, że nie jest zadowolony z decyzji, lecz na razie wygląda, że się podporządkuje. Gdy dopinamy szczegóły planu, nie mogę przestać się martwić, co się stanie, jeśli zawiedziemy. Stawka jeszcze nigdy nie była tak wysoka, a jeden błąd może nas wszystkich zgubić.

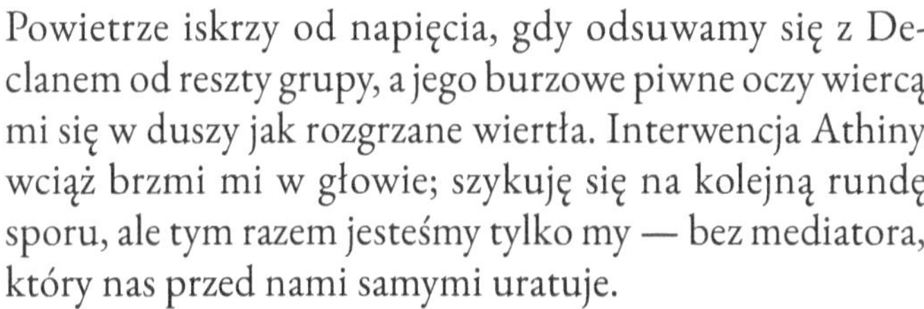

Powietrze iskrzy od napięcia, gdy odsuwamy się z Declanem od reszty grupy, a jego burzowe piwne oczy wiercą mi się w duszy jak rozgrzane wiertła. Interwencja Athiny wciąż brzmi mi w głowie; szykuję się na kolejną rundę sporu, ale tym razem jesteśmy tylko my — bez mediatora, który nas przed nami samymi uratuje.

— Artemis — zaczyna, jego głos jest niski i chropawy jak żwir pod butami — wiem, że chcesz to zrobić bez rozlewu krwi, ale czasem... czasem po prostu się nie da.

— Daj mi jeden dobry powód, byśmy mieli sięgać po śmiercionośną siłę, skoro jest inny sposób — ucinam. — Mamy być lepsi od nich, Declan.

— Słuchaj, rozumiem — mówi, frustracja brzmi w jego głosie wyraźnie. — Też nie chcę zabijać, jeśli da się tego uniknąć. Ale naszym priorytetem jest powstrzymanie Diany i jej uzbrojonych hybryd. Jeśli stracimy tę okazję, bo będziemy zbyt przerażeni ryzykiem, to kim się staniemy?

— Bohaterami z zasadami? — odszczekuję, słowa kapią jadem. — Możemy wygrać, nie zniżając się do ich poziomu, Declan. Musimy tylko zagrać mądrze.

Przeciąga dłonią po rozczochranych brązowych włosach — wiem, że to znak, iż jego irytacja rośnie. — A jeśli twój plan się nie powiedzie, Artemis? Jeśli nas wykryją albo ktoś ucierpi? Weźmiesz za to odpowiedzialność?

— Oczywiście — odpowiadam twardo, bez wahania. — Ale nie poświęcę swoich przekonań w imię wygody.

Declan patrzy na mnie dłuższą chwilę, a napięcie między nami jest niemal namacalne. W końcu wypuszcza ciężkie westchnienie i niechętnie przytakuje. — Dobrze. Zrobimy po twojemu. Ale jeśli coś pójdzie nie tak, musimy być gotowi szybko się dostosować.

— Zgoda — mówię, a serce wali mi w piersi, gdy uświadamiam sobie, że doszliśmy do kruchego rozejmu.

Gdy wracamy do reszty, nie mogę przestać się martwić o konsekwencje naszej decyzji. Czy mój upór przy metodach nieśmiercionośnych narazi drużynę, czy w końcu okaże się słuszny? Czas pokaże, a gdy ruszamy w noc, modlę się, by nasze zasady nie przypieczętowały naszego losu.

Rozdział dwunasty

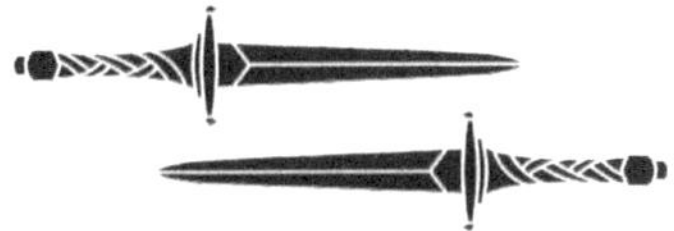

Ten księżyc wisi nisko, rzucając upiorne cienie na opuszczoną dzielnicę magazynową, jakby szeptał ostrzeżenie. Idealnie. Najwyższa pora, żeby coś poszło po naszej myśli. Prowadzę mój zespół oddanych agentów Obsidian Circle, by przechwycić hybrydowy konwój Diany, a każdy mięsień w moim ciele jest napięty i czujny. Rozstawiamy pozycje do zasadzki pod osłoną nocy, każdy znajduje kryjówkę najlepiej dopasowaną do swoich talentów.

— Pamiętajcie — mówię do komunikatora — polujemy na hybrydy. Nie wahajcie się, ale uważajcie z ogniem.

— Zawsze tak robię — odparowuje Athina z przekąsem. Uśmiecham się krzywo; strzelec z niej piekielny — i doskonale o tym wie.

— Gotów, kiedy tylko dasz znak, szefowo — odzywa się Declan, jego głos jest równy i kojący. Stary, dobry Declan, zawsze po mojej stronie.

— Reszta, meldunek — rozkazuję. Jedno po drugim potwierdzają gotowość. Czekamy w milczeniu, a napięcie wspina mi się po kręgosłupie jak bluszcz po starej ceglanej ścianie.

Nim zobaczę, już słyszę: dudnienie zbliżających się silników. Konwój wyłania się zza zakrętu, reflektory rozcinają mrok. Ciężarówki wypełnione pokręconymi projektami naukowymi Diany, gotowe do niewiadomo jakiej rzezi.

— Zaczynamy — wydycham, serce dudni mi w uszach. Gdy się zbliżają, unoszę dłoń, palce drżą z napięcia. Teraz... teraz!

— Atak! — daję znak, opuszczając dłoń niczym ostrze gilotyny.

Wokół mnie wybucha chaos, kiedy seria z broni rozcina noc, a kule szarpią metal i ciało. Mój zespół działa jak dobrze naoliwiona maszyna, zdejmując ludzi Diany z zabójczą precyzją. Ale jej ludzie są twardzi i walczą do upadłego.

— Artemis! — krzyczy Declan, wyrywając mnie z koncentracji. — Uważaj!

— Mam to! — wyskakuję z kryjówki, srebrny sztylet przetacza się po moich palcach. W locie żarzy się niespodziewanym, niebieskim blaskiem — nie próbowałam nasycać go ogniem psychicznym — i wbija się w jedną z hybryd; monstrualne rysy bestii wykrzywiają się w bólu, nim osuwa się na ziemię.

— Ładny rzut — kwituje Athina przez łączność. — Prawie jestem pod wrażeniem.

— Komplementy zachowaj na później — odbijam ostro, serce wali jak młot pneumatyczny. — Mamy robotę.

— Przyjąłem, szefowo — mówi Declan, i niemal słyszę, jak się uśmiecha.

Gdy wymiana ognia szaleje, czuję napływający przypływ dumy z mojego zespołu — stawiamy ludziom Diany piekielnie twardy opór. A jednocześnie w tyle głowy nie ustaje natrętny głos przypominający o cenie. O niebezpieczeństwie, w jakim wszyscy tkwimy. I wiem, że zrobię wszystko, by ich ocalić, nawet gdybym miała sama stanąć naprzeciw każdemu z potworów Diany.

— Skupienie, wszyscy — mówię, próbując uspokoić własne nerwy. — Damy radę.

Ciężarówki wyłaniają się jedna po drugiej, a Athina zbiera je jak zawodowiec. Ale mimo naszych starań, część wymyka się zasadzkę, kierowcy szaleńczo zjeżdżają z kursu, by uniknąć ostrzału. Frustracja narasta, gdy patrzę, jak znikają w mroku drogi.

— Cholera! — cedzę przez zęby. — Musimy zatrzymać te ciężarówki!

— Pracuję nad tym — syczy Athina, nie tracąc koncentracji.

Nagle noc rozdziera gardłowy ryk, a kątem oka dostrzegam ruch. Hybrydowy żołnierz rzuca się na Athinę, jego pazury tną powietrze.

— Athina, uważaj! — krzyczę w rozpaczliwym ostrzeżeniu, ale mój krzyk pada ułamek sekundy za późno.

W przerażającym zwolnionym tempie hybryda doskakuje i rozrywa pazurami górną część ramienia Athiny szerokim rozbryzgiem szokująco jaskrawej szkarłatnej krwi. Ochryple krzyczy z zaskoczenia i bólu, po czym bezwładnie osuwa się na ziemię, a karabin snajperski wyślizguje jej się z osłabionych dłoni.

Moje serce momentalnie zamarza w piersi na widok koszmarnego obrazu ciężko rannej mentorki i najbliższej towarzyszki. — Nie! Athina! — wrzeszczę do komunikatora, gdy surowa panika zalewa mi żyły.

— Patrz przed siebie, Artemis! Skup się na zatrzymaniu tych ciężarówek! — naglący okrzyk Declana w uchu na szczęście ściąga mnie z krawędzi ślepej histerii. Biorę głęboki, uspokajający oddech.

— Racja, masz absolutnie rację — wyduszam, usiłując przełknąć niemal przytłaczającą panikę, która grozi, że zupełnie mnie pochłonie. — Musimy natychmiast się wycofać, żeby Athina szybko dostała pomoc medyczną.

Ale zanim to zrobimy, musimy za wszelką cenę zatrzymać te pozostałe ciężarówki.

— Przyjąłem — odpowiada Declan, jego głos twardnieje stalą determinacji i skupienia. — Zakończmy to dziś w nocy.

Zmuszam się, by oderwać wzrok od przerażająco bladej twarzy Athiny i rosnącej szkarłatnej plamy, która wsiąka w jej kurtkę. Zamiast tego staję naprzeciw masywnego hybrydowego żołnierza, czując, jak osiada we mnie żelazna determinacja i prostuje mi kręgosłup. Athina jest dla mnie o wiele więcej niż mentorką. To najbliższe, co zostało mi z rodziny w tym świecie. A porażka, zwłaszcza tej nocy, po prostu nie wchodzi w grę.

Hybryda góruje nade mną złowrogo, a brzydki, krzywy uśmiech powoli rozciąga jej groteskowo zniekształcone rysy. Powietrze wokół aż iskrzy od gromadzącej się energii, gdy szykuję się sięgnąć po moje niestabilne moce psychiczne — niech się dzieje, co chce. — Wybrałeś sobie kompletnie niewłaściwą ekipę na dzisiejszą noc, poczwaro — warczę do bestii.

— Artemis, dobij go teraz! — wrzeszczy Declan.

Pchana desperacją i wściekłością, uwalniam druzgocący podmuch niebieskiego ognia, ładuję go w pierś hybrydowego żołnierza całym, co we mnie jest. Potwór cofa się z przeszywającym wrzaskiem, po czym bezwładnie osuwa się na ziemię, a jego monstrualne ciało szybko rozsypuje się w drobny popiół, który rozwiewa wzmagający się wiatr. Nie ma jednak czasu ani sił na świętowanie nawet tak małego zwycięstwa.

— Wytrzymaj, Athina — błagam gorączkowo, serce ściska mi strach, gdy klękam przy niej. Jej twarz jest blada jak pergamin, a oddech niebezpiecznie płytki i nierówny. Krew wciąż równym tempem sączy się z głębokich cięć na ramieniu, tworząc coraz większą szkarłatną kałużę pod jej ciałem. — Zaraz cię stąd zabierzemy, tylko trzymaj się!

Athina mimo wszystko zdoła posłać mi mały, słaby uśmiech; jej ciepłe, brązowe oczy zamglone bólem wciąż promieniują otuchą. — Nigdy... ani przez chwilę... w ciebie nie zwątpiłam — wydyszy między urywanymi oddechami.

— Nikogo nie zostawiamy, bez względu na wszystko — ślubuję zajadle, mrugając, by powstrzymać gorące łzy, które nagle szczypią mnie w oczy. Szybko zakładam prowizoryczną opaskę uciskową na jej ramię, zaciskam mocno, by spowolnić przerażającą utratę krwi.

Obok mnie staje Declan i milcząc, poważnie kiwa głową, rysy ma wyryte determinacją. — Ewakuujmy zespół i natychmiast przetransportujmy Athinę w bezpieczne miejsce.

Jestem wdzięczna za nadzwyczajną, nową siłę Declana, gdy bez wysiłku podnosi Athinę i wynosi ją stamtąd. Mogę tylko patrzeć, jak jej powieki drżą, otwierają się i zamykają, a głowa co jakiś czas bezwładnie zwisa na bok.

Bestia we mnie się budzi, szepcząc, że powinnam była wyciąć w pień każdego ostatniego hybrydowego żołnierza Diany, kazać im niewyobrażalnie cierpieć za to, że ośmielili się tak ciężko zranić jedną z nas. Że skrzywdzili moją Athinę. Zaciskam szczękę i wpycham krwiożerczy impuls głęboko w sobie. Dzisiejsza noc jest po to, by bezpiecznie odtransportować Athinę i zająć się jej ranami. Zemsta i przemoc mogą poczekać.

Opony piszczą, gdy wprowadzam skradzioną ciężarówkę w poślizg i zatrzymuję ją przy wejściu do naszego tajnego skrytowiska, a moje serce wali w rytm pulsującego bólu w ramieniu Athiny. Zardzewiałe metalowe drzwi jęczą, gdy pojawia się Malcolm, oczy ma rozszerzone z niepokoju.

— Do środka z nią — rozkazuje, rzucając okiem na zakrwawiony opatrunek na ramieniu Athiny. — Medycy!

Pewnymi, wyćwiczonymi ruchami przenoszą bezwładne ciało Athiny na czekające prowizoryczne nosze i zaczynają oceniać jej obrażenia z chłodną, laserową precyzją. Widok krwi barwiącej im rękawiczki znowu ściska mi żołądek strachem.

— Już straciła wyjątkowo dużo krwi — mamrocze ponuro jeden z medyków do Malcolma, nawet nie podnosząc wzroku. — Musimy natychmiast ją ustabilizować i rozpocząć transfuzję, zanim wpadnie we wstrząs hipowolemiczny.

— Natychmiast zacznijcie transfuzję — poleca Malcolm suchym, pozbawionym emocji tonem, który od razu mnie drażni. Ale wiem, że teraz nie czas na jałowe spory, nieważne jak bezdusznie on brzmi. Życie Athiny wciąż wisi na włosku.

Medycy pracują bez wytchnienia przez całą noc i wczesny ranek, opatrując ciężkie rany Athiny i uzupełniając utraconą objętość krwi. Gdy tylko zapewniają mnie, że jest całkowicie stabilna i poza bezpośrednim śmiertelnym zagrożeniem, odciągam Malcolma na bok, poza zasięg słuchu pozostałych. Nie potrafię ukryć nagiej desperacji, która przelewa się do mojego głosu, kiedy ochryple pytam: — Jak długo, twoim zdaniem, potrwa pełny powrót Athiny do zdrowia?

Malcolm wygładza dłońmi swoje wiecznie rozczochrane włosy i wypuszcza krótkie westchnienie, wyraźnie rozważając odpowiedź. — Zakładając, że nie pojawią się nieprzewidziane komplikacje i biorąc pod uwagę ciężkość jej obrażeń, szacuję, że minie co najmniej kilka tygodni, zanim Athina znów będzie dość silna, by wrócić do aktywnych działań w terenie.

Kiwnę głową sztywno, próbując poskromić burzę gniewu, winy i bezsilności, która się we mnie kotłuje. Kilka tygodni może nie brzmi długo, ale w naszej robocie to cała wieczność. Wciąż mamy tyle do zrobienia, by powstrzymać Dianę i mroczne plany Biura. Ale życie i zdrowie Athiny muszą mieć pierwszeństwo.

— Dziękuję — odpowiadam, nie do końca potrafiąc powstrzymać rezygnację, która wkrada się w mój głos. Malcolm kiwa głową i bez słowa wraca, by sprawdzić śpiącą Athinę.

Wycofuję się w zacieniony kąt pomieszczenia, a fale winy i samooskarżeń rozbijają się o mnie, kiedy wreszcie pozwalam, by w pełni dotarł do mnie ciężar wydarzeń tej nocy. Powinnam była być bardziej czujna, lepiej chronić Athinę. Jako dowódczyni to ja ostatecznie zawiodłam, a ten błąd mógł dziś kosztować Athinę życie.

Declan chyba wyczuwa, jak zaczynam się zapadać w te myśli, bo staje wspierająco obok i lekko ściska moje przygarbione ramię. — Musisz wiedzieć, że zrobiłaś tam absolutnie wszystko, co w twojej mocy, żeby ochronić Athinę i resztę zespołu, Artemis. Ona też to wie, obiecuję.

Tylko kręcę głową z goryczą, nie mogąc oderwać wzroku od teraz spokojnie odpoczywającej Athiny, której klatka piersiowa znów unosi się miarowo dzięki niestrudzonym wysiłkom ekipy. Ale pozostaje faktem, że leży tam nieprzytomna i ciężko ranna, bo nie zdołałam należycie poprowadzić i ochronić swoich ludzi. I nie wiem, czy kiedykolwiek naprawdę sobie to wybaczę.

— Artemis, posłuchaj mnie — prosi miękko Declan. — Jesteś tylko jednym człowiekiem i żadne z nas nie mogło przewidzieć, jak przytłaczająco silne będą dziś hybrydowe siły Diany. A mimo zaskoczenia zachowałaś zimną krew i, kiedy przyszło co do czego, uratowałaś Athinie życie. Nikt nie mógł zrobić więcej.

Otwieram odruchowo usta, gotowa zaprzeczyć ze złością, ale zamykam je powoli, niechętnie przyznając, że może mieć rację. Roztrząsanie rzekomych błędów nie pomoże teraz Athinie ani naszej sprawie. Chłodna refleksja przyjdzie z czasem, gdy świeża rana traumy trochę przygaśnie. Zamiast tego daję mu małe, oszczędne skinienie, wciąż niezdolna mówić przez twardy supeł w gardle.

Dłoń Declana na moim ramieniu lekko zaciska się, niosąc prostą otuchę. — Jesteśmy tu dla ciebie, Artemis. Dla Athiny. Nie musisz dźwigać tego sama.

Patrzę, jak odchodzi, a serce ciąży mi od brzemienia moich rzekomych porażek. Jednostajny pomruk aparatury wypełnia salę, nieustannie przypominając o walce o życie Athiny, która wciąż się toczy. Ale pod tym wszystkim jest coś jeszcze — iskra nadziei. Jeśli Athina to przetrwa, może wciąż mamy szansę odwrócić losy starcia z Dianą i jej pokręconymi planami.

— Wracaj szybko do zdrowia, Athina — szepczę, mój głos ledwo przebija się ponad równe piknięcia monitorów. — Potrzebuję cię. Wszyscy cię potrzebujemy.

Gdy cofam się w cienie, przysięgając, że wszystko naprawię, nie mogę pozbyć się wrażenia, że czas się kończy — dla nas i dla niczego niepodejrzewającego miasta tuż za murami naszej kryjówki.

◆◇◆

Drzwi do pokoju Athiny skrzypią, powietrze gęste od środka odkażającego i napięcia. Robię niepewny krok w głąb, oczy pieką, gdy przyzwyczajają się do półmroku.

— Artemis? — zmęczony głos Athiny przecina ciszę. — Podejdź bliżej, nie snuj się w progu jak jakiś duch.

— Wybacz — mamroczę, szurając butami, gdy podchodzę do jej łóżka. Jej białe włosy lepią się od potu do czoła, ale ciepłe brązowe oczy wciąż mają swój zwyczajowy błysk. Jeszcze nie wyszła na prostą, ale walczy.

— Słuchaj, mała — mówi Athina, głos ma słaby, lecz stanowczy. — Wiem, że obwiniasz się o to, co się stało, ale to zwyczajnie głupie. Obie wiedziałyśmy, na co się piszemy.

— Mimo to... — urywam, poczucie winy gryzie mnie od środka. — Gdybym była ostrożniejsza—

— Dość — przerywa, jej spojrzenie tnie jak brzytwa. — Nie możesz dźwigać całego świata na swoich barkach, Artemis. Poza tym, skoro utknę tu na rekonwalescencji, mogę przejrzeć naszą strategię. I tak niewiele więcej będę robić.

— Na pewno? — pytam, rozdarta między ulgą a niepokojem. — Powinnaś skupić się na zdrowieniu.

— Oczywiście, że tak. A teraz jest coś jeszcze, o czym musimy porozmawiać — jej głos cichnie, spiskowy. — Zauważyłaś, że ludzie zaczęli szeptać o Biurze?

— Szepty? — unoszę brew, niepewna, dokąd zmierza.

— Plotki, podejrzenia, wątpliwości — mówi Athina, mrużąc oczy. — Ludzie zaczynają kwestionować działania Biura — i to coś, co możemy obrócić na naszą korzyść.

— Jak? — pomysł mnie intryguje, ale musimy stąpać ostrożnie. Stawką jest bezpieczeństwo zespołu.

— Opinia publiczna bywa potężną bronią — tłumaczy Athina, a w jej głosie brzmi doświadczenie. — Jeśli zdemaskujemy sekrety Biura i przeciągniemy ludzi na naszą stronę, dużo trudniej będzie im kontynuować te swoje pokręcone eksperymenty.

— Obłócić przeciw nim miasto — mruczę, tryby w mojej głowie zaczynają mielić możliwości. — Podoba mi się.

— Dobrze — kiwa głową, na ustach błąka się cień uśmiechu. — Przestań się snuć i idź odpocząć. Czeka nas długa droga.

— Dobra — zgadzam się, choć sen to teraz cel z gatunku niemożliwych. Kiedy wychodzę z pokoju Athiny i wracam w mrok kryjówki, jedna rzecz staje się krystalicznie jasna:

Diana i Biuro wkrótce doczekają się rozliczenia, a my je wymierzymy.

ROZDZIAŁ TRZYNASTY

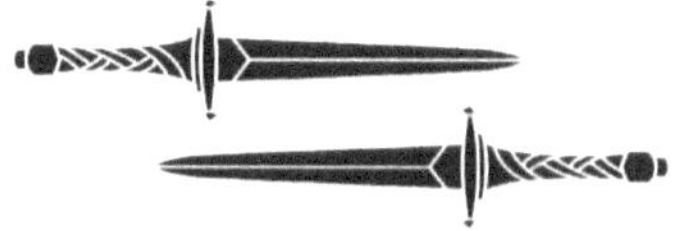

Czuję napięcie w powietrzu, gdy Athina krąży po słabo oświetlonym pokoju, a jej górskie buty chrzęszczą na betonowej posadzce. Ostatnio ma tego mnóstwo – tajne spotkania z ludźmi, z którymi nie powinna rozmawiać. Ale tym razem ma informacje, które wreszcie mogą zaprowadzić nas do serca Bureau.

— Artemis, Declan — mówi, z oczami twardymi i skupionymi. — Wkrótce odbędzie się zjazd wysoko postawionych ludzi z Bureau. Diana jest zamieszana i sądzę, że pojawi się też dr Graves.

Na dźwięk tego nazwiska cierpnie mi kręgosłup od wściekłości. Dr Graves: dyrektor Bureau i człowiek, który wydał rozkazy, by eksperymentować na istotach paranormalnych jak na szczurach laboratoryjnych. Zaciskam pięści, paznokcie wbijają mi się w dłonie, ale nie dam po sobie poznać. Jeszcze nie.

— Dobra. Wchodzimy — mówię twardo, a Athina kiwa z aprobatą. Declan stoi nieopodal, z założonymi na piersi ramionami; jego piwne oczy ani na moment nie odrywają się ode mnie. Wie, jak bardzo chcę rozerwać Gravesa na strzępy, i martwi się, co się stanie, gdy staniemy z nim twarzą w twarz.

Przenikamy na wydarzenie bez najmniejszych problemów, wtapiając się w cienie jak drapieżniki, którymi się staliśmy. Miejsce aż kipi od agentów Bureau i paranormalnych hybryd, wszyscy noszą maski uprzejmości, udając, że się nawzajem nie brzydzą. To obrzydliwe.

— Artemis, patrz — szepcze Declan, wskazując na drugi koniec sali. I jest – dr Victor Graves, zimnymi oczami omiata tłum, a wypolerowane buty stukają o marmurową posadzkę.

— Podejdźmy bliżej — proponuję, a adrenalina buzuje mi w żyłach. Zbliżamy się, pozostając poza zasięgiem wzroku, aż dzieli mnie już tylko kilka kroków od człowieka odpowiedzialnego za cały ból i cierpienie, jakie przyniosło Bureau.

— Artemis, pamiętaj o misji — ostrzega Declan, jego głos jest niski i opanowany. — Musimy zebrać informacje i się stąd zmyć.

— Informacje mogą poczekać — warczę, ledwie trzymając w ryzach gniew. Moje hybrydowe moce budzą się we mnie, błagając, by je uwolnić. — Najpierw mam do załatwienia sprawę z Gravesem.

— Artemis, nie... — ale ja już ruszam.

— Dr Graves! — wrzeszczę, idąc ku niemu, a w każdym kroku brzmi furia. Jego oczy rozszerzają się na mój widok, ale w tych zimnych głębinach nie ma strachu. Ma skalkulowany każdy ruch i jest pewien, że wygra tę chorą grę.

— A pani to kto? — prycha pogardliwie, a jego zaczesane do tyłu włosy lśnią w blasku żyrandoli.

— Zamknij się! — warczę, niezdolna dłużej powstrzymać gniewu. Moje hybrydowe moce wyrywają się spod kontroli, strumień energii psychicznej grozi pochłonąć wszystko na swej drodze. Pokój drży, szkło się rozsypuje, ludzie krzyczą z przerażenia.

— Artemis, przestań! Zabijesz wszystkich! — krzyczy Declan, chwytając mnie za ramię. Jego dotyk jest ciepły, uziemiający, i moje moce zaczynają słabnąć. Ale jego uścisk się zacieśnia, gdy odciąga mnie od rozpętującego się wokół chaosu.

— Puść mnie, Declan! — krzyczę, gdy rozpacz szarpie mi pierś. — Należy mu się!

— Może i tak, ale nie możemy się w tym zatracić — mówi, jego głos jest napięty, lecz pewny. — Jesteśmy lepsi niż to, Artemis.

— Złapać ją — rozkazuje chłodno Graves, ale nikt nie śmie podejść, nie przy błękitnych płomieniach migoczących na opuszkach moich palców. Wybiegam z budynku w zimną noc, szukając ukojenia w samotności. Światła miasta migoczą wokół mnie, boleśnie przypominając, że nie jestem już wśród nich bezpieczna. Doskakuję do motocykla i z rykiem wdzieram się w noc, wściekła na samą siebie. Brak kontroli właśnie zaprzepaścił jedną z naszych najlepszych szans na informacje... a nawet nie udało mi się rozerwać Gravesa na kawałki.

— Artemis, zaczekaj! — woła za mną Declan, kiedy zeskakuję z motocykla i wracam do naszej obecnej kryjówki. Ale nie mogę pozwolić mu widzieć mnie w takim stanie, słabą i rozchwianą.

— Zostaw mnie w spokoju — warknę, a słowa mają gorzki smak na ustach. Wiatr smaga moje srebrne włosy, jakby wtórował temu, co mam w środku.

— Artemis, musimy o tym porozmawiać!

— O czym niby? O tym, jak o mało nie zabiłam wszystkich w tamtym pomieszczeniu? O tym, że jestem tykającą bombą, która tylko czeka, aż ją odpali? — Mój głos się łamie, emocje wylewają się na wierzch. — Po prostu... daj mi spokój.

— Do diabła, Artemis, nie jesteś potworem — nalega Declan, a jego piwne oczy szukają w moich czegokolwiek – czegokolwiek – co by to potwierdziło.

— Może jeszcze nie, ale to tylko kwestia czasu — mruczę, odsuwając się od jego dotyku. Stałam się zagrożeniem dla wszystkich, także dla siebie.

— Artemis, jest inny sposób — Athina pojawia się obok nas, jej ciepłe, brązowe oczy promieniują mądrością. — Nie musisz cierpieć w milczeniu. Pomożemy ci odnaleźć równowagę, ale musisz nam zaufać.

— Zaufać? — parskam gorzko. — To nas wpakowało w ten bajzel na samym początku.

— Prawda — przyznaje Athina, jej ton jest cierpliwy i pełen współczucia. — Ale zaszłyśmy za daleko, żeby się teraz poddać. Jesteś silniejsza, niż ci się wydaje, Artemis, a razem możemy pokonać wszystko.

— Nawet... cokolwiek się ze mnie staje? — pytam szeptem ledwie słyszalnym.

— Tym bardziej to — odpowiada Athina z zaciętym uśmiechem. — Ale najpierw musisz nas do siebie dopuścić.

Waham się przez moment, a ciężar decyzji przygniata mi ramiona. Ale kiedy patrzę to na Declana, to na Athinę, wiem, że nie mam innego wyboru. Tej bitwy nie wygram sama.

— Dobra — mówię w końcu, czując, jak ogarnia mnie niespokojna ulga. — Spróbuję.

— Dobrze — Athina kiwa głową, kładąc mi pocieszająco dłoń na ramieniu. — Stawimy temu czoła razem, Artemis. Nie jesteś sama.

— Dziękuję — wyduszam, a mój głos drży. Ale nawet gdy wracamy do reszty zespołu, nie mogę otrząsnąć się z natrętnej wątpliwości – co, jeśli naprawdę nie da się mnie uratować?

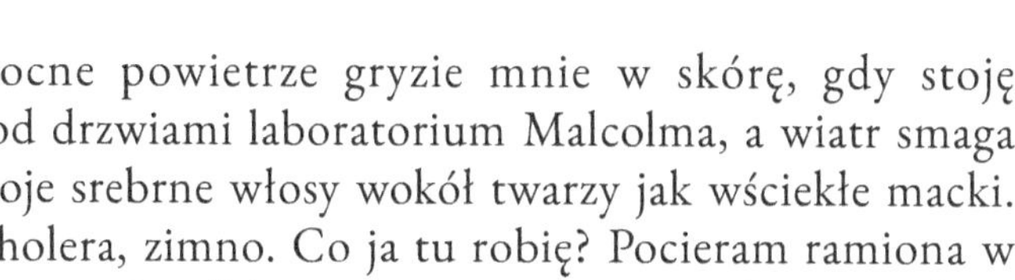

Nocne powietrze gryzie mnie w skórę, gdy stoję pod drzwiami laboratorium Malcolma, a wiatr smaga moje srebrne włosy wokół twarzy jak wściekłe macki. Cholera, zimno. Co ja tu robię? Pocieram ramiona w daremnej próbie rozgrzania się i z niepokojem zerkam przez ramię, upewniając się, że nikt mnie nie śledzi. Ostatnie, czego mi trzeba, to żeby Declan albo Athina odkryli, co knuję.

— Artemis. — Znajomy głos wytrąca mnie z zamyślenia, gdy Malcolm otwiera drzwi i obrzuca mnie wzrokiem od góry do dołu, z zaciekawieniem unosząc brwi. — Czym zawdzięczam tę przyjemność?

— Daruj sobie, Malcolm — warczę. — Potrzebuję twojej pomocy.

— Interesujące. — Unosi brew, wyraźnie rozbawiony moją desperacją. — I dlaczego niby miałbym ci pomóc?

— Bo jesteś mi winien przysługę — syczę. — To jak, pomożesz mi, czy nie?

— No dobrze. — Wzdycha teatralnie i sięga do kieszeni marynarki, wyciągając fiolkę wypełnioną świecącym na niebiesko płynem. — To eksperymentalny środek zaprojektowany, by tłumić moce paranormalnych. Niesprawdzony, więc nie mogę zagwarantować, że zadziała ani że nie będzie skutków ubocznych.

— Skutków ubocznych? — marszczę czoło, starając się zignorować narastający ucisk w żołądku.

— Potencjalnie poważnych — ostrzega, jego głos jest niski i poważny. — Ale skoro byłaś dość zdesperowana, by poprosić, zakładam, że jesteś gotowa zaryzykować.

— Daj to — żądam, wyrywając mu fiolkę z ręki. Serce wali mi jak oszalałe, gdy wpatruję się w płyn, wiedząc, że to może mnie ocalić albo zniszczyć. Świetna zabawa.

— Pamiętaj, Artemis — mówi uroczyście Malcolm — sama wybrałaś tę drogę.

— Dzięki za przypomnienie — mamroczę sarkastycznie, odwracam się od niego i maszeruję z powrotem do motocykla. Jak bardzo bym nie chciała, ma rację: to mój wybór i muszę ponieść konsekwencje.

W kryjówce opróżniam fiolkę jednym haustem, krzywiąc się na gorzki smak. Skutki uboczne nie każą na siebie długo czekać. Głowa tłucze jak młot pneumatyczny, a ciało trzęsie się w gorączkowych dreszczach. Moce osłabły, ale gorączka mnie paraliżuje – ledwo stoję, nie mówiąc już o skupieniu się na czymkolwiek.

— Świetnie — chrypię, osuwając się na ścianę, gdy świat zaczyna mi wirować. — Po prostu świetnie.

Wiem, że nie ukryję tego wiecznie, ale na razie chcę choć odrobiny kontroli nad własnym życiem – nawet jeśli zapłacę za to niebezpieczną cenę. Opieram pulsującą skroń o zimną ścianę i z przerażeniem myślę o nieuniknionej konfrontacji, gdy Declan i Athina odkryją, co zrobiłam.

— Pomóżcie mi — szepczę w ciemność, sama nie wiedząc, czy zwracam się do Malcolma, do moich towarzyszy, czy do samego wszechświata. Ale gdy cienie zacieśniają się wokół mnie, jedyną odpowiedzią jest echo mojego desperackiego wołania.

Leżę na zimnej podłodze, dygocząc nieopanowanie, kiedy Declan wpada do kryjówki. Jego oczy rozszerzają się na widok mojego stanu i ledwie mam siłę unieść głowę.

— Artemis — wydycha, rzucając się ku mnie. — Coś ty, do diabła, zrobiła?

— Też mi miło, Dec — udaje mi się wychrypieć, próbując zachować fason mimo drżącego ciała. — Tylko mała gorączka, tyle.

— Przestań ściemniać, Artemis — rzuca ostro, jego piwne oczy są pełne troski. — Płoniesz. Co ci dał Malcolm?

— Declan, to była moja decyzja — szepczę obronnie, nie mogąc mu spojrzeć w oczy. — Po prostu... potrzebowałam czegoś, co pomoże mi zapanować nad mocami.

— Trując się? — warczy ze złością. — Myślałaś, że nie zauważę? Że nam nie będzie zależeć?

— Dec, przepraszam — mówię, a głos mi pęka. — Nie chciałam was w to wciągać. Myślałam, że poradzę sobie sama.

— Artemis, mieliśmy być drużyną — mówi łagodnie, klękając przy mnie. — Nie możesz nas tak odcinać. Jesteśmy po to, żeby ci pomóc, nie żeby cię osądzać.

— Dobra — przyznaję niechętnie. — Od teraz obiecuję większą szczerość. Ale tylko jeśli obiecasz przestać traktować mnie jak jakąś kruchą laleczkę.

— Umowa stoi — zgadza się, jego dłoń mocno ściska moją. — Znajdziemy inny sposób, razem.

— Dziękuję — szepczę, czując w chaosie wewnątrz siebie maleńki promyk nadziei.

Chwila porozumienia nie trwa jednak długo. Gdy tylko Athina dołącza do naszej małej narady, iskry lecą, a w powietrzu gęstnieją ostre słowa.

— Artemis, co ci strzeliło do głowy? — syczy, a jej zielone oczy płoną. — Brać niesprawdzone specyfiki od Malcolma? Oszalałaś?

— Najwyraźniej — mruczę, przewracając oczami. — Nie wiedziałam, że dziś pierzemy wszystkie brudy.

— Dość! — krzyczy Declan, rozcinając napięcie. — Musimy skupić się na rozwiązaniu, a nie na szukaniu winnych.

— Declan ma rację — mówię, zaciskając zęby, by stłumić ból. — Musimy znaleźć sposób na ustabilizowanie moich mocy, nie poświęcając tego, kim jesteśmy.

— Dobrze — Athina cedzi niechętnie. — Ale nie możemy już pozwolić sobie na kolejne brawurowe decyzje. Idziemy po linie i jeden zły krok może nas wszystkich zgubić.

— Dzięki za motywującą pogadankę — odszczekuję z sarkazmem, czując, jak znów we mnie buzuje. — Cóż byśmy bez twoich krzepiących przemówień zrobili?

— Artemis! — ostrzega Declan, wyczuwając, że narasta we mnie furia.

— Przepraszam — mamroczę, zaciskając pięści, by trzymać moce na uwięzi. — Po prostu... nie umiem inaczej.

— Nikt z nas nie umie — mówi cicho Athina. — Ale musimy próbować. Dla siebie i dla tych, którym nie poszczęściło się tak jak nam.

— Zgoda — przytakuję słabo. — Zróbmy to. Razem.

Ale ledwie słowa spadają mi z ust, czuję, jak we mnie wzbiera nieokiełznana energia. Panika ściska mi pierś, próbuję ją poskromić, ale na próżno – zanim się orientuję, moce psychiczne wyrywają się na zewnątrz, a wszyscy wokół lecą jak rażeni.

— Artemis! — krzyczy Declan, gdy ciska nim o ścianę, a na jego twarzy odmalowują się ból i zawód.

— Cholera! — dyszę, przerażona tym, co zrobiłam. — Nie chciałam...

— Artemis, opanuj się! — krzyczy Athina, w jej głosie brzmi równy udział strachu i determinacji. — Nie możemy cię stracić!

— Próbuję — szepczę rozpaczliwie, przez łzy mam zamglony wzrok. — Przysięgam, próbuję.

— To zła noc. Prawie całą noc przewracam się bez snu, miotana na przemian lodowatymi dreszczami i palącą gorączką. Gdzieś przed świtem Declan wymyka się, a gdy wraca, jest z nim Kaiser.

— Zła reakcja — mruczy Malcolm, klękając przy mnie i lekko dotykając mojego czoła. — Ostrzegałem cię.

— Wiem. — W tej chwili nie jestem w stanie otworzyć oczu, zbyt słaba, by zrobić coś więcej niż leżeć i skupić się na oddychaniu.

— Być może jest inny sposób, żeby pomóc Artemis — mówi cicho Malcolm, a ja uchylam powiekę, widząc, że mówi do Declana. — Twoja wyjątkowa hybrydowa konstrukcja może być kluczem do zsyntezowania nowej partii serum, przygotowanego specjalnie dla niej.

— Naprawdę? — pyta Declan, jego twarz to mieszanka nadziei i podejrzliwości. — I jak niby miałoby to działać?

— Proste — wzrusza ramionami Kaiser, uśmiechając się z przekąsem. — Mam próbki twojego zmienionego DNA. Mogę stworzyć spersonalizowaną formułę skrojoną pod konkretne potrzeby Artemis.

— Dobrze — zgadza się niechętnie Declan, wyraźnie rozdarty między troską o moje bezpieczeństwo a natrętnym przeczuciem, że jest manipulowany. A może to tylko moje natrętne przeczucie. — Ale tylko jeśli ona się na to zgodzi. Nie będę jej do niczego zmuszał.

— Zrozumiano — kiwa głową Kaiser, już kierując się do drzwi, najpewniej z powrotem do laboratorium, by zacząć pracę nad nowym serum. Ale gdy cienie się wydłużają, a noc gęstnieje, staje się coraz bardziej oczywiste: czas nam się kończy, a nasza lojalność zostanie wystawiona na próbę jak nigdy dotąd.

❖

— Artemis? — głos Athiny wyrywa mnie z myśli, jej matczyna obecność daje odrobinę ukojenia pośród chaosu.

— Hej — mruczę, z trudem odwracając głowę, by spotkać jej spojrzenie. — Dużo słyszałaś?

— Wystarczająco — mówi łagodnie. — Ale myślę, że jest jeszcze inny sposób, by pomóc ci odzyskać kontrolę.

— Serio? — prychnę. — I jaki?

— Treningi i praca z emocjami — proponuje, krzyżując ramiona. — Żadnych leków, żadnych serum. Tylko ty i ja, razem, żeby odnaleźć twoją wewnętrzną równowagę.

— W teorii brzmi świetnie — mamroczę, wciąż pełna wątpliwości. — A jeśli to nie zadziała? Jeśli kogoś skrzywdzę?

— Wtedy będziemy reagować, kiedy to się stanie — odpowiada stanowczo Athina. — Ale nie możesz dłużej przed tym uciekać, Artemis. Musisz zmierzyć się z tym wprost.

— Dobra — ustępuję, wiedząc, że ma rację. — Zróbmy to. Jak tylko znowu stanę na nogi. — Próbuję o ironiczny uśmiech, ale chyba nie wygląda to dobrze, bo jej twarz znów tężeje z troski i kładzie mi delikatnie rękę na głowie, gładząc włosy.

— Pamiętaj tylko, to nie będzie łatwe. Potrzeba czasu, cierpliwości i całej góry samodyscypliny.

— Dobrze — wzdycham. — Skupmy się najpierw na tym niefarmakologicznym podejściu. Jeśli nie zadziała...

— To będziemy się martwić, gdy do tego dojdzie — mówi stanowczo Athina.

—◆O◆—

Ptaki świergoczą w oddali, gdy siedzę po turecku na mokrej od rosy trawie, próbując skupić się na oddechu. Athina stoi nieopodal, z zamkniętymi oczami, demonstrując technikę medytacji, nad którą pracujemy. Myśli pędzą i nie mogę przestać się zastanawiać, czy to nie wielka strata czasu.

— Artemis — głos Athiny przecina moje myśli jak nóż. — Błądzisz. Wróć do oddechu.

— Jasne, dobra — mamroczę pod nosem, poirytowana, że potrafi to wyczuć. Opróżnianie głowy z myśli jest jak łapanie dymu gołymi rękami – niemożliwe i frustrujące.

— Pamiętaj — radzi Athina, jej ton jest kojący mimo mojej uszczypliwości, — celem nie jest tłumienie mocy ani emocji, tylko ich zrozumienie i panowanie nad nimi.

— Łatwo ci mówić — burczę. Frustracja narasta we mnie, grożąc, że wyleje się i wywoła chaos. Biorę głęboki wdech, powoli wydycham, próbując odzyskać choć odrobinę kontroli.

— Skup się, Artemis — ponagla Athina. — Zrobiłaś postępy przez ostatnie parę dni. Nie pozwól, by niecierpliwość je zniweczyła.

— Dobra — cedzę, choć wiem, że ma rację. Widziałam pewną poprawę w zdolności kontrolowania mocy, ale to wciąż za mało. To jak powstrzymywanie przypływu marnym parasolem.

Gdy znów skupiam się na oddechu, dostrzegam Declana opartego o pobliskie drzewo, z rękami skrzyżowanymi na piersi. Patrzy na mnie z mieszaniną troski i determinacji w piwnych oczach. Choć chce pomóc, wie, że potrzebuję przestrzeni, by wypracować to sama. Ale obietnica jego niezachwianego wsparcia wisi między nami w powietrzu.

— Artemis! — ostry głos Athiny sprowadza mnie z powrotem do teraźniejszości. — Znowu to robisz.

— Przepraszam — mamroczę, czując, jak policzki mi płoną. Trudno się skupić, gdy ciężar naszej sytuacji tak przytłacza.

— Jeszcze raz — instruuje łagodnie Athina. — Poczuj energię w sobie, zrozum jej przypływy i odpływy.

Zamykam oczy, biorę głęboki oddech i próbuję skupić się na mackach mocy, które tkwią we mnie. Powoli zaczynam czuć się spokojniej, a moce mniej przypominają nieokiełznaną bestię rwącą się na wolność. To coś, z czym mogę pracować, coś, co może mnie jednak nie zniszczy.

— Dobrze — mruczy Athina, kiwając z aprobatą, gdy wyczuwa mój postęp. — Zbliżasz się, Artemis. Potrzeba tylko cierpliwości i praktyki.

— Dzięki — mówię, pozwalając sobie na mały uśmiech. Gdy nadzieja migoce we mnie jak maleńki płomyk, zerkam na Declana. Kąciki jego ust unoszą się w półuśmiechu, a oczy ogrzewają zachętą.

Wiem, że nie będzie łatwo i wcale nie wyszłam jeszcze na prostą. Ale z pomocą Athiny i z Declanem u boku może – tylko może – znajdę sposób, by naprawdę opanować swoje zdolności i stawić czoła temu, co przed nami. Razem będziemy brnąć tą zdradliwą ścieżką, krok za krokiem.

ROZDZIAŁ CZTERNASTY

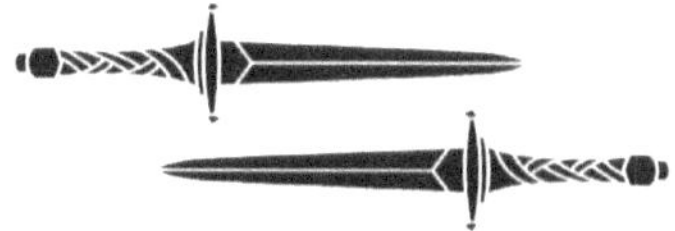

Przygaszona lampka biurkowa rzuca migotliwe cienie na chaotyczny rozgardiasz teczek i dokumentów rozrzuconych po moim prowizorycznym stanowisku. Czuję, jak osiada na mnie ciężar zmęczenia, ale sen to luksus, na który nie mogę sobie pozwolić. Stawką są tysiące istnień, a ja jestem ich jedyną nadzieją. Wzdycham, przeczesując srebrne włosy i wypuszczając z siebie napięcie, po czym znowu zanurzam się w badania.

— Artemis — odzywa się za mną głos. Declan zawsze potrafił podkraść się tak, by nikt go nie zauważył, nawet kiedy próbuję ratować świat.

— Declan, czego chcesz? — pytam, zirytowana tą przeszkodą. Czy nie widzi, że próbuję uratować tych ludzi?

— Znalazłaś coś nowego? — pyta miękko, z troską w głosie. Zaciskam zęby i znowu skupiam się na papierach przede mną.

— Tysiące ludzi wcielono przymusowo, a ich akta sfałszowano, ogłaszając ich zmarłymi — mówię z goryczą. — Kłamstwa Biura nie mają granic.

— Jezu — mruczy Declan, przeczesując ciemne włosy. Pochyla się nad moim ramieniem, przeglądając zebrane przeze mnie informacje. — Jak daleko to sięga?

— Za daleko — mamroczę, zaciskając palce na krawędzi biurka tak mocno, aż bieleją mi knykcie. — Nie wiem, w co wchodzimy, ale boję się, że nie będzie to nic przyjemnego.

— Artemis, damy radę — zapewnia mnie Declan, kładąc delikatnie dłoń na moim ramieniu. Ale nawet jego dotyk nie potrafi ukoić gniewu i strachu, które buzują mi we krwi.

— Naprawdę? — syczę, odwracając się do niego z ogniem w oczach. — Bo na razie widzę tylko bezdenną otchłań zepsucia i kłamstw. Biuro zakopało swoje zbrodnie tak głęboko, że wątpię, byśmy kiedykolwiek dokopali się do dna.

Ostre jarzeniówki migoczą nad głową, roztaczając chorobliwy blask na dziesiątki teczek rozrzuconych po stole. Drżą mi palce, gdy otwieram kolejną teczkę, a żołądek skręca się na widok potwornych treści w środku. Ale nie mogę odwrócić wzroku, bo to ważne — naszą misją jest ujawnić Biuro i jego odrażające eksperymenty.

— Posłuchaj tego — mówię, a głos mi drży, gdy przebiegam wzrokiem po dokumentach. — Osoby badane nie były przypadkowymi ludźmi zgarniętymi z ulicy. To byli dysydenci polityczni, głośni krytycy Biura albo po prostu... wygodne cele.

— Wygodne w jaki sposób? — dopytuje Declan, mrużąc oczy z podejrzeniem, gdy przerzuca kolejną stertę papierów.

— Niewygodne, niechciane — warczę, aż krew mi buzuje. — Ludzie, za którymi nikt by nie tęsknił. Bezdomni, uzależnieni, nawet dzieci z rozbitych domów — każdy, kogo można było łatwo zmanipulować, by został ich królikiem doświadczalnym, i to bez pozostawiania śladów.

— Dranie — syczy Declan, uderzając pięścią w stół. — Musimy to upublicznić, Artemis. Musimy ich pogrążyć.

— Zgoda — kiwam głową, zaciskając szczęki i zmuszając się, by czytać dalej. Ale im więcej się dowiaduję, tym bardziej czuję, jak tonę — dławi mnie fala winy, która grozi pochłonięciem mnie w całości.

— Artemis — mówi łagodnie Declan, dostrzegając mój ból. — Nie musisz dźwigać tego sama. Pozwól nam sobie pomóc.

— Pomóc mi? — prychnę gorzko, gniotąc w dłoni kartkę papieru. — Jak ktokolwiek ma mi pomóc, skoro to ja ich skrzywdziłam? Ci więźniowie… walczyłam przeciwko nim, Declan. A teraz dowiaduję się, że byli tylko pionkami w pokręconej grze Biura?

— Artemis, nie wiedzieliśmy — upiera się, chwytając mnie za rękę, żeby sprowadzić mnie na ziemię. — Nie mogliśmy wiedzieć. Ale teraz, kiedy już wiemy, możemy to naprawić.

— Naprawdę możemy? — pytam cicho, przygnieciona ciężarem zadania, które grozi mnie zmiażdżyć. — Jak mamy to naprawić? Jak uleczyć szkody, które wyrządziłam, i uratować tych wszystkich ludzi?

— Robiąc to, co zawsze — odpowiada z przekonaniem Declan, ściskając moją dłoń. — Krok po kroku, walcząc o sprawiedliwość i dbając, by prawda wyszła na jaw — choćby była najohydniejsza.

Wpatruję się w jego oczy, szukając choćby iskry nadziei pośród rozpaczy. I powoli, gdy chwiejący się blask jarzeniówek rysuje na naszych twarzach poszarpane cienie, znajduję ją.

— W porządku — mówię na wydechu, hartując się na czekającą nas gehennę. — Naprawmy to.

Przenikliwy dzwonek telefonu rozcina ciszę jak nóż, szarpiąc mnie z powrotem do rzeczywistości. Szukam po omacku komórki, serce tłucze mi się w piersi. Na ekranie miga imię Nadii i szybko odbieram.

— Artemis, niektóre hybrydy potrzebują twojej pomocy — wyjaśnia, a w jej głosie słychać napięcie. — Poluje na nie Biuro i nie mają się do kogo zwrócić.

Czuję na sobie spojrzenia Declana i Athiny, kiedy przekazuję im wiadomość. Wymieniają zaniepokojone spojrzenia i wiem, że cokolwiek dzieje się z tymi hybrydami, nie możemy tego zignorować.

— Oczywiście, że pomożemy — mówię, a determinacja osiada na moim sercu jak zbroja. — Znajdziemy sposób, by je ukryć, nauczymy je panować nad mocami. Daj nam tylko trochę czasu.

— Dziękuję — mówi Nadia, a w jej głosie słychać ulgę. Dyktuje adres niedaleko nabrzeża. — Ale bądź ostrożna, Artemis. Niektóre z tych hybryd... ich moce są inne niż wszystko, co dotąd widzieliśmy.

— Świetnie, tego nam było trzeba — mruczę pod nosem. Nawet nie wiem, jakie moce ma Nadia. Nie wspominała, a Malcolm na pewno mi nie powie. Głośniej dodaję: — Poradzimy sobie, Nadia. Nie martw się.

— Powodzenia — mówi i rozłącza się.

Malcolm, dotąd milczący, nagle się odzywa. — Oszalałaś? — syczy, a jego fiołkowe oczy płoną gniewem. — Chyba nie sądzisz, że to dobry pomysł, pozwalać tym... wynaturzeniom korzystać z dopiero co odkrytych mocy.

— Wynaturzeniom? — warknę, czując, jak we mnie kipie gniew. — To są ludzie, Malcolm. Ludzie, których torturowano i poddawano eksperymentom wbrew ich woli. Jesteśmy im winni pomoc.

— Artemis — mówi głosem niebezpiecznie niskim — używanie tych nowych mocy może sprawić, że hybrydy — i my również — stracą kruchą więź z człowieczeństwem.

Powietrze aż iskrzy od napięcia, burza narasta między mną a Kaiserem. Staram się utrzymać głos w ryzach, mimo gniewu, który szarpie mi żyły. — Powinniśmy uczyć je bezpiecznej kontroli nad zdolnościami, a nie próbować je tłumić.

— Kontroli? — prycha Kaiser z niedowierzaniem. — Te hybrydy są zbyt niebezpieczne, by im pomagać. Ich moce są niestabilne i nie mamy pojęcia, do czego tak naprawdę są zdolne.

— Właśnie o to mi chodzi — odcinam się. — Jeśli nie pomożemy im nauczyć się panować nad zdolnościami, kto wie, do jakiej katastrofy dojdzie? Nie możemy zamiatać ich pod dywan i udawać, że nie istnieją.

— Dość, Artemis. — Fiołkowe oczy Malcolma zwężają się; krzyżuje ramiona na piersi. — Zamierzam kontynuować pracę nad serum tłumiącym. To jedyny sposób, by zapewnić wszystkim bezpieczeństwo.

— Malcolm, ty uparty dupku — syczę, zaciskając dłonie w pięści przy bokach. — Naprawdę uważasz, że jeszcze więcej eksperymentów to odpowiedź? Po wszystkim, przez co przeszli?

— Czasem trzeba złożyć ofiarę w imię wyższego dobra. Ty, jak mało kto, powinnaś to rozumieć — odpiera, ociekając protekcjonalnym tonem.

Serce wali mi jak oszalałe, gdy staję naprzeciw Malcolma, a moje zielone oczy płoną determinacją. — Nie pozwolę na to, Kaiser. Nie dam ci poddawać tych hybryd kolejnym eksperymentom bez ich zgody. Zwłaszcza nie czemuś, co może ich pozbawić wolnej woli.

— Artemis, jesteś naiwna — warknie Malcolm. — Ci ludzie są niebezpieczni i nieprzewidywalni. Nie stać nas na to, by się z nimi pieścić.

— Dość! — ucinam lodowatym tonem. — Nie zamienimy tych ludzi w króliki doświadczalne tylko dlatego, że uważasz to za jedyne rozwiązanie, Kaiser.

— Chyba nie sądzisz, Artemis, że pozwolenie im na nieograniczone używanie dopiero co odkrytych mocy rozwiąże problem — odpiera.

Zaciskam pięści przy bokach i mierzę go wyzywającym spojrzeniem. — Nie znam wszystkich odpowiedzi, ale wiem, że to, co robimy teraz, nie działa. Musimy znaleźć lepszą drogę.

— Może Artemis ma rację — wtrąca się Athina, w której ciepłych, brązowych oczach tli się determinacja. — Powinniśmy przynajmniej spróbować innego podejścia, zanim sięgniemy po coś tak drastycznego jak tłumienie ich zdolności.

— Dokładnie — dodaje Declan, a ja jestem wdzięczna za jego niezmienne wsparcie. — Musi istnieć inne rozwiązanie. Jesteśmy im winni, by spróbować wszystkiego, co w naszej mocy.

Szczęka Malcolma drga, gdy mierzy mnie wzrokiem, i przez moment boję się, że nie odpuści. W końcu jednak wzdycha, przeczesując niesforne czarne włosy. — Dobrze — ustępuje, choć w jego głosie wciąż pobrzmiewa nuta buntu. — Wstrzymamy się z serum. Na razie.

— Dzięki — odpowiadam, starając się nie brzmieć sarkastycznie. To małe zwycięstwo, ale wystarczy, by dać mi nadzieję, że może naprawdę zdołamy pomóc tym biednym duszom.

— Jednakże — ciągnie Malcolm, unosząc palec, by podkreślić słowa — jeśli sprawy wymkną się spod kontroli, jeśli okażą się zbyt niebezpieczni, wracamy do mojego planu. Zgoda?

— Zgoda — mówię niechętnie, wiedząc, że to najlepszy kompromis, jaki na razie możemy osiągnąć.

— Skupmy się na tym, by nauczyć ich panować nad mocami — proponuje Athina spokojnym, równym tonem. — Będziemy iść krok po kroku.

— Dobrze — powtarzam wcześniejsze słowo Malcolma, z gorzkim posmakiem na języku. Ale na razie to wszystko, co mam. — Do dzieła.

Na niechętny kiwnięcie głową Malcolma napięcie wreszcie opada i czuję, jak powoli wypuszczam powietrze. Zrobimy to — naprawdę pomożemy tym hybrydom, nie uciekając się do kolejnych eksperymentów pełnych tortur.

— Dobra, zabierajmy się do roboty — mówi z zdecydowaniem Declan, a jego zielone oczy odbijają determinację. — Zaczniemy od zebrania zespołu trenerów. Ludzi z doświadczeniem w pracy z nadnaturalnymi zdolnościami.

— Brzmi jak plan — odpowiada Athina ciepłym, dodającym otuchy głosem. Niesamowite, jak potrafi zachować spokój pośród tej wyczuwalnej w powietrzu niepewności.

— Kogo znamy, kto pasuje do tego opisu? — pytam, gorączkowo przeglądając w pamięci twarze i nazwiska.

— We czwórkę powinniśmy skompletować solidną grupę — uspokaja mnie Declan. — I, Artemis, powinnaś stanąć na jej czele.

— Ja? — prychnę. — Dlaczego ktokolwiek miałby chcieć, żebym to ja dowodziła?

— Bo masz odwagę stawać w obronie tego, co słuszne — odpowiada bez wahania. — Udowadniałaś to raz po raz.

— Dobrze — mamroczę, przełykając własne wątpliwości. — Zrobię to.

— Świetnie — kiwa głową Athina, a w jej oczach połyskuje duma. — To teraz pomyślmy nad nazwiskami.

Gdy zanurzamy się w dyskusjach, w piersi nieśmiało zapala mi się płomyk nadziei. Może naprawdę zdołamy coś zmienić dla tych hybryd. Może wciąż jest dla mnie szansa na odkupienie za szkody, które wyrządziłam.

— Nie zapominajmy też o zabezpieczeniach — wtrąca się Kaiser, wieczny sceptyk. — Nie chcemy incydentów podczas sesji treningowych.

— Zgoda — mówię neutralnie. Mimo naszych różnic ma rację. — Musimy zapewnić bezpieczeństwo wszystkim zaangażowanym.

— Zatem postanowione — obwieszcza z uśmiechem Declan. — Zaczynamy zbierać zasoby i ludzi do tej misji.

— Pamiętajcie — ostrzega Athina, głosem pełnym mądrości — postępy mogą być powolne i na pewno nie zabraknie potknięć. Ale to nasza wytrwałość przesądzi o wszystkim.

— Oby nam się udało — mruczę, pozwalając sobie na nikły uśmiech. Mimo cieni niepewności i grożącego niebezpieczeństwa, po raz pierwszy od dawna czuję, jak kiełkuje we mnie krucha nadzieja.

Razem, jako zespół, pomożemy tym hybrydom stanąć mocniej na nogach w tym świecie — krok po kroku. Niezależnie od tego, jak przerażająco może wyglądać droga przed nami, wiem, że musimy spróbować. Dla nich i dla siebie.

Rozdział piętnasty

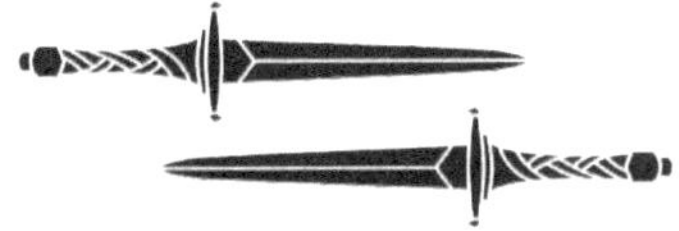

I patrzę uważnie, jak Declan nabiera głęboko powietrza. Wygląda tak żywo, bardziej niż kiedykolwiek go widziałam. Jego oczy błyszczą ekscytacją i mocą. Niemal czuję energię promieniującą od niego.

— No dobrze, Declanie — mruczy do siebie. — Zobaczmy, na co cię stać.

Zaciska mocno pięści i widzę, jak drżą mu ramiona. Widać, że próbuje okiełznać to, co właśnie budzi się w nim na nowo. Chcę do niego wyciągnąć rękę, pomóc mu, poprowadzić go, ale wiem, że musi zrobić to sam.

Declan warczy przez zaciśnięte zęby, wysiłek wypisany ma na twarzy. I wtedy nagle widzę zmianę w jego wyrazie. Jego ramiona się rozluźniają, gdy wypuszcza z siebie pierwotny ryk. Ten dźwięk przebiega mi po kręgosłupie dreszczem.

— Cholera — mówi pod nosem. Odwraca dłonie, napina palce, sprawdza siłę.

Nie mogę oderwać od niego wzroku. Jest bardziej pewny siebie, bardziej niebezpieczny. Ale też jakby pełniejszy. Jakby odkrywał, kim naprawdę jest.

— W sumie nie jest tak źle — mruczy Declan. Jego spojrzenie omiata las dookoła nas i widzę w jego oczach żar pragnienia, by sprawdzić nowe moce.

Zanim zdążę się odezwać, rusza biegiem. Każdy skok niesie go dalej, szybciej. Porusza się z gracją, jakiej nigdy wcześniej u niego nie widziałam. Serce mi wali, gdy na niego patrzę.

Declan zatrzymuje się w poślizgu, oddech ma opanowany mimo podniecenia. — Podkręćmy tempo — mówi.

Wciągam powietrze ze świstem, gdy jego ciało zaczyna się przemieniać na moich oczach. Futro wyrasta mu na przedramionach, pazury wysuwają się z palców. Wypuszcza z siebie pierwotny warkot, choć przemiana nie jest pełna. I tak jednak wydaje się teraz bardziej bestią niż człowiekiem.

— O kurde — szepcze z zachwytem, oglądając swoje pazurzaste dłonie. — To jakiś obłęd.

Opada na cztery łapy, sunie nisko, kierowany nowo obudzonym instynktem. Wysycha mi w ustach; pragnienie miesza się ze strachem.

Declan wyrywa do przodu z oszałamiającą prędkością, rozdzierając podszyt. Porusza się z dziką gracją, każdy zmysł skupiony na łowach. Chcę go zawołać, ale milczę, zahipnotyzowana.

Las, który był kiedyś azylem, przemienia się teraz w łowisko, a Declan jest myśliwym. Wypuszcza z gardła chrapliwy pomruk, emanacja pewności bije od niego, gdy kroczy naprzód, obejmując w sobie bestię.

— Czy to właśnie znaczy naprawdę żyć? — jego głos rozbrzmiewa dziko podekscytowaniem, gdy rozgarnia podszyt. — Jeśli tak, nie chcę już wracać.

Jednak gdy patrzę, w tyle głowy mrowi mnie złe przeczucie. Taka moc zawsze ma swoją cenę. Ciemną, niebezpieczną krawędź, która grozi pochłonięciem go w całości. Na razie wydaje się gotów podjąć to ryzyko. Ale jak długo?

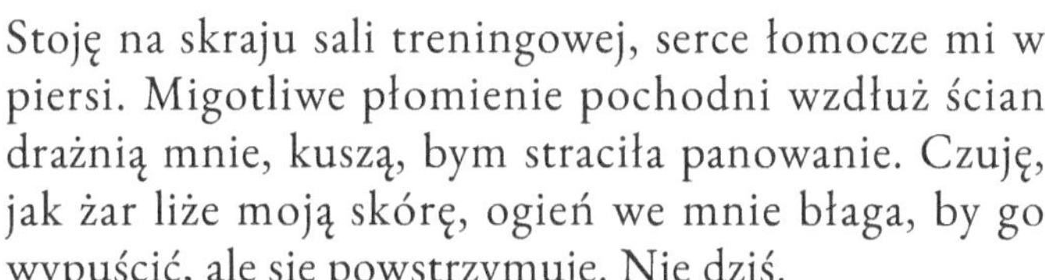

Stoję na skraju sali treningowej, serce łomocze mi w piersi. Migotliwe płomienie pochodni wzdłuż ścian drażnią mnie, kuszą, bym straciła panowanie. Czuję, jak żar liże moją skórę, ogień we mnie błaga, by go wypuścić, ale się powstrzymuję. Nie dziś.

— Artemis, musisz trenować — nalega Athina, głosem twardym i nieustępliwym. — Im bardziej to omijasz, tym mniej będziesz miała kontroli.

— Łatwo ci mówić — odszczekuję, nie odrywając oczu od tańczących płomieni. — To nie ty możesz przypadkiem spalić wszystkich w tym pomieszczeniu.

— Prawda, ale ufam ci. — Athina kładzie mi uspokajająco dłoń na ramieniu, lecz strząsam ją.

— Zaufanie nas nie ocali, jeśli stracę kontrolę — mamroczę, odwracając się od rozszalałego ognia.

— Declan oswaja swoje nowe zdolności — zauważa Athina, łagodnie, ale stanowczo. — Uczy się je ujarzmiać, więc czemu ty nie możesz?

— Bo Declan nie jest tykającą bombą! — syczę, gniew buzuje we mnie goręcej niż płomienie dookoła. — Jego nie dzieli jeden zły ruch od stania się potworem!

— Ty też nie, Artemis — mówi miękko Athina. — Ale strach będzie cię hamował.

— Może to właśnie strach trzyma mnie przy człowieczeństwie — odcinam się, krzyżując ramiona.

— Artemis... — zaczyna Athina, ale jej przerywam.

— Nie. Na dziś koniec. — Odwracam się na pięcie i wypadam z sali treningowej, frustracja wrze tuż pod powierzchnią.

Sunąc przez słabo oświetlone korytarze naszej kryjówki, nie mogę przestać myśleć o Declanie. O tym, jak łatwo zdaje się akceptować swoje nowe moce, jak chętnie przyjmuje w sobie ciemność. Zazdroszczę mu odwagi i determinacji, a jednocześnie mnie to przeraża.

— Czy to właśnie mamy być? — zastanawiam się na głos, mój głos odbija się echem po pustych salach. — Potwory w cieniu, walczące z własną naturą?

— Artemis — rozlega się za mną znajomy głos, a ja odwracam się gwałtownie i widzę zbliżającego się Malcolma. — Wiem, że zmagasz się ze swoimi mocami, ale unikanie treningu nie jest rozwiązaniem.

— To jakie jest? — żądam, a moje zielone oczy błyskają gniewem. — Powiedz, jak mam powstrzymać ten ogień, żeby mnie nie pochłonął?

Waha się chwilę, marszcząc brwi w zamyśleniu. — Pracujemy nad nowymi terapiami, które mogłyby wzmocnić twoje zdolności, a jednocześnie ograniczyć skutki uboczne — mówi w końcu z ostrożnym optymizmem. — Ale to wciąż etap eksperymentalny.

— Świetnie — parskam, kręcąc głową. — Jeszcze więcej niewiadomych. Tego mi brakowało.

— Artemis, musisz zaufać samej sobie — nalega Malcolm, podchodząc bliżej. — Uwierz, że zdołasz panować nad ogniem, zanim on zapanuje nad tobą.

— Zaufanie i wiara — mruczę z goryczą, wracając myślami do słów Athiny. — Wygląda na to, że to jedyne, co wszyscy mają mi do zaoferowania.

— Czasem to wszystko, co mamy — odpowiada miękko Malcolm, patrząc na mnie spokojnie i szczerze. I choć nie cierpię tego przyznać, wiem, że ma rację. Ale czy to wystarczy, by ocalić mnie przed staniem się tym, czego najbardziej się boję... czas pokaże.

Słońce chowa się za horyzontem, rzucając upiorne cienie między drzewa, gdy znów zapuszczam się głębiej w las otaczający naszą kryjówkę. Muszę oczyścić głowę, poukładać myśli z dala od Malcolma i jego rzekomo pomocnych terapii. Ale nie mogę otrząsnąć się z natrętnego wrażenia, że coś jest nie tak.

— Artemis — głos Declana rozcina moje myśli, jego piwne oczy mrużą się z troską, gdy podchodzi. — Unikasz treningu. Nie możesz wciąż uciekać przed swoimi mocami.

— Łatwo ci mówić — warczę, moje zielone oczy błyskają irytacją. — Ty nie musisz się martwić, że spalisz wszystko, czego dotkniesz.

— Nazywasz mnie tchórzem? — jeży się Declan, jego potargane brązowe włosy opadają mu na czoło, gdy zbliża się o krok. — Oswoiłem swoje zdolności, Artemis. Czas, żebyś ty zrobiła to samo.

— Oswoiłeś? — prychnę, dłonie drżą mi przy bokach. — Raczej dajesz się im pochłonąć. Przynajmniej ja nie straciłam zasad ani człowieczeństwa.

— Straciłem moje—? — oczy Declana ciemnieją, jego atletyczna sylwetka napina się, jakby szykował się do walki. — Naprawdę tak myślisz?

— A jakże — wypluwam, cofając się krok. — Pozwalasz, by przejęła cię dzikość. A jeśli całkiem stracisz kontrolę?

— Wtedy będę z tym walczył — warczy, zaciskając pięści. — Nie pozwolę zamienić się w potwora, Artemis. Nie boję się zmierzyć ze swoimi lękami.

— Brawo dla ciebie — syczę, serce mi wali. — Może kiedyś nauczysz mnie, jak to się robi.

— Może powinnaś nauczyć się ufać sobie — ripostuje, oczy płoną mu gniewem. — Przestań się użalać nad sobą i wreszcie coś z tym zrób.

— Ufać sobie? — śmieję się gorzko, a mój śmiech odbija się echem między drzewami. — Jak mam ufać sobie, skoro już nawet nie wiem, kim jestem?

— To się dowiedz — wyzywa, głos ma niski i napięty. — Przeszliśmy przez piekło, Artemis. Walczyliśmy z potworami, odkryliśmy chore eksperymenty Biura... Naprawdę uważasz, że z tym sobie nie poradzisz?

— Poradzić sobie? — powtarzam, a gniew rozlewa się we mnie jak pożoga. — Próbuję wszystkich chronić przed tym, w co mogę się zmienić, Declanie!

— Uciekając? — bierze głęboki oddech, jego piwne oczy szukają moich. — Jesteś silniejsza, niż myślisz, Artemis. I nie jesteś sama.

— Może nie — przyznaję ciszej. — Ale muszę znaleźć własny sposób, by poradzić sobie z tym... potworem we mnie.

— Dobrze — mówi, głos mu grzęźnie od emocji. — Ale nie zapominaj, że są ludzie, którym na tobie zależy, Artemis. I będziemy przy tobie, cokolwiek się stanie.

— Dzięki, Declanie — szepczę z bólem w sercu. — Obiecaj mi tylko jedno: nie daj się pochłonąć zwierzęcym instynktom. Trzymaj się swojej ludzkiej strony, dobrze?

Skinieniem potwierdza, wpatrzony we mnie. — Obiecuję.

Wiatr gwiżdże między drzewami, gdy stoimy tak, dwoje zagubionych, walczących z ciemnością w nas samych.

Opieram się o framugę drzwi, patrząc, jak Malcolm z pedantyczną dokładnością układa strzykawki i fiolki na sterylnym blacie. Nie mogę pozbyć się zacisku lęku w piersi.

— Artemis — mówi, nie odwracając się — jesteś gotowa na zabieg?

— Tak gotowa, jak tylko da się być — odcinam się, krzyżując mocno ramiona na piersi. Mój wzrok nerwowo przeskakuje między rzędami chemikaliów a zimną stalą narzędzi lśniącą w świetle jarzeniówek.

— No już — odwraca się wreszcie do mnie z uśmiechem, który nie sięga jego niepokojących, fiołkowych oczu. — Przecież to nie tak, że robię to pierwszy raz.

— Właśnie tego się boję — mamroczę pod nosem, nie kryjąc sarkazmu w głosie.

— Słucham? — unosi brew, udając niewiniątko.

— Nic — ucinam, odrywając się od framugi i z niechęcią podchodząc do stołu. — Po prostu miejmy to z głowy.

— Dobrze. — Wybiera strzykawkę wypełnioną bursztynowym płynem i odwraca się do mnie, teraz już całkiem rzeczowy. — Znasz procedurę. Podwiń rękaw, proszę.

— Uch, dobra. — Przewracam oczami i stosuję się do polecenia, wystawiając ramię na chłodne powietrze laboratorium. Nigdy nie lubiłam igieł i dziś nie jest inaczej.

— Artemis, muszę ci przypomnieć — mówi Malcolm, przygotowując miejsce wkłucia — jeśli nie nauczysz się kontrolować swoich darów, one zaczną kontrolować ciebie.

— Dzięki za motywującą pogadankę — syczę, zaciskając zęby, gdy igła przebija moją skórę. — Może wolę pozostać człowiekiem, niż ryzykować, że stanę się potworem.

— Twoje człowieczeństwo... — zaczyna, ale mu przerywam.

— To jedyne, co mi zostało, Malcolmie. Nie waż ci się pouczać mnie, co powinnam z nim zrobić, a czego nie. — Serce wali mi w piersi, mieszanina gniewu i strachu dudni we krwi.

— Dobrze — mówi cicho, wyjmując igłę i zakładając na nią osłonkę. — Ale pamiętaj, bez kontroli twoje moce będą tylko bardziej nieprzewidywalne.

— Świetnie, kolejna rzecz, na którą warto czekać — burczę, pocierając miejsce wkłucia i naciągając rękaw. Patrzę, jak wyrzuca zużytą strzykawkę, a myśli kotłują mi się w głowie, pełne wątpliwości i lęków.

— Spróbuj uwierzyć w siebie, Artemis — mówi niemal łagodnie. — Jesteś silniejsza, niż sądzisz.

— Wiara nie gasi pożarów, Malcolmie — odpowiadam kąśliwie, odwracając się do wyjścia. — Ale dzięki za próbę.

— Artemis — woła za mną, lecz go ignoruję, a echo moich butów głośno dudni po zimnych płytkach, gdy odchodzę, zdeterminowana, by mu udowodnić, że się myli — albo zginąć, próbując.

—◆O◆—

Słońce wisi nisko nad horyzontem, rzucając na ziemię długie cienie, gdy zmierzam do chaty Athiny. Wiatr szepcze wśród drzew, ale nie koi kłębiącej się we mnie burzy. Każdy krok ciąży bardziej niż poprzedni, dociążony moimi lękami i wątpliwościami.

— Artemis — wita mnie Athina, jej ciepłe brązowe oczy lustrują moją spiętą twarz. — Wyglądasz, jakbyś zobaczyła ducha.

— Czuję się, jakbym nim była — mamroczę, wciskając ręce w kieszenie. — Możemy porozmawiać?

— Oczywiście, wejdź. — Usuwa się na bok, gestem zapraszając do przytulnego domu pachnącego ziołami i starym skórzanym kurzem.

— Dzięki — mówię, zapadając w wysiedziany fotel na wprost niej. Palce skubią luźną nitkę w obiciu, gdy zbieram myśli. — Athino... boję się.

— O swoje moce? — pyta łagodnie, ze zrozumieniem.

— Tak — przyznaję, nie znosząc tej kruchości w sobie. — Malcolm w kółko powtarza, że muszę nauczyć się kontroli, ale co, jeśli nie potrafię? Co, jeśli skończę jak te potwory, z którymi walczymy?

— Artemis, nie jesteś jak one — mówi stanowczo Athina, patrząc mi prosto w oczy. — Masz dobre serce i silne zasady. To one cię poprowadzą, nawet gdy wszystko inne będzie ciemne.

— Może — odpowiadam bez przekonania. — Tylko trudno mi sobie zaufać, kiedy ledwo powstrzymuję ogień wewnątrz. To ciągła walka i nie wiem, czy wygrywam, czy przegrywam.

— Posłuchaj mnie, Artemis — mówi, pochylając się i ujmując moje dłonie w swoje. — Jesteś silna, silniejsza, niż ci się wydaje. Zaufaj sobie i tym, którzy w ciebie wierzą. Nie mielibyśmy do ciebie wiary, gdybyśmy nie sądzili, że dasz radę.

Przełykam ślinę, próbując wchłonąć jej słowa. — Ale co, jeśli...

— Dość tych „a co, jeśli" — przerywa Athina, ściskając mocniej moje dłonie. — Skup się na teraźniejszości, nie na hipotetycznej przyszłości, która może nigdy nie nadejść. Zaufaj własnej sile i zasadom, Artemis.

— Dobrze — szepczę, kiwając, gdy próbuję uciszyć wątpliwości. — Spróbuję.

— Świetnie — mówi Athina, puszczając moje dłonie i opierając się z powrotem. — A teraz wyjdźmy na zewnątrz i popracujmy nad tą kontrolą.

— Brzmi jak plan — zgadzam się, zmuszając się do uśmiechu, gdy podnoszę się z fotela. Gdy wychodzimy w wieczorne światło, biorę głęboki oddech, zmuszając się, by uwierzyć we własną siłę — nawet kiedy wszystko zdaje się wymykać z rąk.

Rozdział szesnasty

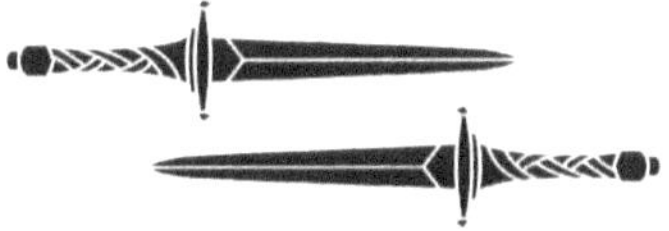

— Nadążaj, księżniczko! Krzyczę do Declana, gdy unikam kolejnego z jego ciosów. Pot spływa mi po plecach, ale adrenalina pcha mnie dalej. Jesteśmy w środku ostrego treningu, próbujemy doszlifować nasze nowo odkryte zdolności. Tyle że trudno się skupić, kiedy powietrze aż gęste jest od napięcia między nami.

— Artemis, musisz panować nad ogniem — warczy Declan, uchylając się przed moim dzikim zamachem. Jego piwne oczy są pełne troski i frustracji.

— Dzięki za olśnienie, Kapitanie Oczywisty — ripostuję, zaciskając zęby. Moje dłonie stają w płomieniach i czuję znajome uderzenie mocy płynącej przez żyły. To upajające, ale i przerażające. Im częściej korzystam z pirokinetycznych zdolności, tym bardziej stają się niestabilne — i tym trudniej nad nimi zapanować.

— Dość! — krzyczy Declan, chwytając mnie za nadgarstki, zanim zadam kolejny ognisty cios. Żar bije ode mnie, aż syczy z bólu. — O mało co nie puściłaś z dymem całego cholernego miejsca!

— Puść! — wrzeszczę, szarpiąc rękami. Puszcza mnie, a ja zataczam się do tyłu, serce wali mi jak oszalałe. Widzę, jak w jego oczach płonie gniew, i nienawidzę, że to przeze mnie.

— Słuchaj, oboje wiemy, że ostatnio nie jesteś sobą — mówi napiętym głosem. — Ale narażanie wszystkich nic nie pomoże.

— To co proponujesz, geniuszu? — syczę, zaciskając pięści przy biodrach. Czuję, jak we mnie narasta gorąco, grożąc wybuchem.

— Naucz się to kontrolować — odpowiada po prostu. — Zanim ktoś ucierpi — albo gorzej.

— Dzięki za motywującą gadkę — mruczę sarkastycznie i odchodzę. Czuję na plecach ciężar jego spojrzenia, ale nie odwracam się.

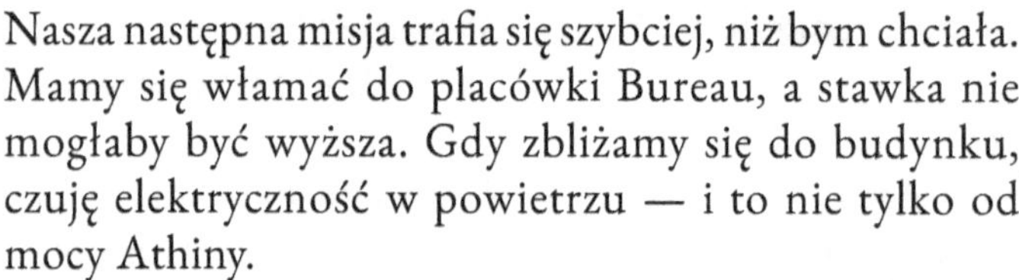

Nasza następna misja trafia się szybciej, niż bym chciała. Mamy się włamać do placówki Bureau, a stawka nie mogłaby być wyższa. Gdy zbliżamy się do budynku, czuję elektryczność w powietrzu — i to nie tylko od mocy Athiny.

— Trzymajcie się planu — przypomina nam Malcolm, zerkając po kolei na każdego. — I żadnych brawurowych numerów.

— Jasne — mówię, ale te słowa smakują jak popiół. Declan rzuca mi czujne spojrzenie, lecz milczy. Wie, że wciąż walczę o kontrolę nad swoimi wybuchowymi zdolnościami, i widzę, że nie ufa, iż utrzymam wszystko w ryzach.

Choć naprawdę się staram, nie potrafię przestać ryzykować, gdy przedzieramy się przez obiekt. Jakby we mnie był ogień, który trzeba nakarmić — i nie mam wyboru, muszę podsycać płomienie.

— Artemis! — syczy Declan, kiedy posyłam kolejny strumień ognia w stronę niczego nieświadomego strażnika, powalając go, zanim zdąży wszcząć alarm. — Przez ciebie nas złapią!

— Spokojnie — ucinam, zbywając jego obawy. — Mam to pod kontrolą.

Ale jego słowa dźwięczą mi w głowie i nie potrafię odegnać wrażenia, że ma rację. Moja brawura ma konsekwencje i to tylko kwestia czasu, nim nas dopadną.

A potem to się dzieje.

— Declan! — wrzeszczę, gdy grupa agentów Bureau otacza go ze wszystkich stron i odciąga ode mnie. Sięgam po moc, próbując mu pomóc, ale żar jest zbyt wielki, nawet dla mnie. Jak rozszalałe piekło, które pożera wszystko na swojej drodze — włącznie z moją samokontrolą.

— Artemis, musimy iść! — krzyczy Athina, odciągając mnie od chaosu. — Jest ich za dużo!

— Mają Declana — wykrztuszam, a głos załamuje mi się od nagiej emocji. — Nie mogę go tak po prostu zostawić.

— Pomyśl o misji — upomina mnie surowo Malcolm. — Wrócimy po niego. Obiecuję.

Ale kiedy patrzę, jak Declan znika w mroku, wiem, że to za mało. Wina gryzie mnie bezlitośnie, nie ustaje ani na chwilę. To ja sprowadziłam na niego niebezpieczeństwo — i teraz tylko ja mogę go z niego wyciągnąć.

Nocne powietrze smaga mnie, gdy pędzę na motorze w stronę placówki Bureau, serce dudni mi w piersi. Tym razem nie ma za mną drużyny — jestem tylko ja i ogień, który we mnie płonie, domagając się wypuszczenia.

— Wybaczcie, wszyscy — szepczę, parkując i wślizgując się do środka, łamiąc rozkazy i ryzykując wszystko dla jednej osoby. — Ale muszę to zrobić.

Sięgam do końca po swoje niestabilne, ogniste zdolności i pozwalam, by gniew mnie pochłonął, gdy rozszarpuję placówkę niczym burza. Strażnicy padają przede mną jak liście w jesiennej zawierusze, ich krzyki odbijają mi się w uszach, gdy spopielam ich bez cienia wahania.

— Declan! — wołam, mój głos ledwie przebija się przez ryk płomieni. — Idę po ciebie!

Ale kiedy wokół mnie przybywa ciał, nie mogę przestać się zastanawiać, czy nie jest już za późno — czy potwór, w którego się zmieniłam, nie jest już poza odkupieniem. A nawet jeśli uratuję Declana, czy kiedykolwiek wybaczy mi zniszczenie, które po sobie zostawiłam?

— Artemis, przestań! — Głos Declana tnie chaos jak nóż i dopiero wtedy uświadamiam sobie, że go znalazłam. Stoi przede mną, jego piwne oczy rozszerzone z przerażenia i niedowierzania, gdy ogarnia wzrokiem otaczającą nas rzeź. — Ty... zabijasz ich wszystkich.

— Declan... — mój głos drży, gniew zaczyna odpływać, zostawiając mnie zimną i pustą. — Nie wiedziałam, co innego zrobić. Musiałam cię ocalić.

— Zostając potworem? — warknie, mijając mnie, by pomóc rannemu strażnikowi, który ledwo trzyma się życia. W powietrzu ciężko wisi metaliczny zapach krwi, a mój żołądek wywraca się na widok masakry, którą spowodowałam.

— To tym teraz jestem? — szepczę, serce aż boli na myśl, jak nisko upadłam. — Potworem?

— Artemis, rozejrzyj się — jego głos jest ochrypły od emocji, ale rozczarowanie słychać wyraźnie. — To... to nie ty. Posunęłaś się za daleko.

— Za daleko? — powtarzam, walcząc, by powstrzymać łzy. W tej chwili nie mam siły spojrzeć mu w oczy — zobaczyć strach i odrazę, które na pewno w nich są.

— Chodź — mówi cicho Declan, odwracając się ode mnie. — Po prostu wynośmy się stąd, zanim przyślą posiłki.

— Czekaj! — wołam za nim, ale się nie zatrzymuje. Zawieszam się na sekundę, rozdarta między pragnieniem, by za nim pójść, a potrzebą ucieczki przed koszmarem, który sama stworzyłam.

— Żegnaj, Declanie — wykrztuszam, wahając się jeszcze przez tę jedną, potworną sekundę, po czym odwracam się na pięcie i uciekam, zostawiając go z całym tym bałaganem.

— Artemis! — krzyczy, ale nie przystaję. Nie mogę. Nie wtedy, gdy ciężar tego, co zrobiłam, przygniata mnie, grożąc zmiażdżeniem.

Kiedy pędzę przez pogrążone w ciemności ulice, wiatr smaga mi twarz i szczypie w oczy, a ja nie potrafię uciec przed prawdą, która mnie prześladuje: jestem potworem i nie ma odwrotu od ścieżki, którą wybrałam.

— Wybaczcie mi — szepczę w noc, ale nikt już nie słyszy mojej prośby — tylko duchy przeszłości i nieustanny ogień, który grozi, że pochłonie mnie w całości.

Echo moich kroków to jedyny dźwięk w pustym magazynie, który stał się moją kryjówką. Nie mogę ryzykować powrotu do naszej bazy, do ludzi, których przysięgłam chronić. Nie zniosłabym ich spojrzeń — tego samego strachu i obrzydzenia, które musiał czuć Declan.

— Artemis, musimy porozmawiać — jego głos rozcina ciszę, aż podskakuję. Jak mnie znalazł? Serce wali mi w piersi, gdy odwracam się, by na niego spojrzeć.

— Declan — mówię płasko, nie bardzo potrafiąc spotkać się z jego wzrokiem. — Co ty tu robisz?

— Próbuję to wszystko poukładać — odpowiada, jego piwne oczy szukają w moich odpowiedzi, których nie mam. — Muszę wiedzieć, co się tam stało.

— Nie ma o czym mówić — ucinam, krzyżując ramiona na piersi obronnym gestem. — Straciłam kontrolę, tyle.

— Raczej odwaliłaś na całego — odbija, w jego głosie słychać frustrację. — Naraziłaś nas wszystkich, Artemis. Omal mnie nie zabiłaś.

— Lepiej ty niż ktokolwiek inny — rzucam; to pusta próba żartu, która nie ma prawa zadziałać. W środku krzyczę, bo ma rację — stałam się zbyt niebezpieczna.

— Naprawdę tak uważasz? — pyta, ból przemyka mu po twarzy. Przez moment prawie mówię prawdę — że oddałabym wszystko, by cofnąć czas, by być tą osobą, którą kiedyś znał — ale gryzę się w język. Mleko się rozlało.

— Słuchaj, po prostu idź — warczę, odwracając się od niego. — Nie ma już o czym gadać.

— Artemis, nie mogę ot tak od tego odejść — upiera się, podchodząc bliżej. — Jesteśmy drużyną, pamiętasz?

— Może nie powinniśmy nią być — szepczę, zaciskając pięści przy bokach. — Nie, skoro ja tak odjeżdżam.

— Naprawdę byś nas zostawiła? — pyta, a ból w jego głosie jest niemal nie do zniesienia.

— Jasne, że tak — kłamię, mrugając, by powstrzymać łzy. — Jeśli to jedyny sposób, żeby was ochronić.

— Artemis... — zaczyna, ale urywam mu słowo.

— Wynoś się! — wrzeszczę, a ogień we mnie grozi, że zapali samo powietrze między nami. — Po prostu idź i zapomnij o mnie!

— Dobrze — syczy, twarz wykrzywia mu gniew i zdrada. — Może tak zrobię.

Gdy wylatuje z magazynu, nie mogę przestać się zastanawiać, czy właśnie nie popełniłam największego błędu w życiu. Ale to już bez znaczenia — podjęłam decyzję i nie ma odwrotu od drogi, którą obrałam.

Cichy odgłos kroków rozbrzmiewa po magazynie, przerywając moją samotność. Nie odwracam się; wiem, że to Athina. Zawsze potrafiła mnie znaleźć, kiedy najbardziej jej potrzebowałam, nawet jeśli nie chciałam jej w pobliżu.

— Artemis, nie możesz się tak ciągle chować — mówi łagodnie, kładąc dłoń na moim ramieniu. — Jesteś silniejsza, niż myślisz.

— Silna? — prychnę, wyrywając ramię spod jej pocieszającego dotyku. — Omal nie zabiłam Declana, bo nie umiałam się opanować. Jeśli to nazywasz siłą, to jasne — jestem cholernym Herkulesem.

— Dość tego sarkazmu — parska Athina, a ja aż drgam z zaskoczenia. Rzadko kiedy traci zimną krew. — Wiem, że się boisz, ale odpychanie wszystkich niczego nie rozwiąże.

— A co rozwiąże? — żądam, frustracja we mnie kipi. — Jestem tykającą bombą, Athino. To tylko kwestia czasu, aż kogoś znowu skrzywdzę, albo gorzej — zabiję.

— Zaufaj swojej wewnętrznej sile — prosi, znów łagodniejąc. — Przeszłaś w życiu tyle prób i zawsze wychodziłaś z nich zwycięsko. Tutaj jest tak samo. Musisz tylko znaleźć w sobie równowagę.

— Równowagę? — parskam, krzyżując ramiona obronnie. — Łatwo ci mówić.

— Dość użalania się nad sobą! — podnosi głos Athina, zdeterminowana, by przebić się przez mój upór. — Spójrz na fakty, Artemis. Nikt cię nie zostawił. Zależy nam na tobie i chcemy pomóc ci odzyskać kontrolę nad mocą.

— Nawet po tym wszystkim, co zrobiłam? — pytam ledwie słyszalnie.

— Zwłaszcza po tym wszystkim, co zrobiłaś — potwierdza, jej oczy są ciepłe i pełne zrozumienia. — Jesteśmy drużyną. Trzymamy się razem, bez względu na wszystko.

— Nawet jeśli to znaczy ryzykować waszym bezpieczeństwem? — pytam, a serce ściska mi się z winy.

— Artemis — mówi stanowczo Athina — mierzyliśmy się z gorszymi sytuacjami niż ta. Zaufaj nam.

Patrzę na nią przez chwilę, potem wzdycham i czuję, jak część napięcia ze mnie schodzi. Może ma rację. Może da się odzyskać kontrolę i znaleźć równowagę. Tylko od czego zacząć?

— Malcolm badał twoje pirokinetyczne zdolności — informuje mnie Athina, jakby czytała w myślach. — Uważa, że opracował silne serum tłumiące, które mogłoby ci pomóc.

— Serio? — pytam sceptycznie. — I od kiedy Malcolm jest ekspertem od miotających ogniem szaleńców?

— Daj mu szansę, Artemis — prosi Athina. — Może to nasza najlepsza opcja, żeby ci pomóc.

— Dobra — zgadzam się niechętnie, wiedząc w głębi, że ma rację. Warto spróbować. — Ale jeśli coś spieprzy i spalę to miejsce na popiół, nie mów, że cię nie ostrzegałam.

— Umowa stoi — uśmiecha się Athina, wyciągając dłoń. Z wahaniem ją chwytam i pozwalam się podciągnąć na nogi.

Sterylna woń chemikaliów uderza we mnie jak cegła, gdy wchodzimy do laboratorium Malcolma, i nie mogę powstrzymać grymasu. Rzędy aparatury wypełniają pomieszczenie, metalowe stoły uginają się od fiolek i zlewek z czymś-bóg-wie-czym.

— Ach, Artemis — mówi Malcolm z entuzjazmem w głosie — cieszę się, że jesteś. Pracuję nad czymś, co może ci pomóc.

— Daruj sobie gadki — ucinam, mierząc go podejrzliwie. — Czego ode mnie potrzebujesz?

— Cóż, to trochę skomplikowane — przyznaje, pocierając kark z zakłopotaniem. — Serum, które opracowałem, potrzebuje niewielkiej próbki twojego DNA, żebym mógł dostroić formułę konkretnie pod ciebie.

— W porządku — wzdycham, wyciągając ramię. — Rób, co trzeba.

— Właściwie... — waha się Malcolm, zerkając nerwowo na Declana, który stoi przy drzwiach z założonymi ramionami. — Potrzebuję próbek od was obojga. Widzisz, odkryłem, że DNA Declana mogłoby działać jako swoisty... czynnik stabilizujący dla serum.

— W żadnym razie — warczy Declan, niebezpiecznie mrużąc oczy. — Nie zdradzę w ten sposób Artemis.

— Declan, to nie zdrada, jeśli mi pomoże! — wybucham, czując, jak frustracja iskrzy mi pod skórą.

— Artemis, nie wiesz, co to serum ci zrobi — sprzeciwia się, głosem niskim i pełnym troski. — Nie mogę tak po prostu oddać swojego DNA, nie znając konsekwencji.

— Dość! — krzyczę, a wokół moich zaciśniętych pięści migoczą płomienie. — Zrobię to sama.

— Artemis, czekaj! — woła Malcolm, ale go ignoruję; podchodzę do jego stanowiska i chwytam fiolkę z nietestowanym serum. Serce mi bije jak młotem, ale teraz się nie cofnę.

— Artemis, nie rób tego! — błaga Declan, lecz nie słucham. Drżącymi palcami wbijam igłę w ramię i z zawziętością wciskam tłoczek. Gdy serum wlewa mi się w żyły, czuję, jak ogień we mnie zaczyna słabnąć.

— Do cholery, Artemis — klnie Declan, dopadając mnie, gdy zataczam się, a obraz na krawędziach pola widzenia zaczyna się rozmywać. — Czemu musisz być taka cholernie brawurowa?

— Bo... — udaje mi się wychrypieć, nogi uginają się pode mną. — Nie mogę... pozwolić, żeby ten ogień... mną rządził... dłużej...

Declan łapie mnie, gdy się zapadam, otacza mnie ramionami ochronnie. Ostatnie, co widzę, zanim ciemność mnie zabiera, to piwne oczy pełne niepokoju, frustracji i czegoś, co wygląda jak roztrzaskane zaufanie.

⬦

— Artemis, obudź się! — Głos Declana wyrywa mnie z mroku, a moje powieki drgają i się otwierają. Czuję się, jakby przejechała mnie ciężarówka i jeszcze podpalono mnie na dokładkę. Ból aż prosi się o krzyk, ale ledwo łapię oddech.

— Declan... co... — wycharczę, gardło mam suche i zdarte.

— Spokojnie — mruczy, pomagając mi usiąść. — O mało nie umarłaś, Artemis. To serum było piekielnym ryzykiem.

— Zadziałało? — pytam, boję się sprawdzać. — Ogień zniknął?

— Chyba tak — przyznaje, a jego piwne oczy nadal przysłania troska. — Ale nie nadajesz się teraz do czegokolwiek. Jesteś w ciężkim stanie.

— Nieważne — mamroczę, próbując odepchnąć winę, która chce mnie zadusić. — Musiałam coś zrobić.

— Artemis, musi być inny sposób — nalega Declan, zaciskając dłonie na moich ramionach. — Znajdziemy lepsze rozwiązanie. Takie, które nie o mało nie zabije ciebie.

— Jaki niby? — warczę, frustracja wzbiera, ale pierwszy raz nie towarzyszą jej płomienie. — Masz jakiś genialny pomysł, geniuszu?

— Właściwie mam — odpowiada, z twarzą twardą od determinacji. — Będziemy trenować razem i znajdziemy sposób, by kontrolować twoją moc bez takich brawurowych wyskoków.

— Trening? Z tobą? — prychnę od razu sceptycznie. — Czemu niby masz mi pomóc?

— Bo, Artemis — pochyla się bliżej, patrzy na mnie pewnie — nie zrezygnuję z ciebie, nawet jeśli ty zrezygnowałaś z siebie.

— Dobra — ucinam, zbyt słaba, by się kłócić. — Nie licz tylko na cud.

— Cuda to nie moja działka — uśmiecha się lekko kącikami ust. — Za to całkiem nieźle improwizuję.

— Nieważne — mruczę znowu, ale trudno się złościć, kiedy jest tak diabelnie wspierający.

— Odpocznij — poleca Declan, pomagając mi znów się położyć na prowizorycznym posłaniu. — Zaczniemy jutro i będziemy iść powoli. Dzień po dniu. Razem.

— Dobra — szepczę, a powieki już mi ciążą. Kiedy odpływam w niespokojny sen, nie mogę się powstrzymać od myśli, że może, tylko może, da się odzyskać kontrolę, nie niszcząc przy tym samej siebie.

— Śpij dobrze, Iskierko — mruczy Declan, gdy ciemność znów mnie ogarnia, a mimo wszystkiego czuję, jak we mnie rozbłyska iskierka nadziei. Może jednak nie jest dla mnie za późno.

ROZDZIAŁ SIEDEMNASTY

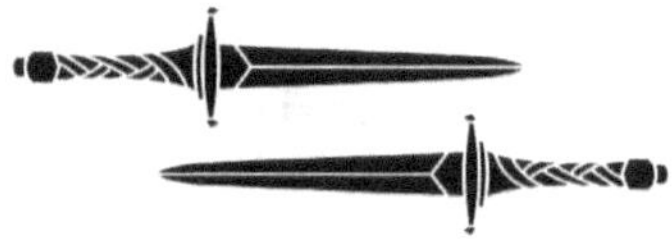

U UWAŻNIE OBSERWUJĘ DECLANA gdy przedzieramy się przez gęstą, mroczną dzicz, wyczulona na wszelkie subtelne oznaki, że bestia w nim grozi wyrwaniem się z kruchych okowów. Odkąd Diana przeprowadziła swoje pokręcone eksperymenty, tkwi w nieustannej walce, usiłując zachować człowieczeństwo, podczas gdy w środku ścierają się nadprzyrodzone instynkty.

Ostatnio te przemiany wydają się częstsze, bardziej gwałtowne, zwłaszcza podczas misji, gdzie stawka jest wysoka. Emocje i śmiertelne zagrożenie działają jak benzyna dolana do ognia, nad którym ledwie panujemy.

Declan nagle zatrzymuje się na wąskiej, jeleniej ścieżce, marszcząc brwi. Gwałtownie potrząsa głową, jakby próbował fizycznie strząsnąć z siebie zakradający się drapieżny wpływ.

— Wszystko w porządku? — pytam łagodnie, podchodząc bliżej, ale jeszcze go nie dotykając. Czasem dotyk tylko nasila zwierzęce reakcje.

— W porządku — mruczy szorstko, unikając mojego badawczego spojrzenia. Ale napięcie zwinięte jak sprężyna w jego barkach i drgające dłonie zdradzają prawdę. „W porządku" to ostatnie, co można o nim teraz powiedzieć.

Idziemy dalej w niespokojnym milczeniu, z ciężarem niewypowiedzianych obaw wiszących nad nami. Widzę, jak Declan robi się coraz bardziej rozdrażniony, im głębiej brniemy w odludny las. Jego ruchy stają się drapieżne, barki garbią się jak u skradającego się kota. Bestia jest niebezpiecznie blisko powierzchni i jeden zły ruch może ją całkiem spuścić z łańcucha.

Nagle zastyga, unosząc zaciśniętą pięść. — Coś tam jest — mówi, a jego głos wychodzi jako niski, zwierzęcy warkot. Jego wyostrzone zmysły są teraz daleko poza granicami moich zwykłych, ludzkich.

— Pewnie tylko sarna albo coś — mówię łagodnie, starając się utrzymać spokojny ton, mimo że we mnie wszystko aż się gotuje z niepokoju. Oboje jednak wiemy, że w tych lasach czają się rzeczy mroczniejsze i groźniejsze niż zwykłe zwierzęta. Nadprzyrodzone istoty pokrzywione przez okrutne eksperymenty... wliczając w to Declana i mnie.

Głowa Declana drga, mięśnie napinają się jeszcze mocniej, kiedy wsłuchuje się w dźwięki, których ja nie słyszę. The [INSERT DESCRIPTIONS] mężczyzna, którego znam, szybko zostaje pochłonięty przez zwierzęce instynkty, których ledwie pojmuję. Serce mi pęka — pragnę go rozpaczliwie ochronić, choć wiem, że jestem bezsilna wobec wroga, który czai się w jego własnej, zmienionej krwi.

Nagle rzuca się w gęste podszycie z oszałamiającą szybkością, opanowany prymitywnymi popędami bestii. Ale równie szybko cofa się gwałtownie, zdezorientowany i wstrząśnięty, a na jego twarzy znów widać ludzkie rysy.

— Declan! — wyrwało mi się, zanim zdołałam się powstrzymać; troska o niego zatapia ostrożność.

Patrzy na mnie, a w szeroko otwartych oczach wirują wstyd i strach. — Wybacz — mamrocze, obejmując się ramionami, jakby samą siłą woli chciał utrzymać zwierza za kratami. — Myślałem, że to... Nie wiem, co myślałem.

Przełykam ślinę, tłumiąc emocje. Metamorfoza Declana przychodzi falami, każda bardziej nieprzewidywalna i groźniejsza od poprzedniej, gdy jego DNA nieubłaganie się zmienia. Oczy, które znałam jako ciepłe, piwne, teraz lśnią upiornym, płynnym złotem, a jego ruchy nabierają drapieżnej płynności — miękkie, lecz śmiertelnie niebezpieczne.

Nie mogę już ignorować strasznej prawdy — wymyka mi się kawałek po kawałku; człowiek znika centymetr po centymetrze, gdy bestia wyrywa się na wolność.

— Declan — wołam przez zawodzący wiatr, ledwie słyszalnym głosem. — Słyszysz mnie tam w środku?

Spogląda przez ramię, mrużąc oczy. Przez wir dzikiego obłędu miga na moment błysk rozpoznania — jak u tonącego, który na ułamek sekundy zaczerpuje tchu na powierzchni.

— Artemis — chrypi, słowo szorstko i złamane toczy mu się po języku. — Trzymaj się z daleka. To niebezpieczne.

— Wiesz, że nie potrafię — odpowiadam twardo, chwytając się każdej iskry prawdziwego Declana, jaka mogła zostać w skorupie szaleństwa, w jakie wpędziły go serum Diany. — Musimy o tym porozmawiać, zanim będzie za późno.

Odgarniam z oczu rozwiane przez wiatr włosy, mrużąc je w lodowatym powietrzu. — Coraz częściej tracisz panowanie. To naraża nas oboje.

Jego twarz wykrzywia się, wyryte w rysach cierpienie i obrzydzenie sobą. — Myślisz, że kurwa o tym nie wiem? — syczy z goryczą, zaciskając i rozluźniając dłonie u boków.

Zmusiłam się, by nie drgnąć na te ostre słowa, gdy ciężar strachu i troski ciąży mi na piersi jak kamień. To mówi bestia — przypominam sobie. Nie ten Declan, którego znam. Tamten wciąż gdzieś w nim jest, tonie.

— To pozwól mi pomóc — błagam desperacko, stawiając ostrożny krok w jego stronę.

Obnaża zęby, z piersi wyrywa mu się nieludzko niski warkot. Szybko unoszę dłonie, otwartymi dłońmi do przodu, starając się emanować spokojem i zapewnieniem. — Poradzimy sobie z tym razem, dobrze? Jestem przy tobie, bez względu na wszystko.

Gorączkowy wzrok biega między mną a mrocznymi cieniami lasu, rozdartym między zaufaniem a szałem. — Może na to już za późno — chrypi, a ból jest wyryty w każdej linii jego ciała.

Te słowa trafiają mnie jak cios w splot słoneczny, ale nie pozwalam sobie na to, by to po mnie było widać; mrugam, odpędzając bezradne łzy. To nie czas na rozpacz.

— Nigdy nie jest za późno — stwierdzam zamiast tego stanowczo, modląc się, by niezachwiana pewność w moim głosie do niego dotarła. — Musisz tylko pamiętać, kim jesteś, Declan. Pamiętaj o nas.

Odchyla głowę, a z gardła wyrywa mu się dziki, rozchwiany śmiech. — Nas? Nie ma już żadnego nas, Artemis! — Kręci z goryczą głową, twarz wykrzywia mu się w bolesnym grymasie. — Jestem tylko ja i ta pieprzona bestia, która próbuje się wydostać.

— Nie mów tak! — protestuję rozpaczliwie, nienawidząc tych słów, a jednak znając aż za dobrze uwodzicielski urok beznadziei. — Przejdziemy przez to razem. Nie zrezygnuję z ciebie!

— Może właśnie powinnaś! — ryczy, pierś mu się unosi. W oczach płonie ból i niestabilność. — Po prostu zostaw mnie w spokoju, Artemis. Nie chcę skrzywdzić także ciebie. Muszę poradzić sobie z tym sam.

Gwałtownie się odwraca, odchodzi, znikając między złowieszczymi drzewami, zanim zdążę sformułować odpowiedź.

Obejmuję się ramionami przed przenikliwym chłodem, oczy pieką mi od bezradnych łez, gdy patrzę, jak odchodzi. — Uparty osioł — mamroczę pod nosem, choć serce mi się rozpada z troski o niego.

Każdy instynkt opiekuńczy krzyczy, żebym pobiegła za nim, walczyła o niego, ale wiem, że gonienie go teraz tylko pogorszy sprawę. Potrzebuje czasu i przestrzeni, by zmierzyć się z potworem, który próbuje go pożreć, choć serce mi się kraje, gdy muszę mu to dać.

W końcu to on sam musi podjąć decyzję, by odsunąć się od tej krawędzi — tak jak ja kiedyś. Choć pragnę zasłonić go przed stygijnym mrokiem, który grozi pochłonąć nas oboje, to bitwa, którą ostatecznie Declan musi stoczyć sam.

Mogę tylko modlić się, że gdzieś pod skórą drapieżnika wciąż kryje się mężczyzna, na którym mi zależy... i że znajdzie siłę, by odzyskać siebie, zanim bestia przejmie władzę całkowicie, zostawiając po Declanie tylko wydmuszkę.

— Artemis?

Łagodny głos Athiny wyrywa mnie z ponurych myśli; odwracam się do niej z ciężkim westchnieniem. Jej ciepłe, brązowe oczy promieniują troską i przez moment czuję ogromną wdzięczność za jej stałą, kojącą obecność pośród chaosu, w jaki zmieniło się moje życie.

— On...? — urywa, nie muszący kończyć pytania, które wisi między nami.

Kiwnęłam tylko głową, przełykając twardą gulę w gardle. — Jest gorzej — wyznaję, a głos mi się łamie, choć ze wszystkich sił próbuję zachować spokój. — Już nie wiem, co robić, Athino. Jakby nie mógł do niego dotrzeć prawdziwy Declan, nieważne, jak bardzo się staram.

Rozpacz grozi zmiażdżyć mnie, gdy na głos przyznaję straszną prawdę, której unikałam: tracę go na rzecz ciemności, jaką uwolniły w nim pokręcone eksperymenty Diany. I nie mam pojęcia, jak odciągnąć go znad przepaści.

Athina kładzie delikatną dłoń na moim opadniętym ramieniu. — Miej wiarę, Artemis — prosi, miękko, lecz stanowczo. — Declan wykazał się niezwykłą siłą, mierząc się z tymi zmianami. Naprawdę wierzę, że odnajdzie drogę przez cienie z powrotem do światła.

— No to gratuluję twojej niewzruszonej wiary — burczę cierpko, wycierając gorące, wściekłe łzy z oczu wierzchem brudnej dłoni. — Łatwo ci mówić, kiedy to ty nie musisz bezradnie patrzeć, jak on znika dzień po dniu.

Mój wybuch nie robi na niej wrażenia. — Masz rację, nie potrafię w pełni zrozumieć twojego bólu i strachu w tej sytuacji — przyznaje spokojnie. — Ale pamiętaj, że każdy z nas mierzy się z własnymi demonami, własnymi próbami. Twój może teraz kroczyć w mroku, ale kiedyś znów wstanie słońce.

Przygryzam wargę, zawstydzona jej łagodną reprymendą, choć wciąż nie potrafię uwolnić się od kłębiących emocji. — Cierpliwość nigdy nie była moją najmocniejszą stroną, jeśli nie zauważyłaś — przyznaję szorstkim, bezradnym śmiechem.

Athina tylko ściska uspokajająco moje ramię. — Wiem. Ale dla waszego dobra musisz spróbować. I bądź też dla siebie łagodna. Nikt nie oczekuje, że przetrwasz tę burzę sama.

Biorę głęboki oddech, zatrzymuję go na moment i powoli wypuszczam, wypuszczając wraz z nim burzę emocji. — Postaram się najlepiej, jak potrafię — obiecuję ze zmęczeniem. — To jedyne, co mogę teraz zrobić, prawda?

— Tyle każdy z nas może — zgadza się. — A teraz chodź, wracajmy do pracy. Im prędzej skończymy tę misję, tym szybciej będziemy mogły skupić całą energię na przeprowadzeniu Declana przez ten tygiel.

Prostuję się, zaciskam zęby z nową determinacją. — Brzmi jak cholernie dobry plan.

Jeśli nic innego, mogę trzymać się tej niepodważalnej prawdy — nigdy, przenigdy nie zrezygnuję z Declana. Nieważne, jak głęboko zejdzie w mrok, razem znajdziemy drogę z powrotem do światła. Dopilnuję tego, choćby miało mnie to zabić.

Słońce chyli się ku horyzontowi, gdy brnę przez ponury, zarośnięty las, rzucając upiorne cienie, które zdają się wyciągać ku mnie chude, kościane palce. Niepokój leży mi w żołądku jak kamień, nerwy brzęczą przy każdym trzasku gałązki pod moimi butami. Szukam już całe wieki oznak Declana, z każdą chwilą coraz bardziej sfrustrowana i roztrzęsiona.

— Gdzie do diabła jesteś? — mamroczę pod nosem, wycierając piekący pot z oczu grzbietem brudnej dłoni. Moja cierpliwość niebezpiecznie zbliża się do kresu.

Nagle ostry szelest w gęstym podszyciu przykuwa moją uwagę; zamieram w miejscu, serce mi wali. Wciągam powietrze jak ogar — ten słaby, ale nie do pomylenia piżmowy zapach to on. Pot, ziemia i coś bezsprzecznie zwierzęcego i groźnego. Tak teraz pachnie Declan, w tej formie. Poznałabym ten zapach wszędzie.

— Declan? — wołam ostrożnie, głosem ledwie głośniejszym od szeptu. Sunę naprzód, ostrożnie stąpając po powykręcanych korzeniach i zgniłych liściach, a wyostrzone zmysły napinam do granic w poszukiwaniu dalszych śladów.

Gdy zakręcam na wąskiej, krętej, jeleniej ścieżce, przez ciężkie powietrze przetacza się złowieszczy, niski pomruk — taki, którego ludzkie gardło nie wyda. Wstrzymuję oddech, serce mi się potyka. Tam, na ścieżce przede mną, ogromny jaguar niespokojnie przechadza się tam i z powrotem, cętkowana sierść faluje na napiętych mięśniach, a nienaturalne oczy płoną prymitywnym gniewem.

To na pewno Declan — albo to, co zostało z niego pod potworem, w którego zmieniły go serum Diany. Ogromny kot wbija we mnie rozżarzony wzrok, a ja kamienieję, myśli galopują.

— Cholera — przeklinam pod nosem. Najmniejszy zły ruch oznacza teraz śmierć.

— Declan — mówię pewnie, lecz łagodnie, jak do przestraszonego, chwiejnego dziecka. — To ja, Artemis. Nie skrzywdzę cię.

Koncentruję myśli, desperacko próbując wysłać w stronę jaguara kojącą energię, modląc się, by wystarczyła, by poskromić żądzę zabijania. Przez krótką chwilę bestia nieruchomieje, ogromna głowa przechyla się odrobinę, jakby ważyła moje słowa. Pomruk cichnie i niemal szlocham z ulgi. Działa. Docieram do niego.

— Właśnie tak — myślę zachęcająco, a puls dudni mi w skroniach. — To nie ty, Declan. Jesteś silniejszy niż ten mrok. Walcz.

Krucha równowaga rozpada się w mgnieniu oka. Z wściekłym warknięciem jaguar skacze, pazury wysunięte do końca, kły lśnią, głodne gorącej krwi.

Ledwie zdążam wznieść ochronną, psychiczną barierę; uderzenie bestii jest tak silne, że niemal pada mi ciemno przed oczami. I tak cofam się chwiejnie, dysząc.

— Do cholery, Declan! — krzyczę, gdy gniew i ból skręcają mnie jak drut kolczasty. — Wiem, że tam jesteś! Przestań pozwalać, by bestia tobą rządziła, i obudź się wreszcie!

Moje desperackie błagania nie robią wrażenia. Odsuwa się, otrząsa po zderzeniu, mięśnie falują pod gładką sierścią, gdy krąży wokół. Oblicza kolejny wektor ataku. W środku serce mi pęka.

— Dobrze — syczę przez zaciśnięte zęby, dłonie zaciskają mi się na pięści aż do białości. — Skoro nie chcesz słuchać rozsądku, będę musiała wbić ci go do głowy.

Jaguar szarżuje ponownie, a w jego oczach widać już tylko szał. Spinam się, gotowa użyć każdej broni psychicznej, jaką dysponuję, jeśli tylko to pozwoli dotrzeć do mężczyzny uwięzionego gdzieś głęboko w tym koszmarze.

— Nie oddam cię temu mrokowi, do diabła! — warczę, a gniew i determinacja wzmacniają ochronne bariery, które wznoszę. Czuję, jak energia we mnie iskrzy, a samo powietrze brzęczy od mocy.

Wielki kot odbija się raz jeszcze z wściekłym rykiem, aż włosy jeżą mi się na karku. Odruchowo odpłacam smagnięciem psychicznej siły, zanim zdążę się zawahać. Declan z hukiem uderza w pobliskie drzewo tak mocno, że z gałęzi sypią się liście.

— Leż! — wrzeszczę, dysząc, choć serce ściska mi poczucie winy. W ustach rozkwita miedziany posmak krwi, bo przegryzłam wargę. Odpędzam to, mrugając, by przepędzić piekące łzy. Jakby miała wybór.

Ku mojej rozpaczy Declan niemal natychmiast podnosi się na łapy — oszołomiony, ale niepowstrzymany. Znów rusza ku mnie, a w jego płonącym spojrzeniu nie ma już nic prócz drapieżnego skupienia.

Wykonuję uniki przed jego zajadłymi ciosami, omal nie padając, gdy jedno zadarcie pazurów świszcze przy moim gardle tak blisko, że czuję jego wiatr na skórze. Ale nie dam rady tak długo. Siły już mnie opuszczają, więc szykuję się do kolejnego, mocniejszego uderzenia psychicznego — takiego, które może powali go na dobre.

— Proszę, Declan... nie każ mi tego robić — szlocham, słowa rozdzierają mi gardło z rozpaczy.

Niewiarygodne — waha się, nozdrza mu drżą, jakby wyłapywał mój zapach spod przytłaczającej woni krwi i strachu. Przez jedno uderzenie serca stoi nieruchomo, a szalejąca burza w oczach się uspokaja.

— Artemis — słyszę jego zachrypnięty szept, dźwięk szorstki i złamany, wykrzywiony gardłem jaguara. Omalo nie osuwam się z zawrotnej ulgi. Powiedział moje imię. On wciąż tam jest.

— Ja... nie... mogę... — postać Declana w jaguarzej skórze się potyka, kurcząc się z powrotem do ludzkiej, gdy usiłuje mówić. — Trzy... maj... się...

— Zostań ze mną, Declan — szepczę, pozwalając, by moja miłość stała się dla niego kotwicą, gdy razem walczymy z ciemnością, która chce nas oboje pochłonąć. — Znajdziemy równowagę, ramię w ramię. Po prostu mi zaufaj.

I jakoś, wbrew wszystkiemu, tak właśnie robi.

Jego ludzkie ciało zatacza się w moją stronę, piwne oczy mętne od strachu i dezorientacji. Potrząsa głową, warcząc nisko w gardle, jakby próbował wyrwać z siebie zwierzę.

Gdy nasze dłonie się stykają, coś w nim pęka. Jak tama, która puszcza, wypuszczając całą skrywaną dotąd lawinę emocji. I w tej chwili czuję miłość, która nas spaja – silniejszą niż jakikolwiek mrok, grożący rozerwać nas na strzępy.

— Artemis... — wydusza, łzy strumieniami płyną mu po twarzy. — Tak mi przykro. Nigdy nie chciałem cię skrzywdzić.

— Cii — koję go, delikatnie gładząc jego policzek. — Znajdziemy sposób, żeby to naprawić. Razem.

Jego oczy szukają moich i po raz pierwszy od wieczności widzę w nich iskrę nadziei.

— Dziękuję — szepcze, wtulając się w moją dłoń tak, jakby była liną, która przywiązuje go z powrotem do człowieczeństwa.

— No i lepiej, żebyś był wdzięczny — mówię z lekkim uśmiechem, próbując rozładować nastrój mimo pulsującego ramienia. — A teraz wynośmy się z tego lasu i naprawmy ten bałagan.

Brniemy przez gęsty las, każdy krok jest cichym świadectwem bólu, który oboje czujemy — i fizycznego, i emocjonalnego. Drzewa pochylają się nad nami jak pradawni strażnicy, ich gałęzie rzucają upiorne cienie na ziemię pod naszymi stopami. Oddychamy ciężko, a milczenie przerywa czasem tylko pomruk bólu czy przekleństwo, gdy zmuszamy ciała, by parły naprzód.

— Artemis? — odzywa się cicho Declan, przerywając ciszę, która opadła między nami. — Dziękuję. Za wszystko.

— Hej — rzucam z pozorną lekkością, podszytą jednak szczerością. — Od tego są partnerzy, prawda?

— Prawda — przytakuje poważnie.

W końcu przebijamy się przez linię drzew i wychodzimy w szarówkę, a na horyzoncie majaczy odległa linia miasta – latarnia nadziei pośród narastającej ciemności. I w tej chwili, choć poturbowani, wiem, że jesteśmy gotowi stawić czoła temu, co nas czeka. Razem, ze splecionymi hybrydowymi naturami, znajdziemy równowagę, której oboje tak rozpaczliwie potrzebujemy.

Rozdział osiemnasty

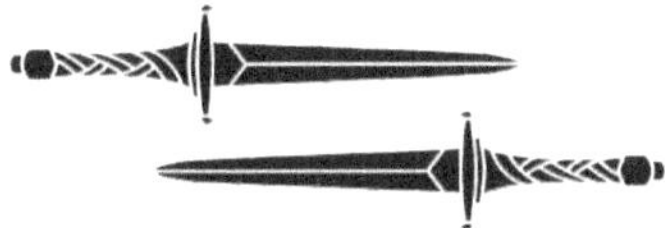

Krew spływa z ramion Declana, szkarłatne strużki zbierają się w kałuże na zimnej betonowej posadzce. Poszarpane strzępy jego koszuli kleją się do niego jak dogasające tchnienia niegdyś solidnej rzeczywistości.

— Masz — mówię, rzucając mu na kolana stary ręcznik. — Przyłóż to do ran, a ja się im przyjrzę.

Wykonuje polecenie bez słowa, sycząc, gdy dociska materiał do skóry. Czuję napięcie w powietrzu między nami — surową, pulsującą moc tego, w co się przeobraził.

— Boli? — pytam, klękając przy nim i oglądając rozcięcia, które sam sobie zadał, kiedy przemienił się z powrotem z jaguara w człowieka.

— Jak cholera — wyciska przez zaciśnięte zęby. Jego piwne oczy są zachmurzone, ciemne od czegoś znacznie straszniejszego niż ból. Przełykam ślinę, próbując odsunąć na bok własny strach — dla niego.

— Opowiedz mi, co się stało — mówię, zmuszając się, by spojrzeć mu w oczy. Waha się przez moment, po czym słowa płyną z niego jak krew z otwartej rany.

— To było... Nawet nie wiem, jak to opisać, Artemis. Czułem, jak tonę w ciemności, tracąc wszystko, co czyniło mnie człowiekiem. Miałem wrażenie, że jaguar pożera mnie od środka, a ja mogłem tylko drapać własną skórę i krzyczeć.

— Declan — mruczę, aż serce mi pęka. — Tak mi przykro, że musiałeś przez to przejść. Przeszukuję naszą prowizoryczną apteczkę, szukając czegokolwiek, co mogłoby ulżyć jego cierpieniu.

— Mogę coś zrobić? — pytam, desperacko chcąc w czymś pomóc.

— Po prostu... zostań przy mnie — prosi, głos ledwie przebija się przez łomot mojego własnego, rozszalałego serca. — Proszę.

— Oczywiście. — Kiwnięciem głowy rozpalam w sobie determinację jak świeżo rozniecony płomień. — Nie zostawię cię.

Kiedy zaczynam oczyszczać rany, dłonie mam pewne mimo burzy wewnątrz. Nie mogę przestać myśleć o Biurze do Spraw Paranormalnych, o ich pokręconych eksperymentach i tej suce Dianie Fox. Zrobili z Declana coś, czym nigdy nie chciał być — hybrydę człowieka i bestii, która kurczowo trzyma się ostatnich strzępów człowieczeństwa.

— Artemis — szepcze Declan, głos ma chropawy od bólu i wyczerpania. — Obiecaj mi coś.

— Cokolwiek — odpowiadam, nie odrywając wzroku od pracy.

— Obiecaj, że jeśli stracę siebie w tej... tej ciemności, zrobisz wszystko, żeby mnie przywrócić... albo skończysz ze mną na dobre.

— Declan... — zaczynam, ale on ucina mi słowo, zanim zdążę dokończyć.

— Obiecaj, Artemis. — W jego oczach jest desperacja, która mrozi mnie do szpiku kości.

— Obiecuję — mówię w końcu, ledwie słyszalnym szeptem.

— Dziękuję — szepcze, szczerze wdzięczny.

— Słuchaj, ty uparty głupku — mówię, zaciskając mocno palce na jego dłoni. — Nie walczysz tylko o siebie. Walczysz o mnie, o nas. Nie przestanę ściągać cię z powrotem z ciemności, choćbym miała ciągnąć cię za kark.

Piwne oczy Declana błyszczą niewylanymi łzami, gdy kiwa głową, przyjmując moją zajadłą gotowość. — Dobrze, Artemis. Dopóki jesteś u mego boku, będę walczył. Utrzymam w ryzach swoje człowieczeństwo i to coś we mnie.

— Dobrze — parskam. — Bo jeśli myślisz, że tak łatwo ci odpuszczę po tym wszystkim, przez co przeszliśmy, to poważnie się łudzisz.

Chichocze słabo, krzywiąc się z bólu, który ten dźwięk wywołuje. Ale dla mnie to muzyka — znak, że on wciąż tam jest, w środku, i walczy, by pozostać człowiekiem.

— Ty też mi coś obiecaj, Declan — mówię łagodniej.

— Cokolwiek — odpowiada bez wahania.

— Obiecaj, że się nie poddasz. Że będziesz walczył, nawet kiedy to będzie wyglądało na niemożliwe.

Waha się przez moment, szukając czegoś w moich oczach, po czym powoli kiwa głową. — Obiecuję. Dla ciebie będę walczył.

— Dobrze — mówię, zadowolona z jego zobowiązania. Droga przed nami będzie trudna, ale razem stawimy czoła wszystkim wyzwaniom. Musimy — nie ma innego wyjścia.

— Odpocznijmy — proponuję, ostrożnie kładąc go na prowizorycznym posłaniu, które zrobiliśmy w naszej kryjówce. — Jutro zaczniemy wymyślać, jak okiełznać twoją bestię.

Zanim zdoła odpowiedzieć, drzwi trzaskają i wchodzi dr Malcolm Kastler, jego fiołkowe oczy wlepione w Declana.

— Należy odizolować Declana — oznajmia lodowato, z rękami wciśniętymi w kieszenie kitla. — Nie możemy ryzykować kolejnego incydentu jak dzisiejszy.

— Nie ma mowy! — warczę, stając między nimi, gotowa do obrony. — Potrzebuje wsparcia, nie więzienia.

— Artemis ma rację — wtrąca Athina, jej głos jest spokojny, lecz stanowczy. — Declan już wystarczająco wycierpiał. Teraz potrzebuje współczucia — nie dalszej izolacji.

Malcolm mruży oczy, przygląda się nam przez chwilę, po czym ciężko wzdycha. — Dobrze. Ale jeśli znowu straci kontrolę, odpowiedzialność spada na was oboje.

— Zrozumiano — odpowiadam lodowatym tonem. Gdy tylko Malcolm wychodzi z pokoju, odwracam się do Declana, który siedzi zgarbiony na łóżku, z pochyloną głową, nie chcąc na mnie spojrzeć.

— Hej — mówię miękko, ujmując jego dłoń. — Wciąż tam jesteś, Declan. Będziemy z tym walczyć razem, pamiętasz?

Kiwnięcie głową. — Taa... razem.

— Artemis ma rację — dodaje Athina, obdarzając go ciepłym uśmiechem. — Już pokazałeś niewiarygodną siłę, opierając się przemianie. Razem pomożemy ci odzyskać człowieczeństwo.

— Dziękuję — szepcze Declan, a głos mu pęka.

— A teraz odpocznij — mówię, delikatnie ściskając jego dłoń, nim ją puszczam. — Jutro zaczniemy opracowywać plan.

Gdy Declan układa się na swoim pryczy, zerkam na Athinę, wdzięczna za jej wsparcie. Droga przed nami jest niepewna i najeżona niebezpieczeństwami, ale z takimi sojusznikami u boku mam nadzieję, że zdołamy ściągnąć Declana znad krawędzi ciemności — a może nawet znaleźć sposób, by raz na zawsze powstrzymać Dianę.

Słońce zaszło, rzucając upiorne cienie wzdłuż murów bazy. Dzień był długi, ale nie zostawię Declana sam na sam z jego koszmarami. Siedzimy razem na podłodze w jego pokoju, oświetlonym jedynie przygaszoną lampą.

— Spróbuj skupić się na oddechu — instruuję, utrzymując głos niski i spokojny. — Wdychaj głęboko nosem, a potem powoli wydychaj ustami.

Pierś Declana unosi się spazmatycznie, gdy próbuje iść za moimi wskazówkami, a jego oczy biegają po pokoju jak u osaczonego zwierzęcia. Drżą mu dłonie i czuję surową moc pulsującą pod jego skórą — nieustanne przypomnienie o dzikiej bestii, która w nim czai się.

— Artemis... — szepcze, ledwie słyszalny przez szum własnego, ciężkiego oddechu. — Nie wiem, czy dam radę. Jaguar... on jest taki silny, a te wspomnienia...

— Hej — przerywam, kładąc mu dłoń na ramieniu i czując napięcie jego mięśni. — Jesteś silniejszy, niż myślisz. Już raz zdołałeś odwrócić przemianę, prawda? Musimy tylko pomóc ci odzyskać kontrolę nad jaguarem, a zaczyna się to od opanowania własnych myśli i emocji.

— Racja — kiwa, przełykając ślinę. — Kontrola.

— Dokładnie — mówię, zmuszając się do uśmiechu. — Zamknij teraz oczy i postaraj się wyobrazić sobie miejsce, w którym czujesz się bezpieczny i spokojny. Gdzieś daleko od tego całego chaosu.

Powieki Declana drżą, po czym opadają, i przez krótką chwilę widzę mężczyznę, którego znałam — zanim surowica przeistoczyła go w potwora. Przeszywa mnie ukłucie żalu, ale odpycham je, skupiając się na zadaniu.

— Dobrze — mruczę, obserwując, jak jego oddech stopniowo się uspokaja. — Teraz, ilekroć przebłysk wspomnień lub koszmar będą cię zalewać, spróbuj wrócić do tego bezpiecznego miejsca w myślach. To nie sprawi, że wspomnienia znikną, ale pomoże ci sobie z nimi radzić.

— Dziękuję, Artemis — wydycha, jego głos brzmi już pewniej. — Masz rację, muszę nauczyć się to kontrolować.

— Oczywiście, że mam rację — mówię z przekąsem, próbując choć odrobinę rozładować atmosferę. — Pamiętaj tylko, te impulsy cię nie definiują. Wciąż jesteś Declanem — jaguarem czy nie.

Otwiera oczy i wpatruje się we mnie przez moment, bezbronność miga mu na twarzy, nim znowu się hartuje. — Nie pozwolę, żeby to mną rządziło — przyrzeka, a w jego spojrzeniu płonie determinacja.

— No właśnie, że nie pozwolisz — odpowiadam, zaciskając mu uspokajająco dłoń na ramieniu. — A ja będę przy tobie na każdym kroku.

Gdy pracujemy nad technikami poskramiania jaguara w nim, nie mogę pozbyć się wrażenia, że zbliżamy się o krok do nieznanej otchłani. Ale z każdym drobnym zwycięstwem chwytam się nadziei — dla Declana, dla nas i dla naszej walki z ciemnością, która chce nas wszystkich pochłonąć.

⬥○⬥

Fluorescencyjne światła migoczą nad głowami, gdy prowadzę Declana korytarzem do wspólnej sali. Napięcie w powietrzu jest niemal namacalne, jak wąż zwinięty i gotów do ataku. Minęło już kilka tygodni, odkąd zaczęliśmy pracować nad kontrolą jego jaguarzej strony, ale nasz zespół wciąż traktuje go jak granat z wyciągniętą zawleczką.

— Hej, Artemis? — mruczy Declan, wahając się tuż przed wejściem.

— Tak?

— Dzięki, że we mnie wierzysz — mówi z krzywym uśmiechem, który nie sięga oczu.

— Jasne — odpowiadam, szturchając go ramieniem. — Zaszłeś daleką drogę, Declan. Teraz czas pokazać reszcie, że nie zamierzasz stracić panowania.

Wydycha drżący śmiech i kiwa głową. — No dobra, robimy to.

Gdy wchodzimy do środka, rozmowy naszych towarzyszy zgrzytliwie milkną, a ich spojrzenia zgodnie wbijają się w Declana. Niemal czuję bijącą od nich podejrzliwość, ale zamiast skulić się pod tym ciężarem, Declan prostuje się dumnie.

— Słuchajcie — oznajmiam, zakładając ręce na piersi i mierząc ich wzrokiem bez mrugnięcia. — Declan tyra jak wół, żeby utrzymać w ryzach swoją hybrydową stronę. Nie jest tykającą bombą, więc przestańcie go tak traktować.

Między nami rozciąga się cisza, przerywana tylko nerwowymi spojrzeniami, które wymieniają między sobą. W końcu odzywa się Sapphire. — Chcemy ci wierzyć, Artemis, ale widzieliśmy, do czego jest zdolny, gdy traci kontrolę.

— Każdy ma swoje demony — odwarkuję, zaciskając pięści wzdłuż boków. — Ale on uczy się stawiać im czoła. Akceptuje to, kim jest, nie tracąc tego, kim pozostaje. Ilu z nas może powiedzieć to samo?

— Artemis ma rację — dopowiada Declan, jego głos jest pewny i stanowczy. — Zmagałem się z jaguarem, ale to teraz część mnie — i uczę się ją kontrolować. I będę walczył, dla was wszystkich i dla siebie.

Pokój wciąż milczy, trawiąc jego słowa. Mija wieczność, nim Malcolm wreszcie się odzywa.

— Dobrze — mruczy w końcu, a jego fiołkowe oczy lustrują Declana, jakby szukał pęknięć w jego postanowieniu. — Możesz wrócić do obowiązków — ale pod nadzorem.

— Zrozumiano — kiwa Declan, przyjmując warunki bez wahania.

— Proszę mieć na niego oko, Artemis — dodaje, kierując na mnie wzrok. — Proszę dopilnować, żeby nie stracił kontroli.

— Oczywiście — odpowiadam, spotykając jego spojrzenie z równą intensywnością. — Pomogę mu trzymać się kursu.

— Dobrze — mówi, cofając się i krzyżując ramiona. — A teraz wracajmy do prawdziwej misji: powstrzymać Dianę i położyć kres jej chorym eksperymentom.

— Wreszcie coś, na co wszyscy się zgadzamy — myślę, czując, jak ściska mi się w piersi na dźwięk imienia Diany.

— Dobra, drużyno — mówię, klaszcząc w dłonie i zmuszając się, by wrócić myślami do teraźniejszości. — Musimy zebrać informacje o ruchach Diany i wymyślić, jak rozłożyć jej operację na czynniki pierwsze. Pamiętajcie, jesteśmy silniejsi razem — zjednoczeni z tymi, których kochamy.

— Święta racja — zgadza się Declan, posyłając mi wspierający uśmiech, który rozgrzewa mnie do głębi.

— Do dzieła — odzywa się ktoś z zespołu, przerywając ciszę, która osiadła na grupie jak gęsta mgła.

Kiedy wszyscy zanurzamy się w swoje zadania, nie mogę się powstrzymać, by nie zerkać na Declana. Porusza się z celem, jakby ciężar jego nowej, hybrydowej natury złagodniał dzięki akceptacji zespołu i naszej wspólnej misji.

— Skup się, Artemis — gromię się w myślach, zmuszając się, by wrócić do informacji o ruchach Diany. — Nie możemy pozwolić sobie na rozproszenia.

Mimo wciąż wiszącego w powietrzu napięcia i nieufności, czuję, jak we mnie zapala się iskra nadziei. Z przywróconym Declanem i zjednoczonym zespołem mamy realną szansę w walce z ciemnością, która chce nas wszystkich pochłonąć.

— Miej się na baczności, Diano — mamroczę pod nosem, palce stukają mi po klawiaturze, gdy szukam jakichkolwiek tropów co do jej miejsca pobytu. — Idziemy po ciebie — i nie przestaniemy, dopóki nie staniesz przed wymiarem sprawiedliwości.

I z tą determinacją płonącą mi w sercu zanurzam się po uszy w niebezpieczny świat sekretów, kłamstw i nadnaturalnych sił, które na nas czekają.

ROZDZIAŁ DZIEWIĘTNASTY

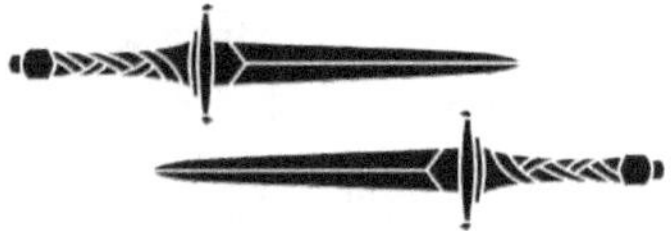

POMRUK SILNIKA ROZCINA CISZĘ , gdy niepozorny sedan zatrzymuje się przed moją obskurną, jednopokojową kryjówką. Zerkam w noc i widzę, jak Nadia i Athina wysiadają z samochodu.

Nadia wysiada pierwsza, ubrana jak typowa mama z przedmieść w pastelowej bluzce i przyciętych spodniach w kolorze khaki. Ale wiem, żeby nie oceniać po pozorach. Za tym niewinnym wyglądem kryje się jedna z najsilniejszych i najgroźniejszych hybryd paranormalno-ludzkich, jakie dotąd zidentyfikowano.

Athina obchodzi auto od strony kierowcy, w swoim zwyczajowym trekkingowym stroju i z charakterystycznym białym kokiem. Jej ciepłe oczy ostrożnie lustrują otoczenie, zanim pójdzie za Nadią do środka.

— Artemis — wita mnie skinieniem głowy. — Gdzie jest Declan?

— Wyszedł — mówię krótko, nie chcąc roztrząsać jego rosnącej potrzeby spędzania czasu w postaci jaguara. Choć coraz łatwiej przychodzi mu powrót do ludzkiej postaci, musi spędzać co najmniej kilka godzin dziennie przemieniony. Wałęsa się teraz gdzieś po lesie i raczej nie wróci przed świtem.

— Co was tu sprowadza bez zapowiedzi? — pytam ostrożnie, zauważając ich spiętą mowę ciała.

Wymieniają napięte spojrzenia. — Trafiłyśmy na coś grubego — mówi Nadia. — Prawdziwe dowody eksperymentów, które prowadzi Biuro. Takie, które pewnie obronią się w sądzie.

Zatkało mnie na chwilę, trudno mi przetrawić to odkrycie. — I co, do diabła, robimy teraz? — udaje mi się w końcu wydusić. — Ujawniamy wszystko czy dalej drążymy po cichu?

— Ujawnienie tego mogłoby sparaliżować Biuro — rozważa Athina. — Ale reakcja ludzi jest nieprzewidywalna. A Biuro może odpowiedzieć odwetem.

Stukam nerwowo palcami w blat, czując ciężar niemożliwej decyzji. — I tak źle, i tak niedobrze.

Nadia zmienia pozycję, wyglądając na rzadko u niej spotkanie zdenerwowaną. — Moja telekineza pozwala mi wślizgiwać się na ich obiekty niezauważenie — wyjaśnia. — Mogę poruszać przedmiotami, nawet kamerami, samą myślą. Tak zebrałam tyle informacji.

Pierwszy raz słyszę tak otwarcie o naturze mocy Nadii. Jej pomoc była bezcenna, ale najwyraźniej wiąże się z ogromnym osobistym ryzykiem, gdyby ją odkryto. Ogarnia mnie fala wdzięczności za jej odwagę.

— Skupmy się na Dr. Gravesie — sugeruję, sprowadzając rozmowę na właściwe tory. — Jakie mamy twarde dowody na jego udział?

Athina wyciąga z plecaka teczkę. — Z pomocą Nadii zdobyłyśmy sprawozdania finansowe, dokumenty — żelazne dowody, że Graves steruje tymi eksperymentami z ukrycia i robi to od samego początku.

Serce przyspiesza, gdy pojmuję implikacje. Ujawnienie go mogłoby zwalić całe Biuro z nóg. Ale nawet to może nie zatrzymać tych nieetycznych eksperymentów.

Nadia chyba czyta moje zawahanie. — Wiem, że martwisz się konsekwencjami — mówi łagodnie. — Ale nie możemy tego dłużej kisić. Stawką są życia.

Athina kiwa głową, a w jej oczach miga gniew. — Jeśli nie zatrzymamy Gravesa, to kto? Mamy wszystko, by go pogrążyć.

— Czekaj — mówię, unosząc dłoń. — Zanim pójdziemy na całość, musimy rozważyć konsekwencje.

— Myślałam, że jesteś z nami, Artemis — unosi brew Nadia.

— Jestem, ale nie pędźmy na łeb, na szyję, zanim wszystkiego nie przemyślimy. — Składam dłonie, próbując uporządkować myśli. — Zrobienie z tego sprawy publicznej niesie ryzyko i musimy je zważyć wobec potencjalnych korzyści.

— Dobrze, to podyskutujmy — mówi Athina, krzyżując ramiona.

— Po pierwsze, ujawnienie tajemnic Biura może wywołać powszechną panikę — zauważam. — Ludzie zrozumieją, że rząd ich okłamywał i prowadził makabryczne eksperymenty na paranormalnych. Mogą wybuchnąć zamieszki, albo coś gorszego.

— Prawda — przyznaje Nadia — ale czy nie lepiej, żeby ludzi znali prawdę? Żeby zrozumieli, co się naprawdę dzieje, i mogli domagać się zmian?

— Może — mówię, przygryzając wargę. — Ale wyobraź sobie strach i nieufność, jakie rozleją się wśród paranormalnych, gdy dowiedzą się, co robi Biuro. To może doprowadzić do jeszcze większego rozłamu między nimi a ludźmi. Czy naprawdę tego chcemy?

— Artemis ma rację — przyznaje Athina. — Może być gorzej, zanim będzie lepiej. Ale z drugiej strony milczenie oznacza pozwolenie Dr. Gravesowi na ciąg dalszy jego pokręconych eksperymentów. Kto wie, ile istnień po drodze zniszczy?

Pocieram skronie, czując, jak przygniata nas ciężar decyzji. — Jeśli wyjdziemy z tym do ludzi, musimy być gotowe na odwet. Biuro nie będzie zachwycone, że pierzemy ich brudy publicznie, rząd też nie. A nie mamy zielonego pojęcia, co zrobi Diana.

— Niech przyjdą — mówi Nadia z zaciekłością. — Już stawałyśmy oko w oko z niebezpieczeństwem i zrobimy to znowu. Nie możemy pozwolić, by strach powstrzymał nas przed zrobieniem tego, co słuszne.

— Poza tym — dodaje Athina — jeśli pokażemy wspólny front i zbierzemy wsparcie innych paranormalnych, być może przetrwamy burzę razem.

— Dobrze — mówię, biorąc głęboki oddech. — Załóżmy, że to ujawnimy. Jak myślicie, jaka będzie reakcja opinii publicznej? Staną po naszej stronie czy łykną rządowe kłamstwa?

— Trudno powiedzieć — przyznaje Athina. — Ale jeśli przedstawimy dowody jasno i przekonująco, ludzie nie będą mieli wyjścia — będą musieli spojrzeć brzydkiej prawdzie w oczy.

— A nawet jeśli nie — upiera się Nadia — przynajmniej będziemy wiedziały, że zrobiłyśmy wszystko, co w naszej mocy, by powstrzymać Dr. Gravesa i Biuro.

Zamykam oczy, ważąc ryzyka wobec potencjalnych zysków. Ujawnienie może uratować życia, ale też pogrążyć nasz świat w chaosie. Decyzja jest ciężka i nie mogę przestać się zastanawiać, czy wybieramy dobrze. — Zanim wpakujemy się po uszy w potencjalną panikę — mówię powoli — zastanówmy się, co się stanie, jeśli nie pójdziemy z tym do ludzi. Musimy zważyć wszystkie opcje.

Nadia i Athina wymieniają spojrzenia, po czym przytakują.

— No dobrze — mówi Nadia, marszcząc czoło. — Jeśli to ukryjemy, rząd bez przeszkód będzie kontynuował swoje potworne eksperymenty. Zginą kolejne osoby, powstaną kolejne potwory.

— Do tego — dorzuca Athina — jest duża szansa, że w końcu odkryją, iż znamy ich brudy. A wtedy ruszą za nami z całym arsenałem. Nie zawahają się usunąć każdego, kto zagrozi ich operacji.

Gryzę wargę, rozważając ich słowa. — Czyli albo ich demaskujemy i ryzykujemy wściekłość tłumów, albo siedzimy cicho i żyjemy w strachu przed obławą?

— Mniej więcej — potwierdza Athina, gorzko.

— Żadna opcja nie jest idealna — przyznaje Nadia, z niepokojem w oczach. — Ale nie możemy siedzieć bezczynnie. Stawką są czyjeś życia.

— Racja — biorę głęboki oddech, próbując się uspokoić. — Słuchajcie, wiem, że upublicznienie tego jest ryzykowne. Ale musimy wziąć pod uwagę długofalowe konsekwencje zaniechania. Jeśli pozwolimy Biuru dalej wykonywać tę obrzydliwą robotę, ile niewinnych osób ucierpi? Ilu paranormalnych zostanie zamienionych w pokręcone, udręczone istoty?

Dłonie drżą mi ze złości, gdy wyobrażam sobie okropieństwa, których dopuścił się Dr. Graves z poplecznikami. — Musimy ich zatrzymać. Bez względu na cenę.

— Artemis, rozumiem twoją pasję — mówi łagodnie Athina, kładąc mi uspokajająco dłoń na ramieniu. — Ale musimy też być ostrożne. Przeciwnik jest potężny i nie stać nas na brawurę.

— Ostrożność jest przereklamowana — mruczy Nadia, krzyżując ramiona. — Ale rozumiem. Musimy podejść do tego z głową.

— Właśnie — przytakuje Athina. — Pomyślmy więc, jak nasze charaktery i motywacje wpływają na tę decyzję.

Artemis, jesteś zajadłą obrończynią, zawsze stawiasz innych przed sobą. Chcesz ocalić jak najwięcej istnień, więc upublicznienie sprawy cię kusi.

— To prawda — przyznaję, a klatka piersiowa ściska mi się pod ciężarem tej odpowiedzialności.

— Tymczasem — ciągnie, zwracając się do Nadii — masz w tym osobisty udział. Eksperymenty Biura zabrały ci wszystko.

— Dlatego — mówi spokojnie Nadia — uważam, że musimy rozważyć każdą opcję bardzo uważnie. Moja telekineza może się przydać przy demaskowaniu Biura, ale też sprawia, że jestem celem. Musimy być gotowe na odwet.

— Racja — kiwam głową, czując, jak ciężar tej decyzji mnie przygniata. — Albo wychodzimy z tym do ludzi i mierzymy się z konsekwencjami wprost, albo milczymy i żyjemy w nieustannym strachu.

— Brzmi jak prawda — mówi ponuro Athina.

Gdy rozglądam się po pokoju, widząc ich twarze — ich strach i determinację — nie mogę nie pomyśleć, że to nasze charaktery doprowadziły nas do tej chwili. Athina, zawsze strateg, stale kalkuluje szanse i rozważa każdy kąt. I Nadia, której wściekłość na Biuro podsyca ogień w jej wnętrzu.

— Nadia — odzywa się Athina, przerywając ciszę — wiem, że Biuro już wcześniej cię skrzywdziło. Twoja złość jest uzasadniona, ale nie pozwól, by mąciła ci osąd.

— Łatwo ci mówić — odcina się Nadia, zaciskając dłonie w pięści. — Możesz być na celowniku, ale tobie nie zabrali wszystkiego.

— Prawda — przyznaje, a jej głos mięknie. — Ale to też znaczy, że mogę podejść do sprawy z chłodną głową. Musimy tu zważyć ryzyka i korzyści.

— Korzyści? — prycha Nadia z niedowierzaniem. — Jakie korzyści? Mówimy o zdemaskowaniu rządu i możliwym wywołaniu masowej paniki. Naprawdę warto?

— Może tak, jeśli to powstrzyma Biuro przed krzywdzeniem kolejnych osób — odpowiadam, czując, jak w piersi rośnie gorąco. — Pomyśl o tych wszystkich niewinnych paranormalnych uwięzionych w ich szponach.

— Dość! — Nadia unosi dłoń, a jej telekineza podrywa z blatu pusty kubek po kawie jak ostrzeżenie. — Nic nie osiągniemy, kłócąc się w ten sposób.

— Dobrze — mamroczę przez zaciśnięte zęby, zmuszając się do głębokiego oddechu. — To co proponujesz?

— Wypiszmy możliwe konsekwencje, po kolei — proponuje. — Jeśli upublicznimy sprawę i przyjmiemy ciosy na klatę, może uratujemy jakieś życia. Ale ryzykujemy też obnażeniem naszych sekretów i ściągnięciem na siebie rządowego odwetu.

— Racja — zgadzam się, a żołądek skręca mi się w supeł na myśl o wadze tej decyzji.

— Albo — wtrąca Athina, ramiona skrzyżowane obronnie — milczymy, unikamy natychmiastowych reperkusji, ale żyjemy ze świadomością, że mogłyśmy coś zrobić, by zatrzymać okrucieństwa Biura.

— Dokładnie — kiwa głową Nadia, szukając w moich oczach zrozumienia. — Musimy zdecydować, czy jesteśmy gotowe zaryzykować wszystko dla szansy na sprawiedliwość, czy wolimy ocalić własne bezpieczeństwo kosztem sumienia.

— Boże, kiedy tak to ujmujesz... — urywam, czując ogrom wyboru, który przed nami stoi.

— Wiem, że to niełatwe — mówi Athina, zaskakująco łagodnie. — Ale nie możemy pozwolić, by strach dyktował nam działania. Cokolwiek wybierzemy, musimy mieć pewność, że to właściwa droga.

— Zgoda — dodaje Nadia, ze stałym, niewzruszonym spojrzeniem. — Dajmy sobie czas, żeby to przemyśleć. Jutro w zupełności wystarczy na podjęcie decyzji.

Gdy się rozchodzimy, umysł galopuje mi po możliwościach, każda straszniejsza od poprzedniej. Ale jedno jest jasne: cokolwiek wybierzemy, nasze życie już nigdy nie będzie takie samo.

Serce bije mi ciężko w piersi, gdy spotykamy się następnej nocy, każda z nas przygnieciona wagą tej decyzji. Oczy Athiny są czerwone na brzegach, szczęka zaciśnięta; Nadia stoi ze skrzyżowanymi ramionami, a za jej spojrzeniem kłębi się cicha burza.

— Dobra — zaczynam, czując, jak napięcie wisi w powietrzu. — Miałyśmy trochę czasu, by to przemyśleć. Gdzie stoimy?

— Upublicznienie może zmienić wszystko dla paranormalnych, na lepsze albo na gorsze — mówi Athina niepewnie, a jej głos lekko drży. — Ale może też dać nam szansę, by obnażyć korupcję Biura i zawalczyć o sprawiedliwość.

— Prawda — wtrąca Nadia, marszcząc brwi. — Ale co, jeśli nasze działania tylko umocnią strach ludzi przed nami? Co, jeśli wyrządzimy więcej szkody niż pożytku?

Wypuszczam powietrze, frustracja narasta. — Jeśli nic nie zrobimy, pozwolimy Biuru kontynuować ich pokręcone eksperymenty. Tu nie chodzi tylko o nas — chodzi o każdego paranormalnego, którego dręczyli, i o tych, których dopiero wybiorą na cel.

Athina kiwa głową, a jej determinacja twardnieje. — Masz rację. Nie możemy pozwolić, by rządził nami strach. Musimy zająć stanowisko.

— Zajęcie stanowiska może oznaczać utratę wszystkiego — ostrzega Nadia, a jej zielone oczy ciemnieją od troski. —

Naszego życia, naszych bliskich... Jesteście gotowe na takie ryzyko?

— A ty? — odcinam się ostrzej, niż zamierzałam. Nadia wyraźnie się cofa, ale milczy.

— Słuchaj — wzdycham, próbując poskromić gniew. — To nie jest łatwy wybór, ale musimy go podjąć razem. Jeśli to upublicznimy, dla żadnej z nas nic już nie będzie takie samo. Ale może, tylko może, zrobimy różnicę.

Zapada cisza, każda z nas tonie we własnych myślach. Dosłownie czuję, jak ciężar tej decyzji nas przygniata, grożąc zmiażdżeniem.

— Dobrze — w końcu odzywa się Nadia, głosem cichym i równym. — Zróbmy to. Wyjdźmy z tym do ludzi.

— Jesteś pewna? — pyta łagodnie Athina, szukając na twarzy Nadii choć cienia wahania.

— Nic nie jest pewne — odpowiada Nadia z małym, ale stanowczym uśmiechem. — Ale skoro mamy stanąć do walki, musimy zrobić to razem. Jesteśmy to winne sobie i tym, którzy nie mieli szansy się bronić.

— W takim razie postanowione — mówię, czując, jak spływa na mnie dziwna mieszanina grozy i ulgi. — Ujawniamy Biuro i ich zbrodnie, bez względu na wszystko.

— Obyśmy tego nie pożałowały — mruczy ponuro Athina, ale ogień w jej oczach mówi mi, że jest gotowa na wszystko, co nadejdzie.

— Albo zginiemy, próbując — dodaję z pozbawionym wesołości parsknięciem, z sercem ciężkim, lecz zdecydowanym. Gdy ruszamy z planem do przodu, jedno jest jasne: przekroczyłyśmy punkt bez powrotu i nie sposób przewidzieć, co czeka nas po drugiej stronie.

ROZDZIAŁ DWUDZIESTY

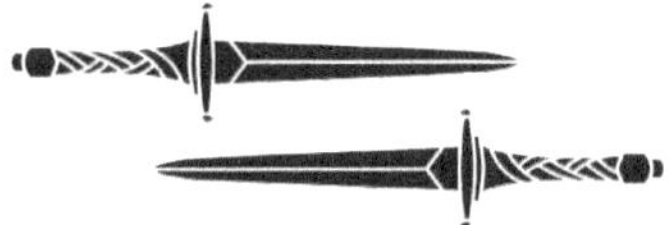

— BĘDĘ TUTAJ TWARZĄ, oznajmiam z determinacją. — Rozłożymy Bureau od środka.

— To niebezpieczne, Artemis — mówi Athina, w oczach troska.

— Jasne, że niebezpieczne — odcinam się ostro. — Ale konieczne, jeśli chcemy zatrzymać ich eksperymenty.

Athina i Nadia wymieniają niespokojne spojrzenia.

— Artemis ma rację. Potrzebujemy wsparcia kogoś wysoko postawionego, żeby rozmontować Bureau — mówi w końcu Nadia.

Kiwnę głową. — Ustalmy spotkanie z wysokim urzędnikiem rządowym w bezpiecznym miejscu. Ten plan zostaje między nami.

— Mam kontakty, które mogą pomóc — oferuje Athina. — Daj, że wykonam kilka telefonów.

Krążę po pokoju, obcasy stukają o beton, a myśli pędzą. Bureau musi zapłacić za to, co zrobiło. Za wszystkich, których skrzywdzili.

Athina kończy ściszoną rozmowę. — Załatwiłam ci spotkanie na jutro wieczorem, w tajnej lokalizacji — melduje.

— Dobrze. Oby okazali się sojusznikami. — Zaciskam pięści.

— Artemis, uważaj, komu ufasz — ostrzega Nadia.

— Zaufaj mi, nikomu nie ufam — odpowiadam ponuro.

Opracowujemy strategię na spotkanie. Athina sugeruje, żeby to dr Kastler poszedł ze mną, by przedstawić zebrane przez nas dowody naukowe. Choć niechętnie angażuję kogoś jeszcze, zgadzam się, że fachowa wiedza Malcolma może pomóc przekonać urzędnika.

— Na pewno chcesz to zrobić? — pyta Nadia, gdy kończymy przygotowania.

Patrzę jej prosto w oczy. — Jestem pewna. Zrobimy wszystko, żeby ujawnić okrucieństwa Bureau.

Troska przyjaciół wzrusza, ale to mój ciężar do niesienia. Jutro stanę twarzą w twarz z rządem, który pozwolił, by do tego doszło.

I zrobię wszystko, co trzeba, żeby zmusili ich do odpokutowania grzechów. Bureau upadnie, bez względu na cenę.

◆

Gmach rządowy majaczy przed nami — zimny, przytłaczający, jakby odbijał naturę biurokratów, których mieści. Poprawiam czerwoną skórzaną kurtkę, czując znajomy ciężar ukrytej broni przy ciele. Malcolm stoi obok, jego fioletowe oczy spokojnie lustrują otoczenie.

— Gotowa? — pyta, głosem jak zwykle zdystansowanym.

— Do dzieła — odpowiadam, a wewnątrz mnie postanowienie twardnieje jak stal.

Przemierzamy sterylne korytarze, nozdrza wypełnia delikatna woń środka dezynfekcyjnego i wypolerowanego drewna. Stukot moich butów odbija się echem w pustych przejściach, ale prawie go nie słyszę. Myśli skupiam na zadaniu — zdemaskować Bureau jako potwory, którymi naprawdę są.

W końcu docieramy do niepozornych drzwi strzeżonych przez dwóch mężczyzn w czarnych garniturach o surowych twarzach. Skinieniem nas witają, ich oczy nie zdradzają nic. Malcolm odpowiada im krótkim skinieniem i otwierają drzwi, odsłaniając przyciemnione pomieszczenie. Przestrzeń dominuje długi drewniany stół, a na jego szczycie siedzi wysoki rangą urzędnik państwowy.

— Pani Blackwell, dr Kastler — wita nas urzędnik, głosem gładkim i wyćwiczonym. — Proszę, niech państwo usiądą.

Siadam naprzeciw niego, nie spuszczając z niego wzroku. Wygląda na godnego zaufania mniej więcej jak żmija w trawie. Cóż, tacy są politycy.

— Dziękujemy, że spotkał się Pan z nami — zaczyna Malcolm, ważąc słowa. — Przyszliśmy dziś, bo niedawno odkryliśmy niepokojące informacje o Bureau for Paranormal Affairs.

— Niepokojące? — unosi brew, udając zaskoczenie. — W jakim sensie?

— Zamiast chronić i wspierać istoty paranormalne, Bureau prowadziło potworne eksperymenty — wcinam się z pogardą w głosie. — Tworząc hybrydy ludzi i istot paranormalnych — potwory.

Twarz urzędnika pozostaje starannie neutralna, ale w jego oczach coś miga. Strach? Wstręt? Z takimi ludźmi trudno powiedzieć.

— Oczywiście nie mogliśmy pozwolić, żeby to trwało — ciągnie Malcolm. — Wzięliśmy więc sprawy w swoje ręce i zaczęliśmy zbierać dowody przeciwko Bureau.

— I tu wchodzi Pan do gry — dodaję, pochylając się. — Potrzebujemy Pana pomocy i pomocy każdego w rządzie, kto będzie gotów wystąpić przeciwko Bureau.

— Oczywiście — odpowiada urzędnik jedwabiście, aż nadto nieszczerym tonem. — Muszę jednak ostrzec — wystąpienie przeciwko Bureau to nie błahostka. Mają potężnych przyjaciół i niemal nieograniczone zasoby.

— Proszę mi wierzyć, doskonale zdajemy sobie z tego sprawę — warczę, gniew wybucha. — Dlatego uruchomiliśmy zabezpieczenia. Jeśli cokolwiek stanie się nam lub naszym sojusznikom, zebrane informacje zostaną ujawnione opinii publicznej.

— Taka, jeśli Pan chce, polisa ubezpieczeniowa — wyjaśnia Malcolm niewzruszonym spojrzeniem. — Zrobimy wszystko, żeby chronić siebie i tych, którzy stoją po naszej stronie.

Urzędnik odchyla się na krześle, twarz nie do odczytania. Powietrze w pokoju gęstnieje od napięcia, czekamy na jego odpowiedź.

— Pozwólcie, że się upewnię, czy dobrze państwa rozumiem — odzywa się wreszcie lodowatym tonem. — Grożą państwo ujawnieniem tych obciążających materiałów, jeśli dr Graves nie zostanie usunięty ze stanowiska, a Bureau nie zostanie oczyszczone?

— Dokładnie tak — odpowiadam, głosem równym mimo dudnienia serca. — Zbyt wiele niewinnych istnień zniszczyły ich spaczone eksperymenty. Nie będziemy stać z założonymi rękami.

Malcolm potakuje, jego fioletowe oczy nie odrywają się od twarzy urzędnika. — Mamy szczegółowe zapisy ich okrucieństw. Jeśli nie zobaczymy realnych zmian, dopilnujemy, żeby wszyscy poznali prawdę.

Urzędnik zdaje się rozważać nasze słowa, jego wzrok sunie po nas jak jastrząb oceniający zdobycz. Zaciska szczękę, ramiona napinają mu się ledwie dostrzegalnie —

widać, że nasze ultimatum trafiło w czuły punkt. Czy ze strachu, czy z gniewu — nie potrafię stwierdzić.

Oczy urzędnika zwężają się, splata palce w wieżyczkę, uważnie nas taksując. — Dobrze — mówi ostrożnie — omówię państwa żądania z kolegami, ale nie mogę zagwarantować odwołania Gravesa. Możemy jednak zgodzić się na zewnętrzne dochodzenie praktyk Bureau, prowadzone przez niezależny podmiot.

— W porządku — odpowiadam, starając się trzymać głos w ryzach. To nie wszystko, czego chcieliśmy, ale to początek. — Ale jeśli to śledztwo nie przyniesie rezultatów, ujawniamy wszystko.

— Zgoda — mówi krótko, skinąwszy głową. — A teraz, jeśli państwo pozwolą, mam inne sprawy do załatwienia. — Wstaje, dając znak, że spotkanie dobiegło końca.

Wymieniamy z Malcolmem spojrzenia, gdy wychodzimy z gabinetu. Widzę w jego oczach tę samą determinację, która płonie we mnie. Bez względu na wszystko, ochronimy naszych przyjaciół i ujawnimy prawdę o spaczonej działalności eksperymentalnej Bureau.

— Dobra, plan jest taki — mówię, gdy jesteśmy już z dala od gmachu rządowego. — Musimy utworzyć bezpieczne kryjówki dla naszych sojuszników — miejsca, gdzie będą mogli się schować, jeśli Bureau ruszy za nimi.

— Brzmi sensownie — zgadza się Malcolm. — Potrzebujemy też ludzi wewnątrz, którzy będą nam przekazywać informacje o ruchach Bureau.

— Dokładnie — przytakuję, w myślach przeglądając kontakty i zasoby. — Odezwiemy się do każdego, komu ufamy. Potrzebujemy oczu i uszu wszędzie.

— Artemis — zaczyna Malcolm, na twarzy maluje mu się troska — jesteś pewna? To namaluje nam na plecach ogromny cel.

— Wiem — przyznaję, zaciskając pięści. — Ale nie możemy pozwolić, żeby Bureau dalej krzywdziło niewinnych. Coś musi się zmienić, a jeśli nie my, to kto?

— Jasne, że tak — mówi z determinacją. — Do roboty.

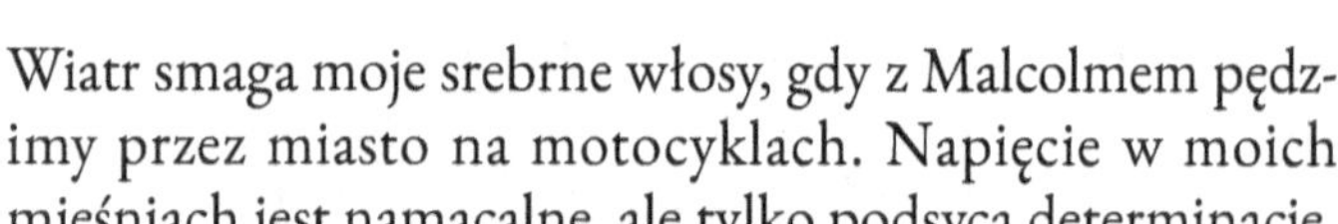

Wiatr smaga moje srebrne włosy, gdy z Malcolmem pędzimy przez miasto na motocyklach. Napięcie w moich mięśniach jest namacalne, ale tylko podsyca determinację, by za wszelką cenę chronić przyjaciół.

— Dobra — krzyczę ponad ryk silników, gdy jesteśmy już z dala od ciekawskich uszu. — Musimy stworzyć nowe kryjówki — miejsca, gdzie nasi sojusznicy się ukryją, jeśli Bureau ruszy im tropem.

— Brzmi dobrze — odkrzykuje Malcolm, zerkając na mnie przez ramię. — I potrzebujemy ludzi wewnątrz, którzy będą dostarczać nam informacje.

— Dokładnie — mówię, już w myślach przewijając listę kontaktów. — Odzywamy się do każdego, komu ufamy. Oczy i uszy wszędzie.

— Artemis — głos Malcolma jest napięty niepokojem. — Wiesz, że to wymaluje nam na plecach ogromny cel, prawda?

— Jeszcze większy? — odpowiadam z zaciśniętą szczęką. — Ale jeśli nie stawimy czoła Bureau, to kto?

— To my kontra cały świat — mówi z uśmiechem, który nie sięga oczu.

— Inaczej bym nie chciała.

Wracamy do bazy, a napięcie w powietrzu jest tak gęste, że można by je kroić jednym z moich noży. Nasi przyjaciele rozproszeni po sali, z niepokojem wypisanym na twarzach, czekają na wieści.

— Dobra, słuchajcie — obwieszczam, ucinając nerwowy gwar. — Mamy plan.

— Najwyższa pora — mruczy Declan, z ramionami skrzyżowanymi na piersi. Cała jego postawa krzyczy defensywą, ale widzę w jego oczach niepokój. Nie podobało mu się, że poszłam na spotkanie tylko z Malcolmem, ale jego jaguar jest teraz zbyt nieprzewidywalny. Nie mogliśmy ryzykować przemiany przed urzędnikiem.

— Malcolm i ja zakładamy nowe kryjówki — wyjaśniam, przechadzając się. — Miejsca, gdzie możecie się schować, jeśli Bureau zacznie węszyć.

— Świetnie, czyli my mamy siedzieć i czekać, podczas gdy wy dwoje bawicie się w superbohaterów? — prycha Sapphire, jej elektrycznoniebieskie oczy błyskają.

— Hej, śmiało, możesz sama pójść na Bureau, jeśli masz ochotę — odcinam się, cierpliwość mi się kończy. — Ale na razie to nasza najlepsza szansa, żeby wszystkich utrzymać w bezpieczeństwie.

Zapada cisza, ciężar naszej kruchej sytuacji osiada na każdym z nas. Niepewność, niebezpieczeństwo, nadnaturalne — wybuchowy koktajl, do którego przywykliśmy, ale wciąż zostawia w ustach gorycz.

— Dobra — mówi w końcu Sapphire, z założonymi rękami i zmarszczonym czołem. — Czego od nas potrzebujesz?

— Zaufania — odpowiadam po prostu. — I kontaktów, które pomogą nam mieć oko na ruchy Bureau.

— Bierzmy się do roboty — mówi stanowczo Declan, a ja jestem wdzięczna za jego lojalność. — Stoimy za tobą, Artemis.

— Dobrze — kiwam głową. — Bo będziemy potrzebować każdej kropli siły, żeby to przeprowadzić.

Ściany bazy jakby się do nas zbliżały, gdy do sali wraca Athina, z poważnymi oczami i ustami zaciśniętymi w cienką linię. Wygląda, jakby postarzała się o kolejną dekadę w kilka minut.

— Artemis — zaczyna, głosem napiętym. — Śledziłam komunikację do Bureau. Wiedzą dokładnie, co dziś na tym spotkaniu padło.

— Zaraz, co? — pytam, serce mi podskakuje. — Jesteś pewna?

— Na sto procent — odpowiada Athina, wyciągając małe urządzenie, które wyświetla holograficzny ekran pełen przechwyconych wiadomości i znaczników czasu. Nic dziwnego, że Graves wplątał się we własną sieć kłamstw.

— Cholera — mamroczę, czytając wiadomości. Świerzbią mnie palce, żeby udusić drania, który nas zdradził. — Co teraz robimy?

— Po pierwsze, bez paniki — mówi Athina, choć oczy zdradzają jej własny niepokój. — Teraz mamy dowody, co jest zarazem niebezpieczne i potężne. Musimy wymyślić, jak to obrócić na naszą korzyść.

— Jasne — wtrąca się Declan, próbując brzmieć pewnie, ale marnie mu to wychodzi. — Da się z tym pracować.

— Naprawdę? — pyta Sapphire jadowicie. — Bo wygląda na to, że tylko wkopujemy się głębiej w kłopoty.

— Słuchajcie, wiedzieliśmy, że łatwo nie będzie — warknę, cierpliwość mi się kończy. — Ale musimy iść naprzód. Stawka jest zbyt wysoka.

— Zgoda — mówi Malcolm, robiąc krok naprzód. — Znajdziemy sposób, żeby to obrócić na naszą korzyść. Ale najpierw musimy się upewnić, że wszyscy są bezpieczni.

— Dobra — kiwam głową. — Wracamy do planu. Zajmiemy się Gravesem, kiedy przyjdzie pora.

Gdy omawiamy kolejne kroki, nie mogę się pozbyć wrażenia, że ktoś nas obserwuje. Ta myśl wierci mi się w głowie jak robak. Odsuwam jednak to na bok, skupiając się na zadaniu.

— Dobra, przelecimy to jeszcze raz — mówi Athina, marszcząc brwi i korygując projekcję naszego planu. — Upewnijmy się, że każdy zna swoją rolę.

— Jasne — odpowiada Declan, wpatrzony w holograficzny ekran.

— Ja też — dodaje Sapphire, z założonymi rękami, wyzywająco.

Nadia tylko milczy i kiwa głową.

— Dobrze — mówi Malcolm, omiatając wzrokiem pokój. — Do dzieła.

Nagle krzyk dochodzący skądś z wnętrza bazy zamraża nas w bezruchu.

— Spokój — szepcze Athina, ale słyszę w jej głosie trwogę. — To może nic nie znaczyć.

— Albo znaczyć wszystko — odpowiadam, serce wali mi w piersi. — Tak czy inaczej, zaraz się przekonamy.

W ciszy czuję, jak chłód strachu wpełza we mnie, oplatając jak zimny, mokry koc. I gdy sekundy mijają, wiem, że cokolwiek nastąpi, zmieni wszystko.

ROZDZIAŁ DWUDZIESTY PIERWSZY

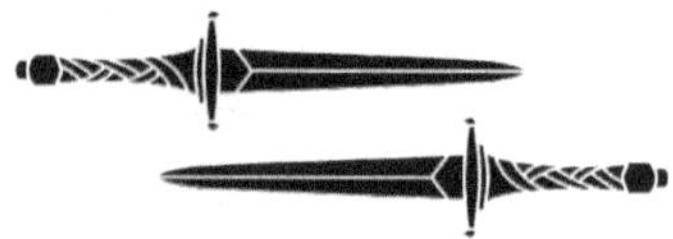

TĘ NAPIĘTĄ CISZĘ ROZTRZASKUJE Garnet, gdy wpada do pokoju, oczy rozszerzone w ledwo powściąganej panice.

— Mamy poważny problem — oznajmia, dysząc ciężko, próbując złapać oddech.

Powstrzymuję się od przewrócenia oczami. — Kłopoty? Dla nas? No proszę, to dopiero zaskakujący zwrot akcji — cedzę z udawaną obojętnością, choć przez ciało przebiega mi ostry skok niepokoju. Ostatnio nasze życie miota się od jednego kryzysu do następnego.

Garnet posyła mi rozżarzone spojrzenie, najwyraźniej nie doceniając mojego kpienia. — To nie czas na żarty, Artemis. Właśnie przechwyciłam informacje, którymi musimy zająć się natychmiast.

Trzeźwieję w sekundę, puls przyspiesza jak oszalały. Garnet nie łatwo przestraszyć. Skoro jest tak wstrząśnięta, musi być źle. — Co to takiego? Czego się dowiedziałaś? — pytam gorączkowo, skóra aż mnie swędzi z niepokoju.

Bierze głęboki oddech, zbierając się, zanim zada cios. — Biuro planuje ogromny, wyprzedzający atak na nas. I to wkrótce. Staliśmy się dla nich zbyt dużym zagrożeniem, żeby nas dłużej tolerować.

Serce zapada mi się w żołądku, a dłonie same zaciskają się w pięści. Niech diabli wezmą tych sadystycznych drani. Wiedzieliśmy, że ten rachunek nadejdzie, ale miałam nadzieję, że zyskamy choć odrobinę czasu. Czas, by zebrać dość obciążających dowodów i raz na zawsze ujawnić światu haniebne eksperymenty Biura nad paranormalnymi hybrydami.

Zmuszam się, by stłumić gniew i strach. Potrzebujemy działania, nie histerii. — Jakie mamy opcje? Uciekamy czy próbujemy ich uprzedzić? — pytam krótko.

Garnet kręci głową, ze zmęczeniem pociera kark. — Ucieczka nas nie uratuje, nie przed zasięgiem Biura. I nie mamy zasobów, żeby na czas przechwycić atak tej skali. — Wzdycha ciężko i widzę, jak przygniata ją ciężar tego zagrożenia.

— Została nam jedna karta do zagrania — wtrąca spokojnie Athina. Czuję irracjonalny przypływ irytacji na jej opanowanie, choć jej stała obecność pomaga mi uspokoić roztrzęsione nerwy. Przypominam sobie, że to do niej przyszliśmy po pomoc. Jak dotąd okazała się godna zaufania.

— No to nie trzymaj nas w niepewności — syczę ostrzej, niż zamierzałam. — Jaki to cudowny plan?

Athina nie reaguje na mój kąśliwy ton, tylko splata dłonie przed sobą na blacie. — Odbierzemy Biuru atuty. Sami pierwsi ujawnimy ich zbrodnie.

Odchylam się lekko, zaskoczona. — Wyjść do ludzi? Ujawnimy wszystko, co dotąd odkryliśmy o eksperymentach na hybrydach i wymuszonych mutacjach?

Kuszące, bez dwóch zdań. Wysadzić całą tę plugawą zmowę w powietrze i niech Biuro próbuje wyślizgać się z tego koszmaru wizerunkowego. Ale to też niewyobrażalne ryzyko — dla nas i dla stabilności kraju. Jeśli obnażymy tajemnice państwowe tej rangi, skutki mogą być apokaliptyczne.

Wracam myślami do tu i teraz i widzę, że Athina cierpliwie mi się przygląda, najwyraźniej śledząc moje gorączkowe kalkulacje. — No i? — ponagla. — Co o tym myślisz?

— To cholernie ryzykowna zagrywka — przyznaję powoli. — Ale szczerze? Nie jestem pewna, czy zostało nam cokolwiek lepszego. — Zwracam się do Declana. — Myśli?

Przeciąga dłonią po wiecznie potarganych włosach, zastanawiając się. — To wrzuci wszystko w chaos, bez dwóch zdań — mówi w końcu. — Ale może to nasza jedyna szansa, by powstrzymać ich przed skrzywdzeniem kolejnych niewinnych. — Jego piwne oczy spotykają moje, odbijając mój własny mętlik. — Nie sądzę, żebyśmy mogli dalej grać bezpiecznie. Czas naprawdę wstrząsnąć tym systemem.

Reszta dorzuca swoje uwagi, rozbieramy tę chybotliwą propozycję na czynniki pierwsze, kłócąc się do późna w noc. Lecz ostatecznie dochodzimy do tego samego ponurego wniosku: jedynym sposobem, by zatrzymać nadciągającą katastrofę, jest najpierw odpalić jeszcze większą — na naszych warunkach.

Gdy pomarańczowe macki świtu pełzną po horyzoncie, ścieżka naprzód jest jasna — i przerażająca. Athina uruchamia swoje szyfrowane centrum danych, a ja przekartkowuję palcem obciążające pliki cyfrowe, które skopiowaliśmy, z sercem w gardle. Tyle żyć nieodwracalnie zniszczonych — i to tylko te, o których wiemy. Jak możemy milczeć choć sekundę dłużej?

Wsuwam na głowę zestaw słuchawkowy, zbierając się w sobie. — Gotowy zrobić niezłą zadymę? — pytam Declana z wymuszoną lekkością.

Obdarza mnie napiętym uśmiechem, nasze spojrzenia spotykają się w cichej zgodzie co do tego, co trzeba zrobić. — Spalmy ten cały skorumpowany system do gołej ziemi.

Równocześnie uruchamiamy zrzut informacji, wyrzucając starannie zebrane dowody wszędzie, dokąd tylko mamy dostęp — przez każde medium i kanał mrocznej sieci. Przez kilka męczących minut tylko patrzymy, jak paski postępu żmudnie posuwają się naprzód, wstrzymując wspólnie oddech.

— Teraz już nie ma odwrotu — mruczy posępnie Athina, a jej okulary odbijają sterylną poświatę ekranu. W jej oczach nie ma cienia satysfakcji z destrukcyjnej siły, jaką właśnie uwolniliśmy — tylko zmęczony żal. Ale to nasz ponury ciężar.

— To co teraz? — pyta Garnet, głos napięty, wyrażając to, co wszyscy mamy w głowach.

Prostuję się, nie pozwalając sobie na słabość. — Teraz szykujemy się, by przetrwać huragan, który właśnie zrodziliśmy. I modlimy się, żeby nasi moralnie zbankrutowani przywódcy nie wyślizgali się z tego jak zwykle.

Ramię Declana muska moje, a ja wdzięcznie się o nie opieram, wzmocniona jego solidną obecnością. — Cokolwiek będzie dalej, stawimy temu czoła — przyrzeka, a jego piwne oczy płoną przekonaniem.

Kurczowo trzymam się tej obietnicy, gdy nasz odliczający do zagłady zegar tyka, wiedząc, że cokolwiek nas czeka, przynajmniej stawimy nadchodzącej pożodze czoła razem.

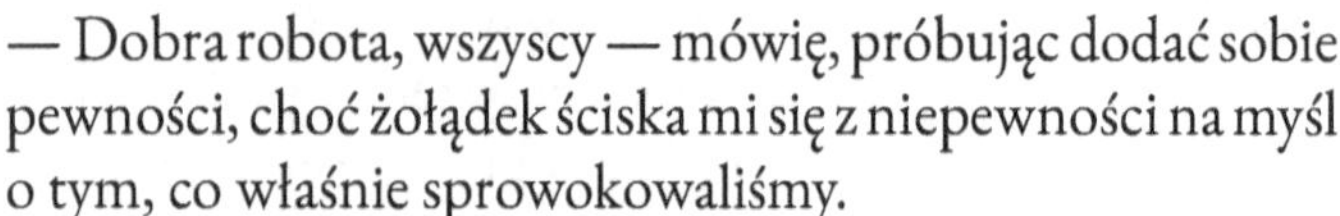

— Dobra robota, wszyscy — mówię, próbując dodać sobie pewności, choć żołądek ściska mi się z niepewności na myśl o tym, co właśnie sprowokowaliśmy.

Athina uśmiecha się do mnie, ocierając pot z czoła. — Z podziękami jeszcze się wstrzymaj. Czeka nas piekielna walka choćby o to, żeby Biuro nie zdławiło tego wszystkiego do końca.

— A propos — wtrąca ponuro Declan, zerkając mi przez ramię na jeden z ekranów. — Wygląda na to, że odkręcanie już ruszyło. Kręcą, ile wlezie, we wszystkich wiadomościach.

Zerkam na transmisję akurat w momencie, gdy ich rzecznik z zacięciem zaprzecza oskarżeniom mimo druzgocących dowodów. Wargi wykrzywiają mi się z odrazy.

Athina wydaje z siebie dźwięk frustracji, krzyżując ręce gniewnie na piersi. — Oczywiście, że tak, skurczybyki. Jakby ktokolwiek z odrobiną rozumu miał łyknąć ich marne wykręty po tym, co wylały na świat nasze dowody.

— Żałosne — prycha Nadia, piwne oczy płoną. — Kłamią dalej, choć złapaliśmy ich za rękę. Nie mogę uwierzyć, że kiedyś uważałam pracę dla nich za coś szlachetnego. — Potrząsa głową, twarz twardnieje pogardą.

Kiwnięciem potwierdzam, puls przyspiesza, gdy śledzę erupcję chaosu na platformach społecznościowych i w serwisach informacyjnych. — Obserwujcie wszystko z bliska — polecam zespołowi. — Musimy dokładnie widzieć reakcję opinii publicznej i szybko odpowiadać, żeby kontrować wymijanki Biura.

Dłonie mimowolnie zaciskają mi się w pięści przy bokach. — I przygotujcie się na najgorsze — dodaję ponuro. — Biuro ma praktycznie nieograniczone zasoby i nie spocznie, dopóki całkiem nas nie zdyskredytuje i nie pogrzebie prawdy na amen. Sama myśl, że mogą umknąć sprawiedliwości, gotuje we mnie krew.

— Niech spróbują — prycha wyzywająco Declan, podwijając rękawy i odsłaniając tatuaże wijące się po umięśnionych przedramionach. — Mamy w zanadrzu kilka niespodzianek, jeśli znów zechcą się z nami szarpać.

— Nadmierna pewność siebie zabija szybciej niż cokolwiek innego, Declanie — upominam go ostro, choć sama chciałabym podzielać jego zuchwałą gotowość. Wzroku nie odrywam od ekranów, zahipnotyzowana chaosem, jaki wypuściliśmy na świat. Jakby rozchlapać benzynę na tlący się żar. Niech ten pożar do cna wypali zgniliznę, proszę w duchu.

Przez cienkie ściany piwnicy przesącza się wściekły ryk zgromadzonego tłumu, przerywany piskiem opon i wyciem syren. Puls mi tłucze, gdy oglądam na żywo nagrania z protestów — masy ludzi zalewają siedzibę Biura i główne ośrodki, żądając rozliczeń i reform. Gniew ludzi po ujawnieniu eksperymentów daje iskrę nadziei.

— Spójrz tylko na tę frekwencję — mówi Athina, oczy jej rozszerzają się ze zdumienia i podziwu na widok puchnących szeregów. — Organizują nawet marsz na stolicę!

— Dobrze — odpowiadam jadowicie, czując, jak we mnie rozbłyska dzika satysfakcja. — Najwyższa pora, żeby ludzie podnieśli głowy i zaczęli kwestionować ukochane Biuro po tych okropnościach, które ujawniliśmy.

— Słuchajcie, nie chcę psuć nastroju, ale musimy stąd natychmiast zmykać — wtrąca nagle Nadia. — Biuro będzie żądne krwi, a to będzie jedno z pierwszych miejsc, których poszukają, kiedy odzyskają równowagę.

Waham się, niechętnie porzucając centrum danych, nad którym tak ciężko pracowaliśmy. Ale wiem, że Nadia ma rację. Rozjuszyliśmy gniazdo szerszeni i teraz tkwienie w jednym miejscu to proszenie się o śmierć.

— Cholera. Dobra, bierzcie plecaki ewakuacyjne — rzucam krótko. — Rozdzielimy się i przycichniemy każde z osobna, dopóki to trochę nie przyschnie. — Myśli pędzą jak szalone, próbuję przewidzieć kolejne ruchy Biura, nawet gdy niechętnie odwracam się, by wykonać własne polecenia.

— Artemis, czekaj — woła Athina, zatrzymując mnie, zanim zdążę odejść. Na jej czole rysuje się troska. — Jesteś absolutnie pewna, że to jedyna droga? Kiedy się rozproszymy, nie będzie już odwrotu.

Krzywię się, chciałabym ją jakoś pocieszyć. Ale teraz już się zobowiązaliśmy — na dobre i na złe. — Uwierz, odwrotu nie było już w sekundzie, gdy kliknęłam „wyślij" przy tym zrzucie danych — mówię bez ogródek. — A teraz ruszajmy, zanim nas namierzą.

Zabieramy najpotrzebniejsze rzeczy szybkimi, wyćwiczonymi ruchami, po czym rozpraszamy się w różnych kierunkach, w chaos miasta. Ściska mi się pierś, gdy patrzę, jak znikają, i zastanawiam się, czy to koniec Obsidian Circle, która stała się moją rodziną. Rodziną, którą teraz rozwiał wiatr przez moje własne decyzje.

Dłoń Declana zaciska się na moim nadgarstku — mocno, lecz delikatnie — wyrywając mnie z wiru żalu. — Trzymamy się razem, bez względu na wszystko — przypomina mi uroczyście. I mimo wszystko we mnie roznieca się nikła iskra nadziei. Z Declanem u boku przetrwam każdy nadchodzący sztorm.

Narzucam kaptur na swoje charakterystyczne srebrne włosy, odwracam się od przeszłości i robię krok w niepewną przyszłość. Ale tym razem nie będę stawiać jej czoła sama. — Zniknijmy — szepczę. I razem rozpływamy się w chaotycznym mieście oraz w nieopisanym jeszcze przeznaczeniu, które tylko my możemy ukształtować.

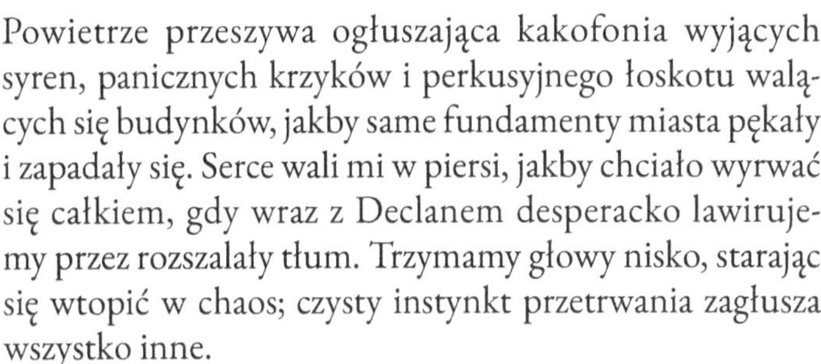

Powietrze przeszywa ogłuszająca kakofonia wyjących syren, panicznych krzyków i perkusyjnego łoskotu walących się budynków, jakby same fundamenty miasta pękały i zapadały się. Serce wali mi w piersi, jakby chciało wyrwać się całkiem, gdy wraz z Declanem desperacko lawirujemy przez rozszalały tłum. Trzymamy głowy nisko, starając się wtopić w chaos; czysty instynkt przetrwania zagłusza wszystko inne.

Ostry posmak dymu pali mnie w gardle z każdym gwałtownym wdechem. Czuję, jakby świat się kończył, a życie, które znaliśmy jeszcze kilka godzin temu, rozsypywało się w popiół i utraconą niewinność.

Dłoń Declana zaciska się na moim nadgarstku żelaznym uchwytem, ściągając mnie w opustoszałą alejkę. Z piersi wyrzuca poszarpany oddech: — Nie możemy tak dalej biec na oślep, Artemis. Musimy zejść z ulicy i znaleźć prawdziwą kryjówkę, zanim nas namierzą.

— Myślisz, że o tym nie wiem? — odszczekuję gorąco, wyszarpując ramię. Ale wiem, że gniew i strach kipią przeciwko okolicznościom, nie jemu. On spotyka moje rozbiegane spojrzenie ze spokojem — jak przystań wśród sztormu.

Zmuszam się do powolnego wdechu, wypuszczam powietrze drżąco. — Ale gdzie? Przypomnę ci, że jesteśmy teraz ściganymi zbiegami. Nie możemy po prostu zarezerwować motelu i się położyć. — Słowa ledwie schodzą mi z ust, a zmęczenie wali we mnie jak młot.

Declan omiata wzrokiem posępną ulicę, szczękę ma zaciśniętą. Potem wskazuje na walący się magazyn majaczący na końcu bloku. — Tam. Lepsze to niż sterczenie na otwartym. Zaszyjemy się w środku i pomyślimy, chociaż przez chwilę.

Ramiona opadają mi w rezygnacji i kiwam bez słowa, zbyt wyczerpana, by się spierać. Gdy zbliżamy się do opuszczonego budynku, próbuję zignorować złowróżbne skręcenie w żołądku. Zapach pleśni, zgnilizny i nieszczęścia jakby wsiąkł w same cegły. Ale Declan ma rację — to nasza najlepsza szansa, by zniknąć z ulic i się przegrupować.

Wślizgujemy się do chylącej się konstrukcji, a ciemność połyka nas niczym paszcza wielkiego potwora. Przez zasmolone szyby przesącza się przytłumiony dźwięk syren i okrzyków protestujących — przypomnienie gwałtownych starć i chaosu, które sprowadziliśmy. Wina gryzie mnie od środka.

Declan prowadzi nas po spróchniałych metalowych schodach do pustego biura na drugim piętrze. W nikłym świetle sączącym się przez brudne szyby unoszą się drobiny kurzu, gdy ostrożnie podchodzimy do okna, by wyjrzeć na zewnątrz.

— Dobra, najpierw zbieramy informacje i zaopatrzenie — mówi cicho, strategując, gdy w oddali czarny słup dymu skręca w niebo. — Jedzenie, broń, leki. Cokolwiek, co pomoże nam przetrwać, kiedy będziemy się kryć.

Przygryzam nerwowo dolną wargę, myśli uciekają do reszty Obsidian Circle, teraz rozrzuconej na wszystkie wiatry. — Módlmy się, żeby wszyscy się wydostali — szepczę, przerażona, że poprowadziłam przyjaciół prosto na zgubę.

Jakby wyczuwając moją spiralę winy, Declan kładzie dłoń na moim ramieniu. — Podjęłaś trudną decyzję z właściwych powodów, Artemis. Poszliśmy za tobą z własnej woli. Teraz doprowadzimy to do końca, cokolwiek się stanie. — W jego głosie pobrzmiewa ciche przekonanie.

Udaje mi się tylko szarpnięte skinienie, gula w gardle. — Nie padniemy bez piekielnej walki — przysięgam, gniew buzować zaczyna w żyłach. Po tym wszystkim Biuro zasługuje, by spłonąć. Ale jaką cenę zapłacimy?

Kiedy tkwimy skuleni w zakurzonej ciemnicy, wiem, że to dopiero początek. Świat nieodwracalnie się zmienił przez to, co zrobiliśmy. I choć dalsza droga mnie przeraża, minęliśmy już punkt bez powrotu.

Zaciskam szczękę w nieugiętej determinacji. Nadszedł czas, by przenieść walkę prosto do Biura i zmusić ich do odpowiedzi za grzechy. Nie przestaniemy, dopóki nie zapłacą — albo dopóki nas nie położą do grobu. Tym razem nie będzie litości. W końcu oni nam jej nigdy nie okazali.

ROZDZIAŁ DWUDZIESTY DRUGI

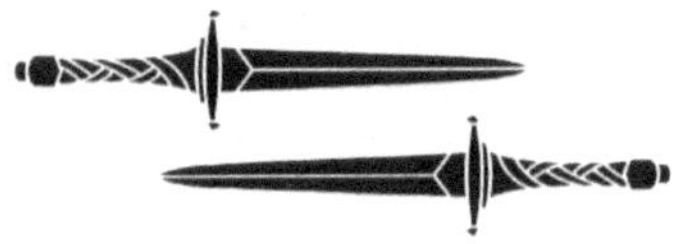

REBRZYSTY BLASK KSIĘŻYCA SPŁYWA na odosobnioną chatę, rzucając złowrogie cienie po okolicznym lesie. Zaszyliśmy się tu z Declanem, daleko od wścibskich oczu Bureau po ich wstrząsającej zdradzie. Mieli nas chronić, a zamiast tego prowadzili pokręcone eksperymenty. Teraz jesteśmy zdani tylko na siebie.

— Czuwaj — przypominam Declanowi, gdy wymyka się na zewnątrz, bezszelestnie przechodząc w swoją drugą postać: masywnego jaguara. Rzuca mi zębiaste, półuśmiechnięte półdrwiny, po czym bezszelestnie znika w cieniach.

Patrzę, jak jego sylwetka stapia się z mrokiem, a w trzewiach skręca mi się niepokój. — Po co komu wsparcie, skoro ma przy sobie dzikiego kota z dżungli? — mruczę sarkastycznie, próbując się rozproszyć. Nawet to marne poczucie humoru nie jest jednak w stanie rozgonić pełzającej grozy, która narasta we mnie od dni.

Zaczynam krążyć po skrzypiących, drewnianych deskach, palcami muskając bliznę na policzku. Oczy niestrudzenie przeczesują mrok w poszukiwaniu oznak zagrożenia — dziwnego cienia, śladu ruchu. Jak dotąd pozostajemy poza radarem Bureau, ale to tylko kwestia czasu.

Przez drzewa przetacza się niski, ostrzegawczy pomruk, aż włosy stają mi dęba. Napinam się, gotowa do ataku, jeśli zajdzie potrzeba. To tylko Declan sygnalizuje, że wciąż czysto. Przynajmniej na razie. Ostrożnie wypuszczam powietrze z ulgą.

— Dzięki, że trzymasz wartę, kocurze — szepczę w mrok. — Warty jesteś swojej wagi w kocimiętce. Usta na moment drgają w uśmiechu, który szybko gaśnie.

Bezsilne czekanie szarpie mi nerwy. Czuję się jak mysz, którą bawi się groźny drapieżnik. Bureau od początku było naszym wrogiem, a teraz stało się tylko sprytniejsze i bardziej nieuchwytne.

Palce zaciskają mi się na rękojeści noża. — Sprawimy, że pożałujecie, iż kiedykolwiek stanęliście nam na drodze — przyrzekam pod nosem.

Wreszcie słyszę, jak znów zbliżają się ciężkie kroki Declana. Mimo to ramiona pozostają przykurczone ze strachu, nawet kiedy siada obok mnie przy pooranym bliznami stole.

— Coś widziałeś? — pytam szorstko, już znając odpowiedź.

Kręci ponuro głową. — Jeszcze nic. Ale są tam, czuję to.

Kiwnę głową, wpatrując się w migocący między nami płomień świecy. — To tylko kwestia czasu.

Zapadamy w niespokojne milczenie. Cienie jakby ożywają, pełzną bliżej, dławią. Przecieram ramiona, gdy nagle robi się chłodno.

Declan sięga i ściska moją dłoń. — Hej, cokolwiek przyjdzie, damy radę. Razem nie mają z nami szans.

Chwytam się otuchy w jego tonie, pozwalając, by wzmocniła chwiejącą się odwagę. Razem jesteśmy dość silni, by znieść wszystko. Muszę tylko w to wierzyć.

Gdzieś w oddali wilk zawodzi żałośnie, wtórują temu skrzypienia i jęki chaty. Jakby duchy dawnych mieszkańców cisnęły się wraz z nami w ciasnym pokoju.

— Kiedy to się skończy, chodźmy gdzieś, gdzie ciepło i słońce — mruczę, tylko w połowie żartując. Obraz tropikalnej plaży pomaga trzymać cienie na dystans.

Usta Declana wykrzywiają się w zmęczonym uśmiechu. — Wchodzę w to. Przyda mi się urlop, jak już pogrzebiemy Bureau sześć stóp pod ziemią, na dobre.

Czarny humor odrobinę podnosi mnie na duchu. Wiem, że ma rację — w końcu ich wszystkich pogrzebiemy. Ale czekanie i niepewność to katusza.

⸻◆⸻

Ciężar ciszy w chacie osiada na mnie jak gęsta mgła, gdy siedzę przy pooranym drewnianym stole, a mdłe światło pojedynczej świecy migocze na blacie. Przez brudne okno sączą się pierwsze promienie dnia, noc niechętnie ustępuje świtowi. Opinia publiczna zmusiła rząd do działania; musieli zwolnić dr. Gravesa i w zasadzie zamknąć samo Bureau—kiedy wyszło na jaw, że agencja powołana do ochrony i zachowania istot paranormalnych w rzeczywistości prowadziła potworne eksperymenty na nich i na ludziach, nie ma już od tego odwrotu. Ale ani przez sekundę nie wierzę, że wszystko stanęło. Diana Foxberry wciąż jest na wolności, a jej zwyrodniały ojciec to właśnie ten, który zainicjował skorumpowane eksperymenty Bureau—a potem odszedł, by kontynuować własne badania, kiedy uznali, że posunął się za daleko.

Diana jest teraz prawdziwym wrogiem. To ona wstrzyknęła Declanowi i mnie ten przeklęty serum, wykrzywiając nas w coś, co nie jest już do końca ludzkie. Rozproszyłam się, rozbierając na części molocha Bureau, ale nigdy nie wybaczyłam ani nie zapomniałam jej zbrodni.

Wiem, że gdzieś tam dalej prowadzi swoje zwyrodniałe eksperymenty. Nie mogę dłużej na to pozwalać.

Zostały tylko dwie osoby, którym ufam na tyle, by wciągnąć je w tę walkę—Athina i Malcolm. Jestem już dość zdesperowana, by zwrócić się do nich obojga.

Strzelam kostkami, hartując nerwy, zanim wystukam zaszyfrowaną wiadomość. — Czas znów zebrać ekipę — mruczę.

Hej, Athina, tu Artemis. Jeśli masz jakikolwiek sposób, by skontaktować się z Malcolmem, musimy obgadać nasz następny ruch. Bureau może być na razie unieszkodliwione, ale Diana wciąż jest na wolności. Musimy pogadać jak najszybciej. Uważaj na siebie.

Wciskam wyślij, zanim zacznę nad tym za dużo myśleć, patrząc, jak słowa znikają w eterze. Palce nerwowo stukają w blat, gdy w głowie przewijają mi się scenariusze, każdy bardziej niebezpieczny od poprzedniego.

— No dalej, Athina, czas nam się kończy — szepczę, usiłując wyprosić szybką odpowiedź.

Miękkie skrzypnięcie desek za plecami ściska mi serce. Chwytam nóż, mięśnie napinają się do konfrontacji. To jednak tylko Declan, który po kolejnym obchodzi rozpływa się z postaci jaguara z powrotem w ludzkie kształty. Uczucie ulgi zalewa mnie falą, choć twarz zachowuję bez wyrazu.

— Coś pożytecznego na patrolu? — pytam niedbale.

Kręci głową. — Jak na razie cicho. Ale będę wypatrywał nieproszonych gości. — Głos wciąż ma chropawy po zmianie.

— Dobrze. Bo możliwe, że wkrótce będziemy mieli wsparcie — zerkam na wciąż pusty ekran laptopa. — Oby.

Niespokojna, zaczynam krążyć po wytartych deskach, aż w końcu cichy dźwięk oznajmia odpowiedź Athiny.

Artemis, serce moje, jak zwykle masz nienaganne wyczucie chwili, zaczyna ciepło. *I tak, bacznie obserwuję naszą fałszywą przyjaciółkę Dianę.*

Serce zaciska mi się na samo wspomnienie jej osoby, ale zmuszam się, by czytać dalej wiadomość Athiny.

Szpiedzy tej kobiety wniknęli wszędzie, kochana, nawet w najwyższe szczeble rządu. Jakby miała własny tajny klub.

Klnę pod nosem. Jeśli wpływy Diany sięgnęły tak głęboko, jak mamy wyplenić wszystkie jej macki?

Wyczuwając mój skok lęku, Declan podchodzi bliżej i zerkając mi przez ramię, śledzi wiadomości. Jego dłoń spoczywa uspokajająco na moich plecach. — Hej, oddychaj. Damy radę.

Kręcę głową z goryczą. — Naprawdę? Z tego wynika, że wpływy Diany sięgają dalej, niż myśleliśmy.

— Nieważne. Znajdziemy sposób — w głosie Declana pobrzmiewa determinacja. — Dobrze, że mamy przy tym też Athinę i Malcolma. Musimy tylko działać z głową.

— Wygląda na to, że ilekroć wykonamy ruch, Diana jest już o trzy kroki przed nami — ciągnie posępnie wiadomość Athiny. — Jakby czytała nam w myślach czy coś. Mega upiorne, prawda?

— Upiorne to mało powiedziane — mamroczę pod nosem, a gniew i frustracja tętnią tuż pod skórą. Musimy szybko znaleźć sposób, by uderzyć w rozległą sieć Diany. Zanim odetnie nam wszystkie drogi.

Athina kończy, nalegając na dalszą czujność i obiecując wkrótce zorganizować spotkanie, by opracować strategię. Oparta ciężko o ścianę chaty, przetwarzam ten niepokojący meldunek, bezwiednie muskając bliznę na policzku.

Nieważne, jak bardzo się staramy — zawsze pędzi ku nam kolejna przeszkoda albo cios.

Z zaciśniętą z frustracji szczęką parskam sarkastycznie:
— Świetnie, tego nam brakowało. Więcej ostrożności i paranoi, jakby to, że kisimy się w tej upiornej chacie, otoczonej cienistym lasem, nie było wystarczające.

To nieustanne napięcie i strach wysysają siły. Ale nie mogę pozwolić, by emocje mnie pokonały. Nie, kiedy operacyjni Diany potrafią skompromitować nas na każdym kroku. Musimy znaleźć sposób, by raz na zawsze położyć kres ich zdradzie.

— Artemis? — głos Declana wyrywa mnie z zamyślenia. Spotykam jego badawcze, zielone oczy.

— Czas naostrzyć pazury, Declan — mówię ponuro. — Idziemy na łowy.

Declan ściska mocno moje ramię. — Wiem, że to frustrujące, ale znajdziemy sposób. Diana nie jest niezwyciężona. Razem jesteśmy mądrzejsi i silniejsi.

Pozwalam, by jego niezachwiana pewność wzmocniła moją nadwątloną determinację. Ma rację — z Declanem tworzymy zespół nie do zatrzymania. A teraz, z pomocą Athiny i Malcolma, szanse jeszcze bardziej przechylają się na naszą korzyść.

— Diana popełniła wielki błąd, zostawiając nas przy życiu — przyrzekam mrocznie. — Teraz sprawimy, że tego pożałuje.

Declan kiwa głową, zielone oczy twardnieją. — Cokolwiek trzeba, po jej chorych operacjach zostaną tylko zgliszcza, gdy skończymy.

Jego niezachwiane przekonanie rozniecia we mnie iskrę nadziei, trzymając cienie na dystans. Dopóki stoimy razem, światła nie da się zgasić. Diana prędko się o tym przekona.

Niespokojnie rozglądam się po ciasnej chacie, czując, jak przytłacza mnie gęstniejący mrok. Musimy działać, nim całkiem nas pochłonie.

— Dość mam siedzenia tu jak szczury w pułapce — wybucham wściekle, zaciskając dłonie w pięści. — Czas, by to my raz uderzyli w Dianę.

Declan spogląda na mnie posępnie. — Najpierw rozpoznanie, potem uderzenie. Koniec z działaniem po omacku. Zrobimy to z głową.

Przed oczami miga mi zarozumiała twarz Diany, podsycając determinację, by zdemaskować jej legion szpiegów i położyć kres jej plugawym eksperymentom.

— Artemis — mówi równym tonem Declan, choć słyszę pod spodem nutę troski. — Wiem, że to wkurza, ale nie możemy teraz pozwolić, by emocje zamgliły nam osąd.

— Łatwo ci mówić — warczę rozdrażniona. Ale zmuszam się do głębokiego wdechu, wiedząc, że ma rację. — Nie możemy tu po prostu siedzieć z założonymi rękami. Musimy rozebrać jej siatkę od środka, jakoś.

W oczach Declana błyska determinacja, równa mojej. — Zgoda. Od czego zaczynamy?

Bezlitosny uśmiech szarpie mi usta. — Grając tak brudno jak Diana. Przenikniemy w jej szeregi i obrócimy jej ludzi przeciw niej. A gdy już wbijemy pazury, rozerwiemy jej misterną sieć.

Declan unosi z uznaniem brew. — Nie sądziłem, że doczekam dnia, gdy Artemis Blackwell postawi na podstęp.

Wzruszam ramionami, krew wciąż domaga się działania. — Desperackie czasy wymagają desperackich środków. Z Dianą nie stać nas na honor.

Kiwnięcie głową, niechętne, ale stanowcze. — Prawda, wykorzysta każdą słabość. — Chwila zamyślenia. — Jaki więc będzie nasz pierwszy ruch?

— Najpierw namierzymy jej kluczowych ludzi w rządzie i się do nich zbliżymy — wyjaśniam, już analizując kąty natarcia. — Zdobędziemy ich zaufanie, a potem przeciągniemy na swoją stronę.

— Ryzykowne — mówi ostrożnie Declan. — Ale idę z tobą krok w krok.

Jego niezawodna lojalność porusza mnie. — Wiem, że to niebezpieczne, jak wejście prosto do jaskini lwa. Ale nie mamy wyboru, jeśli mamy powstrzymać Dianę i ochronić Circle.

— Cokolwiek trzeba, prawda? — powtarza zdecydowanie moje wcześniejsze słowa Declan.

— Cokolwiek trzeba — potwierdzam, hartując się na zdradliwą ścieżkę przed nami. Nie będzie miejsca na wahanie ani zwłokę.

Wyczuwając narastający niepokój, Declan przysuwa się bliżej. — Hej. Damy radę. Diana nie ma pojęcia, z kim zadarła.

Obdarzam go małym, wdzięcznym uśmiechem. — I niech tak zostanie. Element zaskoczenia to teraz nasza najpotężniejsza broń.

Declan przytakuje. — Zgoda. Jaki nasz następny krok?

Sprawnie zbieram informacje i sprzęt. — Namierzymy bieżące miejsca pobytu i rutyny tych kluczowych agentów. Gdy zidentyfikujemy słabe punkty, nawiążemy kontakt i zaczniemy ich odwracać.

Gdy wykładam strategię, rośnie we mnie pewność. Do niemożliwych szans zdążyliśmy już przywyknąć. A tym razem mamy przewagę — Diana uważa nas za unieszkodliwionych. Jej pycha będzie jej zgubą.

Declan słucha uważnie, przerywając tylko, by zadać celne pytania albo dorzucić rozsądną radę. Po raz kolejny uderza mnie, jak doskonale uzupełniają się nasze odmienne zestawy umiejętności. Razem nasze szanse rosną wykładniczo.

Wkrótce chata aż buzuje od nowego celu. Zdradliwa droga przed nami nie wydaje się już tak przerażająca, gdy Declan stoi u mego boku.

Gdy zbliża się zmierzch, szykujemy się do wyjścia, by zacząć dyskretne namierzanie celów. Zanim ruszymy, Declan zatrzymuje mnie, z poważną miną.

— Niezależnie od tego, co się wydarzy, i jakie granice będziemy musieli przekroczyć, pilnujemy sobie nawzajem pleców. — Jego spojrzenie wwierca się w moje. — Obiecaj mi chociaż tyle.

Ściskam mocno jego ramię. — Obiecuję. Przejdziemy przez to razem, albo wcale.

Declan przyciąga mnie do zaciskającego uścisku. To, czego nie mówimy, niech na razie zostanie bez słów.

Odsuwamy się od siebie i znikamy w gęstniejących cieniach. Zaczęła się niebezpieczna gra, ale porażka nie wchodzi w grę. Zbyt wiele zależy od naszego zwycięstwa.

Nawet jeśli granice moralne się rozmyją — trudno. Niektóre potwory da się zniszczyć tylko od środka. Tego jestem już pewna. Jad Diany sięgnął zbyt głęboko i zbyt szeroko.

Jedynym antidotum jest całkowite wymazanie każdego śladu z istnienia.

⸻◈⸻

— Artemis — trzaska przez nasze zaszyfrowane łącze głos Athiny, naglący, lecz podszyty ironicznym humorem. — Przesyłam listę nazwisk — tych, które, jak sądzę, najpewniej należą do agentów Diany. Pamiętaj jednak: nikomu absolutnie nie ufaj.

— Uwierz, z tym problemu nie będzie — mamroczę, skanując nazwiska pojawiające się na ekranie. Serce wali, a nerwy napinają się jak cięciwa. Ale w środku też płonie determinacja — zacięta wola przechytrzenia Diany za wszelką cenę.

— Dobrze — odpowiada Athina, jej głos jest zarazem ciepły i stalowy. — To nie będzie łatwe, ale jeśli będziemy sprytni i zaradni, odwrócimy sytuację na niekorzyść Diany. Musimy być cierpliwi, rozegrać to perfekcyjnie.

Biorę równy oddech. — Dobra, ustalmy czas i miejsce spotkania i planowania, gdzieś dyskretnie.

Athina proponuje opuszczony magazyn nad rzeką, od lat pusty — idealny na skryte spotkanie.

— Pasuje — potwierdzam, już rysując w głowie trasę. — Celujmy w trzy dni od teraz, tuż po zachodzie słońca. Da nam to czas na przygotowania.

— Idealnie — zgadza się Athina. — Przyprowadzę też Malcolma, aż go świerzbi, żeby wrócić do gry. Znajdziemy sposób, by obnażyć sieć Diany, nie martw się.

— A jakże — stwierdzam ostro, zanim się rozłączę. W trzewiach aż buzuje mi od determinacji. Panowanie Diany kończy się teraz.

Zamyślona, podskakuję na nagłe skrzypnięcie deski za plecami. Odwracam się jak oparzona, dłonie natychmiast płoną błękitnym ogniem, mięśnie naprężone do ataku.

— Hej, spokojnie! — woła znajomy głos Declana, gdy wchodzi w krąg przygaszonego światła z uniesionymi dłońmi. — Tylko ja.

Wypuszczam drżący oddech, zmuszając ogień do zgaśnięcia. — Declan. Nie podkradaj się do mnie w ten sposób!

On uśmiecha się przepraszająco, zielone oczy błyszczą figlarnie. — Wybacz, kocie odruchy. Nie mogłem się powstrzymać.

Przewracam oczami z irytacją, ale jego obecność działa kojąco. Razem jesteśmy silniejsi — a na to, co nadchodzi, przyda nam się każda odrobina siły.

Rozbawienie rychło znika mu z twarzy, gdy dostrzega mój oczywisty niepokój. Podchodzi bliżej, marszcząc brwi. — Hej, co jest? Wyglądasz na spiętą.

Przeczesuję nerwowo włosy palcami i szybko streszczam plan Athiny. Słucha uważnie, przytakując.

— Na pewno ryzykowne — przyznaje poważnie, kiedy kończę. — Ale nie mamy już opcji, a nikt nie zna sieci Diany lepiej niż Athina. Jeśli ktoś może ją rozplątać, to ona.

Przygryzam niepewnie wargę. — Obyś miał rację. Bo jeśli to się posypie, jesteśmy trupami. — Wypowiedzenie tego na głos sprawia, że lęk staje się jakby bardziej realny.

Declan chwyta mnie mocno za ramiona. — Nie posypie się. Ty i ja, już przeszliśmy przez piekło i wyszliśmy z niego żywi. Zrobimy to znowu, cokolwiek trzeba.

Jego niezachwiana wiara wzmacnia moją nadwątloną pewność. Razem już dokonaliśmy niemożliwego. Muszę wierzyć, że uda nam się jeszcze raz.

Nasze spojrzenia spotykają się w pełnym zrozumieniu. Ramię w ramię przetrwamy każdą burzę. I nie spoczniemy, póki Diana i wszystkie jej obmierzłe okropieństwa nie obrócą się w popiół rozwiany na wietrze.

Przysięga rozbrzmiewa między nami w ciszy. Z Declanem u boku droga przed nami nie wydaje się już tak ciemna. Jest jeszcze nadzieja.

Biorę głęboki, porządkujący oddech i prostuję plecy. — To chodźmy na łowy.

ROZDZIAŁ DWUDZIESTY TRZECI

GDY JA I DECLAN stoimy w słabo oświetlonej alejce, nasze oddechy zamieniają się w mgiełkę w zimnym powietrzu, i nie mogę się pozbyć wrażenia, że ktoś nas obserwuje. Choć byliśmy piekielnie ostrożni, nie lubię brać się za tę misję bez pomocy i wskazówek Athiny, ale wciąż nie udało nam się spotkać z nią i resztą Obsidian Circle, a na dodatek nie odpisuje na wiadomości.

— Dobra — mówię, próbując odepchnąć paranoję. — Mamy trop co do możliwego miejsca pobytu Diany. Ale że jest śliska jak węgorz, musimy działać szybko i dokładnie.

Declan kiwa głową, jego piwne oczy omiatają okolicę, jakby w każdej chwili spodziewał się, że ktoś na nas wyskoczy. — Zgoda. Nie stać nas na kolejne wpadki, Artemis. Jeśli szybko jej nie znajdziemy, kto wie, co zrobi dalej?

— Zaufaj mi, wiem — mruczę, rozginając palce i czując żar, który nieustannie tli się pod skórą. W takich chwilach umiejętności pirokinetyczne naprawdę się przydają.

— Ruszajmy — mówi Declan, jego głos niski i napięty. Razem kierujemy się w stronę opuszczonego budynku, idąc śladem okruszków pozostawionych przez wskazówkę, która nas tu doprowadziła.

Budynek wyrasta przed nami jak monolit z popękanymi, zwietrzałymi betonowymi ścianami. Okna są wybite, a poszarpane zęby szkła złowrogo połyskują w świetle księżyca. Upiorną atmosferę potęguje ciężki w powietrzu zapach rozkładu, od którego aż muszę stłumić dreszcz.

— Urocze miejsce — szepczę z sarkazmem, a dłoń odruchowo wędruje do noża przy pasku na udzie.

— Aż czerwony dywan rozwinęli, co? — rzuca Declan, ale widzę napięcie w jego ramionach.

Zbierając się w sobie, robię krok naprzód i popycham skrzypiące drzwi czubkiem buta. Zawyły z protestem, a echo poniosło się po pustym budynku niczym upiorne zawodzenie. Ciemność w środku jest przytłaczająca, jakby wsiąkała aż w kości.

— Bądź czujny — mruczę do Declana, który kiwa głową. Wchodzimy do środka, wyostrzając zmysły i zaczynając szukać jakiegokolwiek śladu Diany albo jej chorej działalności.

Przeczesuję zrujnowany korytarz, wypatrując czegoś, co nie pasuje. Miara naszych kroków odbija się echem, mieszając się z dudnieniem mojego serca. Widzę, że Declan jest równie spięty jak ja — zaciśnięta szczęka, dłonie zaciśnięte w pięści.

Im dalej wchodzimy w głąb budynku, tym trudniej pozbyć się wrażenia, że ktoś nas obserwuje. Ciężar tego uczucia osiada na piersi i z każdym krokiem rośnie. Trafiamy na zakurzony magazyn, półki uginają się od starych, pogniecionych dokumentów. Jeden przykuwa moją uwagę — plan obiektu, z czerwonym kółkiem zaznaczającym ukryty pokój głęboko w trzewiach budynku.

Niepokój, który czułam, narasta, wijąc się w żołądku jak wąż gotowy do ataku.

— Spójrz na to — mówię, pokazując Declanowi plan. — Myślisz, że powinniśmy to sprawdzić? Może to jakiś bezpieczny pokój albo coś podobnego.

— Wygląda na najlepszy trop — odpowiada, sunąc wzrokiem po dokumencie.

Podążamy za planem, brnąc przez kręte korytarze i wąskie przejścia. Z każdym krokiem uczucie bycia obserwowanym narasta i co chwila zerkam przez ramię, wypatrując śladu nieznanego obserwatora.

— Bądź czujna — szepcze Declan, wyrażając na głos to, o czym sama myślę.

— Zawsze jestem — odpowiadam, głosem twardym i napiętym. Im bliżej celu, tym wyraźniej czuję, jak niebezpieczeństwo otacza nas z każdej strony, zaciskając się na gardle jak pętla.

— Hej. — Głos Declana przebija się przez moje myśli, a ja widzę, jak kiwa podbródkiem w stronę drzwi na końcu korytarza. — To tutaj.

— Gotowy? — pytam, czując, jak oczekiwanie ciasno owija mi się wokół żeber.

— Znajdźmy Dianę — mówi, a determinacja wyryta jest na jego twarzy.

Otwieramy drzwi i wchodzimy w ciemność, nie wiedząc, co nas czeka, ale gotowi stawić temu czoła.

Ciemność w pomieszczeniu jest gęsta i dusząca, jak ciężki koc przyciskający nas do ziemi. W powietrzu czuć wilgoć i zgniliznę — ostry kontrast wobec sterylnych korytarzy, którymi dopiero co szliśmy. Niemal czuję w ustach gorycz zdrady, która wisi w powietrzu.

— Patrz pod nogi — mruczy Declan, jakby wzrokiem przenikał mrok. Może potrafi; gdy oboje dostaliśmy zastrzyk eksperymentalnego serum, jemu przypadły w udziale zupełnie inne zdolności niż mnie. Koty widzą w ciemności, więc może on też potrafi w ludzkiej postaci.

— Dzięki za tę pomocną radę — parskam, nerwy mam już w strzępach. — Dopiszę ją sobie do mojego podręcznika przetrwania zasadzki.

— Artemis... — zaczyna, ale zanim może dokończyć, pokój nagle zalewa oślepiające światło.

— Niespodzianka! — rozbrzmiewa głos Diany, ociekający złośliwą uciechą.

— Skur— — mrużę oczy przez blask, próbując ogarnąć otoczenie. Z kryjówek wynurzają się sylwetki, wszystkie z bronią wymierzoną w nas. Jesteśmy otoczeni i w poważnych tarapatach.

— Naprawdę myśleliście, że mnie znajdziecie, a ja nic o tym nie będę wiedzieć? — Diana uśmiecha się jadowicie. To pierwszy raz od miesięcy, kiedy stajemy twarzą w twarz, a ona wygląda irytująco tak samo: rude włosy starannie ułożone, na ustach nawet błyszczyk. A my z Declanem jesteśmy wyraźnie chudsi, brudni i poszarpani przez miesiące ucieczek i walki.

— Nie możesz mieć dziewczynie za złe, że próbuje — odcinam się, kryjąc strach pod brawurą. Odruchem przywołuję płomienie, które zatańczyły na opuszkach palców, gotowe do ciosu.

— Atak — rozkazuje Diana lodowatym, wypranym z emocji głosem.

Przeciwnicy zwierają szyki, ale my z Declanem już działamy. On przechodzi w jaguara, warczy i kłapie kłami na każdego, kto odważy się zbliżyć. Ja posyłam falę ognia w najbliższego napastnika i patrzę, jak cofa się, rozpaczliwie próbując ugasić płomienie.

— Wycofaj się! — wrzeszczę do Declana, uświadamiając sobie, jak bardzo jesteśmy w mniejszości. On warczy porozumiewawczo i tnie kolejnego przeciwnika pazurami jak brzytwy.

— Ucieczka was nie ocali — drażni się Diana z bezpiecznej odległości, okrutny uśmieszek igra jej na wargach.

A stanie tu i obrywanie po tyłkach też nas nie ocali — myślę, odpierając kolejnych atakujących. Serce wali mi jak oszalałe, adrenalina i strach utrudniają oddech.

— Skup się, Artemis! — warknięcie Declana przebija się przez chaos, przypominając mi, że gramy do jednej bramki. Czas zmienić taktykę i wykazać się kreatywnością.

— Osłaniaj mnie! — ryczę, kryjąc się za skaczącą kocią sylwetką Declana, gdy odpiera dwóch kolejnych. Biorę głęboki oddech, zbieram tyle energii, ile zdołam, i wypuszczam ją w potężnej eksplozji ognia.

— Uciekaj! — wrzeszczę, chwytając garść futra Declana i ciągnąc go ze sobą.

— Niezły numer — warczy przez pełne kłów usta, głos ma dziwnie zniekształcony.

— Komplementy zachowaj na później, kiedy nie będzie nas goniła armia morderczych psycholi! — cedzę, rozglądając się gorączkowo za jakąkolwiek drogą ucieczki.

— Dobra, dobra — burczy, przechodząc z powrotem w ludzką postać, kiedy pędzimy przez walący się budynek. — Po prostu wynośmy się stąd i potem wymyślmy, co dalej.

— Cholera jasna, Diano! — klnę pod nosem, dostrzegając pierwszą pułapkę — linkę-pułapkę napiętą w poprzek korytarza. — Wygląda na to, że była zajęta urządzaniem nam małego toru przeszkód.

— Nie miała zamiaru pozwolić nam stąd wyjść. Przepalisz to? — pyta Declan, z wysiłkiem w głosie

— Zbyt ryzykowne — odpowiadam, ostrożnie przekraczając linkę. — Nie wiadomo, co uruchomi.

Przedzieramy się dalej przez opuszczony budynek, o włos unikając pułapek na każdym kroku. Powietrze jest ciężkie od stęchlizny i desperacji, z każdym świszczącym oddechem coraz mocniej ściska mi klatkę.

— Uważaj! — krzyczy Declan, szarpiąc mnie w tył, gdy w podłodze nagle otwiera się ukryty panel, odsłaniając dół pełen naostrzonych pali.

— Dzięki — sapię, serce tłucze mi się w piersi. — Jestem ci coś winna.

— Jesteśmy kwita — uśmiecha się, mimo nerwowej sytuacji. — Tylko miej oczy dookoła głowy. Te pułapki są coraz bardziej wymyślne.

— Jasne — kiwam głową, skanując słabo oświetlony korytarz przed nami. — Idę pierwsza. Ty osłaniasz nam tyły.

— Stoi — zgadza się Declan, jego drapieżcze zmysły napięte do granic.

W miarę jak posuwamy się naprzód, pułapki stają się coraz bardziej śmiercionośne i staje się jasne, że Diana wcale nie zamierza wypuścić nas żywych z tego jej pokręconego placu zabaw. Unikamy wymachujących ostrzy, omijamy płyty naciskowe, które strzelają zatrutymi strzałkami, i przeskakujemy nad dołami, które zdają się wyrastać spod nóg.

— Artemis, uważaj! — ostrzega Declan, odpychając mnie, gdy nagle wyskakuje najeżona kolcami ściana i przejeżdża po moim ramieniu.

— Au! Cholera! — syczę, ściskając krwawiącą rękę. — O włos.

— Nic ci nie jest? — pyta, troska rysuje mu się na twarzy.

— W porządku — ucinam, nerwy mam napięte do granic. — Po prostu idźmy dalej. Musimy znaleźć wyjście z tej piekielnej pułapki.

— Bez dwóch zdań. On też jest ranny, zauważam, oszczędza jedną nogę, a krew plami mu nogawkę. Zregeneruje się szybko — szybciej, jeśli zdąży przemienić się w jaguara i z powrotem, ale teraz potrzebuję go w ludzkiej postaci i z chłodną głową, żebyśmy oboje wyszli cało z tej śmiertelnej pułapki.

— Dobra, potrzebujemy planu — mówię przez zaciśnięte zęby, serce wali jak młot. — Czegoś, co zajmie Dianę i jej ekipę na tyle, żebyśmy mogli się wymknąć.

Declan kiwa głową, lustrując słabo oświetlony korytarz. — Racja. To z czym tu w ogóle możemy pracować?

— Niewiele — przyznaję, zerkając na brudne ściany i sterty gruzu. — Ale wciąż mogę użyć pirokinezy. Może gdzieś wzniecę ogień, odciągnę ich uwagę?

— Brzmi nieźle — mówi Declan, krzywiąc się, gdy odciąża ranną nogę. — Będę pilnował tyłów.

Gdy skręcamy za róg, dostrzegam stos drewnianych skrzyń — idealną rozpałkę na dywersję. Płomienie chciwie skaczą z moich palców, sykiem i trzaskiem obejmując drewno. Dym wypełnia korytarz, szczypie w oczy i wywołuje kaszel.

— Artemis! — wrzeszczy gdzieś niedaleko Declan. — Teraz!

Sądząc po odgłosach, znów spuścił Bestię ze smyczy, siejąc popłoch wśród zbirów Diany. Wykorzystuję chaos, przemykam przez zadymiony korytarz, licząc, że to wystarczy, by zgubić pościg.

— Artemis, Declan! — woła jakiś głos i zatrzymuję się w miejscu, serce podchodzi mi do gardła. To nie Diana, tylko ktoś inny — ktoś nieoczekiwany.

— Nadia? — sapię, mrużąc oczy przez opary. Kobieta w średnim wieku o niezwykłych mocach telekinetycznych stoi przed nami, brązowe oczy rozszerzone z troski.

— Szybko, za mną! — ponagla, przywołując nas gestem. — Pomogę wam uciec!

Kiedy potykając się, ruszamy za nią, Nadia unosi dłonie, skupiając swoją ogromną moc na kruszejących ścianach magazynu. Z ogłuszającym hukiem część konstrukcji zapada się, tworząc barierę między nami a pościgiem.

— Dzięki — charczę, opierając się o ścianę. — Nie masz pojęcia, jak bardzo jesteśmy wdzięczni.

Nadia kiwa głową, twarz ma poważną. — Wszyscy w tym tkwimy — mówi miękko, po czym znika w innym korytarzu, zostawiając nas z Declanem sam na sam z labiryntem pełnym dymu.

— Czekaj! — wołam za Nadią, pędząc za nią słabo oświetlonym przejściem. — Co ty tu robisz?

Odwraca się, w oczach mieszanina determinacji i strachu. — Poszłam tym samym tropem co wy — przyznaje. — Tyle że to oczywiście była pułapka.

— Świetnie — mamroczę pod nosem, czując, jak serce zrywa się do biegu. — Przynajmniej nie tylko my daliśmy się na to złapać.

— No dalej — warczy Declan, kocie oczy zwężone z naglącą pilnością. — Musimy się ruszać. Odruchem wyciągam rękę, szukając ukojenia w jego futrze, a on na moment przyciska się do mojej nogi.

We troje przedzieramy się przez ciemne, wąskie korytarze opuszczonego magazynu. Smród rozkładu jest niemal nie do zniesienia, ale nie zwalniamy, wiedząc, że Diana i jej poplecznicy depczą nam po piętach.

— Artemis — szepcze Nadia, ledwie słyszalna ponad nasz urywany oddech. — Mam pomysł.

— Dawaj — odpowiadam, nie w nastroju do gadania, ale gotowa chwycić się każdego planu, który może nas stąd wyciągnąć.

— Gdy dotrzemy do głównego wejścia, użyję telekinezy, żeby zrobić dywersję. Wy powinniście się wtedy niepostrzeżenie wymknąć — mówi z determinacją na twarzy.

— Jesteś pewna? — warczy Declan. — Możesz oberwać.

Nadia uśmiecha się, choć uśmiech nie sięga oczu. — Zaryzykuję — odpowiada. — A teraz ruszamy.

Kiedy docieramy do wejścia, Nadia bierze głęboki oddech i skupia energię. Nagle, z potężnym trzaskiem, zawala dach za nami, a cała konstrukcja pogrąża się w chaosie, zapadając w siebie.

— Ruszajcie! — krzyczy, a my z Declanem nie czekamy.

— Dzięki! — wołam do Nadii, uciekając w noc. — Uważaj na siebie!

— Nawzajem — odpowiada, jej głos ledwie przebija się przez łoskot walących się szczątków. I tak po prostu znika nam z oczu, znowu idąc własną drogą.

— Wynośmy się stąd do diabła — mruczy Declan, znów przybierając ludzką postać, a ja kiwam głową — nie trzeba mnie dwa razy namawiać. Jesteśmy poobijani, poranieni i daleko nam do bezpieczeństwa, ale na razie... udało nam się uciec.

Rozdział dwudziesty czwarty

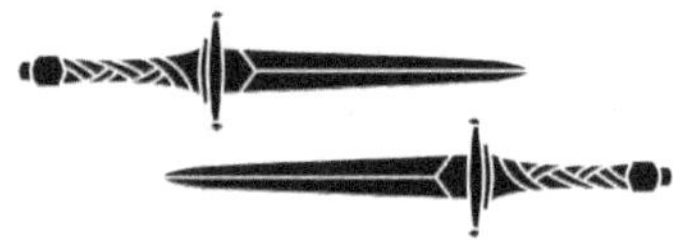

Popycham drzwi naszej odosobnionej kryjówki, a moje ciało osuwa się z ulgą, gdy wchodzimy do środka. To był cholernie ciężki dzień i nie wiem, ile jeszcze zniosę. Chata jest ukryta głęboko w gęstym lesie, mile od jakichkolwiek oznak cywilizacji. Idealna, żeby zniknąć z radaru — zwłaszcza kiedy uciekasz przed kimś takim jak Diana Foxberry i Biuro do spraw Paranormalnych. A raczej przed tym, co z niego zostało.

— Nareszcie — mamroczę pod nosem, ogarniając wzrokiem znajomy widok skromnego pokoju. W kominku trzaska mały ogień, dając kruche poczucie ciepła i bezpieczeństwa. Czuję, jak napięcie ze mnie uchodzi, ustępując miejsca czystemu zmęczeniu.

— Artemis, pokaż mi swoje rany — mówi Declan, a w jego głosie pobrzmiewa troska. Spoglądam na zakrwawione ramię i krzywię się. Na przedramieniu zieje głęboka szrama, a na bladej skórze rozkwitają dziesiątki siniaków. Lewa kostka pulsuje tam, gdzie skręciłam ją podczas ucieczki.

— Usiądź — poleca, delikatnie prowadząc mnie do drewnianego krzesła. Posłusznie siadam, wdzięczna za możliwość odpoczynku dla obolałych nóg.

— A twoje? — pytam, zerkając na niego. Uśmiecha się zaciśniętymi ustami.

— Już się zagoiły. Przywileje zmiennokształtnego. Oczywiście. Cholerny szczęściarz.

Kiedy Declan opatruje moje rany, ciężar naszej sytuacji znów osiada mi na barkach. Musimy się tu ukrywać, dopóki nie wymyślimy, co dalej. Ledwie uszliśmy z życiem i jasne jest, że Diana i jej poplecznicy nie odpuszczą, dopóki nie dostaną, czego chcą. Zaufanie komukolwiek spoza tego pokoju wydaje się niemożliwe.

— Declan — wysyczałam przez zęby, znosząc pieczenie środka odkażającego na ramieniu. — Nie możemy już nikomu ufać. Już nie.

— Artemis, nie możemy wszystkich odciąć. Potrzebujemy pomocy, żeby powstrzymać Dianę — odpowiada łagodnie, mocno owijając bandaż wokół mojego przedramienia.

— Może masz rację — przyznaję niechętnie. — Ale na razie skupmy się na leczeniu i planowaniu następnego ruchu.

Napięcie w kryjówce jest namacalne, gdy siedzę na krawędzi rozklekotanego drewnianego stołu, a moje nogi nerwowo podskakują. Wzrok Declana nie schodzi ze mnie; wyczuwa narastający niepokój.

— Artemis — odzywa się cicho, przerywając ciszę, która osiadła między nami niczym gęsta mgła. — Nie możesz obwiniać się o to, że wpadłaś w pułapkę Diany. Jest podstępna i przebiegła.

— Właśnie — syczę, mierząc go wzrokiem. — A ja połknęłam haczyk w całości. I co to o mnie mówi?

— Hej. — Jego głos twardnieje, jakby beształ dziecko. — To mówi, że jesteś człowiekiem. Każdemu zdarzają się błędy.

— Człowiekiem? — parskam. — Ledwo. Dzięki tym skurwysynom z Biura.

— Dość użalania się nad sobą — nalega Declan, nie kryjąc frustracji. — Musimy ustalić, skąd był przeciek. Czy to ktoś z naszego kręgu, czy wtyka Diany? Na tym powinniśmy się skupić.

— Jasne, bo ostatnio zaufanie niewłaściwej osobie wyszło nam świetnie — mruczę pod nosem. Czuję, jak tuż pod powierzchnią bulgocze gniew, gotów wylać się na zewnątrz.

— Słuchaj — mówi Declan, biorąc głęboki oddech. — Rozumiem. Trudno teraz ufać, ale musimy od czegoś zacząć.

— Dobra — krzyżuję ramiona i zwężam oczy podejrzliwie. — To komu, twoim zdaniem, możemy ufać? Bo zaczynam wątpić we wszystko, co myślałam, że wiem.

— Po kolei — sugeruje, stukając palcami w stół. — Kto miał dostęp do tych informacji? Kto wiedział o naszym planie?

— Wszyscy z Obsydianowego Kręgu — odpowiadam niechętnie. — Ale dlaczego któreś z nich miałoby nas zdradzić? Przecież dążymy do tego samego celu.

— Może ktoś do nich dotarł — spekuluje Declan. — A może od początku byli wtyką. Niczego nie możemy wykluczyć.

— Świetnie — prychnę. — Czyli nie ufaj nikomu i podejrzewaj wszystkich. Brzmi jak genialny plan.

— Artemis, musimy być ostrożni — nalega. — Wiesz tak samo jak ja, że Diana nie jest naszym jedynym wrogiem. Są inni, którzy chcą, żebyśmy polegli.

— Dobra — wzdycham, pocierając skronie z frustracji. — Ale jeśli się okaże, że ktoś nas zdradził...

— To się tym zajmiemy — wchodzi mi w słowo stanowczo. — Razem.

— W porządku — ustępuję. — Chyba tyle możemy na razie.

— Dobrze — kiwa głową, zadowolony z mojej odpowiedzi. — A teraz odpocznijmy. Jutro zaczynamy grzebać w tym bajzlu i ustalać, komu naprawdę możemy zaufać.

— Brzmi świetnie — burczę, ale w głębi serca wiem, że ma rację. Dziś o zaufanie trudno, ale bez niego nie mamy szans w starciu z Dianą i jej sojusznikami.

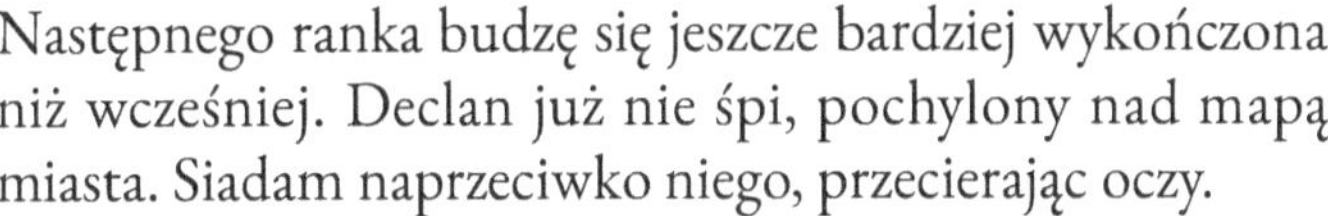

Następnego ranka budzę się jeszcze bardziej wykończona niż wcześniej. Declan już nie śpi, pochylony nad mapą miasta. Siadam naprzeciwko niego, przecierając oczy.

— Czas ponieść konsekwencje — mówi bez złośliwości i przesuwa w moją stronę laptopa.

Wzdycham. Ma rację. Ale oboje wiemy, że nie będzie to przyjemne. Rzuciliśmy się na oślep, zapłaciliśmy cenę, a teraz słusznie dostaniemy burę za głupie ryzyko.

Otwieram bezpieczny kanał i wysyłam krótką wiadomość do Athiny z aktualizacją o zasadzce.

Odpowiedź przychodzi błyskawicznie, zaszyfrowane piksele rozplatają się w słowa na ekranie: — Wszystko z wami w porządku? Co się stało?

Przekazuję więcej szczegółów, wyjaśniając, jak podążyliśmy za tropem prosto w pułapkę Diany. Opisuję naszą dramatyczną ucieczkę, w której pomogła nam w samą porę Nadia.

W odpowiedzi Athiny aż kipi frustracją. — Powinniście byli zweryfikować informacje, zanim za nimi pobiegniecie. Diana jest przebiegła — oczywiście, że podrzuci wam fałszywkę, żeby was usidlić.

Czuję się porządnie skarcona, choć wystukuję jeszcze defensywne usprawiedliwienia. Ale w głębi serca wiem, że Athina ma rację. Byłam zbyt chętna i lekkomyślna.

— Musimy spotkać się wcześniej, niż planowaliśmy — stwierdza Athina. — Zwołuję dziś wieczorem resztę Kręgu, żeby przeanalizować te nowe informacje i ustalić następne kroki.

Chętnie się zgadzam, przytłumiona własnymi błędami. Znowu zjednoczeni, może zdołamy wyprowadzić Dianę w pole i przeciąć jej misterną sieć kłamstw.

Declan czyta znad mojego ramienia, kiwając głową. — Napisz jej, że będziemy. I Artemis... — Ściska mnie za ramię. — Nie bądź dla siebie taka surowa. Jesteśmy w tym razem.

Mimo wciąż towarzyszących mi wątpliwości opanowana obecność Declana trzyma mnie w ryzach. Potwierdzam z Athiną szczegóły spotkania i wylogowuję się.

Opadam na oparcie, a w końcu dopada mnie zmęczenie. Musimy jednak stawić czoło drużynie i odzyskać ich zaufanie. Z Declanem u boku czuję, że jestem gotowa na każde wyzwanie, nawet machiaweliczne intrygi Diany. Musimy działać razem, ufać sobie i podejmować mądrzejsze decyzje.

Oby nie było za późno.

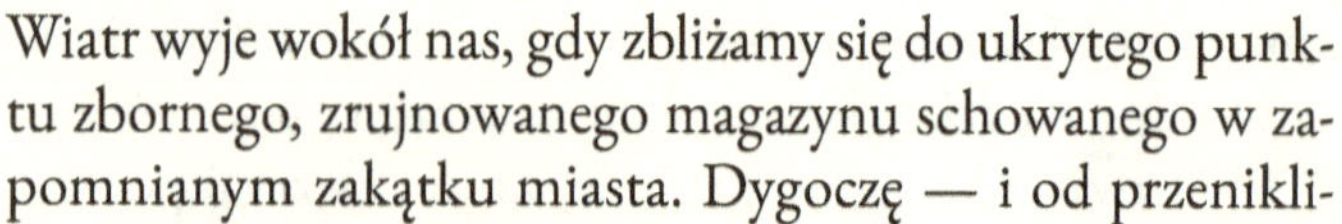

Wiatr wyje wokół nas, gdy zbliżamy się do ukrytego punktu zbornego, zrujnowanego magazynu schowanego w zapomnianym zakątku miasta. Dygoczę — i od przenikliwego zimna, i od nieustępliwej paranoi, która rozsiadła się w moich trzewiach.

— Na pewno to bezpieczne? — mruczę, zerkając na Declana kątem oka, kiedy przeciskamy się przez wejście usłane gruzem.

— Nic nigdy nie jest naprawdę bezpieczne — odpowiada z cieniem goryczy w głosie. — Ale to nasza najlepsza opcja na teraz.

Ledwie wchodzimy do środka, a Athina, Malcolm, Nadia, Sapphire i Garnet wynurzają się z różnych kryjówek. Ulga na ich twarzach na nasz widok jest namacalna i aż muszę przełknąć gulę w gardle.

— Dzięki bogom, że nic wam nie jest — mówi Athina, przyciskając mnie do siebie w mocnym uścisku, podczas gdy reszta zbiera się wokół, dorzucając własne słowa ulgi i troski.

— Nie rozklejajmy się jeszcze — mówię, próbując rozładować napięcie. — Mamy większe problemy.

— Na przykład jak Diana zastawiła na was pułapkę — wtrąca Malcolm, a jego fiołkowe oczy zwężają się w zamyśleniu. — Musimy rozgryźć jej cele i dopilnować, żeby więcej nas nie zaskoczyła.

— Zgoda — przytakuje Sapphire, a jej przeszywające błękitne spojrzenie omiata nasze twarze. — Nie stać nas na kolejną taką wpadkę.

— W takim razie nie traćmy czasu — deklaruje Athina i wszyscy zajmujemy miejsca na prowizorycznych meblach porozstawianych po magazynie. — Co wiemy na ten moment?

— Jej informacje były dobre, przynajmniej na pierwszy rzut oka — mówię, zaciskając pięści z frustracji. — Dlatego się nabraliśmy. Ale coś musieliśmy przeoczyć.

— Albo kogoś — dodaje cicho Nadia, przenosząc wzrok z jednego na drugiego. — Możliwe, że Diana ma wtyczkę w naszych szeregach.

Wszyscy wyglądają na wstrząśniętych, odruchowo się cofają i zerkają po sobie. W głębi duszy w to nie wierzę. Przeszłam z tymi ludźmi zbyt wiele, przelałam zbyt dużo krwi, walcząc z Biurem i potworami Diany. Nawet Malcolm, któremu nigdy w pełni nie ufałam, nienawidzi Diany.

— Albo przechwyciła naszą komunikację — sugeruje Malcolm, stukając w tablet trzymany w dłoni.

— Tak czy inaczej, musimy ostrożniej podchodzić do tego, komu i czemu ufamy — mówię twardo. — Nie stać nas na kolejne błędy.

— To ułóżmy plan — mówi Athina, patrząc kolejno każdemu z nas w oczy. — Taki, który uwzględni ryzyka i korzyści każdej rozważanej opcji.

— Zaczynając od tego, jak wyłapiemy ewentualnych zdrajców wśród nas — dodaje Nadia, a ciężar podejrzeń osiada w pomieszczeniu jak gęsta mgła.

— Zaufanie to kapryśna rzecz, zwłaszcza w naszej robocie — zamyśla się Declan, a jego piwne oczy ciemnieją z troski. — Ale damy radę. Razem.

— Dobrze — mówi Athina, jej brązowe oczy omiatają grupę. — Do roboty.

Gdy zagłębiamy się w zawiłości naszej sytuacji, czuję, jak wraca determinacja. Może jesteśmy poobijani i poranieni, ale razem nadal stanowimy siłę, z którą trzeba się liczyć. A jeśli Diana myśli, że nas rozbije, to się grubo myli.

⚬

— Dobrze, mamy plan — oznajmia Athina, a jej głos niesie stalową determinację, która się udziela. — Od teraz każdą informację weryfikujemy, zanim cokolwiek zrobimy.

— Najwyższa pora — mamroczę pod nosem, a ciało wciąż boli po pułapce Diany.

— Przejrzyjmy jeszcze raz nasze role — włącza się Nadia, ciemnymi oczami lustrując grupę. — Athina i ja będziemy razem zbierać informacje, a Malcolm wykorzysta swoje kontakty, żeby podwójnie sprawdzać ich wiarygodność.

— Declan, dalej używaj swoich zdolności zmiennokształtnego, żeby informować nas o wszelkiej podejrzanej aktywności wokół naszych kryjówek — dodaje Athina, a jej spojrzenie zatrzymuje się na Declanie odrobinę dłużej, niż to konieczne. Widać, że martwi się o niebezpieczeństwo, które bierze na siebie, ale on tylko z kamienną miną kiwa głową.

— Jasne — odpowiada stanowczo Declan, z zaciśniętą szczęką. — Nie pozwolę, żeby ludzie Diany zaskoczyli nas ponownie.

— A Sapphire i Garnet? — pytam, zerkając na dwie ciche sylwetki skulone w kącie.

— Rozpoznanie i wsparcie — odpowiada Athina, jej głos pozostaje równy mimo ciężaru odpowiedzialności, który na nas wszystkich ciąży. — Będą naszymi dodatkowymi oczami i uszami w terenie.

— I wreszcie ty, Artemis — mówi, zwracając się do mnie, — będziesz ściśle współpracować z Malcolmem, żeby upewnić się, że otrzymywane przez niego informacje są dokładne i wiarygodne.

— Zrozumiano — odpowiadam, pilnując, by głos był stabilny mimo kipiącej pod skórą złości. — Koniec z zaufaniem do szemranych źródeł.

— Dobrze — mówi Athina, raz jeszcze omiatając nas wzrokiem. — Do pracy. Musimy dopaść zdrajcę i nie mamy czasu do stracenia.

Rozchodzimy się, każdy skupiony na swoim zadaniu. Nie mogę jednak pozbyć się mieszanki nadziei i niepokoju, gdy zaczynamy wdrażać nowy plan. Czy naprawdę potrafimy sobie ufać po tym wszystkim, co nas okłamywało?

Pracując z Malcolmem, przeczesując najnowsze informacje, łapię się na tym, że ciągle podważam źródła. Czy ten trop jest prawdziwy, czy to kolejna pułapka? Stawka jeszcze nigdy nie była tak wysoka, a jeden fałszywy krok może oznaczać katastrofę.

— Artemis — odzywa się Malcolm, wyrywając mnie z nakręcających się myśli. — Wiem, że trudno teraz ufać, ale jeśli chcemy położyć Dianę na łopatki, musimy polegać na sobie nawzajem.

— Wiem — odpowiadam, spotykając jego spojrzenie. — Tylko... skąd mamy wiedzieć, komu ufać?

— Trzymając się razem — odpowiada po prostu, a na jego twarzy miga blady uśmiech. — Zjednoczeni jesteśmy silniejsi niż cokolwiek, co Diana nam jeszcze podrzuci.

— Obyś miał rację — mówię, odwzajemniając uśmiech. Ponownie zanurzamy się w pracy, napędzani świadomością, że wspólny cel jest w zasięgu ręki — jeśli tylko zdołamy pozostać skupieni i zjednoczeni.

Walka z Dianą daleka jest od końca, ale jesteśmy gotowi położyć kres jej rządom terroru. I biada temu, kto spróbuje nas poróżnić.

ROZDZIAŁ DWUDZIESTY PIĄTY

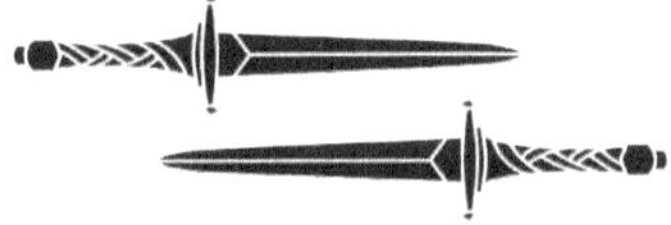

TEN JEDNOSTAJNY SZUM KLIMATYZACJI przebija się do moich uszu, wypełniając ciszę przyciemnionego pokoju. Moje palce tańczą w zawrotnym tempie po klawiaturze, zostawiając za sobą ślad słów i liczb. Czas przecieka mi przez palce, gdy ślęczę nad każdym skrawkiem informacji o rozległej sieci Diany, jaki tylko zdołam znaleźć.

— Artemis, powinnaś się trochę przespać — odzywa się głos za moimi plecami. Nawet nie muszę się odwracać, żeby wiedzieć, że to Declan. Zna mnie na tyle dobrze, by dostrzec, kiedy jestem o krok od wypalenia, ale wie też, że właśnie wtedy pracuję najlepiej.

— Odpoczynek jest dla słabych — ripostuję, nie odrywając wzroku od ekranu. — Poza tym jestem na tropie.

— Doprawdy? — pyta sceptycznie Declan. Ale wiem, że nie będzie mnie powstrzymywał.

— A jakże. Nasza droga Diana miała ostatnio pełne ręce roboty — potwierdzam, starannie zestawiając obszerne akta o jej znanych współpracownikach i dawnych bazach operacyjnych. Elementy układanki powoli zaczynają do siebie pasować.

— Masz jakieś konkretne tropy, gdzie może się teraz ukrywać? — pyta Declan, nie do końca potrafiąc ukryć ciekawość mimo wcześniejszych wątpliwości.

— Nic jeszcze konkretnego, ale się zbliżam — odpowiadam, palce bez wytchnienia stukają w klawisze. Co jakiś czas je rozciągam, żeby odpędzić skurcze, które próbują mnie dopaść. Natarczywe tykanie zegara przypomina, jak długo już nad tym siedzę.

— Dobrze, zostawię cię z tym — mówi Declan po ostatnim spojrzeniu na moją zgarbioną sylwetkę. — Tylko pamiętaj, że mamy spotkanie zespołu z samego rana.

— Dzięki, tato — mamroczę pod nosem, przewracając oczami, gdy drzwi cicho się domykają. Otrząsam się i znów w pełni skupiam na zadaniu. Nasze spotkanie może poczekać — muszę uzbroić nas w tyle informacji, ile się da, zanim do niego dojdzie.

Godzina za godziną mija w zamgleniu analizy danych i łamania szyfrów. Monotonny pomruk jednostki klimatyzacyjnej grozi uśpieniem mnie w transie, ale zmuszam zamglone oczy, by wciąż wypatrywały tropów. Gdzieś w tym cyfrowym stogu siana leży igła, której potrzebujemy — jeden nieostrożny błąd Diany, jedna drobna szczelina w jej pancerzu. Tyle wystarczy.

Gdy przenoszę wzrok z ekranu na ekran, każdy nowy szczegół o zasięgu wpływów Diany przeszywa mnie lodowatym dreszczem. Utkała sieć o wiele rozleglejszą, niż byliśmy w stanie sobie wyobrazić. Jak zdołała wymykać się nam tak długo?

— Niewiarygodne — szepczę do siebie, czując dziwną mieszankę niechętnego podziwu i wstrętu. — W co ty się zmieniłaś, Diano? Jakim potworem?

Ciemność za oknem powoli ustępuje pierwszym oznakom poranka, ale prawie tego nie zauważam, pochłonięta rozplątywaniem pokręconej sieci Diany i doprowadzeniem jej wreszcie przed oblicze sprawiedliwości.

— Sen może poczekać — mruczę z determinacją. — Nadchodzimy po Panią, Diano. Nie ukryje się Pani wiecznie.

Słońce stopniowo wschodzi, jego promienie zaglądają przez żaluzje mojego prowizorycznego biura. Jadę już na oparach, ale się nie poddam. Kiedy rozważam wlanie w siebie kolejnej filiżanki gorzkiej kawy, do drzwi rozlega się lekkie pukanie. Uchylają się z cichym skrzypnięciem i do środka wchodzi Athina — jej znajoma obecność to upragniona ulga po mroku, w którym tonęłam.

— Artemis — mówi cicho. — Mam coś, co może pomóc.

Słowo „pomoc" jest pojęciem względnym, gdy mowa o rozmontowywaniu rozległego imperium Diany, ale chętnie przyjmę wszystko, co się trafi. Skinieniem dziękuję Athinie, a ona podchodzi i z głuchym stukiem rzuca na stół kilka sfatygowanych teczek.

— Skąd udało ci się to wygrzebać? — pytam, szybko przekartkowując strony.

— Powiedzmy, że mam własne kontakty — odpowiada kokieteryjnie Athina, a kąciki jej ust unoszą się w porozumiewawczym uśmiechu.

Przewracam oczami w zrezygnowaniu. — No jasne. — Jej żartobliwy sarkazm jest dziwnie kojący, nawet teraz.

— No chodź — ponagla Athina, dosuwając krzesło obok mnie. — Zobaczmy, co mamy.

Wspólnie wgryzamy się w teczki, podczas gdy poranne światło stopniowo wypełnia ciasną przestrzeń biura. Odręczne notatki Athiny pokrywają marginesy, podkreślają kluczowe szczegóły i łączą liniami powiązane punkty. Czuję, jak energia zaczyna do mnie wracać wraz z tym nowym zastrzykiem informacji, a zamglone oczy odzyskują ostrość.

— Spójrz tutaj — mówi Athina, stukając w fragment tekstu. — Wygląda na to, że Diana często jeździła do tego miasteczka pod pozorem badań. Ale w aktach nie ma żadnych projektów zatwierdzonych przez Biuro.

Szybko skanuję dziennik podróży. — Masz rację, coś tu nie gra. To może być nieznana baza operacyjna. — Czuję iskrę ekscytacji. — Skrzyżujmy daty z jej finansami, zobaczmy, czy coś wyskoczy.

Athina rzuca mi aprobujące spojrzenie, gdy na drugim monitorze wyświetlam nielegalnie pozyskane wyciągi bankowe Diany. Razem szukamy wzorców — okruszków chleba prowadzących do ukrytej działalności Diany.

Gdy przebieramy w aktach, szybko staje się jasne, że Athina trafiła w dziesiątkę. Zdjęcia, e-maile, dokumenty finansowe — wszystko to maluje przerażający obraz ogromu operacji Diany. Puls mi przyspiesza, gdy składamy tę układankę, dokładamy kolejne nitki do splątanej sieci, którą rozwijam już od godzin.

— Spójrz na to — mówi Athina, wskazując diagram firm i osób, które wszystkie łączą się z Dianą. — To jak misterna pajęczyna.

— Bardziej jak hydra — kontruję ponuro. — Utniesz jedną głowę, dwie odrastają.

Athina poważnie kiwa głową. — Prawda, ale skupmy się na tym, na co mamy wpływ. Musimy znaleźć, gdzie się ukrywa, i skończyć z tymi eksperymentami raz na zawsze.

— Zgoda — odpowiadam stanowczo, z odnowioną determinacją. — Rozrysujmy to wszystko, poszukajmy wzorców i słabości, które da się wykorzystać.

Kolejną napiętą godzinę spędzamy na drobiazgowym studiowaniu dokumentów, łącząc kropki między placówkami, operatorami i spółkami–wydmuszkami, które finansują pokręconą pracę Diany. W pokoju panuje złowroga cisza, przerywana jedynie sporadycznym szuraniem markera po białej tablicy, gdy obrysowujemy tę rozrastającą się sieć.

— Artemis, patrz — mówi nagle Athina, w głosie napięcie. Wskazuje skupisko lokalizacji na mapie, a moje serce zaczyna walić. To jak spojrzeć w ślepia potwora — takiego, któremu będziemy musiały stawić czoło, jeśli chcemy powstrzymać Dianę.

— Bogowie, miejcie nas w opiece — szepczę, ściskając marker, by ustabilizować drżącą dłoń. — Będzie nam potrzebna każda możliwa przewaga.

— Rzeczywiście — przytakuje ponuro Athina. — Ale pamiętaj, że mierzyłyśmy się już z mrokiem. I zawsze wychodziłyśmy silniejsze.

Biorę głęboki oddech, zmuszając się, by uwierzyć w jej słowa. — Oby tym razem też tak było. Będzie nam potrzebna cała siła, jaką zdołamy zebrać.

W kolejnych dniach wciąż analizujemy skarbiec informacji, wypatrując każdej nitki, za którą można pociągnąć, by rozpruć sieć Diany. Oczy mnie pieką, a plecy bolą od pochylania się nad dokumentami, ale zmuszam się, by nie przestawać. Zbyt wiele zależy od tego, czy znajdziemy szczelinę w jej pancerzu.

Stopniowo tworzymy listę znanych wspólników do sprawdzenia, bezpiecznych domów do obserwacji, spółek-wydmuszek do prześledzenia płatności. To żmudna robota, ale każdy punkt danych przybliża nas o krok do zdemaskowania źródła tego zła.

— Chyba znalazłam coś obiecującego — mówi pewnej późnej nocy Athina, podekscytowana stukając w rekordy finansowe. — Powtarzające się przelewy na niewykrywalne konto offshore, ale z jej prywatnych środków. Może to coś, co chce utrzymać poza ewidencją nawet przed własnymi ludźmi.

Adrenalina uderza mi do głowy, gdy szybko weryfikuję odkrycie. — Athino, jesteś niesamowita! To może być dokładnie ta słabość, której potrzebujemy.

Wymieniamy zadziorne uśmiechy — dreszcz łowów bierze górę. Plątanina nitek zaciska się wokół Diany z każdą rozplątaną przez nas wiązką. Nie będzie wymykać się sprawiedliwości wiecznie. Jej skrzywione rządy wkrótce dobiegną końca.

Uniesione nowym optymizmem, podwajamy wysiłki. Droga przed nami wciąż jest niejasna, ale idziemy nią razem — dwie łowczynie domykające krąg wokół niebezpiecznej zwierzyny. Nie stawiamy jednak kroków lekkomyślnie. Na szali wiszą życia, a porażka czyha, jeśli się potkniemy.

Na razie wystarcza nam rozplątywanie każdej nici sieci Diany. Ale wkrótce przyjdzie pora zmierzyć się z pająkiem w jej mrocznym sercu. Kiedy to nastąpi, staniemy naprzeciw, zjednoczone i niewzruszone.

*

Przygasłe światło monitora rzuca upiorne cienie na pokój, uwydatniając sine kręgi pod oczami Athiny. Wygląda, jakby w ostatnich godzinach postarzała się o dekadę, ale w jej spojrzeniu płonie ogień determinacji, który mówi mi, że do klęski jej daleko.

— Artemis — odzywa się, głosem ledwie ponad szept. — Coś znalazłam. Coś dużego.

— Mów — żądam, serce wali mi z oczekiwania.

— Jeden z ukrytych ośrodków eksperymentów hybrydowych Diany. Nie ma go jeszcze na żadnej z naszych map, ale jestem pewna, że to to — wskazuje odosobnione miejsce, głęboko w sercu lasu.

— Cholera — wydycham, adrenalina skacze na myśl o horrorach, które mogą czaić się za tymi murami. — Musimy się tam dostać. Dowiedzieć się, co oni tam szykują.

— Zgoda — mówi stanowczo Athina. — Ale potrzebujemy wsparcia. Obsidian Circle musi o tym wiedzieć.

Z wysiłkiem tłumię swoje opory. Zaufanie innym nie wychodziło mi najlepiej, ale jeśli Athina w nich wierzy, może pora, żebym i ja spróbowała. — Dobrze. Zrobimy im pełny przegląd pokręconej sieci Diany.

Kilka minut później zbieramy Circle, a wszyscy słuchają w skupieniu, gdy przedstawiam nasze niepokojące ustalenia. Powietrze jest gęste od napięcia — niemal czuję smak mieszaniny strachu i determinacji.

— Spójrzcie na ten poplątany bałagan — mówię, wskazując sieć powiązań. — Zasięg Diany jest znacznie szerszy, niż przewidywaliśmy. Mówimy o firmach–wydmuszkach, tajnych laboratoriach i kto wie, ilu ukrytych miejscach jak to, które odkryła Athina.

— Ukryte miejsca? — pyta sceptycznie Sapphire. — Skąd pewność, że to nie pułapka?

— Bo informacje Athiny są solidne — warczę, aż jeżą mi się włosy. — Myślisz, że nie braliśmy pod uwagę pułapek? Nie jesteśmy idiotami.

— Dość — wtrąca stanowczo, lecz spokojnie Athina. — Mamy cenną szansę zdobyć informacje o planach Diany i potencjalnie powstrzymać jej okrucieństwa. Byłoby głupotą to zignorować.

Malcolm poważnie kiwa głową. — Zgoda. Ryzykowne, ale potencjalna nagroda przeważa nad niebezpieczeństwem.

— Nie możemy tak po prostu wejść w ciemno — sprzeciwia się napiętym tonem Declan. — Musimy dokładnie wiedzieć, z czym mamy do czynienia.

— Oczywiście, że nie — zgadza się Athina. — Ale nie możemy też siedzieć z założonymi rękami, podczas gdy Diana robi, co chce.

Zawsze ostrożny naukowiec, Malcolm odchyla się zamyślony. — Jak bardzo bym tego nie nie znosił, potrzebujemy więcej informacji. Ale nie bądźmy lekkomyślni, zdobywając je.

— Brawura? — prychnę z goryczą. — Ścigamy tę kobietę od miesięcy. Co proponujesz, Malcolmie, żebyśmy siedzieli z założonymi rękami, gdy ludzie cierpią?

— Artemis — ostrzega. — Wpadnięcie tam nieprzygotowanymi może zniweczyć wszystko, na co pracowaliśmy.

Ściskam zęby, ukłuta prawdą w jego słowach. Jak bardzo by to nie bolało, nie możemy ryzykować życiem pod wpływem impulsu. Stawka jest zbyt wysoka.

— Dobrze — wycedzam, zmuszając się, by skupić się na sednie problemu. — Będziemy działać ze skrajną ostrożnością, ale musimy ruszyć wkrótce. To okno możliwości nie pozostanie otwarte na zawsze.

— Zgoda — mówi równym tonem Athina, przenosząc wzrok między mną a Malcolmem. — Zbierzemy tyle użytecznych informacji, ile się da, zanim wykonamy jakikolwiek ruch. A jeśli infiltracja okaże się zbyt ryzykowna, znajdziemy inny sposób, by uderzyć w Dianę.

Malcolm ze zmęczeniem pociera skronie. — Powinniśmy też rozważyć możliwość, że tworzenie superżołnierzy nie jest ostatecznym celem Diany. Może chodzi o coś znacznie bardziej złowieszczego.

— Na przykład co? — pytam, ciekawość miesza się ze ściskiem w żołądku.

— Wiem tyle co ty — wzdycha Malcolm z bezradnym gestem. — Ale cokolwiek to jest, nie możemy zlekceważyć jej przebiegłości. W chwili, gdy to zrobimy, będziemy praktycznie martwi.

— Pokrzepiająca myśl — mruczę pod nosem, bębniąc nerwowo palcami w blat.

— Słuchajcie, wiemy, że to niezwykle niebezpieczne — wtrąca stanowczo Athina, zanim napięcie znów nas pochłonie. — Ale wiemy też, że Dianę trzeba zatrzymać za wszelką cenę. Jeśli infiltracja jej ośrodka da nam informacje, by ją obalić, to ryzyko, które musimy podjąć.

Spotykam jej szczere spojrzenie i kiwam głową. — Zgoda. Zróbmy to.

Kilkanaście następnych, nerwowych godzin spędzamy na analizie boleśnie skromnych danych, próbując ułożyć plan, który nie zabije nas wszystkich. Z każdą minutą coraz mocniej czuję miażdżący ciężar zbliżającej się misji.

Ale patrząc na mój zespół — te odważne dusze, które są gotowe stanąć u mego boku przeciw niewyobrażalnym niebezpieczeństwom — przypominam sobie, że walczymy nie tylko o siebie. Walczymy o każdą nadnaturalną ofiarę, o każde niewinne życie wiszące na włosku.

A jeśli to oznacza porywanie się na niemożliwe, niech tak będzie. Stawimy czoła każdemu nowemu koszmarowi czającemu się w legowisku Diany i wyjdziemy z tego silniejsze. Bez względu na koszt.

W kolejnych dniach wciąż zbieramy każdy rozproszony skrawek informacji, jaki tylko się da. Plany pięter, listy zmian ochrony, skany strukturalne — wszystko, co może dać nam przewagę, gdy już będziemy w środku. Czekanie działa mi na nerwy, ale zmuszam się do cierpliwości. Dostaniemy tylko jedną szansę — musi być wykonana bezbłędnie.

Pewnej bezsennej nocy Athina podchodzi do mnie z twarzą pooraną ponurymi bruzdami. — Przechwyciliśmy komunikację o przewozie więźnia o wysokim znaczeniu do tego obiektu jutro. To może być otwarcie, którego potrzebujemy.

Czuję iskrę ekscytacji mimo monumentalnego ryzyka. — Jeśli podkręcą zabezpieczenia na czas transferu, mogą powstać ślepe strefy, które wykorzystamy, żeby wsunąć się do środka niezauważone.

Athina kiwa głową. — Zatem postanowione. Ruszamy o świcie.

Próbując odpocząć w tych kilku pozostałych godzinach, mielę w głowie możliwości, scenariusze, plany awaryjne. Wiem, że stąpamy po ostrzu noża między sukcesem a anihilacją. Ale zawrócić teraz byłoby największą porażką ze wszystkich.

Zanim słońce wysunie się nad horyzont, Circle zbiera się po raz ostatni. W półmroku ich oczy błyszczą niemą odwagą. Kości zostały rzucone — czas wyjść z cienia prosto w ogień.

Zjednoczeni obowiązkiem i niezachwianą lojalnością, stoimy gotowi sforsować nawet same bramy piekieł, jeśli misja będzie tego wymagać. Odwrotu już nie ma, pozostało tylko iść naprzód. Światło sprawiedliwości wzywa przez mrok. I podążymy za nim, nieważne, dokąd nas poprowadzi.

ROZDZIAŁ DWUDZIESTY SZÓSTY

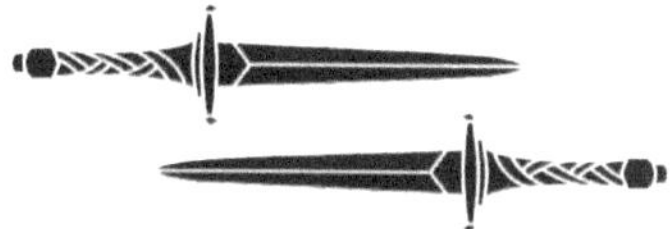

Ten księżyc to spiskujący sierp, ledwie rozświetlający tajny ośrodek Diany. Betonowe ściany ociekają grozą i czuję ją w kościach, gdy się zbliżamy. Miejsce przypomina hybrydę więzienia i laboratorium szalonego naukowca, otoczone dwunastostopowym ogrodzeniem z drutu kolczastego.

— Declan, zmień się — szepczę, lustrując otoczenie w poszukiwaniu zagrożeń.

— Już — odpowiada krótko. Słyszę cichy warkot, gdy przemienia się w smukłego, cętkowanego jaguara, złote oczy błyszczą.

— Trzymaj się nisko — nakazuję, gdy posuwamy się naprzód. Gibka, kocia sylwetka Declana porusza się bezszelestnie tuż obok mnie, niemal niewidoczna w mroku. Reszta podąża zaraz za nami, stapiając się z cieniami.

Unikanie patrolujących zewnętrznych strażników okazuje się dość proste — kilka szybkich ciosów posyła ich w nieświadomość. Ale ciche wyłączenie siatki czujników wymaga finezji. Wskazuję Declanowi wąską szczelinę przy ziemi. Przeciska się, wysuwając pazury, by od dołu, niewidocznie, przeciąć linki spustowe.

— Boczne wejście — sygnalizuję, dostrzegając dyskretne drzwi spowite ciemnością. W środku kształt jaguara faluje i wraca do jego surowej, ludzkiej postaci.

— Tylko rozpoznanie, bez kontaktu — przypominam stanowczo. Szczęka Declana się zaciska, ale kiwa głową.

Rozdzielamy się, rozmieszczając ukryte kamery i pluskwy w sterylnie białych korytarzach. Zerkam na Declana, słysząc napięcie w jego przyciszonym głosie, gdy zmaga się z okiełznaniem bestii wewnątrz. — Skup się — upominam go łagodnie. Demaskacja oznacza porażkę, niezależnie od ceny.

Ostry, antyseptyczny fetor uderza mnie, gdy skradamy się w stronę skrzydła badawczego. Upiorna cisza spowija ośrodek, przerywana jedynie naszymi ostrożnymi krokami. Sterylne, białe ściany groźnie nas osaczają, szarpiąc mi nerwy. Gdzieś w tych klaustrofobicznych korytarzach czai się niebezpieczeństwo, ale metodycznie instalujemy wszystkie urządzenia do obserwacji, jakie mamy, aż w końcu przychodzi czas na odwrót.

— Declan, idź na czoło — szepczę do komunikatora. Musi użyć wyostrzonych zmysłów, by rozpoznać teren przed nami.

— Jasne, szefowo — pada jego lakoniczna odpowiedź. Słyszę napięcie w jego głosie — to miejsce działa na nas wszystkich.

Patrzę, jak Declan przesuwa się naprzód, ruchy sprężyste, gotów w jednej chwili zaatakować albo się bronić. Lekko przekrzywia głowę, wychwytując jakiś niedostrzegalny dźwięk. — Patrol nadchodzi — ostrzega.

— Kryć się, szybko! — rozkazuję. Wtaplamy się w cienie, gdy ciężkie buty skręcają za róg. Żołnierz wygląda bardziej na bestię niż człowieka, nabity mięśniami i najeżony bronią. Porusza się z drapieżną precyzją, każdy krok emanuje zabójczą intencją.

Zanim zostaniemy wykryci, Declan rzuca się na olbrzyma, lecz zostaje zaskakująco szybko zablokowany; ogromny chwyt brutala wyraźnie miażdży. Rozpętuje się dzika wymiana ciosów, a Declan z trudem dotrzymuje kroku bezlitosnej kanonadzie druzgocących uderzeń przeciwnika.

O włos unika wściekłego ciosu, kości subtelnie mu się przesuwają, by zwiększyć elastyczność. Widzę, jak Declan walczy z pokusą, by wypuścić na wolność swoją śmiercionośną, drugą postać. Powstrzymuje się jednak — nie chce całkowicie odsłonić swoich możliwości.

— I to wszystko, na co cię stać? — prowokuje Declan przez zaciśnięte zęby, trafiając solidnie w szczękę żołnierza. Lecz ten kolos wydaje się jedynie rozdrażniony.

— Poważny błąd — warczy brutal, oczy zwężają mu się w złowrogim skupieniu. Podwaja bezwzględny napór, spychając Declana do czystej defensywy.

Zaciskam pięści, walcząc z chęcią interwencji. To na razie walka Declana. Mogę tylko bezradnie patrzeć, jak przyjmuje grad ciosów, szukając choćby szczeliny, by odwrócić losy starcia.

Wygląda, jakby utknęli w pierwotnym starciu równych drapieżników. Ale wiem, że Declan dochodzi do kresu. Żelazna kontrola nad bestią w nim grozi pęknięciem w każdej chwili.

W chwili, gdy zdaje się, że jego powściągliwość pęka, Declan wyzwala ostatni przypływ mocy, wgniatając przeciwnika w ziemię łomotem aż po kości. Potężny przeciwnik osuwa się na ścianę, wreszcie unieszkodliwiony.

— Meldunek — żądam chłodno, choć serce mi wali.

— Wciąż żyję — ochrypłe odparowuje Declan, napięty. — Musimy się ruszać, teraz. Czas znikać.

— Ruch, ruch! — wrzeszczę rozpaczliwie, gdy w ośrodku rozlega się wycie alarmów, i rzucam się w paniczny sprint. Nasze kroki dudnią jak strzały w sterylnych, białych korytarzach, gdy pędzimy do wyjścia. Ogłuszające wycie potęguje panikę, grożąc zatopieniem rozsądku.

Serce wali jak oszalałe, gdy kluczymy przez labirynt korytarzy. Adrenalina zalewa żyły, zawężając cel do jednego: dostać się w bezpieczne miejsce. Nerwowo zerkam za siebie, ale nigdzie nie widzę znajomej, drobnej sylwetki Garnet.

— Garnet zniknęła! — wrzeszczę ponad zgiełkiem, a gardło ściska mi trwoga. W chaosie musiała się od nas odłączyć. Jakie nowe koszmary może teraz przeżywać samotnie w tym sterylnym, bezlitosnym miejscu?

— Musimy zawrócić! — krzyczy rozpaczliwie Declan. Jego oczy błagają mnie, żebym się odwróciła, żebym nie porzucała naszej towarzyszki.

— Nie ma czasu! — warknę gorzko, nienawidząc tych słów, nim jeszcze spadną mi z ust. Zawrócenie teraz skazałoby nas wszystkich. — Garnet jest zaradna, znajdzie inne wyjście! — modlę się, by moja pewność brzmiała przekonująco.

Orzechowe oczy Declana mętnieją z bólu, ale kiwa głową i biegnie dalej. Wiem, że proszę go, by zignorował każdy opiekuńczy instynkt, jaki w nim płonie. Ale zatrzymanie się teraz byłoby ofiarą wszystkiego, na co pracowaliśmy.

Pędzimy dalej, a na języku czuję gorzki smak winy. Każdy zakręcony korytarz wygląda tak samo, mój zmysł orientacji rozpływa się w mgle paniki. Jak długo, zanim ludzie Diany zastawią na nas pułapkę?

— Tędy! — krzyczy Declan, skręcając w ciemny boczny korytarz. Jego węch to teraz nasz najlepszy przewodnik. Daję znak drużynie, by za nim podążyła, kurczowo trzymając się niknącej nadziei, że ta droga prowadzi ku ucieczce. Ale z każdą sekundą oddzielenia od Garnet czuję coraz większy ciężar — nie powinniśmy byli jej zostawiać, bez względu na ryzyko.

Nasze poszarpane oddechy i dudniące kroki rozbrzmiewają w bezokiennych korytarzach. Labirynt zdaje się nie mieć końca, jakby stworzony, by nas tu uwięzić. Lecz gdy ogarnia mnie rozpacz, dostrzegam najbledszy błysk księżycowego światła przed nami — wyjście!

— Już prawie! — poganiam pozostałych, a ulga zalewa mi żyły. Gdy będziemy wolni, wymyślimy, jak wrócić po Garnet. Trzymam się kurczowo tej rozpaczliwej myśli, próbując uciszyć wrzask winy wewnątrz.

W końcu wypadamy na otwarte nocne powietrze, pusta czerń otula nas ochronnie. Za nami majaczy potężna sylweta ośrodka, zimny pomnik decyzji, którą podjęłam, by zostawić Garnet na pastwę losu. Ten obraz wypala się w mojej pamięci, nie do wymazania.

— Ruszamy — rozkazuję twardo, zmuszając się, by odwrócić wzrok. Znikamy w cieniach, a gasnące wycie alarmów zastępuje głęboka cisza.

Nogi palą mnie z wysiłku, gdy uciekamy w dzicz. Ale serce boli mocniej — bo wiem, że zostawiłam przyjaciółkę, by znosiła niewyobrażalne katusze w tamtych sterylnych murach. Nieobecność Garnet prześladuje mnie, nieustanne memento moralnej ceny dzisiejszej misji.

Spoglądam za siebie tylko raz, tuż zanim las pochłania ośrodek z pola widzenia. — Wrócę po ciebie, Garnet — szepczę zajadle. — Przysięgam.

Gorzki wiatr przeszywa mnie na wskroś, gdy chwiejnie stajemy, łapiąc łapczywie oddech. W oddali światła ośrodka jarzą się zimno i niezmiennie — drwiąca przypominajka, że Garnet wciąż tkwi w środku. Serce tłucze się we mnie nie tylko z wysiłku. Miażdżące poczucie winy po tym, jak ją porzuciłam, przykuwa mnie do miejsca.

— Cholera jasna! — klnę wściekle. — Nie możemy jej tam po prostu zostawić!

— Artemis, nie miałyśmy wyjścia — mówi łagodnie Athina. — Alarmy...

— Nie obchodzą mnie żadne alarmy! — syczę, gdy gniew przepala mnie na wylot. — Garnet jest teraz na łasce Diany. Musimy wrócić!

Declan podchodzi bliżej, twarz wyryta troską. — Przemyśl to najpierw. Ledwo uszliśmy z życiem. Jakie mamy szanse, że przeżyjemy kolejną infiltrację?

Jego pragmatyzm jeszcze bardziej podsyca mój gniew. — Czyli sugerujesz, żebyśmy po prostu ją porzucili?

— Oczywiście, że nie — odpowiada spokojnie Declan, choć słyszę wysiłek, z jakim trzyma nerwy na wodzy. — Ale potrzebujemy prawdziwego planu, zanim znowu tam wpadniemy na hura.

Zmuszam się, by odpuścić, wiedząc, że ma rację. — Dobra. Pomysły, ktoś?

Athina zastanawia się chwilę w milczeniu, po czym mówi: — Najpierw odtwórzmy trasę. Może jest sposób, by wejść ciszej.

Chwytam się tej kruchej nadziei. — Tym razem działamy szybko i ostrożnie. Bez błędów.

Pomrukiem się zgadzamy i znów rozpływamy się w osłaniających cieniach, upiorne sylwetki w mroku. Każdy krok przybliża nas do górującego kompleksu, którego przytłaczająca obecność zdaje się nas obserwować. Skóra mi cierpnie na myśl, jakie nowe okropności czekają w środku.

Wyczuwając mój niepokój, Declan pochyla się, głos ma ledwie szept: — Odzyskamy ją. I sprawimy, że Diana zapłaci za wszystko, co zrobiła.

Hartuję się jego słowami. — Zrobimy to. Nieważne, co to będzie kosztować.

Zbliżamy się do ogrodzenia, wyczuleni na każdy patrol. Lecz nad terenem wisi nienaturalna martwota. Wymieniam z Declanem niespokojne spojrzenie. Gdzie są wartownicy?

Każdy zmysł wrzeszczy, że wchodzimy prosto w pułapkę. Ale myśl, by zostawić tu Garnet choćby o chwilę dłużej, jest nie do zniesienia. Musimy spróbować, mimo ryzyka.

Declan kiwa mi ponuro. Wie tak samo jak ja — teraz nie ma odwrotu.

Namierzamy słabszy odcinek ogrodzenia i ostrożnie go rozcinamy. Otwarty dziedziniec za nim leży upiornie pusty. Daję znak Declanowi i Athinie, by ruszyli przodem, a ja z Malcolmem osłaniamy ich od tyłu.

Gdy ponownie przekraczamy perymetr, przysięgam spuścić ogniste piekło na każdego, kto stanie między mną a Garnet. Obdarzyła nas zaufaniem, a ja ją zawiodłam. Ten błąd kończy się dziś w nocy.

Wślizgujemy się do środka, świadomi każdego oddechu, każdego stłumionego kroku. Jedno rozproszenie może nas wszystkich zgubić.

Identyczne korytarze zlewają się w jedną, koszmarną plątaninę. Lecz stopniowo kształty znów stają się znajome, gdy odtwarzamy drogę. Trasa wyłania się z poplątanych wspomnień. Byle tylko nie było za późno.

Zbliżając się do miejsca, gdzie widzieliśmy Garnet po raz ostatni, unoszę zaciśniętą pięść, dając znak do zatrzymania. Czy to... głosy? Podkradam się naprzód, a krew mi tężeje w żyłach, gdy do głowy zakrada się potworna myśl. A jeśli Diana wie, że nadchodzimy?

Daję znak Declanowi i Athinie, by oskrzydlili wejście do korytarza. Biorę głęboki oddech i zerkam za róg. Pusto. Ulga walczy z konsternacją. Więc gdzie...?

Gromki huk rozsadza ciszę, zaraz potem rozbrzmiewają wyjące syreny. — To pułapka! — wrzeszczę, przekrzykując kakofonię. Przyszliśmy po Garnet, a prosto wpadliśmy w szpony Diany. Jak mogłam pozwolić, by to stało się drugi raz?

Adrenalina zagłusza wątpliwości. Nie ma czasu na użalanie się. — Ruch! — krzyczę, prowadząc zespół z dala od zbliżających się kroków. Pędzimy sterylnymi korytarzami, ścigani przez wrogów i przez moją własną hańbę po tej katastrofalnej porażce.

Jakimś cudem znów wymykamy się ludziom Diany, wypadając dysząc na kojący mrok nocy. Uciekając, w duchu ślubuję Garnet: *Odnajdę cię, siostro. A następnym razem wychodzimy razem albo wcale.*

Gdy jesteśmy dostatecznie daleko, wreszcie się zatrzymuję, klatka piersiowa unosi się ciężko. Reszta zbiera się wokół z ostrożnością.

— Artemis... — zaczyna łagodnie Declan.

— Nie — ucinam, zaciśnięte pięści mi bieleją. — Spieprzyłam to, wiem.

— Wszyscy — mówi Athina. — Teraz najważniejsze to opracować nową strategię.

Przejeżdżam obiema dłońmi po włosach w rozdrażnieniu. Ma rację — oskarżenia na nic. Ale smak porażki jest gorzki.

— Pomysły? — pytam krótko, próbując się pozbierać.

Naradzamy się w napięciu, analizując, w którym dokładnie miejscu wszystko poszło nie tak. Stopniowo mgła emocji się podnosi, wraca trzeźwe myślenie.

— Rozgryźli już nasze metody — mówi Malcolm. — Potrzebujemy nowego podejścia, którego nie przewidzą.

Declan kiwa głową. — Uderzyć tam i wtedy, gdzie najmniej się tego spodziewają.

— Zgoda. — Czuję, jak kiełkuje nowy cel. Użalanie się nic nie daje. — Wyciągamy wnioski z tej katastrofy i próbujemy jeszcze raz, mądrzej. Do trzech razy sztuka.

Pozostali zdobywają się na blade uśmiechy wobec mojego wymuszonego animuszu. Nasza pewność siebie leży w gruzach, ale da się ją odbudować. I odniesiemy sukces — alternatywa jest nie do przyjęcia.

Gdy pierwsze promienie świtu pełzną po horyzoncie, prostuję plecy. Dalsza droga pozostaje mglista, lecz przejdziemy ją razem. Życie Garnet zależy od naszej wytrwałości.

Porażka może nas nawiedzać, ale klęska nie wchodzi w grę. Musimy po prostu ewoluować, pokonując kolejne przeszkody. A upadek Diany z każdym dniem jest bliżej, czy przyjmie tę prawdę, czy nie.

ROZDZIAŁ DWUDZIESTY SIÓDMY

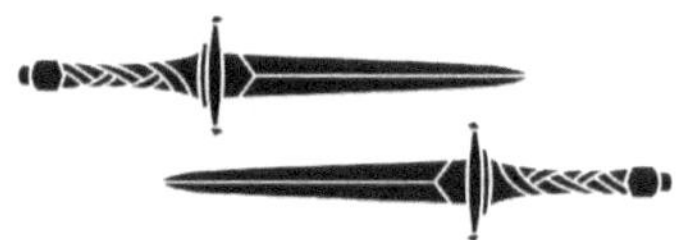

GRYZIE MNIE POCZUCIE WINY gdy bez końca ślęczymy nad mapami i schematami, desperacko szukając jakiejkolwiek wskazówki, dokąd Diana zabrała Garnet po nieudanej misji. Nigdy nie powinnam była jej zostawiać, bez względu na ryzyko. Teraz może cierpieć niewyobrażalne katusze z rąk Diany, a to wszystko moja wina.

— Musieliśmy coś przeoczyć — mamroczę, po raz setny skanując te same dokumenty. Jakiś skrawek nadziei, trop, który pozwoli nam znaleźć i wyciągnąć Garnet, zanim będzie za późno.

Aż za dobrze wiem, co spotyka więźniów Diany. Dręczą mnie obrazy pokrętnych eksperymentów i hybrydowych potworów. Czas ucieka — jak długo, zanim Garnet dostanie zastrzyk tego plugawego serum? Czy w ogóle rozpoznamy moją przyjaciółkę, gdy ją znajdziemy?

Nie. Nie mogę tak myśleć. Garnet to wojowniczka, twarda. Wytrzyma, dopóki do niej nie dotrzemy. Musi. Odmawiam rozważania innej możliwości.

— Odzyskamy ją — mówi łagodnie Declan, widząc mękę w moich oczach. Jego głos mnie uspokaja, przypomina, że ten ciężar nie jest tylko mój. Wciągnęliśmy Garnet do tej walki razem i razem sprowadzimy ją do domu.

Z nową koncentracją analizuję każdy skrawek danych, szukając wzorców albo nieścisłości. Jakiejkolwiek wskazówki, która pomoże w poszukiwaniach. Diana popełniła błąd, porywając Garnet. Teraz każemy jej za niego zapłacić. Gdy tylko znajdziemy ten kluczowy trop, poprowadzę akcję odbicia natychmiast. Już raz zawiedliśmy Garnet, wycofując się bez niej. Nigdy więcej. Dałam jej słowo, że będę ją chronić. Przysięga, której dotrzymam, bez względu na cenę.

— Jakieś szmery o nowych tajnych ośrodkach? — pytam Athinę gorączkowo. — Transporty więźniów albo obiekty do eksperymentów?

Oczy Athiny pozostają przyklejone do ekranu laptopa. — Szyfrowane wiadomości faktycznie wspominają o niedawno zbudowanym, skrytym kompleksie. I o więźniach przybywających na tzw. przetwarzanie.

Ściska mnie w żołądku. — Czyli na przetwarzanie do eksperymentów.

Pięść Declana uderza w stół. — Musimy uderzyć w to miejsce natychmiast! Kto wie, co już zrobili tym biednym ludziom. Albo Garnet... — Zaciska szczękę.

Spotykam jego płonące spojrzenie równie zajadle. — Wchodzimy. Dziś w nocy. I uwalniamy wszystkich, kogo znajdziemy, nie tylko Garnet. Zgadza się?

Pozostali kiwają głowami z powagą. Malcolm zaczyna protestować, lecz uciszam go spojrzeniem. Postanowione — uderzamy na kompleks i nie zostawiamy nikogo.

Gdy szykujemy się do wymarszu, Athina odciąga mnie na bok, z troską wyrytą na twarzy. — Artemis, bądź ostrożna, proszę. Ta próba odbicia... może być dokładnie tym, czego Diana się spodziewała.

Ściskam mocno jej dłonie. — Dałam Garnet słowo, że będę jej strzec. Już jej nie zawiodę, choćby to miało kosztować, ile trzeba.

Athina wpatruje się w moje zdeterminowane oczy, po czym wciąga mnie w gwałtowny uścisk. — Masz tak szlachetne serce, kochana. Modlę się, by nie sprowadziło cię na manowce.

Odwracam się i dołączam do Declana przy warczącym pojeździe, powoli wypuszczając powietrze, by się uspokoić. Skinieniem obiecuje bez słów — tej nocy stoimy ramię w ramię w słusznej sprawie.

Gdy pędzimy w nieznane, zwątpienie i trwoga szarpią mnie od środka. Jakie nowe okropieństwa czekają nas tej nocy? I czy znów zawiodę tych, którzy na mnie liczą?

Obok mnie Declan jakby wyczuwa mój wewnętrzny rozgardiasz. Bez słowa kładzie dłoń na mojej, spoczywającej na kierownicy. Przypomnienie, że nie idę sama w dolinę cieni.

Kości zostały rzucone. Teraz doprowadzimy to do końca, cokolwiek się stanie.

◦

— Słuchajcie uważnie — szepczę, trzymając mój głos nisko w posępnych cieniach więzienia. — Tym razem bez błędów. Odnajdujemy Garnet i wyciągamy ją stąd, za wszelką cenę.

Surowe mury wiszą nad nami przytłaczająco, jakby wyzywały nas, byśmy zapuścili się w ich mroczne trzewia. Ale nie mamy wyboru — myśl, że zostawimy Garnet dłużej w złowrogich rękach Diany, prześladuje mnie bardziej niż jakiekolwiek fizyczne zagrożenie, jakie może przynieść ta noc.

Orzechowe oczy Declana mętnieją od tej samej winy, która wierci mi brzuch za to, że ją porzuciliśmy. — Masz jakiś pomysł, jak ją namierzyć w tym labiryncie?

— Włamałam się do ich systemu i znalazłam plan z nowymi listami więźniów — odpowiada cicho Athina, unosząc tablet złożonej mapy. — Wszyscy są w tym samym bloku. Jest przejście, jeśli będziemy ostrożni.

Stanowczo kiwam głową. — Ruszamy. Porażka tej nocy nie wchodzi w grę. Od naszego powodzenia zależy życie Garnet.

Wślizgujemy się do środka, wyczuleni na każdy najdrobniejszy bodziec. Sterylne korytarze pozostają upiornie ciche, co jeszcze bardziej napina mi nerwy. Jakie mroczne niespodzianki czekają głębiej w tym imponującym grobowcu?

Athina zręcznie prowadzi każdy skręt, jej stłumiony szept kieruje nas przez nierozróżnialny labirynt. Stopniowo jednak zbliżamy się do celu.

W końcu wskazuje na masywne stalowe drzwi, opisane chłodnymi, klinicznymi literami: Cell Block G. Nic nie zdradza cierpienia i strachu pulsujących za ich nieczułą fasadą. Zbieram się w sobie i prowadzę zespół dalej.

Korytarz bez okien emanuje wyczuwalną aurą grozy. — Szukajcie szybko i cicho — szepczę. — Bez niepotrzebnego rozgłosu. Rozchodzimy się, ostrożnie przeszukując każdą odizolowaną celę. Wszystkie pozostają zagadkowo puste, a moja równowaga coraz bardziej się strzępi. Gdzie ona jest?

Wtedy szept Athiny rozbrzmiewa, — Artemis, tutaj! Pędzę do lekko uchylonej celi, ledwo śmiąc mieć nadzieję. Zerkam do środka i zapiera mi dech — Garnet, żywa i najwyraźniej cała.

Declan wypuszcza powietrze z głęboką ulgą. — Dzięki Bogu. Wszystko w porządku?

Kiwnięciem potwierdza, wciąż z szeroko otwartymi, naznaczonymi strachem oczami. Serce mi się skręca na myśl o jej samotnej męce w tej strasznej pustce.

— Natychmiast cię stąd wyprowadzamy — obiecuję, pomagając jej chwiejnym nogom utrzymać ciężar. Gdy Garnet otwiera usta, by coś powiedzieć, szybko jej przerywam: — Nie mamy czasu do stracenia, ruszamy.

Wycofujemy się tym samym szlakiem, w napiętym milczeniu. Każdy pusty korytarz drwi z nas, zaciskając coraz mocniej imadło niepokoju. Wreszcie jednak wychodzimy na otwarte nocne powietrze, a ciemność obejmuje nas ochronnie.

— Wracajmy do domu — mruczę, wciąż mocno podtrzymując Garnet. Jej nawiedzone spojrzenie odbija blizny, których nie widzę, ale noszę w sercu — blizny po wyborze, którego dokonałam, by ją wtedy porzucić. Nigdy więcej.

Gdy znikamy w gęstym lesie, wiem, że ulga po tym małym zwycięstwie jest ulotna. Wciąż majaczy dłuższa wojna z siłami, które czają się w tym ośrodku i podobnych. Lecz znów zjednoczeni, mamy realną szansę wygrać tę walkę. Dziś świętujemy ciężko wywalczone bitwy. Jutro zacznie się prawdziwa wojna.

I będziemy na nią gotowi.

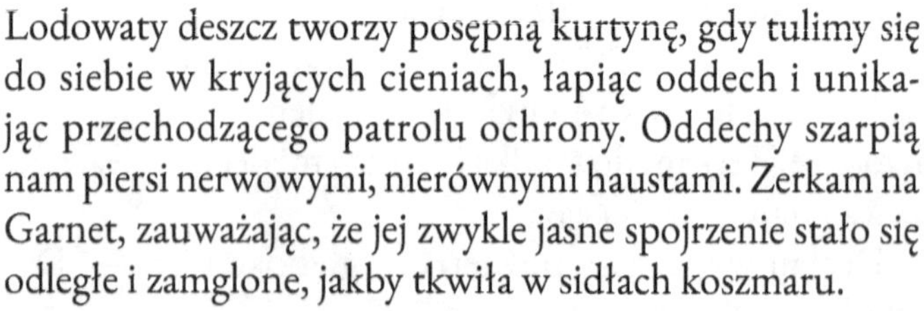

Lodowaty deszcz tworzy posępną kurtynę, gdy tulimy się do siebie w kryjących cieniach, łapiąc oddech i unikając przechodzącego patrolu ochrony. Oddechy szarpią nam piersi nerwowymi, nierównymi haustami. Zerkam na Garnet, zauważając, że jej zwykle jasne spojrzenie stało się odległe i zamglone, jakby tkwiła w sidłach koszmaru.

— Hej — mówię łagodnie, starając się utrzymać głos w ryzach mimo adrenaliny dudniącej w żyłach — trzymasz się? Jesteś strasznie cicha.

Garnet powoli mruga, odwracając się ku mojemu badawczemu spojrzeniu. Gdy wreszcie przemawia, jej głos jest kruchy, ledwie szept. — Cały czas byłam w tej celi. Nie mogłam się wydostać. Widziałam... rzeczy.

Przeszywa mnie dreszcz. — Jakie rzeczy? — pytam cicho. Dłoń Declana odruchowo zaciska się na mojej.

— Straszne — drży Garnet, obejmując się ramionami. — Twory, które nie powinny istnieć. Eksperymenty. — Przełyka ślinę, potrząsając głową krótkimi szarpnięciami. — Same koszmary...

Serce skręca mi się na myśl o traumie i lęku, które musiała znosić sama. — Posłuchaj, to nie twoja wina — mówię stanowczo, lecz łagodnie. — Cokolwiek się tam działo, wina spada na Dianę i jej chore plany, nie na ciebie.

Garnet tylko odwraca wzrok, szczęka jej twardnieje pod naporem niewypowiedzianych emocji. — Gdybym tylko nie dała się złapać—

— Dość — wtrąca Declan, a jego oczy błyskają. — Stało się. Jedyne, na co mamy teraz wpływ, to sprawić, by zapłacili za swoje zbrodnie. Wiem, że jego gniew bierze się z troski, nie z osądu.

— Ma rację — przytakuję, zaskoczona własnym przekonaniem. — Garnet, skup się najpierw na leczeniu swoich ran, a nie na niezasłużonej winie. Razem rozgromimy za to Biuro.

Garnet zdobywa się na słaby, lecz wdzięczny uśmiech. — Dziękuję, naprawdę. Chyba po prostu potrzebuję czasu.

— Weź tyle czasu, ile trzeba — zapewniam ją. — Będziemy tu, kiedy będziesz gotowa. Mam nadzieję, że mój głos brzmi pewniej, niż się czuję.

Gdy brniemy przez przemoczone deszczem lasy, często zerkam na Garnet, uderzona tym nawiedzonym oddaleniem teraz wiszącym w jej oczach. Jakby spierzchła, przygnieciona wspomnieniami i poczuciem winy. Ale przynajmniej jest teraz bezpieczna wśród przyjaciół.

I dopóki trzymamy się razem przeciw ciemności, która próbuje nas wszystkich pochłonąć, wiem, że będziemy walczyć. Cienie mogą się zacieśniać, ale jeśli uchwycimy się nadziei i siebie nawzajem, przetrwamy tę noc. Doczekamy świtu.

Dłoń Declana odnajduje moją, ściska mocno. Spotykam jego niezachwiane, orzechowe spojrzenie i czerpię z niego siłę. Po drugiej stronie Athina wsuwa ramię pod moje w milczącym zapewnieniu.

Otoczona ciepłem przyjaźni, czuję, jak wewnętrzne światło rozpala się jaśniej, odpychając dławiący napór cieni. Przetrwamy tę burzę i wiele następnych. Tego jestem teraz pewna.

Przed nami wabi obietnica schronienia — ukryta chatka głęboko w dziczy. Tam będziemy mogli złapać oddech, opatrzyć rany i zacząć długi proces leczenia.

Dla Garnet ta droga będzie dłuższa i trudniejsza. Ale nie przejdzie jej sama. Razem pomożemy jej odzyskać to, co odebrano. A gdy będzie gotowa, wznowimy naszą krucjatę z nowym przekonaniem.

Deszcz nie zdoła zgasić naszego wewnętrznego ognia. A długa noc w końcu będzie musiała ustąpić światłu świtu. Kurczowo trzymając się tej kruchej nadziei, przedzieramy się naprzód przez mrok.

❖

Zimne, ciężkie krople deszczu wybijają natarczywy rytm o dach kryjówki, podkreślając, że wciąż jesteśmy tu razem, żywi, mimo wszystko. Nawet ulewa nie potrafi jednak do końca zagłuszyć szeptów niepokoju, które mnie dręczą.

— Artemis — mówi cicho Declan, odwracając się, by spotkać mój wzrok — musimy mieć plan, jak pomóc Garnet przez to przejść. Sama sobie z tym nie poradzi.

Stanowczo kiwam głową, determinacja budzi się we mnie. — Masz rację. Dopilnuję, żeby miała całe wsparcie, jakiego potrzebuje. Nie pozwolimy jej cierpieć w milczeniu.

Pozostali mruczą potwierdzająco, na ich twarzach miesza się ulga z troską. Wszyscy bardzo dbamy o Garnet, ale nikt z nas nie widział jej tak sprowadzonej do tej wydrążonej skorupy. Próba ugasiła jej wewnętrzne światło w sposób, który mną wstrząsa. Wkraczamy na nieznane terytorium, zagubieni razem.

— Jesteśmy tu dla ciebie, cokolwiek byś potrzebowała — mówię do Garnet, trzymając jej nawiedzone spojrzenie. — Nie wahaj się prosić.

— Dziękuję — mruczy nieobecnym tonem. — Nie wiem, co bym bez was zrobiła.

— Nie sprawdzajmy tego, dobrze? — mówię, próbując zabrzmieć lekko. Ale aż mnie boli w piersi, gdy widzę ją tak przygaszoną, dociążoną traumą.

— Zawsze masz w nas oparcie — przyrzekam, nadając głosowi siłę. Garnet zdobywa się na drobny uśmiech, ale jej oczy pozostają zamglone, nawiedzone.

Deszcz młotkuje szybę, każda kropla domaga się uwagi, a wewnątrz otacza nas ciepło przyjaźni. Krążymy wokół Garnet ochronnym kręgiem, rozpaczliwie chcąc osłonić ją przed furią burzy.

— Porozmawiaj z nami, proszę — proszę łagodnie. — Chcemy zrozumieć, co przeszłaś.

Ale Garnet tylko wpatruje się w parujący kubek, kłykcie zbielałe od uścisku. — Niewiele pamiętam — szepcze. — Wszystko jest jak we mgle.

— To częste po traumie — mówi uspokajająco Declan. — Jesteśmy dla ciebie, cokolwiek by się działo.

Garnet gwałtownie podnosi głowę, oczy błyskają. — Naprawdę? Czy znowu uciekniecie?

Drgam na ten zarzut. — Zrobiliśmy wszystko, by do ciebie wrócić — odpowiadam twardo. — Zostawienie cię tam rozrywało nas od środka.

— Zamknięta tam sama nie czułam tego — odcina się gorzko.

— Dość! — wtrąca Athina stanowczo, lecz życzliwie. — Jesteśmy tu, by wspierać powrót do równowagi, nie by szukać winnych.

Siedzimy w niespokojnym milczeniu, a deszcz podkreśla tlące się urazy. Chcę pocieszyć Garnet, lecz okopała się za murami, których nie wiem, jak skruszyć.

— Weź tyle czasu, ile potrzebujesz — mówię w końcu, ściskając jej dłoń. — Kiedy będziesz gotowa, będziemy tutaj.

Garnet kiwa głową, trochę twardości znika z jej oczu. Może jesteśmy zagubieni, ale nieznane stawimy razem. Deszcz przypomina, że wciąż żyjemy. A dopóki żyjemy, jest nadzieja.

Gdy siedzimy w uroczystym milczeniu, nieustępliwy łomot deszczu bez przerwy przypomina o burzy, która wciąż szaleje w naszej przyjaciółce. Nie mogę się otrząsnąć z wrażenia, że stąpamy po cienkim lodzie, czekając na kolejne pęknięcie. Ale staniemy przy Garnet na dobre i na złe — nawet jeśli po drodze będziemy musieli zmierzyć się z własnymi demonami.

W końcu od tego jest rodzina. I teraz bardziej niż kiedykolwiek musimy trzymać się tej więzi, jeśli chcemy przetrwać tę długą noc i doczekać świtu.

Rozdział dwudziesty ósmy

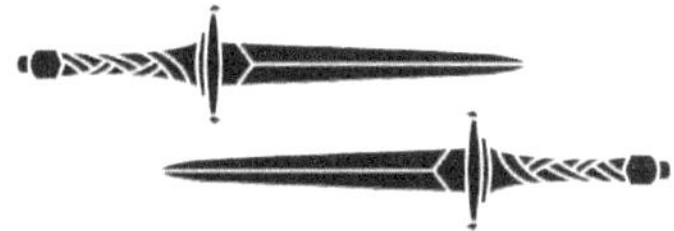

Ten pokój pachnie jak stęchła kawa i gorzki posmak strachu, ale nie mam czasu się tym przejmować, bo wpatruję się w mapy rozrzucone po stole. I wtedy to się dzieje.

— Cholera! — wykrzykuje Athina, gdy przez naszą kryjówkę przetacza się wycie alarmów, zagłuszając szept strategii i zamieniając go w panikę. — Atakują nas!

— Spokój! — warczę, serce wali mi w piersi, a ręce zgarniają mapy i wciskają je do kosza na śmieci obok stołu. — Wszyscy trzymamy się planu. Wiedzieliśmy, że ten dzień może nadejść.

— Artemis, nie spodziewaliśmy się, że tak szybko — mówi Malcolm, a jego niebieskie oczy mętnieją z niepokoju. — Diana musiała znaleźć nas szybciej, niż myśleliśmy.

— Skup się na tym, co teraz, Malcolm — cedzę, z trudem zachowując zimną krew. — Z Dianą rozprawimy się później. Teraz musimy obronić nasz dom.

— Artemis ma rację — odzywa się Garnet, jej głos wyjątkowo niepewny. — Zadbajmy, żeby wszyscy wyszli z tego żywi.

Nie mam czasu dociekać, skąd ten niepokój w jej głosie, bo natychmiast muszę przejść do działania. Athina już uderza w klawisze, uruchamiając wcześniej przygotowaną sekwencję, która zamieni każdy dysk twardy w kryjówce w żużel. Ciskam garść błękitnego ognia w papiery w koszu, wdzięczna, że wszystko zbackupowaliśmy do szyfrowanej chmury i będziemy mogli to odtworzyć później... jeśli w ogóle będzie jakieś później.

Chwytam broń ze skrytki w pobliżu i pędem ruszam ku wejściu, adrenalina dudni mi we krwi.

— Kurwa — myślę, puls przyspiesza, gdy przygotowuję się mentalnie do walki. — Jak Diana mogła nas tak szybko namierzyć?

Wymijając gruz i przemykając za załomami korytarzy, kątem oka wyłapuję Garnet. Coś z nią jest nie tak. Porusza się szarpanymi ruchami, a twarz ma nieobecny, odklejony wyraz, jakby nie była do końca sobą. Nie mogę pozbyć się wrażenia, że coś tu bardzo nie gra.

— Skup się, Artemis — strofuję się, zmuszając uwagę z powrotem ku temu, co dzieje się na progu. — Nie czas na podejrzenia. Zaufaj drużynie.

— Artemis, zalewają nas! — krzyczy Athina przez chaos, głos drży jej od strachu. — Musimy się przegrupować i znaleźć wyjście!

— Przyjęłam — odpowiadam, serce mi się kurczy na myśl o porzuceniu kryjówki. — Wszyscy do tunelu ewakuacyjnego. Tam się zbierzemy i obmyślimy kolejny ruch.

— Czekaj! — wrzeszczy Declan, ledwie słyszalny w kakofonii wokół. — Gdzie jest Garnet? Przecież przed chwilą była z nami.

— Cholera — syczę, omiatając pole walki w poszukiwaniu śladów naszej zaginionej towarzyszki. — Wiedziałam, że coś z nią nie gra.

Gdy gorączkowo szukam Garnet, w dołku żołądka ściska mnie lodowaty węzeł. Każdy instynkt wrzeszczy, że od czasu, kiedy wyciągnęliśmy ją z tamtego więzienia, coś było nie tak, a ja nie mogę odegnać strachu, że zaraz stracę kolejnego członka zespołu.

— Znajdź ją — myślę, a moja determinacja twardnieje jak stal. — Potem rozprawimy się z Dianą raz na zawsze.

— Przygotować się! — krzyczę przez zęby, gdy siły Diany wlewają się do naszej kryjówki. Obsidian Circle jest w poważnej mniejszości i ledwo ich powstrzymujemy.

— Odepchnijcie ich! Nie pozwólcie im zyskać nawet skrawka terenu! — wydaję rozkazy drużynie, adrenalina pompuje mi żyły. Nie możemy się teraz potknąć.

— Artemis, potrzebujemy wsparcia! — krzyczy Declan, głos napięty od wysiłku odpierania hordy hybryd. Czuję jego strach, ale robi wszystko, by trzymać nerwy na wodzy.

— Pracuję nad tym! — odkrzykuję, posyłając serie w nadciągający rój. Każde trafienie daje krótkotrwałą satysfakcję, ale to za mało. Szybko tracimy pozycje.

— Gdzie do cholery jest Garnet? — wrzeszczy Athina, jej głos ledwo przebija się przez chaos. Rozglądam się, szukając jakiegokolwiek śladu. I wtedy ją widzę, stojącą z tyłu sali.

— Hej, Garnet! — warknęłam, czując, jak we mnie wzbiera furia. — Może byś nam pomogła, zamiast sterczeć jak cholerny duch?

Odwraca się do mnie z dziwnym uśmiechem błąkającym się po ustach. To złowieszczy grymas, który przyprawia mnie o dreszcz. Zdecydowanie coś tu nie gra.

W samym środku zamętu uśmiech Garnet się rozszerza, gdy unosi dłonie do twarzy i wykonuje nimi jakiś dziwny gest. Ku mojej grozie jej oblicze spływa jak maska, odsłaniając twarz, która nie należy do mojej przyjaciółki. To kompletnie obca osoba. Serce mi spada do żołądka, a wściekłość wzbiera we mnie jak rozpalona lawa.

— Niespodzianka — szydzi oszustka, odrzucając maskę. — Założę się, że się tego nie spodziewałaś, co, Artemis?

— Kim, do cholery, jesteś? — pluję słowami, rzucając się na nią z całą wściekłością dudniącą mi w żyłach. Ale jest szybka, uchyla się z wyćwiczoną łatwością.

— Oj, nie bądź dla siebie taka surowa — droczy się oszustka z kpiącym uśmieszkiem, gdy ja walczę o odzyskanie równowagi. — Nie miałaś ze mną szans. W końcu jestem idealną kopią.

— Gdzie ona jest? — warczę przez zaciśnięte zęby. — Co zrobiłaś z Garnet?

— Tyle troski o koleżankę — kpi, robiąc krok w moją stronę. — Ale jakie to ma znaczenie? Już dawno po niej, skarbie. Martwa i pogrzebana, dzięki mnie.

— Martwa? — Słowo pali jak kwas na języku. Strach i wściekłość przetaczają się przeze mnie jak rozszalały pożar, budząc we mnie coś pierwotnego. — Ty kłamliwa gnido!

— Wierz, w co chcesz — odpyskuje oszustka z obojętnym wzruszeniem ramion, a w jej oczach błyska zło. — Ale wiedz, że zajęłam jej miejsce tuż pod twoim nosem, a ty nawet niczego nie podejrzewałaś.

— Zamknij się! — wrzeszczę, rzucając się na nią ponownie, z nową determinacją. Nasz pojedynek jest zajadły, każdy cios napędza nienawiść i desperacka potrzeba zemsty.

— Żałosne — syczy oszustka, z irytującą łatwością parując moje ataki. — Jesteś tak samo słaba jak ona.

— Dość! — Serce mi wali jak oszalałe, adrenalina działa jak narkotyk. Nie mogę pozwolić, by ta potwora wygrała — nie po tym wszystkim.

Z wściekłym rykiem spycham oszustkę w tył, a jej oczy rozszerzają się ze zdumienia, gdy pojmuje, że nie padnę bez walki. Wreszcie udaje mi się zapanować nad wściekłością, skupiam moc, a na końcach palców zapala się błękitny ogień.

— Pożegnaj się — warczę, głos mi kapie jadem. Po czym ciskam błękitny płomień, gorętszy niż napalm, prosto w jej uśmiechniętą, kłamliwą, zdradziecką gębę.

Gdy oszustka osuwa się na podłogę, stoję nad nią, dysząc ciężko. Ale w tym zwycięstwie nie ma satysfakcji — jest tylko miażdżący ciężar zdrady, żalu i straty.

Patrzę na rzeźnię, dłonie mi drżą, a jednak nie czuję ulgi. Stało się, a echo jej śmiechu wciąż mnie prześladuje. Zdrajczyni chodziła wśród nas, a ja tego nie zauważyłam.

— Artemis! — krzyk Athiny wyrywa mnie z odrętwienia. — Musimy iść! Natychmiast!

— Declan — mruczę, rozglądając się w chaosie za jakimkolwiek jego śladem. — Nie odejdę bez Declana.

— Znajdź go, ale szybko! Szybko tracimy pozycje! — W jej głosie jest nagląca nuta, jakiej rzadko u niej słyszę.

Przepycham się przez dym i gruz, wołając jego imię. Serce mi bije jak oszalałe, a z każdym rozpaczliwym okrzykiem, na który nikt nie odpowiada, lęk rośnie. Gdzie do cholery on jest?

— Artemis! — To zastępca Sapphire, Topaz, oczy ma szeroko otwarte z przerażenia. Wskazuje miejsce, gdzie Sapphire leży zwinięta na podłodze.

— Cholera — klnę pod nosem. Musimy ją stąd natychmiast zabrać, zanim też ją stracimy.

— Pomóż mi z nią — mówię do Topaza, a wspólny strach dodaje nam sił, gdy razem podnosimy jej ciało.

— Gdzie jest Declan? — pytam, głos mi pęka ze strachu.

Topaz kręci głową, pobladły. — Nie wiem. Nie widziałem go, odkąd zaczęło się natarcie.

— Declan! Declan, odezwij się! — wrzeszczę, ignorując palenie w płucach. Ale odpowiada mi tylko ryk bitwy, szydząc z mojej desperacji.

— Artemis, musimy się wycofać! — woła znów Athina, twarz ma ściągniętą żalem. — Teraz!

— Idźcie! Znajdę go i dołączę! — krzyczę, niezdolna zostawić go samego.

— Artemis, nie mamy czasu! — Jej głos niemal ginie w chaosie. — Musimy już iść!

— Cholera — przeklinam znowu, łzy cisną mi się do oczu, gdy rzeczywistość zaciska się jak imadło. Declana tu nie ma, a my nie możemy zostać ani chwili dłużej. Ciężar bezwładnego ciała Sapphire w ramionach jest ponurym przypomnieniem, że zostanie oznacza pewną śmierć dla nas wszystkich. Żyje, ale nie utrzyma się długo, jeśli stąd nie znikniemy.

— Dobra! — odkrzykuję ze ściśniętym sercem. — Ruszamy!

Wycofując się z kryjówki, nie mogę pozbyć się uczucia, że coś ze mnie zostało tam w środku. Z każdym krokiem wina i wściekłość pęczniają, grożąc, że mnie pochłoną. Jedno jest jednak pewne: znajdę Declana i dopilnuję za wszelką cenę, żeby nic takiego nigdy więcej się nie powtórzyło.

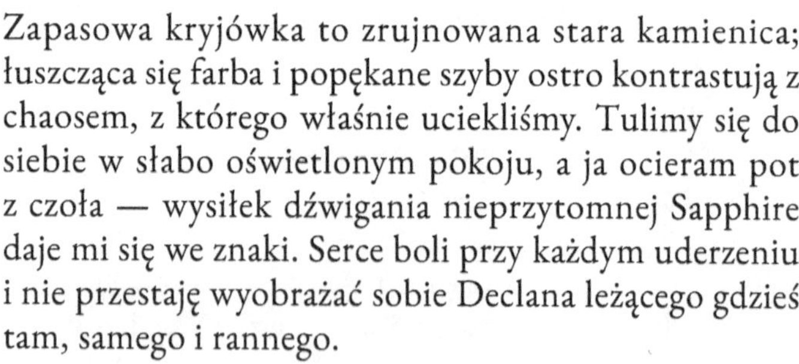

Zapasowa kryjówka to zrujnowana stara kamienica; łuszcząca się farba i popękane szyby ostro kontrastują z chaosem, z którego właśnie uciekliśmy. Tulimy się do siebie w słabo oświetlonym pokoju, a ja ocieram pot z czoła — wysiłek dźwigania nieprzytomnej Sapphire daje mi się we znaki. Serce boli przy każdym uderzeniu i nie przestaję wyobrażać sobie Declana leżącego gdzieś tam, samego i rannego.

— Declan... — szepczę, zaciskając pięści tak mocno, że aż boli. — Wciąż zaginiony.

Athina kładzie mi delikatnie dłoń na ramieniu, oczy ma pełne współczucia. — Artemis, znajdziemy go. Obiecuję.

— Cholera. — Słowa wypełzają ze mnie jak jad, gorzkie i bolesne. — Nie powinniśmy byli odchodzić bez niego.

— Artemis — wtrąca Athina, jej głos jest stanowczy, ale kojący. — Nie miałyśmy wyboru. Nie mogłyśmy tam dłużej zostać.

— Czy to samo mówiłaś, kiedy zostawiłyśmy Garnet? — odbijam, a złość pulsuje mi w żyłach. Jak mogłam być tak ślepa? Jak mogłam nie zauważyć oszustki pod własnym nosem?

— Dość — mówi Athina ostrym tonem, który rozcina moje myśli. — Teraz nie czas na szukanie winnych. Musimy skupić się na znalezieniu Declana i na przeżyciu.

— Racja — mruczę, próbując stłumić buzującą we mnie wściekłość. — Przetrwać. Znaleźć Declana. Jasne.

— Słuchaj, Artemis — zatrzaskuje na mnie swoje ciepłe, piwne oczy — będę monitorować wszystkie kanały, by wychwycić jakikolwiek ślad Declana. Nie spoczniemy, dopóki go nie znajdziemy.

— Dobrze. — Mój głos jest zimny, pozbawiony emocji. — I dopilnujemy, żeby to się więcej nie powtórzyło. Wykorzenimy wszystkich szpiegów, każdego zdrajcę. Nikt więcej nas nie zdradzi.

— Zgoda — odpowiada Athina, oczy jej płoną determinacją. — Przegrupujemy się i wrócimy silniejsze niż kiedykolwiek. Diana nie będzie wiedziała, co ją trafiło.

— A jakże nie będzie — mówię, a moja determinacja twardnieje jak stal. Serce mam ciężkie po stracie Garnet, ale wypełnia je też nowo rozpalona furia. Nie pozwolę, by jej śmierć poszła na marne.

— Dobra, drużyno — oznajmiam głosem, który brzmi jak rozkaz. — Do roboty. Mamy zaginionego przyjaciela do odnalezienia i zemstę do wymierzenia.

Kryjówka znów milknie, reszta zajmuje się swoimi zadaniami. Ale w moim pokoju nie potrafię uciec od dławiącej winy, która leży mi na piersi jak głaz. Z każdym oddechem grozi, że mnie zadusi.

Zawiodłam ich. Garnet... Declan. Na myśl, że wciąż go nie ma, przechodzą mnie dreszcze. A oszustka — Boże, jak mogłam być tak ślepa? Ile razy patrzyłam prosto w te zdradliwe oczy i nie widziałam prawdy?

— Do diabła — mruczę pod nosem, dociskając dłonie do zamkniętych powiek. Koniec użalania się. Muszę coś zrobić — cokolwiek — żeby uczcić przyjaciół, których straciliśmy.

Z determinacją wymykam się z kryjówki i kieruję do małego cmentarza w pobliżu. To miejsce, gdzie spoczywają niektórzy członkowie Obsidian Circle, którym przez lata nie udało się przetrwać; ich groby oznaczają proste drewniane krzyże.

Słońce skryło się już za horyzontem, zostawiając po sobie niesamowity mrok, który pasuje do tej ponurej powinności. Zbliżając się do świeżego nasypu ziemi, ściskam w dłoni bukiet tak mocno, że kolce kłują mnie w skórę.

— Hej — szepczę, klękając przed grobem Garnet — pustym, bo najpewniej nigdy nie dowiemy się, co stało się z jej ciałem. Biorę drżący oddech. — Garnet... Przepraszam, że nie przejrzałam przebrania. Oszustka ograła nas wszystkich, ale powinnam była to wiedzieć. Powinnam była... — Głos mi się łamie i nie potrafię mówić dalej.

— Artemis? — Głos Malcolma mnie płoszy, odwracam się i widzę go kilka kroków dalej, z posępną miną. — Nie chciałem przeszkadzać.

— Malcolm — mówię, zmuszając się do opanowania. — Co ty tu robisz?

Wzdycha i, ku mojemu zdumieniu, siada na ziemi przed grobem, wpatrując się w tabliczkę. — Powinienem był się domyślić — powiedział cicho, po czym spojrzał na mnie. — Trzymaliśmy to w tajemnicy przed resztą Kręgu, ale ja i Garnet byliśmy... razem.

Czuję, jak unoszą mi się brwi, i przysiadałam obok niego na zimnej ziemi. — Nie miałam pojęcia.

— Po powrocie nie chciała mieć ze mną nic wspólnego. — Malcolm śmieje się gorzko. — Myślałem, że to PTSD albo coś w tym rodzaju. Ani przez moment nie podejrzewałem, że to wcale nie była Garnet.

Nie wiem nawet, co powiedzieć. — Przykro mi — mamroczę, ale to brzmi marnie. — Garnet — ta *prawdziwa* Garnet — była świetna. Musi ci być strasznie ciężko.

— Nie obiecywaliśmy sobie wiecznej wierności ani nic takiego. — Skośne spojrzenie Malcolma jest cierpko ironiczne. — Jak by to w ogóle miało wyglądać, w tym świecie, w naszym życiu?

Sama nieraz się nad tym zastanawiałam. Declan kiedyś powiedział mi, że mnie kocha, a ja do tej pory nie potrafiłam mu tego odwzajemnić słowami — i dopiero teraz, gdy go nie ma, uświadamiam sobie, jak bardzo uzależniłam się od jego obecności. Od jego lojalności, spokoju, niezachwianej niezawodności. Nie to, żebyśmy się nie kłócili — jego lojalność jest wszystkim, tylko nie ślepa — ale wiem, że gdy przyjdzie co do czego, stanie za mną murem.

To, że nie wiem, co się z nim stało, zżera mnie od środka. W moim wszechświecie zieje pustka w kształcie Declana i zrobię wszystko, by go odzyskać.

Wszystko.

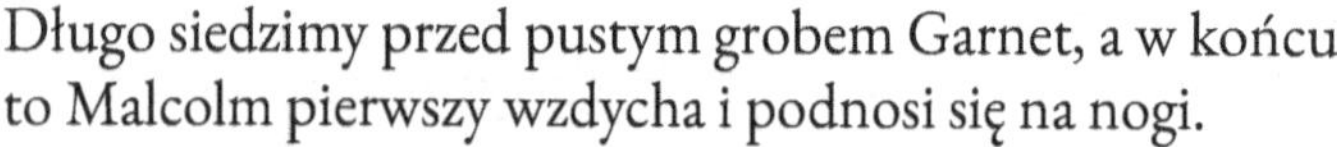

Długo siedzimy przed pustym grobem Garnet, a w końcu to Malcolm pierwszy wzdycha i podnosi się na nogi.

— Ostatnie, czego by chciała, to żebyśmy teraz odpuścili. Mamy szansę to naprawić, znaleźć Declana i sprawić, by winni zapłacili. I zrobimy to razem, jako zespół.

— Racja — zgadzam się, ocierając oczy wierzchem dłoni. — Razem.

— Chodź — mówi, podając mi rękę, by pomóc mi wstać. — Wracajmy do pracy.

Słońce kładzie długie cienie na cmentarzu, gdy wstaję. Świeży grób Garnet wpatruje się we mnie oskarżycielsko, jakby wyzywał mnie, żebym odwróciła wzrok. Ale nie odwrócę. Jestem jej to winna.

Biorę głęboki oddech, hartuję się i wracam do kryjówki.

Do diabła z żałobą — czas na działanie.

ROZDZIAŁ DWUDZIESTY DZIEWIĄTY

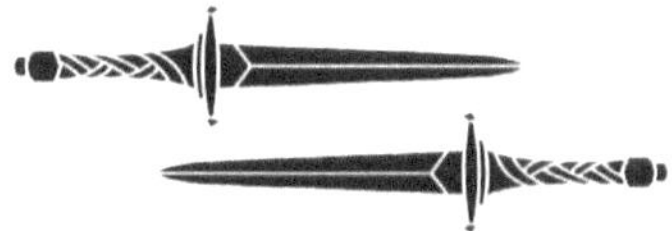

Dwa tygodnie. Czternaście dni męki i bezsennych nocy, wszystko bez choćby jednego znaku od Declana. Mój niepokój jest jak swędzenie, którego nie mogę dosięgnąć, podgryza mnie każdą sekundę dnia.

— Artemis, musisz coś zjeść — mówi Malcolm, popychając w moją stronę talerz. Ale na sam widok jedzenia żołądek ściska mi się boleśnie.

— Nie mogę. Nie jestem głodna. — Mój głos ledwie do mnie dociera. Wzdycha, ale nie naciska. Przecież wie, dlaczego taka jestem.

— Artemis, naprawdę powinnaś trochę odpocząć — wtrąca Athina, a jej zwykle chłodny ton drży od troski. Jakby sen był czymś, co można po prostu sobie postanowić.

— Sen? A co to takiego? — odszczekuję, próbując przykryć desperację sarkazmem. Od razu tego żałuję, gdy widzę ból na twarzy Athiny. — Przepraszam, ja... po prostu nie potrafię.

— Artemis, my też martwimy się o Declana, ale wykańczając się, w niczym sobie nie pomagasz — mówi łagodnie, kładąc mi dłoń na ramieniu. Strącam ją, niezdolna przyjąć teraz czyjegokolwiek pocieszenia.

— Dzięki, ale dam sobie radę — mamroczę, doskonale wiedząc, że to kłamstwo.

Emocje strzępią mi nerwy, a choć bardzo staram się trzymać w ryzach, nie da się ukryć, jak odbija się to na moich mocach. Gdy sięgam po widelec, trzepocze niebieski ogień, a po drugiej stronie pokoju szkło pryska w drobny mak — telekinetyczna energia wyrywa się spod mojej kontroli.

— Cholera — klnę pod nosem, pędząc posprzątać bałagan, zanim ktoś jeszcze zauważy. Ostatnie, czego mi trzeba, to by wszyscy pomyśleli, że wraz z mocami tracę kontakt z rzeczywistością.

— Artemis, w porządku. Rozumiemy — mówi Malcolm, próbując pomóc mi sprzątać, ale odganiam go gestem.

— Zostaw. Sama się tym zajmę — warknęłam, a gniew i frustracja kipią mi w żyłach. Nie rozumiecie. Jak mielibyście? Gdyby to któreś z was zniknęło, też bym wariowała ze strachu.

— Artemis, jesteśmy tu dla ciebie — proponuje znów Athina, cicho i ostrożnie. Wiem, że chce dobrze, ale trudno przyjąć pomoc, kiedy pragnę tylko jednej osoby, której tu nie ma.

— Dzięki — mówię przez zaciśnięte zęby. — Ale teraz potrzebuję chwili dla siebie.

— Dobrze, tylko pamiętaj, że jesteśmy, jeśli nas potrzebujesz — mówi cicho Malcolm, po czym oboje z Athiną zostawiają mnie samą z myślami i potłuczonym szkłem.

Dwa tygodnie bez Declana to piekło na ziemi. Przysięgam jednak, że nie przestanę szukać, dopóki go nie znajdę, choćby miało mnie to zabić.

Niespokojna krążę po podłodze mojego maleńkiego pokoju jak zwierzę w klatce. Poświata miejskich świateł za brudną szybą rzuca na ściany upiorne cienie, drażniąc mnie wspomnieniami dotyku Declana. Sen stał się luksusem nie do zdobycia, a nerwy mam w strzępach.

— No dalej, Declan — szepczę do pustego pokoju, a głos mi się załamuje. — Gdzie jesteś?

Telefon zawibrował na łóżku, a ja w pośpiechu o mało go nie rozrywam, żeby odebrać. Na ekranie widnieje nieznany numer, ale odbieram bez wahania, spragniona choćby strzępu wieści.

— Artemis — chrypi przez linię zdarty głos. Serce podskakuje mi do gardła.

— Declan? — krztuszę się, boję się uwierzyć.

— Hej, Artie — mówi, słabo, ale nie do pomylenia. — Tęskniłaś?

— To naprawdę ty? — pytam, ściskając telefon tak mocno, że bieleją mi kostki.

— O ile dobrze pamiętam. — Wydobywa się z niego słaby chichot. — Uciekłem z piekła Diany. Możemy sobie darować gadki i zabrać mnie stąd do diabła?

— Gdzie jesteś? — Głos mi drży, ale determinację mam twardą jak stal. Samo piekło mnie nie zatrzyma.

— W zaułku za barem Frankiego — odpowiada ciężko dysząc. — Ale musisz się pospieszyć.

— Nie ruszaj się. Już jadę — mówię, odrzucając telefon i łapiąc kurtkę.

— Artemis! — woła Malcolm, stając w progu. — Co się dzieje?

— Declan żyje. Uciekł od Diany, jadę go zabrać — odpowiadam, nie odrywając oczu od jego fiołkowego spojrzenia.

— Zaczekaj — ostrzega, podchodząc bliżej, z troską wyrytą w rysach. — Nie możemy ot tak brać jego słów za pewnik. Pamiętasz, co się stało z Garnet?

— Malcolm, to Declan — syczę, a cierpliwość mi się kończy. — Poznałabym jego głos wszędzie.

— Mimo to musimy mieć pewność — nalega twardo. — Mamy archiwalne próbki jego DNA. Możemy potwierdzić tożsamość, zanim przyprowadzimy go tutaj.

— Każda sekunda, którą spędza tam, to ryzyko, że Diana go znowu dorwie, a ty chcesz, żebym marnowała czas na pieprzony projekt naukowy?! — Wściekłość we mnie buzuje, ale Malcolm nie mruga.

— Artemis, musimy zachować ostrożność. Zaufanie zostało rozbite, a stawka jest zbyt wysoka. Sprowadźmy go, zróbmy testy, a wtedy będziemy wiedzieć na pewno.

— Dobra — warczę, choć czuję się, jakbym go zdradzała. — Ale jeśli się mylisz, Malcolm, to nie ręczę...

— W takim razie biorę pełną odpowiedzialność — odpowiada spokojnie. — A teraz chodźmy po Declana.

— Jak długo potrwają te badania? — błagam.

Malcolm krzywi się. — Dłużej, niż bym chciał. Straciliśmy mnóstwo sprzętu, kiedy Diana najechała nasze laboratoria. Dwa dni, może?

Dwa dni to i tak za długo. Mam tylko nadzieję, że Declan zrozumie, czemu musimy tak zrobić — bo choć tego nienawidzę, Malcolm ma rację. Nie możemy ryzykować kolejnego podszywacza.

Żołądek mi się przewraca, gdy patrzę, jak odprowadzają Declana, nadgarstki skute zimnymi, żelaznymi kajdanami. Jego oczy spotykają moje, piwne głębie wypełnione mieszanką bólu i zrozumienia. Ale gryzący mnie od środka strach nie znika.

— Artemis — woła miękko, próbując mnie uspokoić. — W porządku. To konieczne.

— Czy aby na pewno? — mruczę pod nosem. Dźwięk jego głosu koi poszarpane nerwy, ale nie usuwa winy. Fizycznie boli mnie, że widzę go w takim stanie.

— Artemis — Malcolm kładzie dłoń na moim ramieniu i lekko ściska. — Robisz, co trzeba.

— Naprawdę? — strząsam jego dotyk, oburzona. — On zaryzykował wszystko, żeby się z nami skontaktować, a my się odwdzięczamy, zamykając go jak zwierzę?

— Artemis — mówi stanowczo Malcolm — już się sparzyliśmy. Musimy mieć pewność. Gdy dostaniemy wyniki DNA, będziemy wiedzieć na sto procent, a wtedy wszystko naprawimy.

— Dobra — syczę, mijając go ostro. — To bierz się za swoją naukę. Moje kroki dudnią w sterylnym korytarzu, gdy maszeruję w stronę tymczasowej celi Declana. Metaliczna woń środka dezynfekującego wdziera mi się do nozdrzy, aż mnie mdli.

Osiadam na zimnej podłodze przed jego celą, czując, jak chłód wsiąka mi w kości. Godziny wloką się niemiłosiernie, odmierzane tylko migotaniem jarzeniówek nad głową. Czas traci sens, kiedy nasłuchuję jego urywanego oddechu i od czasu do czasu słyszę, jak zmienia pozycję. W tych jałowych chwilach jego głos staje się moją liną ratunkową.

— Artemis — mruczy przez stalowe kraty. — Nie musisz tu siedzieć.

— Ani mi się śni — odpowiadam ochryple. — Nie zostawię cię tutaj samego.

— Dziękuję — szepcze, choć słyszę napięcie w jego głosie. To rozrywa go tak samo jak mnie.

— Declan, tak mi przykro — wykrztuszam, zaciskając pięści tak mocno, że paznokcie wbijają mi się w dłonie.

— Hej, nie rób sobie tego — mówi łagodnie. — To nie twoja wina.

— A nie? Gdybym była ostrożniejsza, gdybym nie dała temu podszywaczowi wejść mi na głowę—

— Artemis, nie wiedziałaś — przerywa mi Declan, twardo. — Nikt z nas nie wiedział. Naprawimy to, razem.

— Obiecaj mi — żądam, szukając w jego oczach pewności. — Obiecaj mi, że to nie jest jakiś okrutny podstęp.

— Artemis — wydycha, a surowe emocje zagęszczają mu głos. — Obiecuję. To naprawdę ja.

— W takim razie poczekam — mówię, prostując się wewnętrznie. — Poczekam na te cholerne wyniki, a potem wszystko naprawimy. Razem.

— Dziękuję — szepcze znów Declan, a ja niemal czuję ciężar jego wdzięczności, który otula mnie jak ciepły uścisk.

Nogi mam zdrętwiałe od siedzenia na zimnym betonie, a plecy bolą od oparcia o wilgotne mury podziemnej celi. Mimo dyskomfortu nie ruszam się nawet o centymetr od tymczasowego więzienia Declana. Powietrze jest wilgotne i stęchłe, ale nie potrafię odejść, nawet na chwilę.

— Artemis — głos Athiny niesie się korytarzem, a troska pobrzmiewa w każdym słowie. — Siedzisz tu od godzin. Potrzebujesz odpoczynku, jedzenia... czegokolwiek.

— Daj mi spokój, Athino — parskam, nie odrywając oczu od stalowych krat, które nas dzielą. — Nic mi nie jest.

— Najwyraźniej nie — odcina się z typowym dla siebie sarkazmem, krzyżując ręce na piersi. — Ale rozumiem, czemu tu tkwisz. Pamiętaj tylko, że na nic mu się zdasz, jeśli padniesz z wyczerpania. Przyniosę wam obojgu zupy.

— Dzięki za motywacyjny wykład — mruczę, przewracając oczami. Ale w głębi wiem, że ma rację. I tak nie jestem w stanie się stąd ruszyć.

— Artemis — odzywa się Declan, miękko i kojąco, jak balsam na moje poszarpane nerwy. — Athina ma rację. Ty też powinnaś zadbać o siebie.

— Opowiedz mi, co się działo, kiedy mnie nie było — mówi, zmieniając temat, gdy wyczuwa moją niechęć. — Chcę wiedzieć wszystko.

— Dobrze — ustępuję, wiedząc, że to pomoże zabić czas. Opowiadam o wydarzeniach ostatnich dwóch tygodni, krzywiąc się na wspomnienie podszywacza, który zabił Garnet i wszystkich nas wykiwał, by potem sprowadzić Dianę prosto do naszej kryjówki. Mówię o tym, jak Malcolm otworzył się przede mną przy grobie Garnet, i przyznaję, że przez ostatnie dwa tygodnie rozpadałam się na kawałki bez Declana u boku. Czując, jak mówię, mam wrażenie, że ciężar powoli schodzi mi z piersi, odsłaniając surowe emocje.

— Powinienem był być przy tobie — mówi miękko. — Tak mi przykro.

— Declan, siedziałeś zamknięty — przypominam gorzko. — I tak nie powstrzymałbyś tego całego syfu.

— Mimo wszystko — wzdycha, przeczesując dłonią rozczochrane brązowe włosy. — Źle mi z tym.

— Mnie też nic w tej sytuacji nie pasuje — mamroczę, aż bieleją mi knykcie, gdy zaciskam pięści.

— A skoro o zamykaniu mowa — mówi Declan, pochylając się do krat, spięty. — Diana była wściekła, że nie złapano nas wcześniej. Podsłuchałem, jak mówiła, że zabiegi Malcolma ustabilizowały nasze moce na tyle, że wymknęliśmy się jej z rąk. Myślała, że już dawno przyczołgamy się do niej, błagając o pomoc. Tak właśnie kontroluje hybrydy, które tworzy. Bez jej pomocy nie są w stanie funkcjonować.

— Bez zabiegów Malcolma bylibyśmy na łasce Diany — mamroczę, na samą myśl o naszych mocach wymykających się spod kontroli i wystawiających nas na jej chore eksperymenty przechodzi mnie dreszcz. — Miałaby nas oboje na srebrnej tacy.

— Prawda — przyznaje Declan, zamyślony. — Ale to nie znaczy, że teraz jesteśmy bezpieczni. Kiedy mnie trzymała, wspomniała coś o nowym eksperymentalnym serum. — W jego głosie słychać niepokój i widzę, że coś ukrywa.

— Mów — żądam, tracąc cierpliwość. — Jakie serum? Wstrzyknęła ci je?

Declan waha się, a jego piwne oczy uciekają od moich. — To było... inne — odpowiada zagadkowo. — Na razie nie potrafię tego wyjaśnić, ale obiecuję, że powiem ci wszystko, jak tylko będę mógł.

— Cholera, Declan! — syczę, serce wali mi w piersi. — Lepiej, żebyś nie ukrywał niczego, co mogłoby nas wszystkich narazić!

— Artemis, zaufaj mi — prosi, ledwie ponad szeptem. — Nie zataiłbym niczego, co mogłoby zagrozić tobie albo innym. Ale teraz po prostu... nie mogę o tym mówić.

— Dobrze — burczę, przełykając frustrację. — Ale masz wysypać wszystko do ostatniego szczegółu, jak tylko przyjdą wyniki. Nieważne, czy będziesz już wolny, czy nie.

— Stoi — zgadza się, posyłając mi słaby uśmiech. — Miejmy nadzieję, że prędzej niż później, co?

— Oczywiście, że tak — mówię, bębniąc palcami o udo, a każde zakończenie nerwowe krzyczy o działanie. — Im szybciej to skończymy, tym szybciej skupimy się na zniszczeniu Diany i jej chorych eksperymentów.

— Zgoda — kiwnął głową Declan, twardniejąc na twarzy. — Rozwalimy jej świat kawałek po kawałku, aż nie zostanie nic poza popiołem.

— Muzyka dla moich uszu — uśmiecham się krzywo, czując przewrotną satysfakcję na myśl o upadku Diany.

Na razie jednak pozostaje czekać. Czekać na wyniki, które zadecydują o naszym następnym ruchu — i o naszej wspólnej przyszłości. I choć nienawidzę czekać, wiem, że to konieczne. Bo bez zaufania nie mamy nic — a jeśli Declan nie jest tym, za kogo się podaje, rozpęta się piekło.

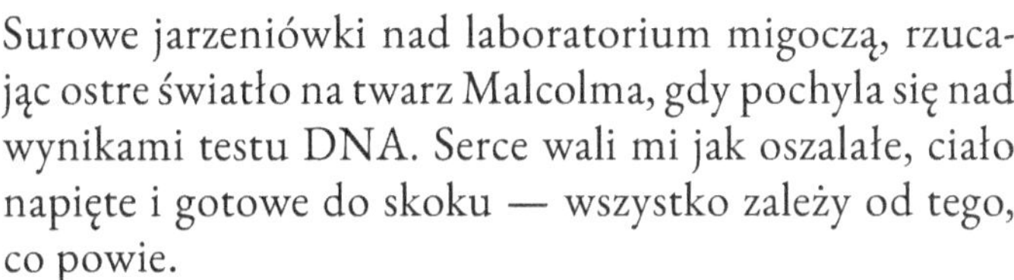

Surowe jarzeniówki nad laboratorium migoczą, rzucając ostre światło na twarz Malcolma, gdy pochyla się nad wynikami testu DNA. Serce wali mi jak oszalałe, ciało napięte i gotowe do skoku — wszystko zależy od tego, co powie.

— Artemis — odzywa się w końcu, głosem pewnym i spokojnym. — To on. Bez cienia wątpliwości.

— Naprawdę? — wydycham, a ulga zalewa mnie jak fala przypływu. Zanim ktokolwiek zdąży zareagować, pędzę do celi Declana, w głowie kłębią mi się przeprosiny i wyjaśnienia. Metaliczny posmak żelaznych krat i stęchłego powietrza uderza w zmysły, gdy biorę zakręt i zatrzymuję się w poślizgu przed jego tymczasowym więzieniem.

— Declan! — wołam, szamocząc się z kluczami do celi. — To ty — naprawdę ty. Tak mi przykro, ja—

— Artemis — przerywa łagodnie, znajomym głosem, sięgając między kraty, by dotknąć mojej dłoni. — W porządku. Musiałaś mieć pewność. Ale to ci niepotrzebne.

Płynnym ruchem Declan wstępuje w cień rzucony przez kraty celi. W jednej chwili znika, by po chwili wynurzyć się kilka kroków dalej, wyłaniając się z innego cienia jak widmo. Szczęka mi opada, oczy rozszerzają się na widok tego nowego przejawu mocy.

— Teleportacja — szepczę z zachwytem, próbując pojąć konsekwencje. — Ty... mogłeś uciec w każdej chwili?

— Aha — odpowiada, a na jego ustach błąka się uśmieszek. — Ale nie zyskałbym w ten sposób twojego zaufania, prawda?

— Do cholery, Declan — przeklinam, a gniew i ulga mieszają się we mnie jak ogień i woda. — Mogłeś sobie oszczędzić tylu kłopotów.

— Kłopoty to moje drugie imię — żartuje, ale oczy ma poważne, z cieniem smutku pod powierzchnią. — Potrzebowałem, żebyś mi zaufała, Artemis. A czasem to wymaga poświęceń.

— Na przykład pozwalając przyjaciołom zamknąć się w celi? — prowokuję, krzyżując ręce na piersi.

— Dokładnie — potwierdza twardo. — Więc widzisz, wciąż jestem tym samym upartym idiotą, w którym się zakochałaś.

— Niewiarygodny jesteś — mamroczę, kręcąc głową z niedowierzaniem. Uświadomienie sobie, że Declan mógł wyjść z celi w każdej chwili, uderza mnie jak obuchem w głowę. Oczy zachodzą mi łzami, gdy próbuję pojąć ogrom jego wiary w nas — zwłaszcza po tym, jak w niego zwątpiłam.

— Declan — wykrztuszam, głos mi grzęźnie. — Naprawdę aż tak nam ufałeś?

— Zawsze, Artemis — odpowiada miękko, zielone oczy błyszczą szczerością i zrozumieniem. — Wiedziałem, że będą wyzwania, ale ani razu nie zwątpiłem w ciebie ani w resztę.

— Nawet kiedy byłam gotowa poświęcić cię bez mrugnięcia okiem? — pytam jadowicie, nienawidząc się za to, jak szybko go podejrzewałam.

— Zwłaszcza wtedy — mówi bez wahania. — Bo wiem, że myślisz tylko o bezpieczeństwie wszystkich. Taka jest Artemis, którą kocham — ta, która zrobi wszystko, by chronić przyjaciół.

Wypuszczam z siebie drżący chichot, ocierając oczy wierzchem dłoni. — No, masz cholernie dobrą pokerową twarz, panie Godny Zaufania.

— Dziękuję — uśmiecha się krzywo, a kąciki oczu marszczą mu się z rozbawienia. — Staram się, jak mogę.

— I bardzo dobrze — mówię ostro, nagle czując potrzebę złożenia obietnicy. — Od teraz, Declan, zawsze będę po twojej stronie, nieważne co. Jakie masz moce, jakie skrywasz sekrety... to nieistotne. Zmierzymy się z tym razem.

— Artemis... — Patrzy na mnie z mieszaniną zaskoczenia i wdzięczności, a jego wyraz twarzy szarpie mi serce jak nigdy. — Dziękuję. To znaczy dla mnie więcej, niż zdołasz sobie wyobrazić.

— Świetnie — parskam, próbując odzyskać odrobinę zwykłego sarkazmu. — A teraz rusz ten swój skaczący-po-cieniach tyłek tutaj i mnie pocałuj.

— Brzmi jak plan — uśmiecha się, w oczach iskrzy mu psota, gdy wychodzi z cienia w światło i wyciąga ręce, by mnie objąć.

Dziś w nocy liczymy się tylko my dwoje.

Nasi wrogowie mogą poczekać.

ROZDZIAŁ TRZYDZIESTY

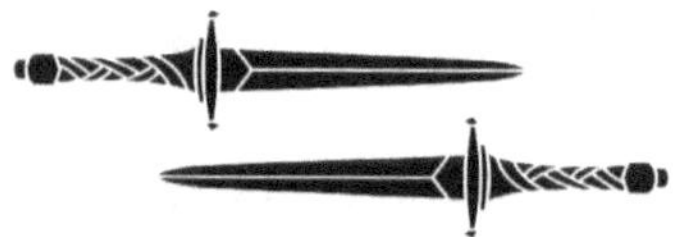

TEN PRZYTŁUMIONY BLASK ŚWIEC migocze na ścianach mojego maleńkiego pokoju, rzucając długie cienie, które tańczą po kątach. Ledwo mogę oddychać, gdy Declan przyciska usta do moich, a jego dłonie kreślą ścieżkę w dół mojego kręgosłupa.

— Artemis — mruczy przy moich ustach, a samo to, że wymawia moje imię, przeszywa mnie dreszczem.

— Declan — wyszeptuję, unosząc rękę, by wplątać palce w jego potargane, brązowe włosy. To intymna chwila, której pragnęliśmy, odkąd nasze życie wywróciło do góry nogami Biuro do spraw Paranormalnych.

Nasze pocałunki stają się coraz bardziej natarczywe, podsycane adrenaliną ostatnich bitew i przytłaczającą potrzebą poczucia, że wciąż żyjemy. Nie mogę przestać myśleć o tym, jak wiele się dla nas zmieniło, na lepsze i na gorsze. Kiedyś walczyliśmy ramię w ramię z nadnaturalnymi zagrożeniami; teraz to my jesteśmy zagrożeniem — i tkwimy w poplątanej sieci niebezpieczeństw i nieufności.

— Na pewno tego chcesz? — pytam, odsuwając się na tyle, by spojrzeć w jego piwne oczy.

— Jeszcze nigdy nie byłem niczego tak pewien — odpowiada niskim, zachrypniętym głosem.

Przyciągam go z powrotem, znajdując ukojenie w cieple jego ciała przy moim. Łatwo zapomnieć o nadnaturalnym chaosie, który nas otacza, kiedy jestem wtulona w ramiona Declana, ale w głębi serca wiem, że on nigdy nie jest daleko.

Gdy zatracamy się w sobie, cienie na ścianie przybierają złowrogie kształty, przypominając mi o mroku, który czyha poza tym azylem. Może to tylko moja nadaktywna wyobraźnia, ale nie mogę pozbyć się wrażenia, że za każdym rogiem coś się czai — coś jeszcze straszniejszego niż potwory, z którymi już się mierzyliśmy.

— Hej — szepcze Declan, jego oddech parzy mnie w ucho. — Znowu za dużo myślisz.

— Przyznaję się bez bicia — mówię z krzywym uśmiechem. — Nic na to nie poradzę — znasz mnie, zawsze planuję najgorszy scenariusz.

— Skupmy się na tym, co tu i teraz — proponuje, a jego dłonie błądzą po moim ciele tak, że serce przyspiesza. — N należy nam się odrobina świętego spokoju, nie sądzisz?

— Święty spokój? — parskam. — W tym mieście? Powodzenia.

Parska cicho śmiechem, a ja nie mogę się nie uśmiechnąć. Może nigdy nie będziemy mieć normalnego życia, ale takie chwile sprawiają, że warto walczyć.

Palce Declana szkicują wzory na mojej skórze, zsyłając dreszcze w dół kręgosłupa, gdy w półmroku odkrywamy siebie na nowo. Moje dłonie suną po szorstkich bliznach przecinających jego ręce — każda jest świadectwem stoczonych bitew, fizycznych i tych w środku.

— Artemis — mruczy przy mojej szyi, a jego oddech się rwie, kiedy przyciskam się bliżej. W ciszy łoskot naszych serc jest niemal ogłuszający.

— Declan — szepczę, czując przytłaczającą wdzięczność za tego mężczyznę, który stał się moją ostoją w zwariowanym świecie.

Gdy leżymy razem w cieple odprężenia po wszystkim, nie mogę przestać myśleć o tym, przez co razem przeszliśmy. Zwłaszcza o tym, jak działania Diany odcisnęły się na Declanie — i to nie w postaci blizn. Teraz goi się w kilka minut z ran, które zabiłyby zwykłego człowieka, i nie pozostają mu blizny.

— Opowiedz mi więcej o tym, co stało się, gdy ludzie Diany cię pojmali — mówię ledwo słyszalnie. — Chcę to zrozumieć.

Przez moment wygląda, jakby miał zbyć moje pytanie, ale wtedy wzdycha i przyciąga mnie jeszcze mocniej. — To było jak koszmar na jawie, Artemis — wyznaje, szukając w moich oczach przebaczenia. — Ostatnie, co pamiętam z walki, to jak przeistaczałem się w jaguara... a potem obudziłem się już jako człowiek z usypiającą strzałką wciąż sterczącą mi z tyłka.

Mimo powagi chwili nie potrafię powstrzymać parsknięcia, a on się uśmiecha, uznając, że to jednak zabawne, po czym jego oczy znów ciemnieją od bólu.

— Obudziłem się w ośrodku laboratoryjnym. Diany nie było... za to był jej ojciec.

Moje oczy rozszerzają się z szoku. Nie zdołaliśmy potwierdzić, czy dr Foxberry żyje. Declan kiwa głową.

— To absolutny psychopata. Byłem w celi, w kajdanach — nie chciał podchodzić zbyt blisko, bo przeobrażałem się w jaguara i próbowałem go podrapać, więc trzymał dystans i strzelał do mnie z karabinka na środki usypiające. Tyle że w strzałkach nie było środka usypiającego.

— Co to było? — pytam, przerażona wyobrażeniem Declana uwięzionego i wstrzykiwanego czymkolwiek wbrew jego woli.

— Sam nie wiem. — Wzrusza ramionami. — Dr Foxberry nie był w nastroju, by objaśniać swojemu królikowi doświadczalnemu szczegóły procesu naukowego. Najwięcej wychwyciłem jakieś mruknięcia o zdolnościach wtórnych. W każdym razie parę dni później próbował wstrzyknąć mi coś innego, uskoczyłem w cień i... jakby wypadłem z innego cienia w innym pomieszczeniu ośrodka.

— O kurde — wydycham, pół się śmiejąc. — Złapali cię znowu?

— Nie. — Kręci głową, kosmyki opadają mu na piwne oczy. — Dopilnowaliby, żebym już nigdy nie zobaczył cienia. Skakałem z cienia w cień, ucząc się tej zdolności w locie, aż znalazłem taki, który był na zewnątrz budynku. A potem szedłem dalej, aż trafiłem w miejsce, które rozpoznałem.

— Declan — mówię, a niepokój wypływa na wierzch. — Jaki to ma na ciebie wpływ? To nie może być normalne, nawet dla kogoś z nadnaturalnymi zdolnościami.

Wyciąga rękę i ujmuje moją dłoń, jego uścisk jest pewny i dodający otuchy. — Nie będę kłamał, na początku to było przerażające. Ale odkąd mam nad tym kontrolę, czuję się silniejszy. Już nie boję się tego, co się ze mną dzieje.

— Naprawdę? — Mój sceptycyzm aż bije po oczach, ale on kiwa głową.

— Naprawdę — upiera się. — Wiem, że brzmi to jak szaleństwo, ale te moce są już częścią mnie. A jeśli mogą dać nam przewagę nad Dianą i jej chorymi eksperymentami, to może warto.

— Może — przyznaję, choć troska o niego wciąż podgryza mnie gdzieś na obrzeżach myśli. Ale zmuszam się do uśmiechu, próbując dorównać jego pewności. — Tylko obiecaj mi, że będziesz ostrożny, dobrze?

— Zawsze — odpowiada, obejmując mnie raz jeszcze.

Stojąc tak, otuleni swoim ciepłem pośród migoczącego światła świec, nie mogę przestać się zastanawiać, czy okiełznanie tych mrocznych mocy nie pociąga za sobą jeszcze większej ceny — takiej, której ani ja, ani Declan nie potrafimy przewidzieć.

—◇—

Salon tonie w miękkim świetle, które nadaje mu pozór spokoju, stojący w jaskrawym kontraście do napięcia wiszącego nad nami ciężko jak ołów. Patrzę, jak Declan wchodzi w plamę cienia w najdalszym rogu pokoju — jego ciało znika i pojawia się po drugiej stronie, w kolejnym mrocznym zakamarku. Reszta wpatruje się w niego z szeroko otwartymi oczami, nie dowierzając.

— Cholera — mruczy Topaz, jego zwykle kamienna twarz ustępuje miejsca zdumieniu. Nawet wiecznie niewzruszona Turquoise wygląda na pod wrażeniem; stoi z rękami skrzyżowanymi na piersi, postukując niecierpliwie stopą, ale nie potrafi ukryć zachwytu w oczach.

— Dobra, widzieliśmy, na co stać Declana. — Mój głos brzmi jak tłukące się szkło, kiedy przerywam ciszę. — Musimy o tym porozmawiać. — Daję znak, by wszyscy zebrali się wokół sfatygowanego stolika do kawy, zawalonego pudełkami po jedzeniu na wynos i notatkami strategicznymi.

— Tu w ogóle jest o czym dyskutować? — pyta Malcolm z marsową miną. — Stoimy naprzeciw Diany i jej chorych eksperymentów. Byłoby idiotyzmem nie wykorzystać każdej przewagi.

— Nawet jeśli to oznacza, że przyznamy rację temu, co robi? — kontuje Athina z troską zmarszczonym czołem. — W końcu te moce pochodzą z jej serum.

— Słuchajcie, nie prosiłem o to — wtrąca Declan, a w jego słowach pobrzmiewa frustracja. — Ale to jest teraz część mnie. I jeśli pomoże nam to ją powstrzymać, to czemu z tego nie skorzystać?

Badam twarze przyjaciół, na każdej wyryte są niepokój i wahanie. Tu nie chodzi tylko o nowe zdolności Declana — tu chodzi o zaufanie i strach przed staniem się kimś, kim nigdy nie chcieliśmy być.

— Declan ma rację — mówię w końcu, zaciskając mocno pięści. — To, że korzystamy z jego mocy, nie znaczy, że pochwalimy działania Diany. Bierzemy swoje przeznaczenie we własne ręce.

— Artemis, jesteś tego pewna? — pyta Athina łagodniej. — A jeśli to się na nim odbije? A jeśli straci kontrolę?

— Wtedy sobie z tym poradzimy — odpowiadam, a pewność w moim głosie zaskakuje nawet mnie. — Razem.

Zapada chwila ciszy, gdy każdy z nas waży możliwe konsekwencje, a etyczny dylemat wisi nad nami jak burzowa chmura.

— Dobra — wzdycha Malcolm, kiwając głową. — Ufamy osądowi Declana. Ale nie zapominajmy, o co walczymy, i nie pozwólmy, by spaczone wizje Diany nas skaziły.

— Zgoda — mówię, zerkając na Declana, który obdarza mnie wdzięcznym uśmiechem. Jako zespół podjęliśmy decyzję, że idziemy naprzód, akceptując ryzyko i stojąc ramię w ramię przeciw mrokowi.

Ale w głębi serca jakiś mały kawałek mnie wciąż się zastanawia, czy naprawdę oswoiliśmy swoje lęki — czy tylko daliśmy im nowe życie w cieniach.

Siłownia zamienia się w rozmazaną plątaninę ciosów, kopnięć i pod nosem cedzonych przekleństw, gdy drużyna szlifuje umiejętności przed naszym ostatecznym starciem z Dianą. Zerkam na Declana kątem oka — jego smukła sylwetka tnie powietrze bez wysiłku, a pięści z hukiem lądują na worku treningowym. Widok powinien dodać mi otuchy, a jednak po kręgosłupie przebiega mi lodowaty dreszcz.

— Artemis — woła, na moment zatrzymując się, by otrzeć pot z czoła. — Wszystko w porządku?

— Ta — odpowiadam, wymuszając napięty uśmiech. — Tylko podziwiam twoją... technikę.

— Jasne — uśmiecha się krzywo, wyraźnie mi nie wierząc. Ale nie naciska, wraca do treningu.

Kiedy podchodzę do ciężkiego worka, w duchu przysięgam, że będę stać przy Declanie bez względu na wszystko. Zmieniły się nie tylko jego zdolności; jest w nim teraz mrok, niewątpliwie „dar" z chorych eksperymentów dr Foxa.

— Dobra, wszyscy, zbiórka! — wrzeszczę, uciszając bitewny zgiełk. — Dziś zobaczymy, na co naprawdę stać nowe moce Declana.

W sali rozlega się pomruk niepokoju, gdy niechętnie się zbierają. Nie mogę ich winić; oglądanie, jak jaguar-przemieniec zamienia się w cień, to nie jest u nas codzienność.

— Na pewno chcesz to robić? — pyta cicho Declan, a po jego twarzy mignie cień niepokoju.

— Na sto procent — odpowiadam, wkładając w głos fałszywą pewność. — Muszą zobaczyć, na co cię stać.

— No dobra — kiwa głową, a kąciki ust ledwie drgną w zalążku uśmiechu. — Do dzieła.

— Patrzcie uważnie — ogłaszam, wlepiając wzrok w Declana. — I postarajcie się za bardzo nie panikować.

Declan bierze głęboki oddech, jego ciało napina się jak sprężyna. W mgnieniu oka przemienia się w jaguara, a po sali przetacza się zbiorowy jęk zdumienia. Ale to, co następuje potem, przeszywa mnie dreszczem.

— Gotowa? — warczy nisko, gardłowo.

— Gotowa — odpowiadam, z trudem przełykając ślinę.

Machnięciem ogona Declan rozpływa się w cieniach, znikając nam z oczu. Ułamek sekundy później materializuje się za mną, futro muska mi łydkę, gdy krąży wokół jak wokół ofiary.

— Jezu Chryste — mruczy jeden z członków grupy, z oczami jak spodki. — To jak pieprzona magia.

— Bardziej jak koszmar — szepcze inna, a jej głos drży.

— Dość — warczę, a we mnie kipi gniew. — To teraz nasza rzeczywistość. Musimy się dostosować i znaleźć sposób, by obrócić to na naszą korzyść.

— Łatwo ci mówić — odcina się Turquoise, w oczach płonie jej furia. — To nie ty zostałaś zamieniona w jakiegoś... potwora z cienia.

— Ej! — krzyczę, zaciskając pięści przy bokach. — Declan wciąż jest jednym z nas, jasne? I będziemy przy nim stać, bez względu na to, jak dziwaczne są jego nowe moce.

— Dobra — ustępuje, krzyżując ramiona z ciężkim westchnieniem. — Ale nie oczekuj, że będę tym zachwycona.

— Nikt z nas nie jest zachwycony — przyznaję, łagodząc ton. — Ale nie możemy tracić czasu na kłótnie, skoro mamy wojnę do wygrania.

— Racja — mruczy Declan, wracając do ludzkiej postaci. — Mamy robotę.

W milczeniu wracamy do treningu, a powietrze gęstnieje od niewypowiedzianego napięcia. I choć zmuszam się, by skupić się na zadaniu, obraz Declana znikającego w mroku prześladuje każdy mój ruch.

— Skupienie! — krzyczę, a mój głos odbija się echem od ścian magazynu, gdy drużyna próbuje dotrzymać kroku nowym umiejętnościom Declana. To jak próba przybijania kisielu do ściany, ale nie mamy żadnego wyboru. To wojna.

— Łatwo ci mówić — burczy jeden z nich, pot spływa mu po twarzy. — To nie ty próbujesz złapać cholerny cień.

— Przebolej to — odszczekuję, zgrzytając zębami, gdy patrzę, jak Declan bez wysiłku unika ataków ze wszystkich stron. Serce mi wali i nie mogę pozbyć się uporczywego wrażenia, że surowice Diany zamieniły go w coś... nienaturalnego.

— Artemis — odzywa się, na moment przerywając płynne ruchy. — Może powinniśmy zrobić przerwę. — Jego piwne oczy spotykają się z moimi, a na przystojnej twarzy rysuje się troska.

— Dobra — ustępuję, choć wiem, że nie możemy sobie pozwolić na marnowanie czasu. Zbieramy się wokół prowizorycznego stołu, a ja zmuszam się, by przemóc instynktowny strach. — Słuchajcie. Tak, moce Declana są przerażające jak diabli. Ale musimy pamiętać, po co to robimy: żeby powstrzymać Dianę.

— Nie możemy pozwolić, by strach przed nieznanym nas powstrzymał. — To głos Athiny, która staje u mego boku; jej spokojny autorytet wzmacnia moją argumentację.

— Poza tym — dodaję, zaciskając pięści i patrząc każdemu z członków drużyny prosto w oczy — Declan raz po raz udowadniał, na co go stać. Jest oddany naszej sprawie i to się nie zmieniło tylko dlatego, że potrafi teraz znikać w powietrzu.

— Prawda — przyznaje Sapphire niemal szeptem. — Ale wciąż trudno mi to ogarnąć.

— Pogódź się z tym — warczę, zirytowana ich wahanie. — Nie mamy czasu na wątpliwości ani strach. Musimy zaufać Declanowi i współpracować, jeśli chcemy mieć szansę w starciu z Dianą.

— Dobra, dobra — wzdycha Topaz, unosząc ręce w geście poddania. — Zrozumieliśmy. Po prostu... idźmy dalej.

— Dobrze — mówię stanowczo. — Wracamy do treningu.

Kiedy wznawiamy ćwiczenia, nie mogę powstrzymać iskierki dumy, widząc, jak zespół przezwycięża strach i zaczyna działać wspólnie. I chociaż jakaś część mnie wciąż martwi się tym, co surowice Diany obudziły w Declanie, jedno wiem na pewno: cokolwiek nas czeka, stawimy temu czoło razem.

ROZDZIAŁ TRZYDZIESTY PIERWSZY

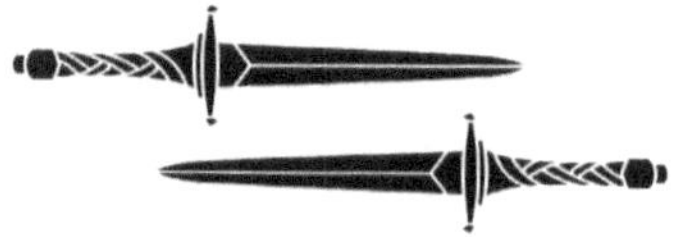

A CICHY POMRUK DOBIEGA z przechwyconego sprzętu, gdy z Athiną kulimy się w opuszczonym magazynie, naszej najnowszej prowizorycznej bazie. Miękkie światło ekranów rzuca upiorne cienie na jej postarzałą twarz, podkreślając zmarszczki, które mówią o życiu pełnym doświadczeń, ale nigdy łatwym.

Kiedy ślęczymy nad przechwyconymi komunikatami, rozszyfrowując złowrogie zamiary Diany i śledząc jej ruchy, wracam myślami do tego, co już mi zrobiła — niestabilna moc brzęcząca w moich żyłach nieustannie przypomina o olbrzymim zagrożeniu, jakie stanowi. Tym razem jednak nie chodzi tylko o mnie. Stawką jest cały świat paranormalny i wszyscy ci, którzy polegają na ochronie Biura.

— Artemis, wszystko w porządku? — pyta Athina, zauważając moje zaciśnięte pięści i przyspieszony oddech.

— Nigdy lepiej — wykrzywiam usta w wymuszonym uśmiechu. — Myślę tylko, jakie to będzie satysfakcjonujące, kiedy skopię Dianie tyłek.

— Mam to samo — przytakuje Athina ponuro, w oczach błyska jej zajadłość. — Ale najpierw musimy zebrać więcej informacji o tym, z czym dokładnie mamy do czynienia.

Biorę powolny oddech, zdeterminowana, by nie okazać kipiącego we mnie strachu. — Racja. Informacja to w końcu władza. Do roboty.

Patrzę, jak zwinne palce Athiny tańczą po przechwyconym sprzęcie, a jej czoło marszczy się w skupieniu. Szum maszyn wypełnia pomieszczenie, złowieszcza ścieżka dźwiękowa podkreślająca przerażające prawdy, które zaraz wyjdą na jaw.

— Mam to — oznajmia krótko Athina. — To jest... gorzej, niż sądziłyśmy.

— Oczywiście, że tak — mruczę gorzko. — Bo przecież i tak nie było już wystarczająco źle.

Athina posyła mi ostre spojrzenie, ale nie daje się sprowokować. Zamiast tego wskazuje na ekran, po którym przewijają się linijki zaszyfrowanego tekstu. — Diana planuje wykorzystać władzę i wpływy Biura, żeby przeprowadzić zamach stanu, obalić rząd i osadzić siebie jako najwyższą przywódczynię.

Wymuszam szorstki śmiech, by zagłuszyć kłębiący się we mnie lęk. — Naturalnie. Po co ograniczać się do rujnowania naszego życia, skoro można zrujnować wszystkich?

— Artemis, proszę — ucina Athina, jej cierpliwość się kończy. — To jest śmiertelnie poważne. Te komunikaty wskazują, że Diana ma uśpionych agentów, gotowych rozłożyć rząd od środka.

Blednę, a sarkastyczny humor wyparowuje. — Chwila, chcesz powiedzieć, że ludzie w rządzie są potajemnie lojalni wobec niej?

— Dokładnie — potwierdza ponuro Athina. — Kiedy ich uruchomi, podkopią przywództwo i utorują drogę przejęciu władzy przez Dianę.

— Bogowie, to jak hydra — mruczę, próbując to przetworzyć. — Utniesz jedną głowę, wyrosną dwie.

— Z tą różnicą, że te głowy to ludzie gotowi zniszczyć wszystko, co zbudowałyśmy — dodaje ciężko Athina. — Jeśli Dianie się uda, przyszłość świata paranormalnego będzie zagrożona.

Hartując się, oświadczam: — To dopilnujemy, do diabła, żeby jej się nie udało, bez względu na cenę.

— Zgoda — Athina patrzy mi twardo w oczy. — Ale najpierw musimy zneutralizować jej uśpionych agentów. Jeśli tę groźbę wytrącimy, zatrzymamy zamach stanu, zanim się zacznie.

Zmusiłam się, by skupić się na zadaniu. — Dobra, to do pracy.

Analizujemy dane z każdej strony, szukając schematów i tropów. Oczy mnie pieką ze zmęczenia, ale zmuszam się, by dalej skanować migające zaszyfrowane wiadomości. Zbyt wiele zależy od tego, czy odkryjemy siatkę uśpionych agentów Diany, zanim będzie za późno. Nie możemy zawieść.

Stopniowo zaczynamy tworzyć listę potencjalnych agentów na podstawie śladów cyfrowych i korespondencji. To żmudna, benedyktyńska robota, ale powoli wyłania się obraz — pseudonimy, hasła, miejsca spotkań.

— Spójrz tutaj — mówi Athina, stukając podekscytowana w ekran. — To nazwisko ciągle się pojawia, ale on nie ma żadnej oficjalnej rządowej funkcji. Musi być uśpionym agentem wysokiego szczebla.

— Dobry trop — mówię, szybko krzyżując dane. Oczy mi się rozszerzają. — Kontaktował się z ponad tuzinem podejrzanych. Zdecydowanie główny koordynator.

Wymieniamy napięte, ale triumfalne spojrzenie. Wreszcie konkretny trop do podjęcia. Jeśli uda nam się go przeciągnąć na naszą stronę albo przynajmniej go zneutralizować, może to krytycznie podkopać plany Diany.

— Wgryźmy się głębiej w jego kontakty i aktywność — decyduję. — Zobaczmy, jakie jeszcze powiązania uda się odkryć.

Athina kiwa głową, na nowo pełna energii. — Już się robi. Zmapujemy całą sieć, a potem opracujemy strategię jej demontażu.

W piersi robi mi się odrobinę lżej, odkąd mamy konkretny cel. Może rzeczywiście uda nam się zapobiec zamachowi Diany, choć brzmi to jak niemożliwość.

Nadzieja wciąż tli się, dopóki stoimy razem. A porażka po prostu nie wchodzi w grę — nie wtedy, gdy na szali są niewinne życia.

— Szok i przerażenie — nawet nie zaczyna oddawać tego, co czuję, gdy Athina kończy odszyfrowywać te złowieszcze wiadomości. Puls szaleńczo mi pędzi, a palce drżą od gwałtownej potrzeby zmiażdżenia czegoś — najlepiej gardła Diany. Na razie mogę tylko westchnąć i przybrać sardoniczny uśmieszek. — No po prostu cudownie, prawda?

— Artemis — karci ostro Athina, a jej ciepłe piwne oczy wiercą mnie na wylot. — To nie powód do śmiechu.

— Uwierz, wcale mi nie do śmiechu — parskam przez zaciśnięte zęby, zaciskając pięści przy bokach. — Po prostu nie sądziłam, że staroświeckie megalomańskie przewroty wciąż są w modzie. Co dalej, tajna baza w wulkanie i kot do złowrogiego głaskania?

— Dość żartów. Skup się — ucina Athina, sprowadzając mnie na twardą ziemię. — Musimy znaleźć sposób, aby powstrzymać tych uśpionych agentów i nie dopuścić, by Diana przejęła kontrolę nad rządem.

Wypuszczam ostro powietrze, próbując poskromić narastający sarkazm — co idzie coraz trudniej, biorąc pod uwagę surrealizm naszej sytuacji. — Dobrze. Masz jakiś genialny pomysł, jak mamy to niby zrobić?

— Najpierw musimy zidentyfikować agentów, których posadziła — mówi poważnie Athina. — Gdy będziemy wiedzieć, kim są, zajmiemy się ich neutralizacją.

— Świetny plan! — mruczę pod nosem. — Bo przecież identyfikowanie głęboko osadzonych podwójnych agentów to pestka, prawda? Zwłaszcza gdy mogą dosłownie przemieniać się w każdego. Wejdźmy sobie prosto do legowiska Diany i uprzejmie poprośmy, żeby przestała być żądną władzy psychopatką.

— Artemis — ostrzega Athina, wyczuwając moją narastającą frustrację. — Wiem, że to wydaje się niemożliwe, ale stawką są niewinne życia, nie mówiąc już o samych podstawach naszego społeczeństwa.

Zmuszam się, by wziąć głęboki oddech, spróbować na chwilę odsunąć złośliwe docinki. — Dobra, to jak odkryjemy tych uśpionych agentów?

— Zacznijmy od prześwietlenia archiwów Biura — sugeruje Athina, z determinacją podchodząc do laptopa. — Diana przez lata była agentką Biura. Analiza jej kontaktów może dać tropy, kto został przejęty.

Zaczyna błyskawicznie hakować szczątki baz danych Biura. — Namierzymy też tych, którzy byli Dianie najbliżsi — przyjaciół, współpracowników, kochanków. Każdego, kto mógł zobaczyć coś, czego nie powinien.

Słyszę w głosie Athiny nutę zwątpienia. Wie, że to nie będzie łatwe. Ale nie mamy innych opcji.

— Zapowiada się niezła imprezka — rzucam, próbując rozładować duszącą atmosferę. — Może przy okazji wbijemy się na jakąś wystawną paranormalną galę.

— Skup się, Artemis — gani Athina, ale w kąciku ust czai się cień uśmiechu. — Nie czas na sarkazm.

— Nie ma z ciebie zabawy — wzdycham teatralnie, po czym zmuszam się spoważnieć. Na szali są życia. Musimy powstrzymać wypaczoną wizję Diany, zanim ją uwolni.

— Do dzieła — oświadczam stanowczo, hartując się na monumentalny wysiłek, który nas czeka.

Powolna, żmudna praca przeszukiwania ułamków danych, polowania na wzorce lub wskazówki, które mogłyby zidentyfikować zdrajców ukrytych pośród nas. Większość archiwów Biura wyczyszczono, ale Athinie udaje się uratować kilka uszkodzonych fragmentów — dość, by zacząć tworzyć listę znanych dawnych współpracowników Diany. Niewiele, ale to początek.

Gdy godziny zlewają się w jedno, na zmianę analizujemy dane, krzyżujemy nazwiska, lokalizacje, korespondencję. Cokolwiek, co mogłoby wskazać skryte powiązanie z Dianą. Oczy pieką, ale zmuszam się, by wciąż skanować oszałamiające strumienie informacji mknące przez ekrany. Zbyt wiele zależy od zdemaskowania tych zdrajców, zanim będzie za późno. Nie możemy zawieść.

Stopniowo zaczynamy składać profil działań Diany i jej kontaktów w ostatnich latach w Biurze, zanim przeszła na ciemną stronę. Wzorce wyłaniają się powoli, ślady tajnych spotkań i zaszyfrowanej łączności wskazują na niewidzialną sieć, która czaiła się pod powierzchnią już wtedy. Musimy tylko kopać dalej.

— Tutaj, to nazwisko ciągle wraca, a on był tylko młodszym analitykiem — mamrocze Athina, stukając w ekran. — Nie ma powodu, żeby Diana kontaktowała się z nim tak często, chyba że...

— ...już był uśpionym agentem — kończę z ekscytacją. — Dobry trop. Wgryźmy się w niego głębiej, zobaczmy, co jeszcze się z nim łączy.

Wymieniamy napięte, ale triumfalne spojrzenie. To pierwszy solidny trop wśród gór danych. Jeśli uda nam się przeciągnąć tego agenta na naszą stronę, może to krytycznie podkopać plany Diany. Wciąż jest nadzieja.

— Musimy powstrzymać Dianę, bez względu na cenę — oświadczam, gdy Obsidian Circle zbiera się, by omówić jej złowrogie plany zamachu. — Jeśli jej się powiedzie, wszystko, o co walczyliśmy, przepadnie.

Po sali przebiega szmer przychylnych pomruków. Nasz kurs jest jasny — musimy udaremnić ten spisek wszelkimi koniecznymi środkami. Rozpoczął się finał.

Declan niespokojnie się wierci. — Publiczne ujawnienie jej planu może wywołać masową panikę — zauważa poważnie. — To może zagrać jej na rękę, pozwalając jej przedstawić nas jako wrogów państwa. Pamiętajcie, co się stało, gdy obnażyliśmy Biuro. Mieliśmy szczęście, że opinia publiczna stanęła po naszej stronie. Ale Diana będzie lepiej przygotowana, żeby obrócić wszystko przeciwko nam.

Po burzliwej dyskusji ostrożnie uznajemy, że skryta sabotażowa akcja przeciw placówkom Diany i jej hybrydowym siłom to nasza najlepsza opcja, wraz z identyfikacją i neutralizacją jej sojuszników w rządzie. Jeśli potajemnie osłabimy jej armię i wyeliminujemy kluczowych graczy strategicznych, podetniemy fundamenty planowanego przejęcia.

— To piekielnie ryzykowne — przyznaje Declan. — Ale czas i możliwości nam się kończą. Uderzenie w to, co naprawdę boli, z cienia, może być jedyną realną ścieżką, jaka nam została.

— W takim razie musimy podejść do tego sprytniej — odpowiada Athina, a jej wyraz twarzy twardnieje od determinacji. — Znaleźć sposób, by uwolnić tych nieszczęsnych poddanych eksperymentów i rozmontować sieć Diany, nie siejąc przy tym zbyt wielkiego chaosu.

— Żadnej presji, skądże — mruczę jadowicie pod nosem.

Zmuszam się, by wziąć głęboki oddech, próbując skupić się mimo wściekłości i nieufności. Utrata kontroli teraz nikomu nie pomoże.

— Dobrze — mówię pewniej, niż się czuję. — Zróbmy to. Ale musimy być skrajnie ostrożni — jeśli Diana odkryje, co knujemy, będzie po nas wszystkich.

— Zrozumiano — Athina i Declan kiwają zgodnie głowami, twarze mają posępne.

— To szykujcie się na ostrą jazdę — ostrzegam ich, zaciskając mocno pięści. Jeśli czegokolwiek się nauczyłam, odkąd ten koszmar się zaczął, to tego, że nic, co dotyczy Diany Foxberry, nie bywa proste.

I mimo najszczerszych intencji możemy właśnie grać dokładnie tak, jak ona chce. Ale nie poddamy się bez zajadłej walki. Nie, kiedy stawką są niewinne życia.

Po kolei, uroczyście wyrażamy zgodę na rozpoczęcie skrytej kampanii sabotażu. Zbyt wiele teraz waży się w szali, by się wahać. Życia wiszą na włosku i nie możemy się zachwiać.

Hartując się, spotykam kolejno ich spojrzenia. — Czas przenieść prawdziwą walkę do Diany, zanim wpuści swoją spaczoną wizję w świat. Jesteście ze mną?

Ich zdecydowane twarze bez słów wyrażają głębię oddania tej sprawie. Stoimy teraz zjednoczeni — by udaremnić ten zamach wszystkimi sposobami, bez oglądania się na koszty.

Kości zostały rzucone, a nasz kurs jest jasny. Teraz możliwe są tylko dwa finały: zwycięstwo albo nicość.

W kolejnych dniach drobiazgowo planujemy skryte ataki, analizując plany i schematy zabezpieczeń, by zmaksymalizować szkody i zminimalizować ryzyko dekonspiracji. Śpimy niewiele, debatując nad strategią, wariantami awaryjnymi, procedurami kryzysowymi. Porażka nie wchodzi w grę, ale ostrożność jest kluczowa — jeden fałszywy krok może pogrzebać wszystko.

Stopniowo jednak wykuwa się wykonalny plan. Dostęp do tajnych strumieni danych Diany okazuje się bezcenny, ujawniając słabości i luki, które można wykorzystać. Jej arogancja oślepia ją na zagrożenie kiełkujące tuż pod jej nosem. Błąd, za który każemy jej słono zapłacić.

Kiedy wreszcie czujemy się gotowi, zwołuję Krąg po raz ostatni. Rozglądam się po sali i w każdych oczach widzę to samo niezłomne zdecydowanie. Jest nas niewielu wobec sił, które staną nam naprzeciw, ale stoimy razem i jesteśmy gotowi na nadchodzące próby.

— Nie ma już odwrotu, przyjaciele — mówię uroczyście. — Kiedy wejdziemy na tę ścieżkę, albo strącimy Dianę, albo ona pogrzebie nas wszystkich. Jesteście naprawdę gotowi?

Bez wahania rozlega się chóralne potwierdzenie. Ci dzielni ludzie pójdą za mną, cokolwiek się stanie, nawet jeśli prowadzi to do otchłani zapomnienia. Ich odwaga i lojalność poruszają mnie do głębi w tej mrocznej godzinie.

Prostując ramiona, szykuję się, by wydać rozkaz do pierwszego uderzenia pod osłoną nocy. Spaczone rządy Diany kończą się teraz, bez względu na cenę.

ROZDZIAŁ TRZYDZIESTY DRUGI

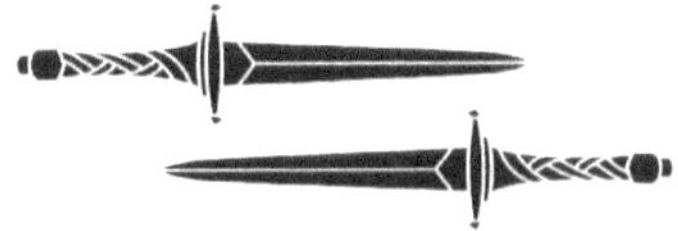

— DOBRA, POGADAJMY O ryzyku, mówię, chodząc tam i z powrotem po słabo oświetlonym pokoju. Ciężar naszej sytuacji przygniata mnie, zaciska się wokół klatki piersiowej jak imadło. — Jakie popaprane, paranormalne zabezpieczenia ma to miejsce?

— Z tego, co pamiętam, kamery monitoringu obejmowały każdy centymetr laboratorium — mówi Declan, przeczesując palcami potargane włosy. — I pewnie też jakieś czujniki podczerwieni.

— Świetnie. Czyli wślizgnięcie się tam niezauważenie będzie tak łatwe, jak odebrać lizaka wściekłemu wilkołakowi — mruczę, a mój sarkazm nie zdoła maskować niepokoju kotłującego się wewnątrz.

— Artemis, zrobię wszystko, co w mojej mocy, żebyśmy przeszli niezauważeni — zapewnia mnie Declan, głosem stanowczym, ale podszytym tą samą obawą, która gryzie mnie od środka. — Ćwiczę swój nowy dar. Teraz mogę zabrać kogoś ze sobą przez cienie.

— Miejmy nadzieję, że twoja pamięć jest tak dobra, jak ci się wydaje — odpowiadam, starając się brzmieć pewnie mimo dławiącej, pełzającej grozy. — I że nie rozświetlili tego miejsca jak w samo południe na pustyni. — Parskam, podkręcając sarkazm na maksa. — No dobra, a skarbiec serum? Gdzie by upchnęli matkę wszystkich ratujących życie brej?

— Ostatnim razem, gdy tam byłem, laboratorium Foxa znajdowało się w mocno zabezpieczonym pomieszczeniu na niższym poziomie. Zamki biometryczne, wzmocnione stalowe drzwi, pełen pakiet — mówi ponuro. — Nigdy bym się stamtąd nie wydostał bez moich cienistych zdolności. I możliwe, że od tego czasu pozmieniali układ — utrudnili dostęp i ucieczkę jeszcze bardziej.

— No jasne. Bo niby czemu cokolwiek miałoby być nam dane łatwo? — burczę, zaciskając pięści. Na samą myśl o kolejnych niewiadomych mam ochotę krzyczeć.

— Artemis — Declan kładzie kojącą dłoń na moim ramieniu, sprowadzając mnie na ziemię. — Rozgryziemy to. Nie mamy innego wyjścia.

— A jakże, że nie mamy — przytakuję, biorąc głęboki oddech, by się uspokoić. — To przelećmy plan jeszcze raz, od początku. Każdy szczegół, każdą możliwą ewentualność. Jeśli mamy to zrobić, musimy być gotowi na wszystko.

— Zgoda — kiwa głową, a jego rysy twardnieją od determinacji. — Zróbmy to. Dla nas obojga.

Gdy znów zanurzamy się w planowanie naszej szaleńczej akcji włamania, nie mogę przestać się zastanawiać, czy ten desperacki gambit naprawdę jest naszą jedyną szansą na ocalenie. Ale z każdym uderzeniem serca zegar tyka, a mnie nie pozostaje nic innego, jak iść naprzód w ciemność, ręka w rękę z Declanem, licząc wbrew nadziei, że wyjdziemy z tego bez szwanku i zwycięsko.

— Declan, nie umiem wystarczająco tego podkreślić — mówię, splatając dłonie tak mocno, że bieleją mi kłykcie. — Musimy zdobyć te sera. Tu nie ma opcji B. Albo się uda, albo... nawet nie chcę o tym myśleć. Jesteśmy skuleni w moim pokoju, dookoła nas ręcznie kreślone plany, siedzimy na łóżku. Nie ważymy się zapisywać niczego elektronicznie, żeby Athina tego nie znalazła i nie połapała się, co knujemy. Spalimy te kartki, zanim wyjdziemy.

Ściska mnie za ramiona, a jego piwne oczy błyszczą troską. — Wiem. I przysięgam ci, że zrobię wszystko, żeby je zdobyć. Nie pozwolę, żeby cokolwiek ci się stało.

Kiwnę głową, czując, jak w gardle rośnie gula. — Wspominałeś coś o punkcie wejścia?

— Tak. — Wyciąga z kieszeni zmięty skrawek papieru i rozkłada go, odsłaniając pobieżny szkic układu budynku. — To, co pamiętam z czasu, kiedy tam byłem, plus to, co złożyłem do kupy z planów i z różnych miejsc, które widziałem, kiedy wyskakiwałem cieniem. Główne wejście jest mocno strzeżone, ale z tyłu jest rampa serwisowa, która prowadzi prosto na niższy poziom i nie jest dobrze oświetlona. To może być nasza najlepsza opcja.

Pochylam się, studiując mapę. — I skarbiec serum też tam jest?

— O jeden poziom niżej, chyba. Może dwa. — Wzrusza ramionami. — Skakanie w cieniach było wtedy nowe. Bardziej losowe. Wiem, że trafiłem w niektóre miejsca więcej niż raz, to było mylące.

— Fantastycznie — mruczę. Przełykam ślinę, starając się nie zdradzić strachu kotłującego się we mnie. — Czyli jeśli wszystko pójdzie zgodnie z planem, przemkniemy się cieniami, zgarnę sera i znikniemy, zanim ktokolwiek zorientuje się, że tam byliśmy. Bułka z masłem, co?

— Nie oszukujmy się, Artemis. To będzie niebezpieczne. Włamujemy się do miejsca, z którego ledwo uciekłem, a pewnie od tamtej pory podkręcili zabezpieczenia.

— No pewnie, dobij mnie jeszcze — parskam, czując, jak serce przyspiesza na myśl o tym, co zamierzamy zrobić. — Nieważne. Skończyły nam się opcje. Jakiekolwiek ryzyko nas czeka, musimy spróbować.

— Uwierz, wiem — jego głos łagodnieje. — I jestem z tobą na każdym kroku.

— Dobrze wiedzieć — mówię, próbując przełknąć gulę w gardle. — To przelećmy plan jeszcze raz. I tym razem spróbujmy przewidzieć wszystko, co może pójść źle.

— Na przykład? — marszczy brwi.

— Kamery, alarmy, ochroniarze, kolejne hybrydy — co tylko chcesz. Musimy być gotowi na absolutnie wszystko.

— Dobra, potrzebujemy porządnej strategii wyjścia — mówi Declan, zamyślony, pocierając brodę. — Jeśli trafimy na hybrydy, bez planu awaryjnego będziemy ugotowani.

— Eufemizm stulecia — mruczę, a serce tłucze mi się jak oszalałe. Na samą myśl o tych potwornych tworach przechodzą mnie dreszcze. — Masz jakieś genialne pomysły?

Declan krytycznym okiem bada prymitywną mapę nabazgraną na podłodze. — Moglibyśmy ustawić ładunki dywersyjne tu i tu — sugeruje, wskazując dwa punkty przy wejściu do laboratorium. — Powinny zwabić uwagę każdej hybrydy, a ogień stworzy cienie, których użyję do przeskoków.

— Brzmi ryzykownie, ale może się uda — przyznaję, przygryzając wargę. Dłonie mam spocone i nie mogę przestać się wiercić. — A jeśli złapią nas, zanim zdążymy się wydostać?

— Wtedy walczymy jak diabli — odpowiada ponuro, patrząc mi prosto w oczy. — Dasz sobie radę, Artemis. A ja będę tuż obok. Wiesz, że nigdy cię nie zostawię.

— Dzięki za wotum zaufania — mówię, wykrzywiając uśmiech. Ale w środku krzyczę. Stawka nigdy nie była wyższa, a ja nie mogę sobie pozwolić na wpadkę. Jeśli nie zdobędę tego serum, nie przetrwam. Malcolm bardzo jasno zasugerował, że nie zostało mi wiele czasu.

— Słuchaj, wiem, że się boisz — mówi cicho Declan, kładąc dłoń na moim ramieniu. — Ale mamy siebie nawzajem, dobra? Przekornie pokonamy statystyki i wyjdziemy z tego labu z lekarstwem.

— No pewnie, że tak — odpowiadam, a mój głos lekko się załamuje. Biorę głęboki oddech, żeby się uspokoić. — Przejdźmy wszystko jeszcze raz, na wszelki wypadek.

— Dobra — zgadza się. — Punkt wejścia jest tutaj, tędy idziemy przez lab, a skarbiec serum powinien być gdzieś w tej okolicy.

— Ładunki ustawiamy tu i tu, żeby odwrócić uwagę — dodaję, wskazując wyznaczone miejsca na naszej prowizorycznej mapie. — A jeśli wszystko szlag trafi, przebijamy się siłą.

— Dokładnie — kiwa głową Declan. — Damy radę, Artemis. Pamiętaj, że jesteśmy drużyną i razem nie ma rzeczy, z którą byśmy sobie nie poradzili.

— Postaram się o tym pamiętać — mówię, wymuszając kolejny uśmiech. Ale w głębi duszy strach wciąż owija się wokół mojego serca jak wąż, gotów udusić resztki nadziei. Nie ma miejsca na błędy, nie przy takiej stawce. Ale kogo ja oszukuję? Przy moim szczęściu coś na pewno pójdzie nie tak.

— Okej, wchodzimy przez tylną rampę i omijamy kamery tutaj i tutaj... — recytuje cicho Declan, wodząc palcem po kartce.

— Jasne, a potem docieramy do skarbca serum. Bóg raczy wiedzieć, co tam zastaniemy — mamroczę, dygocząc na myśl o monstrach czających się w tamtych murach. Serce mi pędzi, ale zmuszam się do spokoju. Panika mnie teraz nie uratuje.

— Artemis — odzywa się nagle Declan, miękko i nagląco. — Cokolwiek tam się wydarzy, pamiętaj: jesteśmy zespołem. Damy radę.

Kiwnę głową, choć strach wciąż podgryza krawędzie mojej determinacji. Szukając odwagi, wciągam Declana w mocny uścisk, czując miarowe uderzenia jego serca przy mojej piersi. Jest coś kojącego w świadomości, że wciąż jesteśmy ludźmi — przynajmniej w większości.

— Razem mamy cień szansy — szepczę mu do ucha, mój głos ledwie przebija się przez szum krwi w uszach. — Sama... jestem skazana.

— Hej — mruczy Declan, odsuwając się, by spojrzeć mi w oczy. — Nie myśl tak. Przejdziemy przez to. Ty i ja kontra cały świat.

— Albo przynajmniej kontra piekielnie upiorny lab — próbuję zażartować, ale brzmi to blado i pusto.

— Właśnie — mówi z małym, stanowczym uśmiechem. — No dalej, chodźmy uratować ci życie.

— Brzmi jak plan — zgadzam się, choć każda komórka mojego ciała wrzeszczy, żebym zawróciła. Ale odwrotu już nie ma. Albo wóz, albo przewóz — i nie mam zamiaru przewalić.

<hr>

Laboratorium majaczy w oddali, jak złośliwa bestia gotowa połknąć nas w całości. Czuję każdy uderzający puls, natarczywe bębnienie w uszach jak sygnał: „niebezpieczeństwo, niebezpieczeństwo". Ale nie ma już odwrotu. Z Declanem wymieniamy ostatnie spojrzenie, nasze oczy splatają się w milczącej zgodzie. To jest to. Albo wóz, albo przewóz.

— Gotowa? — pyta szeptem ledwie ponad tchnienie. Napięcie między nami da się kroić nożem, jak żywy przewód trzeszczący strachem i determinacją.

— Nigdy — zadzieram, zmuszając się do krzywego uśmiechu. — Ale i tak to zróbmy.

— Trzymaj się blisko — ostrzega, zaciskając mocniej dłoń na mojej. — I pamiętaj plan. Wchodzimy, bierzemy sera i znikamy.

— Pestka — kłamię. Dłonie mam wilgotne, a z myśli nie mogę strząsnąć obrazu tych monstrualnych hybryd czających się w mroku, tylko czekających, by nas rozszarpać.

— Artemis — odzywa się nagle Declan, miękko i nagląco. — Pamiętaj: jesteśmy drużyną. Damy radę.

— No pewnie, że damy — kiwam głową, starając się okazać więcej pewności, niż czuję. Czas przestać gadać i zacząć działać.

Słońce znika za horyzontem, pogrążając świat w mętnej szarówce. W gasnącym świetle poruszamy się jak cienie, przeciskając się przez ciemność ku laboratorium. Każdy krok przypomina brnięcie przez ruchome piaski — powolne i dławiące, ale zmuszam się naprzód, pchana czystą desperacją.

— Prawie na miejscu — mruczy Declan, zatrzymując się przy postrzępionym skraju zerwanego ogrodzenia z siatki. Za nim leży nasz cel: klockowaty betonowy budynek skąpany w chorobliwie żółtym świetle. Z zewnątrz nie wyróżnia się niczym, aż chciałoby się śmiać, ale wiem, że pozory mylą.

— Pamiętaj plan — upominam się w myślach, przełykając falę żółci podchodzącej do gardła. — Wchodzimy i wychodzimy. Zero bohaterstwa.

— Jasne — kiwa głową Declan, a jego piwne oczy ciemnieją powagą. — Chodźmy.

Z ostatnim głębokim wdechem prześlizgujemy się przez ogrodzenie, zostawiając za sobą względne bezpieczeństwo świata na zewnątrz. Pełzniemy ku wejściu do labu, a ja nie mogę przestać myśleć o tym, co czeka nas w środku — i co będzie, jeśli zawiedziemy. Moje życie wisi na kruchej nitce, z każdą chwilą szanse marnieją.

— Artemis. — Declan kładzie dłoń na moim ramieniu, jego dotyk jest ciepły i stały, nawet gdy moje nerwy grożą, że się posypią. — Przejdziemy przez to. Ty i ja kontra świat.

— Albo przynajmniej kontra piekielnie upiorny lab — wyduszam, próbując zatuszować strach rozdzierający mnie od środka.

— Właśnie. — Uśmiecha się wilczo, z determinacją. — No dalej, chodźmy uratować ci życie.

— Brzmi jak plan — mówię, hartując się na nadchodzący chrzest ognia.

ROZDZIAŁ TRZYDZIESTY TRZECI

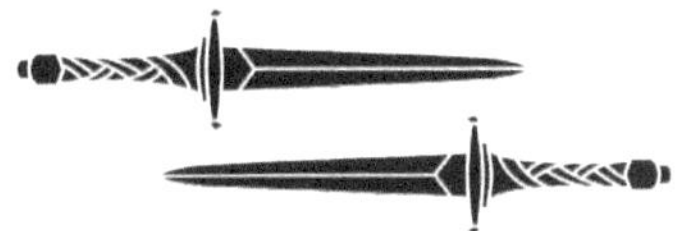

KSIĘŻYC RZUCA ZŁOWROGI BLASK nad opuszczoną dzielnicą magazynów, kiedy z Declanem zbliżamy się do laboratorium, a nasze buty miękko chrzęszczą na żwirze. To już. Czas wślizgnąć się do skarbca i dorwać to serum.

Właśnie gdy mamy ruszyć do akcji, z cieni pobliskich zaułków wyłania się grupa sylwetek. Serce mi wali, odruchowo sięgam po pistolet, ale zaraz ich rozpoznaję. Athina, Nadia, Malcolm i reszta Circle. Co, do diabła, oni tu robią?

— Malcolm — warczę. — Masz tupet.

— Artemis, przepraszam — mówi, wzruszając przepraszająco ramionami. — Nie mogłem pozwolić, żebyście z Declanem próbowali tego sami. Powiedziałem reszcie, wbrew twojej woli.

— No właśnie, wbrew mojej woli. Zaciskam pięści przy bokach. — Nie miałeś prawa.

— Słuchaj — wzdycha, przeczesując dłonią swoje czarne, nastroszone włosy. — Siedzimy w tym wszyscy. Wy dwoje potrzebujecie wsparcia.

— Wsparcia? Phi! — parskam, złość we mnie rośnie. — Nie przypominam sobie, żebym o nie prosiła.

— Artemis — mówi łagodnie Athina, kładąc mi dłoń na ramieniu. — Nie możesz wszystkiego brać na siebie. Jesteśmy drużyną.

— Dobra — zaciskam zęby i zmuszam się, żeby trochę odpuścić. — Ale jeśli któreś z was to spieprzy, przysięgam—

— Spokojnie — wtrąca Nadia z kpiącym uśmieszkiem. Wygląda jak najsłodsza mamuśka z przedmieść, ale potrafi być najgroźniejszą osobą, jaką kiedykolwiek spotkałam. — Kryjemy ci tyły.

— Świetnie — pomrukuję, przewracając oczami. — Tego zawsze chciałam.

— Zostaw sarkazm na później, Artemis — mówi cicho Declan, a jego piwne spojrzenie wciąż tkwi w górującym budynku laboratorium. — Mamy robotę.

— Racja — przyznaję, biorąc głęboki oddech. Nic nie poradzę, że czuję ukłucie wdzięczności wobec mojej zbieraniny. Potrafią działać mi na nerwy, ale przynajmniej stoją po mojej stronie. — Skoro już tu jesteście, to zostańcie. No to co, jaki genialny plan?

— Zrobimy pozorowany atak frontalny na laboratorium — mówi Nadia, odgarniając za ucho swoje zwyczajne brązowe włosy. — To powinno dać tobie i Declanowi okno, żeby przemknąć tyłem i dotrzeć do skarbca z serum w środku tego całego chaosu.

— Atak frontalny? — unoszę brew. — Brzmi ryzykownie.

Nadia tylko się uśmiecha, a ja znowu uświadamiam sobie, jak groźna potrafi być za tą aż nazbyt normalną fasadą. — Nawet nie będą wiedzieli, co ich trafiło.

— No dobra. — Wzdycham, lustrując otaczające nas ciemne ulice. Miasto tej nocy aż drży z oczekiwania. — To kiedy zaczynamy tę imprezkę?

— Za dziesięć minut — mówi Nadia, zerkając na zegarek. — Wszyscy są na pozycjach i gotowi.

Skoro patrzę, jak Circle szykuje się do bitwy, a ich twarze twardnieją od ponurej determinacji, gula rośnie mi w gardle. Przytłacza mnie świadomość, że ryzykują tak wiele tylko dla mnie, i kosztuje mnie to całą samokontrolę, żeby nie rozkleić się tu i teraz z wdzięczności.

— Ojej, nie mów, że się nam tu rozklejasz, Artemis? — droczy się Nadia, uśmiech ma ciepły mimo sytuacji. — Nie sądziłam, że nasza nieustraszona liderka ma miękkie serce.

— Hej, nawet najtwardszym zdarzają się uczucia, mamuśko z przedmieść — odcinam się, przyklejając sobie na twarz kpiący uśmieszek. Serce wali mi w piersi, ale nie mogę dać po sobie poznać. W końcu mamy robotę.

Nadia chichocze, kręcąc głową. — Wiesz, najwyższa pora, żebyśmy się odwdzięczyli. Rzucałaś się w niebezpieczeństwo tyle razy, że nie zliczę, odkąd się zebraliśmy. Teraz nasza kolej, żeby kryć ci plecy.

— Dzięki, Nadia. Tylko uważajcie na siebie, dobra? Nie chcę, żeby ktokolwiek oberwał przeze mnie.

— Spokojnie, damy radę — uspokaja mnie, a w jej oczach igra psota. — Poza tym miła odmiana: tym razem to my zrobimy rozwałkę, zamiast sprzątać po twoich bałaganach.

— Ej! — protestuję, ale nie mogę się nie uśmiechnąć na jej zaczepkę. — Dobra, dobra, przyjęłam. Ale serio, uważajcie tam na siebie.

— Jasne — odpowiada, klepiąc mnie w ramię, po czym dołącza do reszty.

— Gotowa? — pyta Declan, głosem niskim i spokojnym, sprawdzając jeszcze raz broń.

— Jedziemy — odpowiadam, przełykając ślinę. Czas na sentymenty minął — przynajmniej na razie. Mamy laboratorium do zinfiltrowania i serum do zgarnięcia.

— Pamiętaj, Artemis — szepcze Athina, kiedy ją przytulam, a jej słowa niemal giną w wyciu wiatru. — Nie musisz dźwigać tego ciężaru sama. Jesteśmy tu dla ciebie.

— Dzięki, Athina — mruczę, wdzięczna za jej niezachwiane wsparcie.

— Do roboty — mówi Nadia, klepiąc mnie w plecy i szczerząc zęby. Jej oczy płoną ekscytacją i nie mam jej tego za złe; jest coś upajającego w staniu nad krawędzią niebezpieczeństwa, gotowym skoczyć na główkę prosto w zawieruchę.

— Dobra, ludzie — warknie Declan, wysuwając się naprzód i przykuwając naszą uwagę. — To jest to. Ostatnie sprawdzenie sprzętu, zsynchronizujcie zegarki i pamiętajcie — to precyzyjne uderzenie. Nie ma miejsca na błąd.

— Bo przecież w takich akcjach nigdy nic nie idzie nie tak, co? — mamroczę pod nosem, na co Nadia tylko się uśmiecha kącikiem ust. Jak bardzo bym nie chciała tego przyznać, ma rację; przeszliśmy razem przez piekło i z powrotem — czymże jest jeszcze jedna walka?

Gdy rozbiegamy się do ostatnich przygotowań, obserwuję, jak moja improwizowana rodzina uzbraja się i dopieszcza swoje moce. Athina wyostrza koncentrację, a Sapphire dłubie przy całym zestawie ładunków wybuchowych, jej palce sprawnie tańczą po detonatorach i przewodach. Malcolm, wiecznie stoicki, stoi niczym strażnik przy wejściu do zaułka, a wzroku nie odrywa od imponującej fasady laboratorium. Nadia po prostu stoi z pustymi rękami, z twarzą spokojną. Czeka, by spuścić piekło, jak tylko ona potrafi.

— Dwie minuty — woła Declan, głosem krótkim i rzeczowym. Napięcie można kroić nożem.

— Trzymamy cię, cokolwiek się stanie — mówi do mnie cicho Athina, gdy przechodzę obok niej, by stanąć przy Declanie.

— Sprawmy, żeby pożałowali, że w ogóle z nami zadrali — mówię, kiwając jej z determinacją.

— No ba — szczerzy się.

— Trzydzieści sekund — oznajmia Declan, tonem naglącym. Zbijamy się razem, a nasze spojrzenia wbijają się w laboratorium, które kryje klucz do naszego ocalenia — albo zagłady.

— Czas — szepczę, słowa spadają mi z ust jak modlitwa. I kiedy ruszamy do przodu, z bronią w dłoniach, z mocami gotowymi i z sercami dudniącymi jak młoty, nie mogę przestać myśleć, że może, just może, wcale nie jesteśmy tacy samotni.

Świat jakby zwalnia, gdy opancerzona ciężarówka unosi się w powietrze, kierowana niewidzialną dłonią Nadii. Jednym ruchem nadgarstka ciska nią w bramę frontową, roztrzaskując ją, jakby była z papieru.

— O cholera! — wpatruję się w osłupieniu. Widziałam już, jak Nadia robi rzeczy nie z tej ziemi, ale to było absolutnie poziom wyżej. Kakofonia alarmów wyje na pełny regulator, ale nie mamy czasu rozkoszować się chaosem — mamy robotę.

— Nie puszczaj — poleca Declan, chwyta mnie za rękę i wchodzi w cień, a my nagle stoimy przy wielkiej bramie rolowanej na tylnych dokach. Jego skoki przez cienie na początku są dezorientujące i fala nudności przelewa mi się przez żołądek. Zaciskam jednak szczęki i to przełamuję — tutaj nie ma miejsca na słabość.

— Nadążaj — droczy się, z uśmiechem błąkającym się na ustach. Przewracam oczami i skupiam się na zadaniu. Poruszamy się szybko, mijając skrzynie i kontenery, a odgłosy walki naszych przyjaciół niosą się echem w oddali.

— Prawie na miejscu — szepczę, zmuszając oddech, by był równy i spokojny. Nerwy mam w strzępach, czuję, jak adrenalina szaleje mi w żyłach. Nie mogę przestać martwić się o resztę — o ich bezpieczeństwo, ale też o powodzenie naszego planu.

— Zaufaj im — mruczy Declan, jakby czytał mi w myślach. — Wiedzą, co robią.

— Łatwo ci mówić — odbijam ostrym tonem. — To ja wciągnęłam ich w to bagno.

— Artemis — wzdycha, jego głos łagodnieje. — Siedzimy w tym wszyscy. A teraz dokończmy to, co zaczęliśmy.

— Racja — przytakuję, hartując się na to, co przed nami. I gdy posuwamy się dalej, przemykając cieniami coraz bliżej celu, nie mogę odpędzić myśli, że może, tylko może, mamy realną szansę.

◆◦◆

Grzmoty walki dudnią w betonowych ścianach, kiedy schodzimy w podziemny labirynt. Wytężam słuch, by wychwycić znajome głosy, ale dociera do mnie tylko kakofonia przemocy. Serce ściska mi się w piersi — modlę się, żeby dawali radę. Ale nie ma teraz na to czasu. Nasza rola czeka.

— Skup się, Artemis — ponagla Declan, a jego słowa przerywa ostry trzask wystrzałów z góry.

— Jestem skupiona — odcinam się, głos mam napięty i urywany. — Ale jeśli nie zauważyłeś, nasi przyjaciele obrywają za nas.

— Właśnie dlatego nie możemy tego spieprzyć — ripostuje. — Jesteśmy im winni, żeby zrobić to jak należy.

Przełykam ślinę, wiedząc, że ma rację. — Dobra, znajdźmy po prostu ten pieprzony skarbiec.

Poruszając się korytarzami skąpanymi w mroku, przemykamy cieniami, niewidoczni i niesłyszalni. Smród chemikaliów uderza mnie w nozdrza — toksyczne przypomnienie o horrorach, jakie się tu rozgrywały. Zaciskam dłoń na broni tak mocno, że bieleją mi knykcie.

— Tutaj — szepcze Declan, nagle zatrzymując się przed niepozornymi metalowymi drzwiami. — To tutaj.

— Oby twoje moce zadziałały na to ustrojstwo — mówię, zerkając na potężne zabezpieczenia strzegące naszej zdobyczy. W tym korytarzu nie ma cieni, tylko ostre, aktyniczne światła jarzeniówek nad głową.

— Tu wchodzisz ty. — Wskazuje w górę. — Wyłącz kilka lamp, dziewczyno od błyskawic.

— To nie błyskawice — protestuję, ale jest mi głupio, że wcześniej na to nie wpadłam. Błękitny ogień śmiga z koniuszka mojego palca, gdy wskazuję, i pierwsza lampa eksploduje, rozsypując na podłogę deszcz szkła.

Po zgaszeniu pół tuzina lamp cienie rozlewają się szeroko.

— Wystarczy! — Declan chwyta mnie za wolną dłoń, wchodzi w cień i nagle jesteśmy w domu grozy.

Sala skarbca jest zimniejsza niż cycek wiedźmy, a powietrze ciężkie, jakby nikt go tu nie poruszał od lat. Staram się nie patrzeć na cele po jednej stronie, wiedząc, że Declan był tu zamknięty przez te bez końca dnie, kiedy go szukaliśmy.

— Tutaj. — Declan mija mnie, mija stoły zastawione laboratoryjnymi gratami i kieruje się do szafy chłodniczej przy dalekiej ścianie. — Stąd brał surowice, które potem mi podał.

— Skąd mamy wiedzieć, która jest która? — dołączam do niego, patrząc na rzędy fiolek z etykietami, na których widnieją tylko pozornie losowe kody alfanumeryczne.

Declan wzrusza ramionami. — Nie mam pojęcia. Ale weź to. — Wskazuje na laptop na jednym ze stołów. — Dr Foxberry często na nim pracował. Jeśli gdziekolwiek jest klucz, to tam.

— Nie mamy czasu, żeby to teraz łamać!

— To zabieramy wszystko i niech Malcolm to rozgryzie! — Declan zgarnia z półki wyścielany pojemnik na fiolki. — Pakuj!

Gdy nasze plecaki coraz bardziej ciążą, nie mogę przestać myśleć o poświęceniach, na jakie zdobywają się moi przyjaciele nad nami. Ryzykują życie, żeby dać nam tę szansę, i nie zamierzam ich zawieść. Serce ściska mi się mieszaniną wdzięczności i strachu, ale spycham to na dno, skupiając się na zadaniu.

— Prawie gotowe — oznajmia Declan, zasuwając suwak plecaka. — Jak u ciebie?

— Tak samo — odpowiadam, wsuwając ostatnią fiolkę do wkładki i zabezpieczając ją w plecaku. — Spadajmy stąd.

— Zgoda — mruczy, zerkając ku wyjściu. — Nie chcę tu być ani chwili dłużej, niż trzeba.

— Prowadź, chłopcze od cieni — mówię, wskazując na drzwi. Zaszczyliśmy daleko, ale wciąż nie jesteśmy bezpieczni — dopóki nie wrócimy do przyjaciół i serum nie będzie w bezpiecznym miejscu.

— Już na to wpadłem — uśmiecha się i znika w czyhającej za progiem ciemności.

ROZDZIAŁ TRZYDZIESTY CZWARTY

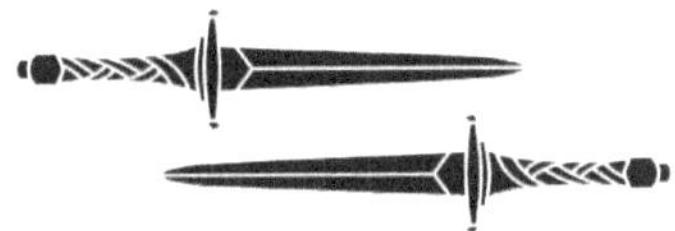

GDY ZAMIERZAM RUSZYĆ ZA Declanem ze skarbca, ciężkie stalowe drzwi nagle trzaskają mi przed nosem z donośnym, metalicznym *szczękiem*, odcinając mnie od Declana. Odskakuję, serce mi podskakuje.

— Declan? — wołam, ale mój głos pożerają grube stalowe ściany. — Declan! — krzyczę, dopadając do drzwi i szarpiąc za klamkę na próżno. Nikt nie odpowiada, a drzwi ani drgną. Strach ściska mi klatkę piersiową.

Zanim zdążę zareagować, rzędy aktynicznych świateł wzdłuż ścian i sufitu nagle rozbłyskają, zalewając pomieszczenie oślepiającą poświatą. Mrugam przez powidoki, kląc pod nosem. Nie został ani jeden cień, w który Declan mógłby wskoczyć z powrotem.

— Nie, nie, nie — mamroczę, a panika rośnie. Obracam się w kółko, miotając krótkimi wybuchami błękitnego ognia w lampy, próbując zniszczyć choć kilka i znów stworzyć cienie.

Palce mnie pieką od wysiłku, ale nie nadążam. Za każdym razem, gdy gaszę jedno światło, inne mruga i zapala się, jakby mnie przedrzeźniało. Jak w tej pokręconej grze z krecikami — i przegrywam. Pokój wciąż tonie w tej okropnej, bezcieniowej jasności. Ledwie widzę, oczy łzawią mi od ostrej łuny.

— No weź — mamroczę do siebie, słowa ociekają sarkazmem. — To właśnie masz za to, że w twoim arsenale jest pokaz świateł.

To pułapka. Ta myśl uderza mnie jak cios w brzuch. Rzucam się z powrotem do drzwi skarbca, tłukę w nie pięściami i próbuję wyrwać je samą siłą woli. Ale ciężka stal ani drgnie.

Jestem uwięziona.

Od tej myśli krew mi zastyga w żyłach.

— Artemis! — głos Declana w mojej słuchawce brzmi wyraźnie spanikowany. — Nie mogę się do ciebie dostać!

— Tu jest oślepiająco jasno i nie mogę ich zgasić! — odwarkuję, czując, jak panika narasta mi w piersi. Światła tak oślepiają, że trudno dostrzec cokolwiek innego, ale zmuszam się, by skupić się na drzwiach skarbca.

— Cholera ja— Drzwi ani drgną. Szarpię znowu, mięśnie mam napięte do granic, ale są szczelnie zamknięte. Uwięziona. Jak zwierzę w klatce.

— Declan — mówię, ledwie powstrzymując drżenie głosu. — Drzwi są zamknięte. Nie mogę wyjść.

— Próbuj dalej! — Jego głos jest spięty i wiem, że boi się tak samo jak ja.

— Bo jak dotąd świetnie się to sprawdza? — sapnę, waląc pięścią w nieustępliwe drzwi. Ból rozchodzi się po ramieniu, ale to nic przy rosnącym strachu, który wyżera mnie od środka.

— Artemis — odzywa się Declan ciszej, niemal błagalnym tonem. — Musisz się skupić. Musi być inne wyjście.

Rozwal te lampy, tak jak te tutaj na zewnątrz. Wystarczy mi jeden cień.

— Serio? — parskam śmiechem, gorzkim i na granicy histerii, choć dalej rozwalam światła. Nie działa. W środku robi się jeszcze jaśniej. — Bo z mojej perspektywy wygląda na to, że jestem kompletnie ugotowana.

— Artemis, proszę — błaga. — Coś wymyślimy. Zawsze nam się udaje.

— Mała uwaga, Declan — warczę przez zaciśnięte zęby, gdy kolejna fala zawrotów głowy grozi, że zetnie mnie z nóg, — kończy nam się czas. I to nie jest żaden z twoich komiksów, w którym bohater cudownie ratuje sytuację w ostatniej sekundzie.

— To zrobimy własne cuda, Artemis — mówi ostro, a jego słowa przebijają się przez mgłę, która grozi zdławieniem mnie. — Zostań ze mną, dobra? Razem coś wymyślimy.

— Lepiej, żeby szybko — mruczę pod nosem, starając się ignorować oślepiające światła i skradającą się grozę, która szepcze, że tym razem może nie być wyjścia.

Oczy pieką mnie od nawałnicy światła, oddech staje się krótki, urywany. Czemu nie potrafię zebrać myśli? Powietrze wydaje się ciężkie, jakby mnie przygniatało. I wtedy mnie olśniewa — gaz. Pompują do środka gaz.

— Declan — wykrztuszam, mój głos ledwie przebija się przez mgłę. — Gaz. Gaz usypiający.

— Artemis! — w jego głosie słychać panikę. — Musisz znaleźć sposób, żeby to wyłączyć albo jakoś zablokować.

To bezcelowe, duszący gaz już mnie spowija, choć próbuję ciskać ogniem w kratki wentylacyjne. Oczy zaczynają mi łzawić i kręci mi się w głowie. To znajome — dokładnie jak gaz usypiający, którego Diana użyła, kiedy pierwszy raz mnie złapała.

Wspomnienie uderza mnie jak młot. Wtedy wstrzyknęła mi pierwszą dawkę tego przeklętego serum.

Strach i panika grożą, że mnie pochłoną. Znów jestem w tym samym koszmarze. A tym razem gaz błyskawicznie wysysa ze mnie siły. Uginają mi się kolana i osuwam się w dół, gdy wszystko zaczyna się rozmywać. Jaki nowy koszmar będzie czekał, gdy się obudzę?

Kolana uderzają o zimny beton. Próbuję utrzymać się w pionie, ale kończyny mam jak z ołowiu. Syczący gaz spowija mnie, a pole widzenia zwęża się jak tunel.

— Declan — mówię, choć głos drży mi mimo usilnych starań, by brzmieć mocno. — Jeśli stąd nie wyjdę, musisz wiedzieć—

— Artemis, nie — przerywa mi, jego głos jest napięty. — Wyciągniemy cię stąd, dobrze? Musisz tylko wytrzymać jeszcze chwilę.

Policzek przyciska się do lodowatej posadzki, palce bezsilnie drapią. Gdy ciemność wpełza w krawędzie pola widzenia, w głowie kłębią się przerażone myśli.

— Wynoś się — chrypię resztką sił. — Zostaw mnie! Ratuj się!

Gdzieś daleko słyszę ryk jaguara. *Uciekaj*, myślę desperacko, niezdolna wydobyć z siebie choćby dźwięku. *Uciekaj, zanim złapią też ciebie.*

Z tyłu skarbca z sykiem otwierają się inne drzwi. Przez mgłę widzę, jak wchodzą cienie postaci w taktycznym rynsztunku i maskach gazowych. Próbuję się podnieść, odczołgać, ale kończyny już mi nie służą. Szorstkie ręce chwytają mnie brutalnie i nie mam siły stawić oporu, gdy mnie wloką.

Powieki opadają wbrew mojej woli. Gdy nieprzytomność mnie pochłania, ostatnie myśli kierują się ku Declanowi i ku bólowi, że go zawiodłam.

Że zawiodłam wszystkich.

KONIEC

(tomu 2)

Przeczytaj porywające zakończenie trylogii **Projekt Chimera** w Tomie 3, ***Zbuntowana ewolucja***. Zamów przedpremierowo już teraz, żeby nie przegapić odpowiedzi na to, czy Artemis zdoła wydostać się z tego bagna i raz na zawsze rozprawić się z rodziną Foxberry!

INNE KSIĄŻKI AUTORKI CARYSSA COLE

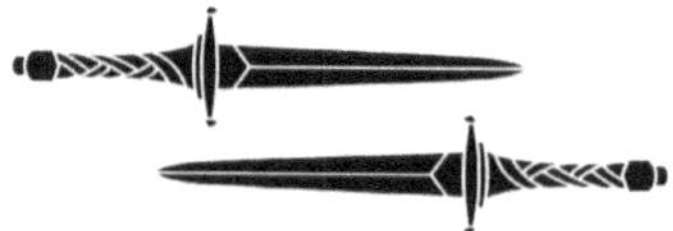

Projekt Chimera

Mroczne narodziny
Nienaturalna selekcja
Zbuntowana ewolucja

Upadła Anielica

Upadła anielica
Zbuntowana anielica

Za Dużo Magii na Jednego Faceta (tylko dla subskrybentów newslettera)

Poznaj wszystkie publikacje Shenanigans Press, odwiedzając naszą stronę internetową, https://www.shenaniganspress.com/pl!

Możesz też obserwować nas w mediach społecznościowych – jesteśmy na Facebooku i Instagramie (@ShenanigansPressPolska)

I nie zapomnij zapisać się do naszego newslettera, aby otrzymywać informacje o nowościach, promocjach, konkursach i wiele więcej!